Graziano Di Benedetto

Dietro una mano

MNAMON

1.

Gabriella viveva in un piccolo paese della seconda cintura di Torino. Cinquemila anime circa, tutti quasi parenti, tutti quasi amici.

Passava spesso sotto l'arco della torre campanaria, torre sbavata di verde e solitudine, come la sua. L'arco la ingoiava per poi rigettarla fuori ancora più sola, ancora più triste. I mattoni rossi trasudavano umidità e lasciavano passare i pensieri della gente, nonostante la loro dura apparenza. Le scale portavano ad una cima effimera, vuota, come la sua vita emotiva. Gabriella, donna dalla struggente bellezza, viveva con gli anziani genitori. I suoi capelli nero corvino incorniciavano un viso dai lineamenti regolari. Carnagione chiara, tagliata da due occhi nocciola scuro, intensi, profondi. Le sue labbra rosse, toccate poco da rossetto, dischiudendosi lasciavano intravedere una perfetta dentatura, formata da denti bianchi come la neve delle vicine montagne.

La donna camminava elegante, sicura, statuaria.

La sua altezza la costringeva a guardare la gente dall'alto in basso, ma la sua innata eleganza metteva a suo agio chiunque: bimbi, anziani, uomini e donne.

Mentre camminava lungo la via che portava al cimitero, i suoi pensieri cercavano risposte a domande da tempo ricorrenti. Domande che riguardavano la propria profonda solitudine, in contrapposizione ad una intensa ricchezza emotiva che non trovava sfogo, che rimaneva relegata in un'anima inquieta.

Ventisette anni, nel cassetto una laurea in lettere, tenuta lì insieme a molti sogni che premevano contro il legno per uscire e vivere, che scricchiolavano nella mente.

Il vialetto grigio costruito con mattonelle autobloccanti, disegnato fra aguzzi cipressi, accoglieva il suo lento incedere verso una meta da anziani: il cimitero, dove sua nonna riposava. Nonna Cecilia, la donna che aveva regalato grandi spazi affettivi, che riempivano vuoti emotivi ben più grandi.

La accolse il solito profumo di fiori marci, che riempiva narici e polmoni... Uno sguardo alla foto, posta in alto in un loculo tappato da un marmo bianco e poi via, verso l'uscita, facendo crepitare la ghiaia sotto le scarpe nere.

Un parco verde come la sua speranza accoglieva bimbi giocosi e genitori apprensivi. Sguardi di dolcezza erano rivolti ai loro sorrisi e alle loro risate cristalline. I bambini... Altro grande sogno di Gabriella...!

La donna li adorava, sognava da tempo una famiglia numerosa, dove i figli riempiano ogni angolo della casa con le loro grida festose e i loro capricci. Sognava anche un uomo gentile, capace di abbracciarla e confortarla in ogni momento della giornata, capace di essere un punto di riferimento, una guida. Ma al momento i suoi erano solo sogni e, mentre passava per la piazza, questi pensieri diventavano quasi fastidiosi, perché non avevano futuro, non avevano vita.

La sua mano girò la chiave nella toppa della serratura ed entrò in casa. Immediatamente un odore di pulito le prese le narici, un profumo di detersivo per pavimenti, acre come il limone, accompagnato dall'odore pungente dell'ammoniaca. I pavimenti vecchi in marmo nero, screziati di bianco, riflettevano i raggi del sole che entravano dalle finestre e penetravano nelle sue pupille, quasi abbagliandola, impedendo di vedere la realtà: una casa linda, pulita, profumata, piena di aria fresca e ordine, ma vuota di felicità, vuota di affetto, vuota d'amore.

Attraverso la luce Gabriella vide la figura femminile di sua madre intenta a togliere polvere inesistente, intenta a spolverare il tavolo da silenzi emotivi che ferivano più delle urla del padre, al momento assente, preso da mille lavori, da mille faccende, da mille insulti. Mariuccia, la madre, la salutò con un: *"Mettiti le pattine"*, facendo strisciare affetto e amore sotto i piedi di Gabriella, che senza rispondere eseguì meccanicamente l'ordine. Non un *"ciao"* o un bacio...

In casa tutto era perfetto, tranne la vita.

La donna entrò nella sua stanza: un letto appoggiato alla parete bianca in un angolo della stanza riempiva spazi mai vissuti, una scrivania color mogano, disadorna e linda, un armadio che puzzava di naftalina, una finestra che guardava sulla piazza, che guardava verso la libertà, interrotta da spesse inferriate.

Un intenso profumo di arrosto passò da sotto la porta. L'ora di pranzo era vicina. Anche suo padre era arrivato. Gabriella percepì il suo arrivo per l'aria svalutante che lo accompagnava, un aria giudicante, mortificante, svilente. L'uomo tuonò forte: *"Gabriella, è ora di apparecchiare... o devi prendere un'altra laurea per poterlo fare?"* Poi il silenzio accompagnò la meticolosa preparazione della tavola.

Nessuno sguardo. Nessuna parola. Occhi bassi rivolti allo scuro pavimento. Battiti di ciglia, battiti di cuore. Profumo di arrosto e di assenza di affetto.

Gabriella si sedette al tavolo, composta come un'educanda. Subito dopo anche il padre si accomodò, creando uno spostamento d'aria che scosse le sue emozioni dall'interno. Mani giunte, occhi bassi... *"Padre nostro..."* scandito da voce baritonale.

L'arrosto era buono. Gabriella masticava lentamente, come le era stato insegnato. Impastava carne e pensieri..." *Come mai ancora non mi dice nulla"* pensava fra un boccone e l'altro. In televisione Emilio Fede sciorinava falsità politiche... Rumore di posate sopra i piatti.

Poi... *"Gabriella, dove sei stata stamattina? Ti ricordo che hai 27 anni. E sei zitella. Non trovi sicuramente marito se non esci"* disse il padre senza guardarla.

"Sono uscita papà, sono andata al cimitero a portare i fiori alla nonna, oggi è sabato."

"Non è al cimitero che trovi marito, ti rendi conto che hai 27 anni? Una laurea bruciata, anni di lavoro buttati nel cestino! A saperlo avrei evitato tutte quelle spese!" La madre guardava il piatto, evitando gli sguardi del marito che cercava conferme, ma il suo silenzio confermava in ogni caso.

Gabriella assorbì le parole come una spugna arida. Era abituata a queste affermazioni. Il suo cuore era gonfio però. Avrebbe voluto piangere, spesso aveva le lacrime in tasca, ma questa volta non volle dare soddisfazione al genitore e deglutì offese e arrosto senza differenza alcuna. Non una risposta, non un minimo tentativo di ribellione.

Il pranzo terminò, gli unici rumori erano quelli delle posate e dei pensieri che urtavano contro il cervello, specialmente quello di Gabriella. Poi il meticoloso lavoro di riordino. Un lavoro quasi ossessivo... Gabriella riordinava la cucina nel tentativo di mettere ordine ai suoi pensieri interni... Ma non funzionava. Dentro tutto era piegato, oppresso, schiacciato... La vetrina scura di una credenza vide Gabriella ancora più filiforme, ancora più cupa, ancora meno donna.

Il ronzio del ventilatore accompagnò il resto del pomeriggio, passato a leggere. Leggere gli spazi bianchi fra le righe scritte, spazi bianchi riempiti di fantasie, sogni ed emozioni. Poi arrivò la notte, notte tranquilla, piatta, accompagnata dal nulla.

Nel paese giugno era un mese particolare. La festa del Santo Patrono, San Giovanni, era solo il culmine di altri eventi, dove i protagonisti erano le costine, la porchetta, i saggi dei bimbi, la gente che, numerosa, partecipava a queste manifestazioni.

Gabriella partecipava all'organizzazione di alcune di esse. Adorava vedere le famiglie riunite davanti alle costine abbrustolite, adorava il profumo della carne cotta alla carbonella, misto all'odore di amore che si espandeva quando i bimbi giocavano con i loro papà. Le dava fastidio però l'odore di carne bruciata, bruciata come la sua vita...

Almeno questo era ciò che diceva suo padre.

Quella sera alla riunione dell'associazione organizzatrice della sagra della porchetta era presente un ospite, un amico di un componente dell'associazione.

Cristiano era il suo nome, un uomo intorno ai trenta anni, alto almeno un metro e ottanta; altezza però infastidita da una postura curva, che ingobbiva la schiena. Aveva una chierica pronunciata e i capelli che incorniciavano la sua nuca erano di un colore biondo scuro, già screziati di grigio. La sua pelle era chiara, quasi diafana, e i suoi occhi azzurro chiaro, color alluminio da cucina. L'abbigliamento colpì Gabriella, che ebbe una risata interna, vergognandosi poi di questo. Una camicia bianca, coperta da un gilè azzurro con rombi in tinta. *"Veramente orrendo"* urlò dentro di sé la donna, *"veramente orrendo e da vecchio!"* Poi il suo sguardo andò sui calzoni, un paio di pantaloni di cotone grigi, sbiaditi.

Cristiano a Gabriella iniettò immediatamente un sentimento di tenerezza. In effetti la sua postura, il suo atteggiamento timido, gli occhi bassi, le mani in tasca, la bocca chiusa, evidenziavano un disagio grande come la stanza in cui era.

La riunione iniziò all'interno del locale, che odorava di muffa stantia. Un grosso tavolo, arricchito da una tovaglia arancione, accoglieva i vari componenti dell'associazione. Manuela, donnina minuta e gentile come un fiore appena sbocciato, sciorinava con padronanza situazioni e luoghi. Ma Gabriella era distratta; Cristiano era seduto davanti a lei dall'altra parte del tavolo e, contrariamente alla timidezza ispirata fin dal primo momento, guardava la donna con insistenza.

Gabriella sentiva il suo sguardo attaccato al collo, dove un crocefisso era incollato alla pelle. Cercava di non mostrare imbarazzo, ma il sudore cominciava a scendere dalla nuca alla schiena. Cristiano la costringeva ad abbassare lo sguardo... Sembrava un gioco, una sorta di braccio di ferro fra due estranei.

In realtà Gabriella era emozionata delle attenzioni ricevute. *"Sta guardando me? Proprio me? Allora non sono un fallimento come dice mio padre..."*

Poi, conscia che il suo colorito poteva assumere quello di una ciliegia matura, si allontanò dal tavolo con la scusa di bere un bicchiere d'acqua. Ma la situazione mutò di poco, il suo sguardo continuava a seguirla e le si appiccicava addosso.

Gabriella voltò le spalle al tavolo e iniziò a chiacchierare con Chiara. La discussione non portava a nulla, era solo un pretesto per entrambe per uscire da una situazione noiosa o spiacevole.

Gabriella mascherava il suo disagio in maniera egregia, sorrideva a Chiara come se nulla fosse.

D'improvviso sentì un piccolo tocco alla spalla.

Era Cristiano, che con un sorriso timido ma accattivante disse: *"Scusa, dove ci siamo già visti?"*

Il suo pallore metteva in evidenza le gote, picchiettate di rossore da impresa impossibile.

"Non so..." rispose Gabriella, sorpresa da cotanto coraggio e sorpresa di essere lei l'oggetto del suo interesse.

"Forse in chiesa, vado tutte le domeniche..."

Lui accettò l'appiglio, rispondendo con un sorriso:

"Qualche volta ho ascoltato la Messa anche io a Candiolo... non sempre... Probabilmente sì, ci siamo visti in chiesa."

Gabriella, mentre lui parlava, si torturava una mano, nel tentativo di scaricare la tensione. Il 'tic, tic' delle unghie che si scontravano era fortunatamente coperto dal vociare della comitiva, che prendeva decisioni alla velocità con cui si mangiano ciliegie. Gabriella e Cristiano parlarono ancora per un tempo relativamente breve, scambiandosi informazioni futili, superficiali, quasi adolescenziali; ma era evidente che Cristiano volesse gettare le basi per altri futuri incontri. Infatti, quando la serata arrivò al termine, scoppiando di timidezza e di rossore, le disse: *"Ci vediamo domenica alla messa delle 10,30?"* *"Va bene, ci sarò"* rispose Gabriella sconcertata e confusa.

I due si congedarono con una formalissima stretta di mano. Gabriella percepì il sudore di Cristiano che usciva copioso dai pori, acido, salato. Poi uscì in strada dimenticandosi di salutare il resto della compagnia.

La sera era tiepida, i lampioni illuminavano la piazza, regalando zone di luce dove era possibile vedere la danza dei moscerini, che roteavano in aria in attesa di essere divorati da chissà quale altro animale. Le strisce dei parcheggi erano sbiadite, come i pensieri della donna; la torre, rettangolare svettava come un giudice. Ma per giudicare cosa?

Gabriella inciampò su un suo pensiero... *"Ho accettato un incontro in chiesa... Sono felice di questa mia decisione, sono proprio fiera di me..."* Un timido sorriso volò via dalle sua labbra, scontrandosi contro il quadrato palazzo comunale, arrotolandosi all'interno della bandiera italiana, mossa dal vento primaverile.

Poi il lento rientro a casa. Ogni movimento, anche un semplice ronzio, era motivo per rallentare l'ingresso in quel "sepolcro di vivi". Infatti la donna si fermò a guardare l'evoluzione di un moscerino impigliato in una ragnatela: guardò con estrema sofferenza il suo grandissimo tentativo di liberarsi dalla stretta mortale della tela, che lo avvinghiava sempre più prepotentemente. La tela partiva da lontano, aveva legami forti, basi solide, impossibile da spezzare per un moscerino. Poi il ragno, tranquillo ed elegante, si avvicinò... e avvolse dentro un bozzolo la libertà e la vita del malcapitato... che divenne splendido vestito di tela luccicante. Splendido e privo di libertà e di vita... forse come lei stessa era.

Al suo rientro a casa il solito odore di pulito, odore senza affetto, investì Gabriella appena aprì la porta.

2.

Il giorno dopo uno splendido sole accolse la giornata. Gabriella era in fermento, doveva prendere gli ultimi accordi per la sagra delle costine, chiamare i numerosi volontari e organizzare la scaletta delle varie giornate. Era molto brava a pianificare e a coinvolgere le persone. Diretta nel dire le cose, critica ma efficiente.

Questa sua sicurezza nell'organizzare cozzava con la sua insicurezza interiore, incapace sempre più spesso di contrastare le continue umiliazioni subite da parte del padre. Ormai esisteva un meccanismo svalutativo così strutturato che fra le mura domestiche aveva bloccato la personalità della donna, che rispondeva sì a qualunque vessazione in maniera automatica.

Quel giorno però il padre era uscito presto. Aveva interrotto il suo sonno entrando in stanza chiedendole di preparare il caffè, perché aveva fretta. Appena lui era uscito, Gabriella tornò ancora qualche minuto a letto, dove l'abbraccio delle lenzuola le diede un po' di calore quasi umano, e via, verso la casa parrocchiale, dopo una veloce e frugale colazione.

Piazza Sella illuminata dal sole, larga e vuota d'auto, dava respiro ai pensieri. Il cielo azzurro copriva tutto con grande serenità, nessuna nube a mettere ombra sopra i pensieri. Il profumo dolcissimo dei tigli si diffondeva nell'aria antistante la parrocchia, poi avrebbe piacevolmente messo radici in tutta la piazza.

Il cancello della casa parrocchiale era già aperto, sicuramente Orietta era già arrivata e molto probabilmente aveva sistemato tavoli e pensieri, per programmare la giornata. Il pavimento vecchio e puntinato vedeva i passi di Gabriella, che si allungavano nel corridoio stretto e lungo. Appena entrò in sala, la donna vide Orietta che aveva, come previsto, sistemato sopra il tavolo bibite e bicchieri. Orietta era una donna intorno ai trent'anni, segnata dalla vita come un campo arato ma sempre sorridente, pronta a reagire. Occhi chiari come i suoi pensieri, capelli biondo scuro che, folti come un bosco, nascondevano i pensieri più cupi. Un sorriso ironico uscì dalle sue labbra e colpì Gabriella in pieno viso. La donna non capiva ma da dietro un angolo comparì come un fantasma Cristiano, in tutta la sua diafana presenza. Gabriella sentì un tuffo al cuore, il respiro toccare le pareti dei suoi polmoni, il rossore avvolgerla in un tempo brevissimo. Poi tre respiri profondi riportarono una normale apparenza.

Cristiano si avvicinò a lei con passi lunghi ma insicuri, i pantaloni sfioravano il pavimento, un orlo mal fatto evidenziava che nella sua vita la presenza femminile era quasi assente.

Poi quando fu a ridosso di Gabriella disse:*"Ciao, mi sono permesso di venire qui anche oggi, mi interessa vedere come si organizzano le manifestazioni. Nel frattempo posso offrire la colazione a te ed ad Orietta?"*

A queste parole Orietta rispose con tranquillità: *"Andate pure voi, io colazione l'ho fatta a casa... mica posso farne due in un giorno solo! Poi i fianchi si allargano e io non entro più nei vestiti... Andate, andate... È aperto giusto il bar qui vicino: la brioche sono ottime e il caffè anche."* Poi regalò un altro sorriso a Gabriella e sparì dietro una porta dai colori sbiaditi.

Gabriella colse la gioia dell'amica, e quasi senza rendersi conto si trovò a sbocconcellare un cornetto faccia a faccia con Cristiano. Il bar, nonostante la giornata luminosa, era in penombra. I tavolini tondi, accuratamente ricoperti da tovaglie marroni e chiacchiere, erano zeppi di tazzine e tovaglioli accartocciati e le briciole abbondanti guardavano il ritmo sonnolento degli avventori.

Gabriella aveva ordinato un cornetto ripieno di Nutella: adorava la crema che traboccava dalla pasta sfoglia, le piaceva il gusto e il coraggio di scappare dal suo dolce involucro…

Ma al momento il piacere era in secondo ordine. Lo sguardo di un anziano, amico del padre, si era appoggiato sopra la sua spalla, insieme al commento di Marina, amica della madre, insinuato fra spalla e capelli… Cristiano era un "forestiero", un estraneo, e chiacchierava, almeno così pareva, con Gabriella, la figlia nubile di Domenico e Mariuccia. Cristiano non vedeva l'imbarazzo di Gabriella, che teneva gli occhi bassi e che mascherava il suo nervosismo girando il cucchiaino nella tazzina, creando un tintinnio regolare.

La giovane donna si rese conto del proprio disagio, quindi con fare apparentemente sicuro, almeno nella voce, disse a Cristiano: *"Allora, vuoi trasferirti a Candiolo? Sembri molto interessato ai nostri eventi…"* *"Sono interessato ad altro… ma anche ai vostri eventi"* rispose Cristiano, diventando più che paonazzo. Poi proseguì con grande coraggio: *"Senti Gabriella, possiamo vederci sabato? Devo acquistare dei vestiti e ho bisogno di un consiglio femminile. Sai... noi maschi siamo alquanto impacciati in queste cose!"*

Cristiano disse questa frase tutta d' un fiato, a voce bassa, con sguardo puntato sopra il tavolino, con il cuore che premeva sul petto come un palloncino impazzito.

"*Sì*" rispose Gabriella, senza nemmeno pensarci, forse per staccarsi di dosso gli sguardi.

"*A che ora vuoi passare? Io non ho impegni.*"

"Passo alle nove, cosi abbiamo tutta la mattinata davanti, si va a Torino."

"Va bene."

Poi, quasi meccanicamente, i due si alzarono, lasciando cadere briciole e pensieri sopra la tovaglia. Cristiano estrasse il portafogli e pagò, poi infilò la porta, seguito a ruota da Gabriella.

Giunti in parrocchia, videro la sala freneticamente piena di gente, poiché i tempi per organizzare il tutto erano stretti. Solo uno sguardo di Orietta, che sembrava dicesse "bene, bene...", si insinuò fra i due, che immediatamente si misero al lavoro, staccando quel flebile legame che si era appena creato.

La mattinata volò in un lampo. La mole di lavoro per fortuna impediva a Gabriella di pensare e di pensarsi, una sorta di rimozione. Una colazione al bar con un uomo interessato a lei non cambiava la sua vita, ma in quel momento le permetteva quasi di respirare meglio.

L'orologio del campanile ruppe l'aria con i suoi rintocchi, era mezzogiorno. Tutti interruppero le loro attività, il pranzo incombeva.

Gabriella prese la sua borsa e con la coda dell'occhio gettò uno sguardo sulla sedia dove era seduto Cristiano, sguardo che provocò un'emozione non ben definita: la sedia era vuota. *"Che sia andato via senza salutarmi? Che screanzato però..."* pensò la donna infastidita. Ma un leggero tocco sopra la spalla la fece sobbalzare, si voltò e vide il pallore di Cristiano proprio davanti a sé. *"Allora a sabato, alla nove, ti aspetto in piazza."* *"Sì, va bene.* "Poi si voltò e sgusciò via fra la gente come un uomo invisibile.

Gabriella lo seguì con lo sguardo fino alla porta che, una volta aperta, lo ingoiò in un attimo.

Poi anche lei prese la via dell'uscita. Salutò educatamente tutti i presenti, abbracciò Orietta istintivamente e andò fuori dalla sala parrocchiale.

Il caldo cominciava a farsi sentire e il calore aiutava l'espandersi del profumo dei tigli, che raggiunse le narici e l'anima di Gabriella. Si sorprese sorridente, riflessa in una vetrina. Immediatamente la sua mente provò ad elaborare la situazione. *"Basta una colazione ed un invito per farmi sorridere anche l'anima? Dai Gabriella... smettila di fantasticare... Goditi questo momento di felicità senza costruire castelli in aria..."*

Poi i suoi passi eleganti la portarono verso casa, lasciandosi dietro il profumo dei tigli e anche il suo pensiero felice. La porta del suo appartamento si aprì...

L'odore di arrosto e di affetto negato si impossessarono di lei... insieme al silenzio. Sua madre, come sempre, pranzava senza scambiare una parola e, come sempre, riciclava gli avanzi dei pasti precedenti.

Chissà a cosa pensava, forse alla sua vita negata. Sposata giovane, troppo giovane, aveva partorito Gabriella a 19 anni, esattamente dieci mesi dopo il matrimonio con Domenico, sposato per imposizione paterna, non per amore. In realtà, Mariuccia era innamorata di un ragazzo, un coetaneo, Giuseppe si chiamava.

Giuseppe aveva un solo difetto, era siciliano e mai e poi mai gli anziani genitori della donna avrebbero permesso che la propria figlia, figlia unica, potesse frequentare un meridionale. Tempo prima Gabriella per caso, riordinando un armadio, aveva trovato delle lettere che i due innamorati si erano scambiati...

Erano struggenti nella loro semplicità. Tantissime parole, tantissimi sentimenti, interrotti bruscamente da un pugno in pieno addome, sganciato dal padre. Gesto che abitualmente riservava alla moglie ma, per occasioni importanti come le frequentazioni della figlia e i fidanzamenti, regalava in maniera prodiga ad entrambe le donne di casa. Questo episodio era descritto in una lettera custodita a parte, separata dalle altre: era la lettera di addio definitivo, con promessa di eterno amore. Gabriella non disse mai di aver letto le lettere, erano un segreto. Ma da quel giorno guardò la madre con un tocco di calore in più.

Mariuccia tolse il piatto alla figlia, appena questa finì l'arrosto, l'ultimo boccone doveva ancora essere masticato. Ma tutto doveva essere pronto per l'arrivo del marito. Piatti di porcellana, posate d'argento e arrosto tagliato al suo ingresso.

3.

I giorni seguenti passarono veloci, molto simili uno all'altro. Di giorno il lavoro era incessante, la sera l'arrivo di Cristiano era desiderato e trasformava tutto in puro piacere.

Sabato arrivò spinto dalla fatica di vivere. Quella mattina Gabriella si destò verso le sette e trenta. Il sole filtrato dalle tapparelle semichiuse accarezzava il suo viso, baciava le gote e scivolava sopra i capelli scuri, cadendo poi sul lenzuolo azzurro. Si alzò dal letto, rovinando l'idillio con il raggio di sole, che scivolò in terra come un pensiero non finito. Aprì la finestra, rimanendo abbagliata dalla luce. Un azzurro intenso la stordì... Ma poi Gabriella si rese conto che si era svegliata senza bisogno di nessuna sveglia, era sabato, e fra poco avrebbe dovuto vedersi con Cristiano... Un languore allo stomaco l'avvisava non della fame, ma del senso di inadeguatezza che provava in quel momento: non capiva se voleva veramente vedere l'uomo o no... Non capiva il sentimento che provava. Ma poi, per razionalizzare e per giustificare la sua inadeguatezza emotiva, pensò che quel giorno Torino sarebbe stata bellissima con quel sole. E che in fondo aiutare Cristiano a scegliere dei vestiti sarebbe stato divertente e assieme avrebbero anche potuto parlare dell'organizzazione degli imminenti eventi.

Il silenzio della casa pesava come un macigno. La porta spinta delicatamente lacerò l'aria, vibrando anche dentro l'anima. Il bagno bianco e luccicante abbagliò Gabriella, ancora addormentata, ancora indecisa. Acqua sul viso, cotone morbido di un asciugamano che toglieva solo umidità. Nessun trucco sopra gli occhi scuri. Gabriella aprì l'armadio, un odore stantio di naftalina si insinuò nei suoi pensieri. Era da tempo che abiti e sogni erano piegati e schiacciati dal peso della vita. Aprì l'antina dove riponeva gli indumenti usati quotidianamente e scelse di mettere una camicetta bianca, profumata di ammorbidente alla lavanda e pantaloni neri. I due capi presero possesso delle forme di Gabriella, forme nascoste da almeno una taglia in più. Un puff di profumo sopra il collo, lungo ed elegante. La cucina linda ed immacolata non fu teatro di nessuna colazione. Gabriella voleva uscire in fretta e soprattutto non voleva incontrare suo padre, che sicuramente avrebbe preteso qualcosa subito facendo probabilmente anche saltare l'appuntamento con Cristiano per poi dire con voce tonante che a ventisette anni bisogna uscire... Le contraddizioni erano un'abitudine in casa.

La porta si aprì verso l'esterno, a piccoli passi scese le scale, l'aria fresca del mattino schiaffeggiò il suo viso.

Le Alpi, completamente prive di neve, mordevano il cielo; il Monviso sembrava un canino aguzzo, solitario, che cercava carne da infilzare. Lo sguardo della donna si fermò sopra di lui, un tentativo di evasione da tutto, da tutti, anche dall'incontro con Cristiano, anche da se stessa.

Ma ormai era fuori, in attesa dell'incontro. Essendo in largo anticipo, a passi lenti si diresse verso l'edicola, attraversando la piazza vuota di auto e piena di nulla. Si avvolse dentro il profumo dei tigli, passando accanto alla chiesa e alla casa parrocchiale, si infilò sotto la torre rettangolare, posando lo sguardo sopra le ortensie. I suoi passi, eleganti e lenti, pestavano il selciato. Improvvisamente un "ciao," entrò nelle sue orecchie, alzò il viso e vide Cristiano, anche lui in enorme anticipo. Senza nemmeno pensarci Gabriella si avvicinò e lo baciò sulle guance, toccando la pelle perfettamente rasata che emanava un profumo dozzinale di pino silvestre. Poi disse: "*Saliamo in auto, si fa colazione a Torino, magari in centro, è da tanto che non vado.*" "*Va bene,*" rispose immediatamente Cristiano, come obbedendo ad un ordine imperativo. Poi, dopo essersi pulito con la mano le tracce di forfora dalle spalle, ben evidenti sulla camicia grigia, invitò la donna ad entrare in auto, parcheggiata vicino alla parrocchia.

Era una Punto, di colore rosso mattone. Cristiano aprì la portiera per far entrare Gabriella. L'interno dell'auto era a dir poco lindo, senza un filo di polvere sopra il cruscotto, che brillava sotto il sole. Un Arbre Magique a forma di pino emanava un profumo nauseante, di mela, che assieme al dopobarba al pino silvestre creava un mix anni 70 veramente difficile da sopportare. Gabriella, per liberarsi da questa cappa nauseante, schiacciò il pulsante per aprire il finestrino e respirò profondamente l'aria che entrava a grandi fiotti e spettinava la sua chioma scura.

L'auto era già fuori dal paese e larghi campi coltivati a grano riempivano la vista. Cristiano era infastidito da qualcosa, Gabriella lo percepiva dai movimenti del collo. Portava la testa avanti, si sistemava il colletto della camicia nervosamente…"*Qualcosa non va?*" chiese la donna, prendendo coraggio. Si udì un debole: "*Sì… non so come dirlo… potresti alzare il finestrino? L'aria mi da fastidio…*" Lei a quella frase sentì una morsa al cuore, un misto fra tenerezza e divertimento. E tirò su il finestrino.

Le mani dell'uomo stringevano il volante, il suo sguardo era fisso sulla strada. Una guida molto attenta, che impediva un qualunque discorso; forse, anzi sicuramente, era anche la timidezza ad impedire il dialogo. La strada sgombra, visto l'orario, permise di arrivare alla meta in poco tempo. Un parcheggio preciso concluse il viaggio. Cristiano, sempre galante, uscì dall'auto e aprì la portiera per fare uscire Gabriella, che divertita strinse un sorriso fra le labbra. I portici di via Sacchi, freschi e odorosi di umidità stantia, coprivano i due, che camminavano lentamente. Ad un tratto Cristiano disse: *"Fermiamoci qui e facciamo colazione"* dirigendo Gabriella verso un bar squallido e scolorito.

Il pavimento era appiccicaticcio e scricchiolava al loro passaggio. Il bancone alto e di colore rosso era pieno di aloni, segno di passaggi di straccio senza nessun detergente. Le brioche erano contenute in una teca a parte, apparentemente pulita. Gabriella si stupì di questa contraddizione, auto pulita, profumata e colazione in un bar dall'igiene dubbia. Poi lasciò passare via questo pensiero e prese una vela alla nutella, avvolgendola con un tovagliolo grezzo. Cristiano ordinò solo un caffè macchiato caldo. Sempre silenzio fra i due, si sentivano ronzare le mosche, che camminavano e volavano sopra la teca delle brioche. Un altro rumore colpì Gabriella, il tintinnio del cucchiaino che urtava la tazzina di Cristiano, che prima di bere il suo caffè, lo rivoltò per almeno due interminabili minuti. Girava, girava, con lo sguardo dentro la bevanda, sembrava perso, vuoto, assorto in chissà quali pensieri.

Poi sorseggiò il suo caffè, guardando nel vuoto. Lo sguardo di Gabriella lo sfiorò, infatti posò la tazzina e abbozzò un sorriso.

Questo gesto rassicurò la donna che istintivamente gli accarezzò un braccio, colta da infinita tenerezza.

Poi insieme uscirono e si avviarono verso via Roma, piena di negozi di abbigliamento. Qui i portici erano scintillanti, il granito rifletteva la luce, donando effimera speranza. Un negozio con enormi vetrine, zeppo di manichini con abiti maschili, colpì Gabriella. *"Dai entriamo là, mi sembra che ci siamo abiti belli."*

Cristiano annuì senza grande entusiasmo ed insieme varcarono la soglia, delimitata da un lucido palchetto in legno chiaro. *"Cosa ti serve?"* disse Gabriella con gaiezza. *"Un po' di tutto, ma non vorrei spendere molto"* rispose Cristiano. Poi con occhi bassi si avviò verso le camicie e, dopo aver toccato il tessuto con i polpastrelli del pollice e dell'indice e aver guardato più volte il prezzo, ne prese due, dello stesso colore: grigie, come lui, almeno in quel momento.

Uno sguardo a Gabriella, come per dire: *"Vado a provarle, dimmi se mi stanno bene"* e scomparve dietro la tenda rossa, nota di colore notevole. Gabriella si avvicinò al camerino, passando fra polo e pantaloni estivi, dai colori sgargianti, regalando sorrisi alle commesse al momento disoccupate, per assenza di clienti. Poco dopo uscì Cristiano: il grigiore della camicia s'intonava al suo pallore, la sua schiena curva piegava l'indumento in maniera sgraziata. In realtà era la postura di prostrazione che curvava la schiena e di conseguenza l'indumento, per poi passare all'umore... Gabriella, colta da un'emozione mai provata prima, disse: *"Ti stanno bene, forse il colore è un po' spento, ma per il resto va bene."* Un timido sorriso si formò sopra le labbra dell'uomo, che sparì nuovamente nel camerino, per uscire subito dopo quasi trionfante, dicendo: *"Le prendo..."* lasciando di stucco la donna, per questo repentino cambio d'umore.

In un altro negozio Cristiano acquistò anche dei pantaloni, in varie tonalità di grigio, spendendo a suo dire un vero patrimonio.

Altri impegni già programmati impedirono di proseguire insieme la giornata fino al pomeriggio. Un altro caffè per Gabriella e un decaffeinato per Cristiano conclusero il loro incontro. Alle tredici erano in piazza Sella. Caldo sopportabile, sguardi addosso. Pensieri chiusi dentro la testa di Gabriella. Profumo di tigli. Emozione nuova.

Pranzo veloce e frugale nella lucida casa della donna. La madre aveva riscaldato l'arrosto della sera prima, un piatto poco estivo, ma nulla si doveva buttare se ancora buono per essere consumato. Gabriella masticava e rivedeva le scene del mattino. Vedeva un uomo chiuso, timido, bisognoso di affetto, solo, senza amici ed affetti. Cercava di deglutire, insieme all'arrosto, anche il sentimento nuovo che stava nascendo. Paura di amare? Paura di nuove sensazioni? L'ultimo boccone portò nello stomaco un'emozione ancora non ben definita. Poi il campanello suonato da Manuela la riportò alla realtà. La serata dedicata alla Sagra della costina era alle porte, i preparativi fremevano. Giù di corsa per le scale, dopo aver sistemato l'unico piatto usato. Gli scalini bianchi riflettevano l'intensa luce proveniente dalle finestre. Gabriella si accorse del suo entusiasmo ritrovato. Era stato l'incontro con Cristiano? Il fatto che anche ora pensasse a lui, deponeva per questo... La frase di Manuela la colpì più di ogni cosa: *"Come sei luccicante oggi..."* Poi l'organizzazione prese corpi e pensieri. L'indomani sarebbe stata la giornata finale di tanto lavoro. Quella sera Gabriella rientrò a casa stanchissima. Appena entrata indossò le pattine, tutto era scuro e silenzioso. Si stava avviando verso la sua camera, quando la voce tonante del padre le entrò dritta al cuore: *"Dove sei stata, è tutto il giorno che sei in giro... Cosa pensi di trovare lavoro in questa maniera? Vergognati, perdigiorno, ti ho fatto studiare per cosa... tzes na falabrak..."* Il tutto detto attraverso la porta della propria camera da letto. Quelle parole la scossero non poco, avrebbe voluto urlare anche lei, ma aveva imparato che, per il bene suo e della madre, il silenzio era la soluzione temporanea migliore. Sì temporanea, perché sicuramente il giorno dopo il padre sarebbe tornato alla carica, con una furia ancora più grande, ancora più potente e oltre a lei, avrebbe usato la madre come oggetto delle sue furie. Quindi, dopo uno *"scusa papà"* detto stretto fra le labbra, si infilò nella sua stanza, aprendo di corsa la finestra nel tentativo di far uscire un urlo che proveniva direttamente dal cervello.

Poi dopo aver respirato profondamente l'aria tiepida della sera, iniziò a spogliarsi. Lentamente. Spense la luce, per evitare di vedere le lacrime che scendevano copiose, tolse la camicia e con calma, contenendo la rabbia, la piegò e la pose sopra la sedia; lo stesso fece per i pantaloni, piegandoli come un pensiero sconcio. Entrò nel letto, usò il

lenzuolo come coperta contro ogni male. Ma la sua mente girava vorticosamente... *"Con che coraggio mi guardo allo specchio al mattino... Faccio schifo, schifo... Perché non mi ribello, perché non riesco ad uscire dalla sua morsa."*
Inutile pensare di dormire, troppa vita non vissuta. Troppo silenzio da parte della madre, che ormai da anni aveva deposto le armi, anche se spesso quando tornava la vedeva con dei lividi nelle braccia, causati sicuramente da qualche pugno ben assestato da parte del padre. I suoi ricordi andavano a quando lei era bambina, quando ricordava la madre che continuamente, in maniera ardita, tentava di controllare le ire del marito. A volte sembrava quasi che lo provocasse, per poi ristabilire la pace, subendo botte da orbi. Ricordava che una volta le disse, quando il padre era assente: "Mamma ma perché non stai zitta quando papà è arrabbiato, a volte sembra che sei te che lo fai arrabbiare." La madre con lo sguardo freddo aveva risposto *"Io posso controllarlo, solo io posso farlo."* Questo meccanismo non era ben chiaro, spesso si chiedeva "chi provoca chi?".
Dopo lunghi e tormentati pensieri, sempre sotto la protezione del lenzuolo, le braccia di Morfeo riuscirono ad abbracciarla... e finalmente le sue palpebre si chiusero. Purtroppo incubi pesanti, dove la voce del padre si materializzava sotto forma di mano che sconquassava le sue guance, confermavano che la sua serenità era lontana, o forse non era mai esistita.
Il mattino dopo Gabriella si alzò presto, era il giorno della sagra della costina. Il sole era ancora basso, ma la sua luce arrivava già alla finestra e bussava delicatamente, facendo filtrare i suoi raggi. Gabriella adorava farsi toccare

dalla luce, era un modo per ricevere le carezze che non aveva mai avuto. I raggi accarezzano, non spingono, non graffiano, non urlano. Dopo poco si alzò, andò in bagno, nessun trucco sopra il suo viso, solo sapone e acqua fresca. Indossò abiti comodi. Gettò uno sguardo verso la stanza dei genitori, si sentiva solo il respiro pesante del padre. Nessun urlo. La casa odorava di chiuso, le imposte serrate nonostante il caldo non facevano passare nemmeno i pensieri cattivi.

La porta come via di fuga, come passaggio dallo stantio, dal dolore alla vita, anche se ormai anche l'esterno era diventato quasi vuoto, quasi inutile. Certo era divertente organizzare eventi, ma dentro di sé il vuoto cominciava a diventare pesante. Lo riempiva con l'affetto di Orietta, di Manuela, di molti altri ancora e soprattutto di quello dei figli degli amici, che regalavano sorrisi e tenerezza. Spesso li prendeva in braccio e baciava loro le gote paffute, poi respirava il profumo di latte dei più piccoli. Simone, ultimo nato nel gruppo dei suoi amici, era il suo preferito.

Scuro di carnagione come una carbonella sicula, con grandi occhi nocciola, stava spesso fra le sue braccia, anche quando organizzava e coordinava le persone. Si sentiva più donna con lui in braccio, più viva.

La piazza era ancora vuota. I suoi passi lunghi ed eleganti la portarono verso il centro della piazza stessa, dove erano presenti grandi quantità di carne e grandi quantità di anime. Una zanzara si poggiò delicatamente sopra il suo braccio e succhiò avidamente del caldo sangue, poi volò via, portando con sé un po' di felicità della donna, sempre più rassegnata alla convivenza con i suoi genitori. La tettoia era grande e alta, sotto di essa erano ammassate costine, salcicce, patatine, carote, birra, vino e altre derrate: tutto era da sistemare per la grande serata.

Cominciavano ad arrivare i primi volontari: Maurizio, Stefano, Andrea, Fabrizio, Paola, Rossella, Mara, Alessandro e l'immancabile Orietta. Una piccola riunione, una colazione consumata in piedi e via al lavoro. Chi sistemava la cucina, chi le bombole, chi badava ai bambini, presenti nonostante l'orario. Gabriella era l'addetta alla cucina. Quindi iniziò a tagliare la carne e a dividere le salsicce dalle costine. Lavorare le impediva di pensare: nonostante casa sua fosse a due passi, tutto sembrava lontano, ovattato, anche gli urli erano attutiti.

Mentre tagliava un gran pezzo di costato, un "*ciao, posso aiutare?*" la fece girare di scatto. Era Cristiano, presente in tutto il suo pallore. Indossava una delle due camicie acquistate insieme il giorno prima. Decisamente troppo elegante per l'occasione, ma era un particolare che in quel momento assumeva un grande significato. "*Ciao...*" rispose Gabriella imbarazzata e sorpresa "*... che piacere vederti!*" Poi si accorse di avere esagerato, quel 'che piacere vederti' poteva essere frainteso... o interpretato in maniera errata... Ma ormai la frase era stata pronunciata e aveva già sortito i suoi effetti. Infatti Cristiano aveva preso colore, era diventato quasi paonazzo e aveva coperto il suo imbarazzo soffiandosi il naso, coprendo gran parte del viso con un enorme fazzoletto di stoffa, bianco con un bordino azzurro.

Gabriella lo preso sottobraccio e con decisione lo portò verso il bancone della carne; sentiva, attraverso la pelle che toccava la camicia, la timidezza che l'uomo cercava di combattere. Il tessuto era morbido e dava piacere al tatto… Forse qualcosa di nuovo stava iniziando…? I due insieme si misero a lavorare alacremente. Cristiano iniziò a tagliare la carne. Gabriella notò il gesto forte, quasi aggressivo, nel compiere quell'atto. Ma la giornata era bellissima, la gente cominciava a venire e a chiedere dettagli sull'organizzazione e sui prezzi. Non aveva tempo per soffermarsi sulle sue sensazioni.

La sera giunse in un attimo. Il profumo di carne e patatine riempì l'aria. La coda alla cassa era notevole. Gabriella era felice e nemmeno le barriere antipiccione, appuntite e acuminate, rivolte verso il cielo, potevano graffiare i suoi pensieri. I lampioni a tre luci, che davano le spalle alla chiesa, diffondevano un luce intensa, lasciandosi dietro però un' ombra piena di un futuro incerto. Cristiano e Gabriella non si parlarono quasi per tutta la sera, ma si scambiarono sguardi di incredibile complicità.

Poi arrivò l'ora di chiudere la manifestazione. La piazza lentamente si svuotava e lasciava vedere le file di sedie bianche, in ordine come denti, pronti a morsicare ad azzannare. Pensieri misti nella mente della donna, intrisi di rabbia, disperazione e felicità. Questi pensieri lottavano fra di loro. Si dimenavano in una danza forsennata, colpendo le pareti della testa con acuminate spade. Quale pensiero vincerà questa notte? Sarà un sonno sereno? Un bacio sulla guancia a Cristiano sorprese entrambi…"*Ciao, a presto*" disse Gabriella. Poi sorrise ad Orietta e senza dire altro si avviò verso casa, lasciandosi alle spalle profumo di carbonella, carne alla brace e pensieri bruciati.

Arrivata a casa il buio la avvolse, i genitori dormivano nella loro stanza, il letto vuoto di affetto accolse il suo corpo stanco, il lenzuolo coccolò la sua anima. Il mattino dopo il risveglio fu piacevole, nuovamente il sole entrò nella sua stanza baciando le sue gote.

Immediatamente scese dal letto, lasciando le ciabatte vuote: i piedi lasciavano impronte sul pavimento, pensieri lasciati cadere per dividersi in mille pezzi, in mille frammenti acuminati. Un getto di acqua in viso, uno sguardo fuori dallo specchio e via di corsa in piazza, dopo aver indossato una camicia bianca, dei jeans e un po' di felicità... Quel giorno Gabriella era felice, addirittura radiosa. La sera prima tutto era andato bene, la gente, gli amici... Cristiano... sì, proprio lui. Adesso l'uomo era sempre più presente nella sua mente. Non riusciva a decifrare i suoi sentimenti, ma la l'intensità delle sue emozioni le indicavano a chiare lettere che era innamorata!

4.

Di nuovo avevano un appuntamento, luogo d'incontro piazza Sella, sotto il profumo dei tigli. Negli ultimi due mesi si erano visti parecchie volte, in media una volta alla settimana. Ogni volta Gabriella viveva l'incontro con trepidazione ed emozione infinita. Era cambiata: ora aveva un obiettivo nella vita, si sentiva più serena e speranzosa in un futuro diverso. Eppure lui non si sbloccava. Sembrava sempre così rigido, così misurato... Era veramente interessato a lei?

Quella mattina i piedi di Gabriella si appiccicavano al terreno, la resina degli alberi voleva forse impedire a lei anche di camminare serenamente? Ma in quel momento niente poteva fermare la voglia di vivere della donna, che si era lasciata alle spalle l'uscio di casa con dentro tutta la sua fredda normale apparenza.

Il sole ancora basso sfiorava la torre campanaria, lasciando all'ombra le ortensie, come per nasconderle.

Gabriella aspettava e fantasticava, la sua mente andava a mille, sentiva l'energia vitale uscire dai pori, come dopo una dose eccessiva di caffeina. Riusciva anche a vedere oltre il domani, esperienza anomala per lei. Si affacciò sul ciglio della strada e vide una Punto color rosso mattone che si avvicinava... "È lui" pensò emozionata, ma l'auto proseguì la sua corsa lungo la provinciale, lasciando delusa la donna che si sorprese di questo pensiero..."*Sto pensando a lui, sto pensando a lui... ma allora posso innamorarmi anche io...*" Un'altra auto passò e poi un'altra ancora, finché una

Punto color rosso mattone entrò in piazza e parcheggiò accuratamente. Un uomo scese con estrema calma, era Cristiano. Si stagliava con tutta la sua curva figura nella piazza ancora vuota di auto e di anime, i suoi abiti marroni lo facevano apparire come un tronco curvo senza rami, senza nessuna prospettiva verso l'alto. Passi lenti, controllati, misurati, lo condussero verso Gabriella, che cercò di capire ed interpretare i propri sentimenti. Nessun risultato, la ricerca dentro di sé non portò alcun risultato... I sentimenti vanno elaborati insieme a qualcuno, i sentimenti vanno tirati fuori, esposti sopra un tavolo e poi guardati pezzo per pezzo... Ma al momento non vi era tempo per quello. Cristiano era vicino, proprio davanti a lei. La donna si avvicinò e gli diede un bacio sulla guancia, sentendo la pelle perfettamente rasata sulla propria. Un profumo di stantio avvolse le sue narici, ma non fece caso a quello. Lo prese sotto braccio e si avviò verso l'auto, passando attraverso la piazza, tagliando strada e sguardi. Entrarono in auto.
Gabriella era radiosa, luminosa, sentiva il suo cuore battere forte dentro il petto. L'aria dentro l'auto era artificiale a causa dei pinetti di Arbre Magique distribuiti ovunque, ma tutto sembrava bello, anche quell'orribile profumo. La donna osservava Cristiano con la coda dell'occhio, vedeva il suo profilo aquilino e l'incipiente calvizie, sembrava più vecchio dell'età che lui le aveva detto di avere, 30 anni. Ma questo dava a lui una certa maturità e a Gabriella sicurezza. Poi con un gesto affettuoso, con la mano tolse la forfora dalle spalle di Cristiano. La forfora si vedeva bene sul marrone, colore della sua camicia.

Il viaggio fu breve: Cristiano la condusse al parco del Valentino a Torino, che era semplicemente una favola. Il borgo medievale accolse la coppia che passò attraverso il portone, schiacciando il mosaico di ciottoli. Le rose che ornavano il giardino sotto il castello emanavano un dolce profumo. Gabriella prese ancora sottobraccio Cristiano, che si lasciò trasportare fino al pozzo dei desideri, sovrastato dall'albero del melograno. Qui l'uomo estrasse una moneta e disse: *"Esprimi un desiderio e fai in modo che io ne faccia parte."*
Senza farselo ripetere due volte Gabriella, sorpresa e felice, si girò dando le spalle al pozzo e gettò la moneta al suo interno… Un desiderio volò lontano… arrivando fino al sole… Poi uno sguardo volò addosso a Cristiano, nello stesso momento un tintinnio fece capire che la moneta era giunta a destinazione. Chissà il desiderio!
La coppia riprese a camminare all'interno del borgo.
I bassi portici, formati da colonne cilindriche dipinte a scacchi, li sorpresero ancora più vicini, insieme a guardare i negozietti luminosi e scintillanti, zeppi di souvenir. Fra tutti spiccavano sempre la Mole Antonelliana, in varie misure e colori, e le classiche penne con le fotografie della città incollate sopra. Accompagnati dall'eco dei propri passi, Cristiano si fermò davanti alla chiesa, guardando le tre guglie scure che si stagliavano nel cielo azzurro, per poi fermarsi ad osservare l'affresco sulla parete che raffigurava il diavolo, con una lunga coda appuntita.
"Entriamo in chiesa?" chiese Cristiano a Gabriella ed insieme, tenendosi per mano, varcarono, la soglia della struttura spostando il pesante portone di legno…

E qui, vicini, recitarono inginocchiati una preghiera. Gabriella osservava Cristiano, concentrato nel Padre Nostro. Gli occhi chiusi, le mani giunte, la schiena curva. Una stretta al cuore la fece sussultare... Un sentimento forte, fresco come l'aria mattutina, la rapì... *"Cosa mi sta succedendo? Cosa?"* Si chiedeva Gabriella confusa, non riconoscendo nessuno di quei palpiti che le scaldava il cuore. Poi la preghiera terminò e i due usciti dalla chiesa passarono attraverso l'arco, camminando sopra il ponte levatoio, facendo rimbombare i loro passi come il battito di un cuore, uno solo...

Notte agitata, quella successiva. Il sonno di Gabriella era praticamente nullo. Morfeo si divertiva ad apparire e scomparire, giocando con le palpebre e la mente. Nel buio quasi assoluto della notte, i pensieri si confondevano con i sogni, rendendo la realtà priva di significati, priva di punti di riferimento. In quel momento Gabriella era in preda a grande confusione, il sudore faceva affogare dentro la pelle e le lenzuola anche i pensieri più antichi, anche le certezze più remote. Le zanzare, avide di sangue, succhiavano globuli e pensieri, lasciando pruriti ed incertezze.

Solo il mattino, un po' più fresco, riuscì a donare sollievo alla mente inquieta della donna. Il sole passava attraverso le gelosie e punzecchiava Gabriella sul viso. Ottima scusa per alzarsi. Infatti, mentre un pensiero scivolava sotto il tappeto nascondendosi alla razionalità, la donna si alzò, spezzando l'incantesimo della notte. Immediatamente spalancò la finestra, lasciandosi bagnare dalla luce. Un respiro profondo come il mare, uno sguardo alla piazza, più vuota di un cielo senza nuvole, e via in bagno... A grandi passi, scavalcando i cattivi pensieri. "*Che mi sta succedendo? Non mi sono mai sentita così agitata, sono innamorata? No, no, no, non è possibile.*" Lo specchio restituiva due profonde occhiaie scure, una notte senza sonno lascia il segno. Un velo di trucco per nascondersi, a sé stessa e agli altri, una camicia larga, bianca, una gonna lunga di cotone beige, e giù verso la piazza. Nella confusione Gabriella non aveva sistemato il letto e neppure apparecchiato per la colazione del padre.

Stava per tornare indietro quando un bip la avvisò che era arrivato un messaggio al cellulare. Era ancora molto presto, chi poteva inviare sms a quell'ora? Estrasse il cellulare dalla tasca che, essendo stretta, impediva movimenti fluidi, quasi volesse trattenere il messaggio... Protezione? Profezia? L'sms era di Cristiano, memorizzato come 'cricri' nella rubrica. Il testo diceva così: "*Oggi pomeriggio sono libero, se vuoi passo a prenderti, andiamo a prenderci un gelato da qualche parte.*" A Gabriella tremavano le mani. Il cellulare era umido di sudore, sudore dovuto all'emozione. "*Ma sta accadendo a me?*" pensò la donna sbattendo le ciglia..."*Cosa devo fare? Devo dire di sì? Ma se dico di sì poi la cosa potrebbe complicarsi...*" Un desiderio di libertà la invase e rispose. "*Alle 14,00 in piazza Sella.*"

La breve risposta arrivò immediatamente: "*Va bene, ci sarò.*" Poi Gabriella ripose il cellulare nella tasca stretta, comprimendo anche i pensieri.

La chiesa a quell'ora era semideserta, pochi anziani assistevano alla Messa. Ascoltavano con gli occhi chiusi le parole di Don Carlo, che vicino all'altare dipanava la sua predica. Dalle finestre la luce giocava con i colori dei mosaici, saltellava allegra fra i santi, arrivando fino al pavimento, per poi rimbalzare sul viso di Gabriella. Un tiepido calore invase il suo cuore... Un calore che dava speranza, che dava futuro. Era felice di avere un altro appuntamento con Cristiano. Una mano si posò sopra la bocca, voleva nascondere il suo sorriso. Chinò la testa così anche i capelli potevano nascondere occhi e sguardi. Tutto le appariva bello, anche l'odore stantio della chiesa, anche le parole di Don Carlo. Anche la polvere sopra le statue.

L'omelia proseguiva noiosa come una domenica invernale. Gabriella alzò la testa, guardò il prete di sfuggita e si alzò, trattenendo la sua fretta. Passi veloci sul pavimento scuro, i tacchi tamburreggiavano come un cuore impazzito. Il suo. La porta si aprì e il sole del mattino investì i suoi occhi, che abbagliati si chiusero. Le due del pomeriggio, non erano così lontane. Aveva deciso di non tornare a casa a pranzo, lì il tempo non sarebbe mai passato. Per cui passeggiava ostentando calma. Passò davanti alla posta, come sempre zeppa di gente nervosa e sudata, poi tornò indietro e sostò ancora davanti alla chiesa, contando le pietre che formavano il mosaico antistante il grosso portone. Girò per le strade del paese con tranquillità all'inizio, con ansia e trepidazione man mano che il tempo passava. Poi vennero le due del pomeriggio.

Con tutto il calore estivo e l'emozione di un incontro. La Punto rosso mattone, puntuale come una cartella di Equitalia, entrò in piazza Sella. Cristiano si vedeva attraverso il parabrezza, sfiorava quasi il tettuccio, si notava il suo colorito pallido circondato dal marrone della camicia. Gabriella sentiva il sudore scivolare nell'incavo della schiena: il caldo e l'emozione erano un mix micidiale. Anche le mani erano umide come stracci intrisi di acqua sporca, un po' come i suoi pensieri. Sporchi perché la libertà faceva capolino. Il cuore della donna era impazzito, lo sentiva nella gola, lo sentiva in bocca... Lo sentiva dappertutto! La porta dell'auto si aprì dall'interno e Gabriella scivolò dentro l'abitacolo. *"Andiamo a Torino?" "Certo, andiamo."* Poche parole, tanti pensieri.

L'auto si lasciò alle spalle il paese con tutte le sue chiacchiere e sguardi. La voglia di fuga da tutto e da tutti era dentro l'auto, insieme ai due occupanti, e premeva contro i finestrini chiusi. Gabriella schiacciò il pulsante che permise al vetro di abbassarsi e immediatamente un sibilo fece entrare l'aria che accarezzò il viso della donna, intrufolandosi fra i capelli neri e scompigliandoli nervosamente, ma nello stesso tempo mettendo in ordine i pensieri. Questa volta lui non le chiese di chiudere il finestrino. Gabriella guardava Cristiano, curvo come sempre, con lo sguardo rivolto avanti, verso la strada, o rivolto verso il futuro...

Stranamente, forse per timidezza o per riservatezza, durante il tragitto non vi fu parola... Solo qualche sguardo che nascondeva, forse, messaggi profondi.

Cristiano parcheggiò auto e pensieri vicino ad una grande gelateria, dove la gente era accalcata. I due fianco a fianco, sfiorandosi, senza un vero e proprio contatto diretto, si misero in fila... Cristiano riuscì a rompere il silenzio solo davanti al bancone: *"Che gusti preferisci? Qui i gusti migliori sono quelli alla crema: nocciola, zabaione, cioccolato, meringa, fior di latte."* Gabriella, che preferiva i gusti freschi della frutta, mentì spudoratamente, per non deludere le aspettative di Cristiano e disse che avrebbe preso cioccolato e nocciola. La fila era lunga e i gelati si distribuivano con lentezza estrema, nonostante i numerosi commessi. Inavvertitamente un uomo anziano, che camminava appoggiandosi ad un bastone, urtò Cristiano ad una spalla, un urto non violento. La reazione di Cristiano fu esagerata... Immediatamente rispose alla spinta con un'altra spinta, facendo vacillare l'uomo, che oscillò fin quasi a cadere. Poi afferrò il braccio del malcapitato, stringendo il polso così forte che l'anziano fu costretto a far cadere il bastone che lo sorreggeva. Il volto di Cristiano era tumefatto, rosso d'ira, paonazzo, le vene del collo erano turgide, gonfie, e affioravano sotto la pelle come artigli spuntati. Si formò un capannello attorno ai due, la gente non capiva una così violenta reazione. Gabriella, attonita, sorpresa ed allibita, appoggiò una mano sulla spalla di Cristiano, che a quel contatto, sembrò tornare in sé, dopo un momento di completa estraneità al mondo...

Come un automa, raccolse il bastone da terra afferrandolo con forza e lo porse all'uomo, attonito e sorpreso per il duplice comportamento. Poi con un filo di voce, sempre con lo sguardo di Gabriella addosso e la mano che lo sfiorava, con un filo di voce disse: "*Scusi, non so cosa mi sia capitato.. davvero...*" Aveva gli occhi bassi, lo sguardo vagava attraversando le gambe della gente, senza incrociare occhi giudicanti.

Gabriella, imbarazzata e stupita, ebbe la sensazione che la sua presenza in qualche modo calmasse Cristiano... La situazione, paradossalmente, riempì il suo cuore di tenerezza. Vedeva Cristiano come un uomo bisognoso di affetto, tenerezza e cure. Si sentiva come investita da una sorte di missione, qualcosa di grande, di immenso... Mortificato, Cristiano attese il proprio turno ed acquistò i gelati per lui e per Gabriella. Insieme, sempre in silenzio, gustarono la merenda fredda, lasciando liberi i pensieri...

La coppia era seduta sopra una panchina di legno che, divorata dall'umidità e dal caldo estivo, scrostata e malridotta, ospitava l'inerzia dei due. Cristiano si torturava le dita con i denti, mangiando le unghie, riducendoli a orribili moncherini. D'improvviso, come colpito da un fulmine, si girò verso Gabriella e disse senza guardarla negli occhi: *"Gabriella, vuoi uscire con me? Vuoi essere la mia ragazza?"* Un tonfo al cuore colpì la donna che immediatamente, rispose: *"Certo, mi piacerebbe!"* Lasciando di stucco se stessa e Cristiano, che non si aspettava una risposta così veloce ed immediata. Poi entrambi guardarono avanti, come per guardare il futuro. Non un bacio, non una parola di più. Sembrava un copione monco senza scenografia, orfano delle cose migliori, le emozioni. In realtà Gabriella era emozionatissima, ma incapace di esternare ogni cosa, come da educazione ricevuta. Cristiano, si avvicinò un po'... E allora Gabriella poteva quasi sentiva quasi le vibrazioni del suo cuore, o forse era quello che avrebbe voluto sentire. Avrebbe voluto assaporare il contatto delle sue labbra, il contatto della sua mano. Ma nulla accadeva... Gabriella giustificava questo atteggiamento, con l'eccessiva timidezza. Il tempo avrebbe sistemato tutto. Pensieri veloci atti a giustificare e razionalizzare tutto, schemi mentali per difendersi da situazioni nuove, forse poco gradite o diverse dalle aspettative create nella mente di una giovane donna.

La nuova coppia passeggiò costeggiando il fiume Po. Le mani erano intrecciate e dondolavano colpendo l'aria con delicatezza. Adesso tutto sembrava bello a Gabriella, perfino il futuro, rosa, come il colore del tramonto che stavano guardando. Il fiume scorreva lento e tranquillo. L'aria calda accarezzava dolcemente i loro visi. La gente sembrava sorridere al loro passaggio, la tenerezza che trasmettevano era tanta. Gabriella percepiva qualcosa di indefinito al contatto di Cristiano, ma evitò di indagare dentro l'anima. L'auto, abitacolo generalmente adibito anche a baci rubati, non fu teatro di nulla, nemmeno una carezza, nemmeno una parola.

Candiolo al buio era incantevole. I lampioni luccicavano illuminando la piazza con fioca luce. I moscerini danzavano creando orbite ellittiche. La fila di gente fuori dalla gelateria, colorata e schiamazzante, sembrava una lingua depositata sulla strada, in attesa di leccare i sentimenti. La torre campanaria era l'unica che sembrava essere contraria a quella nuova unione. Le sue finestre rettangolari sembravano occhi, e la muffa verde, causata dall'umidità, creava sbuffi simili a grosse lacrime... lacrime amare, salate, gonfie di dolore. Improvvisamente Cristiano diede un bacio sulla guancia a Gabriella, che rimase sorpresa e felice di quel gesto spontaneo e timido, poi un semplice "ciao" concluse la serata.

L'auto ripartì, portando via Cristiano insieme a tutta la sua timidezza. Il buio la ingoiò...

"*Chissà cosa nasconde...*" Pensò Gabriella, allontanando lo sguardo dalla giudicante torre.

La casa era come sempre vuota d'affetto e odorosa di detersivo e pulizia. Le pattine sul pavimento di marmo facevano scivolare Gabriella silenziosa sul pavimento scuro, dentro la casa buia. La madre comparve come un fantasma, anche lei silenziosa, come la sua sofferenza. "*Ultimamente sei sempre fuori casa, cosa dice la gente? E tuo padre? Lo sai che è meglio non farlo arrabbiare, sai come reagisce, no?*" stava dicendo tutto d'un fiato, senza guardare Gabriella negli occhi.

Il senso di colpa passa anche attraverso lo sguardo e arriva dritto al cuore, parlare al buio e senza guardare aiuta sicuramente a mitigare il tutto. Ma Gabriella, incredibilmente incurante e piena di coraggio disse: "*Mamma, mi sono fidanzata. Adesso vado a letto, domani ho da fare e sono stanca*" lasciando la madre annichilita, marmorizzata come il pavimento, schiacciata contro la parete: tanto il peso delle sue parole era immenso.

Poi Gabriella infilò la porta della sua stanza e con il cuore gonfio di gioia si tuffò sopra il letto, soffocando il suo pianto dentro il cuscino. Le lacrime inzuppavano la federa trapassandola come una freccia trafigge il bersaglio. I singhiozzi, soffocati, imprigionati dal cotone, riecheggiavano nella testa della donna... Pensieri belli, bellissimi, nonostante il pianto, giravano vorticosi nella sua mente. La stanchezza fortunatamente ebbe la meglio e un sonno profondo prese Gabriella, stordendola. Sogni stupendi le arricchirono il sonno, campi verdi zeppi di fiori colorati, dove farfalle leggere come anime spolveravano l'aria dalla cattiveria ricevuta in tutti quegli anni di vita. Cielo azzurro, aria pulita. Nessuna presenza umana in quei prati. Solo speranza.

5.

La luce del mattino interruppe quel momento di felicità, aghi pungenti trapassavano l'aria arrivando alle palpebre. In realtà non era la luce a dare fastidio, ma il pensiero di affrontare il padre, ormai sicuramente al corrente della grande novità. Gabriella si alzò lestissima dal letto, il pavimento duro accolse i suoi piedi nudi, che mentre si muoveva lasciavano impronte di umido. Niente pattine, la libertà ha un buon gusto, una volta assaporata resta impressa. Aprì la porta della sua stanza, in casa ancora buio. Entrò in bagno con la luce spenta. Movimenti veloci e silenziosi. Nessun trucco, solo acqua fresca sulla pelle. Odore di stantio, odore di tensione, odore di paura. Prima o poi il padre sarebbe stato da affrontare, ma non in quel momento. I pantaloni indossati in fretta e una camicia larga coprirono il corpo nervoso. La porta d'ingresso si aprì... Aria pulita, aria di libertà.

Era prestissimo. Candiolo sonnecchiava ancora. Da lontano il rumore del treno richiamava alle vacanze, vacanze mai vissute dalla donna. Le finestre chiuse del condominio di fronte al Comune sembravano occhi chiusi. Chiusi come la mente del padre e della madre. Una gazza si muoveva nervosamente fra i rami del pino. Si stagliava in tutta la sua bellezza. Poi spiccò il volo e sparì dietro i tetti. Ecco, questo voleva fare Gabriella: volare via e sparire, lontano da occhi chiusi ma giudicanti, lontano da odori di muffa, lontana da pensieri stantii e fermi.

Il bar antistante la piazza era aperto. Il dehors vuoto. Pochi passi e lo raggiunse, entrò dentro. La luce fioca non impediva di vedere il banco delle brioche, croccanti, calde, ripiene di marmellata o nutella, piene di dolcezza. "*Un caffè grazie*" chiese Gabriella con il suo solito filo di voce. Poi con un tovagliolo prese un cornetto ancora caldo, ancora croccante. I denti tranciarono di netto la punta, con forza e decisione. Masticava con calma, assaporava ogni molecola di quella incredibile libertà. Poi un sorso di caffè amaro, come per ricordare che ancora quasi nulla era cambiato. E un altro morso al cornetto...

La porta del bar si aprì spinta dalla mano di una donna in divisa: Elena, componete femminile della polizia municipale locale. Capelli grigi pettinati dal vento, occhi chiari come il cielo, sorriso largo e simpatico. Elena conosceva tutti. Un caloroso 'ciao cita' toccò il cuore di Gabriella, nemmeno sua madre la chiamava così. "*Tut bin?*" incalzò ancora Elena. "*Si tutto bene, grazie, mai stata così bene*" rispose lei. Un battito di ciglia di Elena e uno sguardo incorniciarono il momento di felicità. Poi il cellulare vibrò nella tasca, un sms. "*Chi può essere a quest'ora? È praticamente l'alba.*" Elena si allontanò garbatamente mentre Gabriella afferrava il telefonino cercando di celare l'ansia. Era Cristiano. Il testo recitava così: "*Oggi lavoro tutto il giorno, ma non smetterò di pensarti un momento.*" Decisamente laconico ma notevole, vista la grande timidezza dell'uomo. Gabriella, tenendo il cellulare in mano, come per continuare a mantenere il contatto, finì la sua colazione. Era ebbra di sensazioni mai provate prima... Felicità? Libertà? Non sapeva di preciso cosa fosse, ma era decisa a mantenere questo stato. Il miglior cosmetico per una donna è la felicità. Infatti Gabriella era semplicemente luminosa, la sua pelle ancor più radiosa.

Con grandi passi lesti attraversò tutta la piazza ed entrò in casa, l'odore di pulito era sempre intenso. Suo padre era sveglio. Un suo sguardo trafisse l'aria ed arrivò dritto a Gabriella, che con un sorriso lo fece cadere sul pavimento. *"Ciao papà, ti preparo il caffè"* questo coraggio improvviso turbò non poco l'uomo che si alzò dalla sedia mostrando tutta la sua stazza e la sua aggressività con un silenzio lunghissimo. Gabriella si voltò, dandogli le spalle. Sentiva la rabbia dell'uomo, sentiva il suo odore, il suo pungere dentro l'anima. Il rumore della caffettiera ruppe il fastidioso silenzio. *"Il caffè è pronto, metto io lo zucchero."* Il cucchiaino affondava nella granulosa dolcezza dello zucchero. Ma ora la dolcezza era altra. Incredibilmente Gabriella era riuscita a respingere l'aggressività del padre, che beveva il caffè, stupito anche lui per l'insolita risposta. *"Sai papà... sono fidanzata. Ecco perché esco spesso. Si chiama Cristiano."* Poi senza aspettare alcuna risposta, disse ancora che usciva a fare una passeggiata e immediatamente si precipitò fuori casa.

Gabriella sentiva una forza interiore mai avuta prima. La luce del sole la baciava delicatamente. Si avviò verso il parco, salutando con gli occhi l'azzurro del cielo e anche la fioraia, che stava creando una composizione floreale coloratissima. Passò sul pavimento antistante la chiesa composto da un mosaico di pietre tonde, sistemate in modo da sporgere parecchio dalla base, per cui passandoci sopra davano dolore ai piedi, anche perché le sue scarpe erano

di tela, delicate e fini. Ma quel giorno nessun dolore poteva fermare le sue idee e i suoi pensieri. Il parco era già pieno di felicità. Infatti, nonostante l'ora, bimbi vocianti giocavano fra scivoli e altalene, accompagnati da nonni, mamme o papà... Si sentiva profumo di pini, di erba calpestata. Un bimbo si avvicinò chiedendole se per piacere gli teneva premuto il tasto della fontana, così da permettergli di bere. Il bimbo bevve l'acqua fresca ad ampie sorsate, si dissetava, lasciando cadere parte del prezioso liquido. Un suo sguardo e un grande sorriso ricambiarono lo sforzo fatto. In quel momento la speranza di una vita diversa si era impossessata di Gabriella, una speranza grande come il cielo azzurro. La panchina su cui era seduta sembrava un trono, la donna guardava ebbra di felicità la felicità altrui, specialmente quella dei bimbi. *"Anch'io avrò dei bimbi, anch'io..."*
La giornata passò serena, fra un sorriso e un panino acquistato al bar. Rientrò a casa solo a sera inoltrata. Non voleva sporcare quei momenti con critiche o sguardi paterni e materni. Voleva semplicemente vivere e assaporare i momenti.

6.

Passarono altri mesi. Ormai le telefonate e i messaggi di Cristiano erano diventati una piacevole abitudine. Gabriella aspettava sempre con grande ansia un suo contatto. Bastava un saluto, un semplice ciao, per farla sentire viva. Purtroppo si vedevano troppo poco, lei avrebbe voluto passare più tempo con lui. Ma impegni di lavoro o stanchezza impedivano gli incontri.

Erano le otto del mattino di un venerdì. Ecco che il cellulare iniziò a suonare. Vibrando sopra il comodino e muovendosi sul legno scuro, sembrava dicesse: ' *Prendimi, prendimi.*' Subito Gabriella allungò il braccio e la sua mano afferrò il telefono. Gli occhi caddero sul display. Cricri. Felice e turbata rispose: "*Pronto? Come va? Dimmi…*" "*Ciao, domani alle otto se vuoi passo a prenderti, oggi sono al lavoro fino a tardi. Solito posto, in piazza, vicino alla torre.*" "*Va bene, alle otto.*" Non una parola di più. Un dialogo veloce, solo pochi secondi… Ma a Gabriella quella telefonata bastava già, era come un bicchiere d'acqua dopo anni di sete, una folata di vento fresco in una giornata afosa d'agosto…

Vita, energia allo stato puro. Spalancò la finestra e appoggiandosi con le mani sul davanzale respirò a pieni polmoni chiudendo gli occhi, lasciandosi baciare dal sole. L'aria entrava in casa e sembrava pulire il suo corpo da anni di ingiustizie, passando a stento fra i silenzi della madre e le urla del padre, scavalcando emozioni ben peggiori, e poi andava via, libera.

Gli occhi si aprirono e lo sguardo cadde sopra la piazza, dove gli ambulanti avevano allestito il mercato. Grossi ombrelloni variopinti coprivano le merci sopra i banchi. Nascondevano alla sua vista le mani che sapientemente maneggiavano fragole, pesche albicocche. Quel giorno la felicità era così spessa che le nuvole bianche estive sembravano carta velina a confronto.

Gabriella, dopo essere passata in bagno per un trucco veloce, si precipitò in strada, oltrepassando lo sguardo della madre che, alle otto di mattina aveva già lo straccio in mano nel patetico tentativo di pulire la sua coscienza.

La piazza brulicante di gente intenta ad acquistare, non ostacolava il passo veloce della felicità. Gabriella doveva condividere la sua gioia con qualcuno, con qualcuno di fidato. Passi veloci sul selciato grigio, profumo di pollo arrosto e pesce fresco accarezzano il suo viso. In pochi minuti si trovò sotto casa di Orietta. Il cuore le scoppiava, voleva urlare la sua gioia. Il dito schiacciò il campanello, una, due, tre volte. Sentiva il cuore battere come un tamburo.

"*Chi è?*" rispose la voce metallica filtrata dal citofono. "*Sono Gabriella, devo parlarti!*" "*Sali, poi vado al mercato.*" Pochi scalini e fu dentro la casa di Orietta.

La casa profumava di famiglia: odore di latte tiepido, biscotti, caffè, affetto. La bimba di Orietta sbirciò dalla camera da letto con due occhi azzurro mare. "*Ciao Gabri*" bofonchiò assonnata. "*Ciao bellissima!*" La risposta era più entusiasta del solito. Poi la bimba si nascose, per confondere la sua timidezza con il gioco.

"*Siediti, ti preparo un caffè, lo prendo anche io.*" Orietta preparava il caffè con mani sapienti e nel frattempo, con sguardi complici, invitava l'amica a parlare. Gabriella, ormai quasi incapace di contenersi, disse: *"Orietta... sono fidanzata... sono fidanzata!"* L'amica immaginava sicuramente con chi, ma non voleva togliere il piacere della sorpresa e quindi chiese maliziosamente: *"Lo conosco?"* lanciando uno sguardo di complicità all'amica. Mentre il caffè usciva dalla moka, Gabriella, disse tutto d'un fiato: *"*È Cristiano, lo conosci! Avevi visto giusto, come sempre.*"* Poi calde lacrime scesero dai suoi occhi. Le due amiche si abbracciarono, stringendosi forte. Orietta conosceva gran parte della vita di Gabriella, conosceva il valore di questo avvenimento. Poi senza più parlare dell'argomento, come per proteggerlo anche dai pensieri cattivi, le due donne assieme alla piccola bimba uscirono per il paese.

Gabriella sembrava camminare sopra petali di rosa. Distribuiva sorrisi a tutti. La giornata passò in silenziosa gioia. Poche parole con Orietta, ma molte con se stessa. Progetti, sogni e altro ancora si materializzavano nella sua mente come immagini colorate. Sorrisi apparentemente persi nel vuoto rendevano il suo viso quasi fatuo e finto. Ma grande felicità era dentro di lei.

Sabato mattina, ore sei e trenta circa. Sveglia dettata dal cuore non dal suono di un oggetto metallico. Il cuore di Gabriella andava a mille, lo sentiva pulsare fino alla gola. Quasi un fastidio talmente era forte. La finestra si aprì immediatamente sulla piazza e il sole inondò la stanza di luce intensa. *"Un bagno di luce, ecco cosa devo fare"* pensò la donna, inebriandosi di sole. La luce per lei era un antidepressivo naturale, una terapia contro il buio e la tristezza che spesso l'avvinghiavano e la torturavano, insinuandosi nelle pieghe della sua mente, rendendo fosco il futuro. Ma quel mattino la luce aveva scacciato ogni pensiero negativo, si era fatta largo a spintoni contro il buio e aveva vinto, lasciando sul terreno anche gli urli di suo padre e le pattine della madre, sgombre di sguardi e sensi di colpa. La casa era silenziosa e linda. Non un fiato, non un urlo, solo profumo di pulito. Acqua fresca sul viso, un filo di trucco, solo del mascara per esaltare le sue folte ciglia, crema idratante, lucida labbra e profumo... e un bagno di felicità. Via per strada con il cuore in gola, con un pensiero attaccato alla cintura, un pensiero che la tratteneva... *"Cosa dirà mio padre questa sera. Cosa... passerò la giornata fuori... sicuramente si arrabbierà..."* Ma nulla al momento poteva trattenerla in quella casa, nulla, nemmeno il pensiero peggiore, nemmeno il senso di colpa più grande.

Era ancora presto, appena le sette, ma restare in casa voleva dire soffocare, non respirare, non vivere, morire lentamente. In fondo un'ora passa in fretta, una vita no. Per evitare chiacchiere indiscrete, a passi decisi andò verso la banca UniCredit: il bancomat era un ottimo espediente per perdere tempo.

Gli scalini pieni di erbacce e polvere non erano un ostacolo per raggiungere lo sportello, che sembrava una enorme bocca della verità, pronta a ghermire le mani inermi di chiunque sfiorasse le sue labbra.

Dita gentili sopra i tasti, codice errato. Un minuto perso. Soldi sputati da una fessura, come un'offesa, uno sberleffo. Poi le mani presero il tutto, anche l'ipotetico insulto, tanto a questo era abituata.

Una passaggio in chiesa, dove l'odore di fresco ed incenso la coprì di futuro, un' occhiata alla croce e via, verso il bar, per ingannare ancora il tempo.

La barista dagli intensi occhi azzurri l'accolse con un meraviglioso sorriso. L'aroma delle brioche era inebriante, come la felicità del momento. *"Quella ai frutti di bosco è divina"* disse la barista mostrando entusiasmo alla vita e porgendo la tazzina di caffè. Le labbra sfiorarono la spessa tazza, godendo di quel contatto, immaginando un bacio... da Cristiano. Caffè amaro e brioche dolce, un grande contrasto, come la vita. Gabriella mordicchiava lentamente il dolce, piccoli morsi, grandi progetti. La marmellata calda ai frutti di bosco scottò la sua lingua. Un presagio?

Le dita picchiettavano il bancone scuro. Mancava poco ormai, solo una ventina di minuti, una manciata di vita. Poi, quasi con disinvoltura, finì di mangiare il poco tempo rimasto, sbocconcellando quel che rimaneva della colazione. Uno sguardo furtivo all'orologio, le mani dentro il portamonete e via verso il luogo dell'appuntamento. La torre medievale. Passi contenuti, ma frenetici dentro. Imbarazzo, emozione, ma grande felicità, quando la Punto rosso mattone entrò in paese come una folata di novità. Una cometa, una buona novella per la donna, che sentì il suo imbarazzo trasformarsi in sudore freddo." *Oddio, sarò presentabile? E se mi si è sciolto il mascara? Avrò i capelli in ordine?"* Lo sguardo volò verso la finestra di casa sua... deglutì con forza.

La finestra era aperta, sentiva lo sguardo di sua madre direttamente sulla sua anima e quello del padre direttamente sulla pelle. Poi il sorriso di Cristiano passò attraverso il finestrino e gli sguardi rimbalzarono via. *"Ciao, sei puntualissima come sempre. Ti va di andare ai laghi di Avigliana? Prendiamo un po' di fresco e mangiamo lì, anche un panino."* *"Certo, mi sembra un'ottima idea, non ho problemi di orario"* rispose Gabriella senza battere ciglio.

L'auto borbottava sopra la strada, trasportando insieme ai due corpi anche speranze, gioie e progetti futuri. Il profumo di pino alla menta torturava il naso di Gabriella, la musica dei Pink Floyd echeggiava rimbalzando sopra i vetri, che lasciavano passare le immagini del paesaggio. Silenzio quasi imbarazzante fra i due, non una parola... Cristiano guidava attentamente, non staccava mai lo sguardo dal parabrezza e dal cruscotto. Gabriella voleva dire qualcosa, voleva rompere il silenzio spesso come un muro, pesante come un muro. Compiendo uno sforzo quasi sovrumano, disse: *"Giornata magnifica oggi, si potrebbe fare addirittura il bagno, peccato non avere i costumi dietro."* *"Già.."* fu l'unica risposta di Cristiano.

Sicuramente la timidezza era una componente importante, ma quel silenzio la metteva a disagio. Per un momento pensò di essere a casa sua, anche suo padre, spesso, non diceva una parola per ore intere, per poi esplodere con insulti inutili. Fortunatamente il paesaggio venne in aiuto a Gabriella, che scacciò con forza quel pensiero cattivo. L'orizzonte regalava uno squarcio magnifico, il verde degli alberi, stagliati all'orizzonte sembravano tuffarsi nell'azzurro del lago... osò! *"Che paesaggio magnifico... Dà una serenità incredibile... Senti il profumo dei pini, arriva direttamente al cuore."* Cristiano sembrò sbloccarsi da un immobilismo secolare e disse, senza staccare lo sguardo dal parabrezza: "*Sì è proprio bello qui, uno scorcio di pace dentro la grande frenesia che ci attanaglia. Speriamo ci sia poca gente.*" Gabriella sembrò risorgere, conteneva il suo entusiasmo a stento, bastava così poco per renderla felice? Qualche parola riferita ad un paesaggio?

Cristiano mentre parcheggiava l'auto, facendo mille attenzioni, spiegò: "*Evito di parcheggiarla sotto i pini, la resina rovina la vernice, lascia segni indelebili.*" "*Certo, fai bene*" rispose Gabriella, guardando anche lei gli alberi da evitare, come nemici da eliminare. L'auto fu parcheggiata con minuziosa dovizia, gli sguardi di Cristiano arrivavano fino agli angoli più remoti del parafango. Sembrava quasi avvolgere l'abitacolo in un abbraccio protettivo. Gabriella inconsapevolmente entrò in questa dinamica strana, infatti stirò il collo fino a farsi male per guardare il limite del cofano e del baule, assecondando la volontà di Cristiano. Dopo queste manovre Cristiano scese dall'auto e con un gesto di incredibile cavalleria aprì la portiera alla donna che arrossì visibilmente, facendo gongolare il cavaliere.

"*Sono proprio un'adolescente*" pensò la donna. Cristiano poi mise il suo braccio attorno a quello della donna, gesto inconsueto, di cui Gabriella rimase stupita. Sentiva il suo profumo, un profumo di dopobarba dozzinale e di naftalina. Le maniche lunghe della camicia azzurra strofinavano la sua pelle, un solletico strano le pervase la mente. "*Mi bacerà oggi!*" decise sicura.

I due camminavano verso il lago spinti dal vento che, impetuoso, si era alzato scompigliando capelli e pensieri. La coppia sembrava una coppia vetusta, matura, consolidata e stanca. Le due braccia erano incrociate come quelle di due anziani ad un circolo di ballo. I passi sincroni, verso un futuro nascosto da mille incertezze. Ma comunque un futuro.

Un piccolo bar con una terrazza vista lago accolse la coppia. Gli ombrelloni volavano via come fuscelli nervosi, dei grossi salici frustavano l'aria, strofinando in terra. L'acqua, increspata, spumeggiava arrogante contro la spiaggia, mangiando sabbia e pensieri. Gabriella guardava il suo fidanzato, intento a gustare un caffè. Le labbra sottili si appoggiavano sopra la tazzina, labbra pallide, come il resto del viso, occhi bassi, mai rivolti verso la donna. *"Chissà che sofferenza nasconde, ma non oso chiedere nulla, è troppo presto ancora."* Un fremito di tenerezza invase il suo cuore e le sue labbra strinsero il bordo della tazza, immaginando un bacio tenero e passionale.

Ma nulla accadde nemmeno in quella giornata, che passò spensierata rincorrendo con lo sguardo buste di nylon e cartacce. Nuvole veloci si trasformavano nel cielo, oscurando a tratti il sole. Poi nuovamente l'auto, con il suo profumo di pino.

Pochissime parole, pochissimi sguardi. Questo atteggiamento rinforzava la teoria di Gabriella riguardo la sofferenza nascosta. Un alone di mistero avvolgeva Cristiano, sempre cupo, assorto, pensieroso e solo, nonostante la compagnia di Gabriella.

"Domani possiamo vederci per fare colazione insieme e poi andare a Messa, se vuoi, ma dopo devo pranzare con miei, non poso fermarmi con te. E la sera devo andare a dormire presto, lunedì ho una riunione importante." Con queste laconiche parole di Cristiano i due si lasciarono. Ognuno per la propria stra-

da, ognuno con i propri pensieri, per nulla incrociati, per nulla fusi insieme.

7.

Gabriella era nonostante tutto molto soddisfatta per la giornata trascorsa. Grandi progetti erano balenati nella sua mente ed erano rimbalzati contro il selciato della chiesa, per poi arrivare fino al vecchio Municipio scontrandosi contro un cartello dell'Unitrè, che pubblicizzava un viaggio nella Torino magica. Magica come la gioia della donna, spessa, palpabile.

L'aria della sera era più fresca, ed il vento impetuoso del pomeriggio si era stancato di correre e si era trasformato in una leggera brezza, che accarezzava ogni cosa delicatamente, come un abbraccio materno, dolce, indispensabile. Entrò in casa silenziosamente. L'aria era pesante come sempre, odorava di candeggina e spray per togliere la polvere. Stranamente nessuno in casa. Ne approfittò per entrare in bagno e preparare una doccia. Mentre si spogliava la specchio rifletteva una donna felice. Fisico asciutto, seno sodo e alto, sguardo sognante e capelli spettinati come un cespuglio. Gabriella si vedeva bella, serena. Entrò in doccia sussultando, l'acqua troppo calda la riportò alla realtà. Scroscio pesante sopra le spalle, vapore ovunque, profumo di bagnoschiuma alla vaniglia... profumo di futuro. "Sì... la prossima volta mi darà un bacio..." Concluso questo pensiero e questo sogno, si lasciò abbracciare dalla spugna dell'accappatoio. Un abbraccio morbido, caldo e rassicurante. Domenica mattina. Alle ore 8,00 il sole batteva già forte alla finestra di Gabriella. Bussava prepotentemente con tutta la sua luce e diceva: "Sveglia Gabri, la Messa e Cristia-

no ti aspettano, cosa aspetti?" Un balzo dal letto, di corsa ad aprire la finestra per un bagno di luce. La piazza era magnifica a quell'ora... Poche auto parcheggiate disordinatamente, qualche anziana che camminava lentamente per raggiungere la chiesa e la torre campanaria che guardava tutto dall'alto, con i suoi occhi verdi e quadrati.

"Cosa mi metto oggi? Non posso indossare le stesse cose di ieri." Quindi aprì l'armadio, armadio che sembrava una grossa bocca digiuna di baci. Prese dalla gruccia una camicetta bianca di cotone e un paio di pantaloni blu, sempre di cotone. A Gabriella piaceva indossare le camicie larghe che coprono i fianchi: la sua insicurezza le impediva di essere a suo agio con altri indumenti. Voleva truccarsi, ma il bagno era occupato dal padre, che rumorosamente lavava la bocca dagli insulti facendo piccanti gargarismi. Aprì nervosamente la borsetta. Dentro vi era del lucida labbra e del mascara, bastava quello. La felicità completava il tutto. La porta si aprì, lasciando uscire odore di notte, odore di candeggina e frustrazione celata.

Giornata magnifica, sole, luce, caldo, profumo di fiori e Cristiano, che incredibilmente la stava aspettando sotto casa, regalandole un'emozione mai provata prima. Infatti il cuore oltre ad andare ad un ritmo mai sentito, perdeva qualche colpo, diventando irregolare, dando un senso di vuoto quasi da lasciarla senza respiro. Cristiano era sorridente, diafano come sempre, ma sorridente. Una camicia a maniche lunghe nonostante il caldo, di colore marrone, incorniciava un torace esile, curvo, che esprimeva tenerezza ed insicurezza. Una spolverata di forfora sulle spalle, qualche pelo biondo che usciva quasi sbarazzino dal colletto di una maglietta bianca, la classica maglietta della salute. *"Ciao, come sei luminosa oggi"* le disse ad occhi bassi. *"Grazie"* replicò Gabriella, sentendo un tuffo al cuore. La Punto rossa, linda come sempre, aveva un profumo diverso: forse il sorriso di Cristiano aveva contaminato anche l'abitacolo, oltre alla presenza di Gabriella.

Durante il tragitto, ad un certo punto la donna guardando avanti, oltre il parabrezza. Istintivamente pose la mano sopra la coscia di Cristiano, che rimase almeno apparentemente indifferente al gesto e al contatto. Giornata meravigliosamente bella, sole, cielo azzurro, temperatura gradevole. L'arco alpino sembrava un sorriso aperto, aperto come la voglia di amore di Gabriella. Incredibilmente Cristiano, senza guardare la donna, prese coraggio e appoggiò la sua di mano sopra la gamba della donna, che sentì un brivido che la percorse fino al cuore. Il sangue iniziò a girare vorticosamente, spinto da un cuore che pompava a gran ritmo. Lo sguardo della donna cadde sopra lo specchietto e si vide paonazza come una ciliegia matura. Quel colorito arricchiva la sua ingenua bellezza. Bastava il contatto di una mano, filtrata da un vestito, per far vibrare un corpo ancora mai toccato da un uomo? L'auto racchiudeva emozioni genuine, insieme al profumo dell'Arbre Magique.

Cristiano era ermetico come un riccio in letargo, e questo atteggiamento timido contribuiva ad aumentare la tenerezza che Gabriella provava per lui. Ma l'amore è solo formato da tenerezza? Questo era il suo dubbio.

Dopo pochi chilometri l'auto si fermò. Un bar pasticceria aperto, zeppo di profumo di caffè e magnifici croissant, aspettava i due fidanzati. Gabriella avrebbe preferito il bar che si affacciava sulla piazza, ma aveva lasciato decidere a Cristiano. Appena il parcheggiò fu effettuato, l'uomo uscì e di corsa aprì la portiera per permettere alla donna di uscire. La sua eleganza e naturalezza colpì un avventore della pasticceria, che posò il suo sguardo su di lei. Cristiano prese Gabriella sottobraccio, con un gesto estremamente protettivo, inorgogliendo la donna che sentiva nuovamente il cuore battere all'impazzata. Ma incredibilmente l'uomo, invece di accomodarsi fuori, si infilò dentro la pasticceria facendo accomodare la donna in un angolo nascosto, dicendole: *"Non mi piace come ti guarda quell'uomo, sei la mia fidanzata, non la sua."* Questa frase, invece di far irritare Gabriella, la riempì ancor di più di orgoglio e tenerezza; infatti pensò: "È innamorato, è protettivo, sono una donna fortunata".

L'angolo buio proteggeva la coppia dagli sguardi altrui. Cristiano si alzò dalla sedia e prese il viso di Gabriella fra le mani e la baciò teneramente sulle labbra, lasciando la donna semplicemente stordita dal gesto e dalla sensazione che il breve bacio le diede. Nessuna parola fra i due per un tempo lungo un'eternità, finché Cristiano, dopo aver bevuto un caffè decaffeinato, si alzò e disse: *"Andiamo, la Messa ci aspetta."* Subito la donna si alzò, completamente rapita dalla frase e dal momento. Aspettò che il suo uomo andasse a saldare il conto e dopo averlo preso sottobraccio insieme si avviarono verso l'auto, evitando o ignorando gli sguardi altrui, che in realtà sfioravano e colpivano la coppia proprio per via del loro comportamento anomalo.

Piazza Sella era zeppa d'auto. Il sole picchiava sopra i tetti metallici e restituiva raggi artificiali che colpivano a casaccio. Gabriella scese dall'abitacolo dopo che Cristiano le aprì lo sportello. Immediatamente la coppia si ricompose. Le loro braccia si incrociarono, quasi con un gesto automatico, meccanico, antico. Gabriella, sentiva il contatto della camicia sopra la sua pelle, strofinava come per ricordare che sotto il tessuto c'era un uomo, il suo uomo ora. La colpì anche il profumo di medicinale che Cristiano emanava, forse una pomata, o forse la naftalina chissà... Adesso la coppia era entrata in chiesa. La donna sentiva gli sguardi addosso, che scivolavano attraverso la sua camicetta per arrivare in terra, per poi impennarsi e sfiorare i capelli, rimbalzando sopra le spalle... Gli sguardi... Quelli delle persone anziane, che dipanavano rosari e pettegolezzi, gli sguardi delle amiche di sua madre, stupite e quasi irritate per la nascita della nuova coppia.

Il fresco della chiesa era piacevole e l'odore di incenso si confondeva con i profumi delle ragazze, che approfittavano della Messa per incrociare gli sguardi dei ragazzi. Il sole filtrava attraverso i vetri mosaicati, creando giochi di luci di incredibile intensità. Caleidoscopi di emozioni. Cristiano aveva gli occhi bassi, estraneo agli sguardi. Curvo su se stesso, intensamente preso dal clima mistico della struttura. La coppia si sedette sulla dura panchina di legno, le loro braccia si sfioravano, sembravano veramente un unico essere. Poi la cerimonia iniziò.

Don Carlo, statuario e confidenziale come sua abitudine, dall'alto dei suoi 1,80 cm parlò di rispetto reciproco, tema a lui caro, insistendo sull'importanza di questo principio.

La sua voce vibrava fra le colonne e le panchine, facendo sussultare alcuni bimbi del coro, intimoriti anche dall'alta statura del religioso. Gabriella era emozionata, quasi in estasi. La parole del Don le avevano toccato il cuore, massaggiandolo delicatamente... Il tutto era egregiamente condito dall'atteggiamento di Cristiano, che con le mani giunte e gli occhi chiusi pregava in silenzio. La cerimonia finì dopo la distribuzione dell'Ostia. Mani aperte in attesa della cialda sacra, occhi attenti a movimenti nuovi.

Terminata la funzione, le persone, seguendo il flusso, formarono un fiume di carne colorato dai vestiti estivi, un fiume profumato di fragranze giovanili. Gabriella teneva sempre sottobraccio Cristiano. I due passarono sotto il grande portone di legno e la donna si vide con l'abito bianco, il velo sopra il capo ed il riso che quasi oscurava la luce. Amici ai lati dell'uscita e lacrime di parenti a volontà. Forse anche quelle di sua madre. Le 11,30 di un luglio afoso colpirebbero chiunque.

Il fresco della chiesa non andò oltre il portone e nemmeno il sogno proseguì il suo cammino. Gabriella sentiva qualcosa che la arpionava al terreno, qualcosa che le impediva di volare. Si girò come spinta da forza oscura verso la sua destra e vide suo padre fra la gente che la guardava con ira mal celata. La folla impediva al padre di esprimere tutta la sua rabbia. Ma rabbia per cosa? Per la perdita di controllo su Gabriella? La donna si sentì improvvisamente svuotata di ogni contenuto interno. Lo sguardo vagava nel vuoto, rimbalzando fra una spalla e l'altra, senza meta. Cristiano non si accorse di questa improvvisa fatuità e continuò il suo cammino verso l'auto, tenendo sotto braccio anche i

pensieri della sua fidanzata. Qualcosa, o meglio qualcuno, interruppe questa situazione grottesca: Manuela, con incredibile coraggio nonostante il suo fisico minuto, si mise davanti alla sguardo del padre di Gabriella, come per proteggerla, per coprirla da qualche cattiveria. L'uomo, interrotto nella sua missione di controllo a distanza, fu costretto a cambiare posizione e perse di vista la figlia che, girandosi, non lo vide più. Ma vide Manuela, sorridente come il suo solito. Al suo fianco si era sistemato il fidanzato, Stefano, decisamente più imponente dal punto di vista fisico, e anche lui, senza saperlo, aveva contribuito a scardinare lo sguardo possessivo del padre di Gabriella. La donna, nuovamente libera, riprese coraggio e sussurrò a Cristiano: *"Forse è meglio che io torni a casa, ho visto mio padre che ci guardava."* *"Tuo padre?"* rispose Cristiano con incredibile vigore *"cosa aspetti a presentarmelo?"*
Gabriella era confusa come una adolescente al primo bacio. Sostenuta dagli sguardi di Manuela, Stefano e anche di Orietta, si voltò e iniziò a cercare suo padre fra la gente. Non fu difficile trovarlo, il suo sguardo l'aveva nuovamente arpionata. Uno strattone al braccio di Cristiano fece capire all'uomo che il ricercato era stato trovato. La scena sembrava tratta da un film western, era quasi mezzogiorno ed il sole era alto nel cielo. I due uomini, Cristiano e Domenico, si sfidavano con lo sguardo da lontano. I loro occhi tagliavano aria e profumo d'estate. La folla sembrava quasi creare un corridoio per permettere di far passare i due sfidanti. Gabriella non si capacitava del coraggio che Cristiano stava dimostrando in quel momento. Si lottava per il possesso di una donna, il possesso, non la libertà. Le

scarpe estive, quasi prive di suola, permettevano ai piedi di sentire il mosaico composto da pietre tonde, che comunque infastidivano il cammino. Un camminare fra spilli e sguardi. I due contendenti si trovarono faccia a faccia, i loro occhi si incrociarono.

"*Piacere, Cristiano.*" Dopo un secondo la voce roca di Domenico rispose: "*Piacere mio. Domenico, sono Domenico.*" E incredibilmente si aprì in un sorriso statuario, che sorprese Gabriella e molti altri ancora. La donna, nonostante la sua altezza ed eleganza, sembrava inerme rispetto ai due uomini e all'evento. Del tutto impreparata a questo episodio, non disse una parola, mentre il cuore batteva come un tamburo giamaicano. Riuscì a compiere un gesto che colpì soprattutto suo padre: con la mano spolverò la spalla di Cristiano dalla forfora, come per dire... "*Caro papà... ora tutto è compiuto, nessun ostacolo ormai, anche la gente ha visto... anche la gente...*"

Il padre di Gabriella, pressato dagli sguardi altrui, tese la mano e strinse quella di Cristiano, mantenendo il sorriso inalterato, plastificato. Il duello era in pieno pareggio fino a quel momento, nessuno aveva stupito od osato più del dovuto, finché Domenico non disse: "*Vuole venire a pranzo da noi? Così ci conosciamo meglio, spero non abbia altri impegni.*" In realtà Domenico sperava in un no, avendolo invitato senza preavviso, così la partita sarebbe finita uno a zero a suo favore, col contendente che batteva in ritirata, ma Cristiano rispose immediatamente: "*Volentieri, per me sarebbe un vero piacere*" lasciando di stucco Domenico, Gabriella e i curiosi che con la scusa della calca ascoltavano il discorso.

"*Gabriella, avvisa tua madre che abbiamo ospiti, usa il cellula-re*" disse Domenico apparentemente per nulla irritato dal-la situazione. Subito Gabriella, come ipnotizzata, estrasse l'apparecchio e compose il numero. Orietta, la sua amica, estrasse dalle labbra un sorriso che scaldò il cuore della donna, che sentiva gli sguardi dei presenti addosso più caldi del sudore. Anche Alessandro, amico di vecchia data di Gabriella, sorrise teneramente, quasi rilassandosi dopo l'esito dell'incontro. "*Pronto mamma? Senti abbiamo ospiti, Cristiano... il mio fidanzato... si ferma a pranzo, l'ha invitato papà... non sono stata io, davvero.*" "*Oh mi nu Sgnur, to pare aiè pi fol che ti, e ades co T' preparo? Na frità? oh nu Sgnur che situasiun*" un click chiuse la conversazione.

"*La mamma ha detto che va bene, bisogna solo darle un po' di tempo.*" "*Tua madre è bravissima, nel frattempo andiamo a prendere un aperitivo al bar*" tuonò Domenico, parlando ad alta voce per farsi sentire dal più alto numero di persone. Questo ordine vibrò nel cuore di Gabriella, che cominciò a sentirsi in colpa per aver messo in difficoltà la madre, sempre molto precisa e meticolosa nel preparare pranzo e cena, specialmente quando vi erano ospiti. In realtà sem-brava una sfida dentro la sfida. Il marito che sfidava la moglie a preparare un pranzo degno di tale nome... per poi insultarla se non riusciva nell'impresa. Anche la figlia era coinvolta in questo gioco, per il fortuito incontro in chiesa per il quale Gabriella poteva essere poi oggetto di scherni e colpevolizzazioni. Decisamente contorto e per-verso il carattere di Domenico. Gabriella era cresciuta cosi. Colpevole di tutto, colpevole anche di respirare.

Il trio si allontanò dal sagrato, le pietre arrotondate antistanti la chiesa premevano contro le suole leggere delle scarpe di Gabriella, era come camminare in bilico sopra pensieri di difficile risoluzione. In pochi minuti arrivarono al bar. La donna, inerme contro la volontà dei due uomini, teneva sottobraccio Cristiano, un appiglio fisico e non solo. Ma era veramente un appiglio?

"Un Martini e due Crodini" urlò Domenico, senza chiedere nessun parere, sminuendo e azzerando la volontà altrui, come al solito. Poche parole formali scambiate fra i due uomini, dando le spalle a Gabriella, che tentava invano di nascondersi dagli sguardi e dalla situazione stessa. Il sapore amaro del crodino riempiva la bocca della donna, che ora immaginava il pranzo come un momento di ulteriore amarezza o sfida.

Dopo poco i tre uscirono dal bar, accompagnati dai commenti e dagli sguardi della gente. Gabriella sentiva il peso del giudizio altrui sopra le spalle, una zavorra di grasso pesante e maleodorante. Nemmeno il sole di mezzogiorno poteva sciogliere questo peso, nemmeno il profumo dei fiori poteva alleviare l'olezzo. La piazza fu attraversata lentamente. Domenico si gustava il momento, ora era lui il protagonista, era lui che gestiva la situazione, era lui il "padrone", come gli piaceva. Dalle scale arrivava un profumo di cibo non ben definito: sugo, ragù, frutta... L'intera scala profumava. Dai pianerottoli uscivano rumori di posate, parole e profumi. Gabriella come ipnotizzata e ingabbiata dai suoi pensieri, non riusciva ad immaginare cosa avesse potuto preparare la madre in così poco tempo. Ormai erano davanti alla porta e Domenico, con tutta la sua arroganza, pur avendo le chiavi suonò il campanello, interrompendo così il frenetico lavoro della moglie. Ma questo era lui.

La porta si aprì e un sorriso plastificato accolse i tre. Denti bianchissimi dietro labbra prive di sentimento, capelli grigi, cotonati, pieni solo d'aria; pelle chiara piegata dalle rughe e dall'infelicità; occhi scuri, così scuri da non vedere attraverso. Un inchino accompagnò il sorriso e uno sguardo alle pattine, duro come il pavimento, era un chiaro invito ad usarle. Cristiano porse la mano verso la donna e i due entrarono in contatto, mettendo a confronto le loro debolezze emotive, una stretta di mano che non avrebbe nemmeno mosso una zanzara. Un sottile strato di sudore imbarazzò entrambi. Gabriella temeva tutto, anche il suo stesso respiro, lo tratteneva come per immobilizzare il momento.

"Co a iè d'bun da mangè? fame ne fe bruta figura, cume sempre ne" disse ad alta voce Domenico. Anche il suo parlare in piemontese era una sfida, poiché non conosceva le origini di Cristiano. I sei piedi si appoggiarono alle pattine, un trenino strisciante, un millepiedi snodato dalla realtà.

"L'arrosto è in pentola, prendete gli aperitivi, sono sul tavolo" disse Mariuccia, mostrando le spalle ai tre. In un tavolino erano posizionati dei vassoi d'argento, coperti da tovaglioli di carta finemente colorati. In uno vi erano piccoli pezzi di grana o parmigiano che pungevano l'aria, in quanto trafitti da acuminati stuzzicadenti. In un altro vassoio olive nere e verdi, quasi linde, lucide, prive di olio, con accanto funghi dall'apparenza perfetta. Gabriella era stupita, ma sapeva che la dispensa di casa era piena di ba-

rattoli e scatole piene di alimenti, preparati per ospiti che non arrivavano mai, alimenti che venivano mangiati solo poco prima della scadenza, solo perché gettarli sarebbe stato un inutile spreco. I grissini ordinati come soldatini stupidi completavano l'opera. Perfino la tovaglia, rossa come un pomodoro maturo, sembrava imbarazzata per la situazione.

Gabriella prese con le dita uno stuzzicadenti con in punta del grana e con un gesto d'affetto lo avvicinò alla bocca di Cristiano, che almeno masticando giustificava il suo silenzio. Il silenzio era un macigno, una coltre di neve fredda. Solo Domenico era tronfio del suo essere riuscito ad imbarazzare tutti. Il rumore dei grissini spezzati era l'unica distrazione. Anche i pensieri di Gabriella si spezzavano rumorosamente nella sua testa. La situazione tesa la irritava. Non sapendo se andare ad aiutare la madre o stare accanto al fidanzato, cercò di rompere il silenzio con un banale *"ottimo questo grana"* ma solo uno sguardo di Cristiano smosse l'aria.

Fortunatamente il campanello venne in aiuto. Appena sentito il trillo Gabriella si precipitò verso l'uscio, saltò addirittura le pattine pur di fare in fretta. Aprì la porta con il suo solito sorriso triste e davanti a lei c'era Anna, la vicina, con un vassoio di frutta in mano e un gran sorriso. *"Dalle a tua mamma, mi ha chiesto della frutta"* poi un occhiolino accompagnò un suo *"Ciao cita"*. La porta si richiuse, Gabriella carica di frutta e confusione entrò in cucina e vide la madre intenta a togliere le pieghe della tovaglia, una tovaglia con grossi papaveri rossi su un prato verde. La vedeva china, curva su se stessa, arrabbiata per la situazione, arrabbiata con se stessa, con la vita. Abbozzò un tiepido sorriso, plastificato ma un po' più genuino del precedente. *"Vai a chiamare gli uomini."* Poi continuò a controllare che tutto filasse liscio.

Gabriella andò a chiamare Cristiano ed il padre, che probabilmente nel frattempo qualcosa si erano anche detti. *"Andiamo, è pronto"* accompagnando la frase con un sorriso. I due uomini si sedettero, Domenico occupò il posto da capotavola ed imperiosamente tuonò: *"Gabriella, sposta la sedia, fai accomodare il tuo fidanzato, non fare la maleducata."* La donna si sentì ferita, anche se questa era l'abitudine, ma non colse però nessun irrigidimento di Cristiano di fronte a quella frase. Nessuna reazione, nessuna difesa. Gabriella comunque scostò la sedia dalla tavola per permettere a Cristiano di sedersi.

Nel frattempo arrivò Mariuccia, con una pentola grossa e lucida. *"Spaghetti al ragù, pranzo semplice "*esclamò sollevando il coperchio. Un buon profumo arrivò alle narici di tutti. *"Grazie, sarà sicuramente ottimo"* rispose Cristiano senza alzare lo sguardo. Ragù spesso, rosso sangue, denso, come la tensione del momento. Mentre Mariuccia con una grossa pinza versava gli spaghetti nel piatto di Cristiano, Gabriella osservava il padre, che sembrava pronto a colpire. Poi la madre depose gli spaghetti anche nei piatti del marito e della figlia. Il vapore tentava di nascondere le emozioni.

Come di consueto Domenico, prima di iniziare il pasto, giunse le mani e disse ad occhi chiusi: *"Grazie Signore per il cibo di cui godiamo oggi…"* Anche Cristiano, come affascinato, recitò la stessa frase, ripetuta anche dalle due donne.

Subito dopo la forchetta di Domenico affondò nel piatto, arrotolando gli spaghetti come pensieri contorti. Il rumore delle posate era come un colloquio fra sordi, gli occhi dei commensali non si alzavano dai piatti, che sporchi di sugo coprivano i disegni sottostanti. Un po' come gli occhiali scuri nascondono gli sguardi, i pensieri, le cattiverie.

Gabriella non reggeva questo silenzio, ma aveva paura che una sua parola avrebbe rotto non solo il silenzio, ma anche la tregua del momento. Domenico inavvertitamente versò il vino fuori dal bicchiere, e una risata liberatoria spezzò un po' l'imbarazzo del momento. Cristiano volse lo sguardo verso Gabriella, che arrossì come una amarena matura. Una goccia di sugo imbrattò la sua camicetta, ottima scusa per alzarsi e andare in bagno.

Appena entrata si appoggiò al lavandino e si guardò allo specchio..."*Non ci credo, non ci credo... finora tutto bene, papà non ha ancora rovinato tutto e la mamma nemmeno...*" Una mano sulla bocca per trattenere una risata di felicità, uno sguardo ai suoi stessi occhi e via in sala da pranzo. Qui trovò una scena quasi idilliaca: Domenico stava versando del vino nel bicchiere di Cristiano mentre discutevano tranquillamente di politica, mentre la madre ascoltava interessata senza intervenire. Si sedette composta come una Madonna, gustando la scena più che il pranzo. Poi con apparente tranquillità finì di mangiare i suoi spaghetti. Sua madre si alzò e disse: "*Gabri, aiutami con il secondo.*" Mai era stata chiamata Gabri dalla madre, mai, nemmeno da bambina.

La donna si alzò e un ricordo improvviso la avvolse. Si ricordò di quando era piccola, quattro anni circa, indossava un vestitino a sfondo bianco con piccoli fiorellini azzurri, chiarissimi. Il vestitino arrivava appena sopra le ginocchia, lasciando scoperte le gambette chiare, paffute, coperte in basso da calzini di cotone, anch'esse bianche come il latte. Maniche corte, strette appena sopra i gomiti. Per gioco aveva preso le scarpe della mamma, calzate per sentirsi grande, scarpe blu, con qualche centimetro di tacco, un modello Chanel, semplice, come la vita del periodo. Era nascosta dietro le poltrone del salotto, il salotto di pelle color rosso acceso, appoggiato sopra una pelle di bovino bianca e nera, di gran moda in quel periodo. Suo padre la chiamava: "*Gabriella, dove sei? Ti sto cercando.*" A queste parole la sua emozione cresceva tantissimo, sentiva il cuore battere all'impazzata, poi appoggiava le manine sopra i braccioli delle poltrone e si tirava in alto per farsi vedere e per farsi prendere in braccio... Salendo in alto fra le braccia forti del padre, un gigante, un colosso, fra le poltrone e il divano. Perdeva poi le scarpe della madre, che cadevano sulla pelle maculata, e lei si sentiva felice di essere stretta fra mani forti... Felice di essere prigioniera di un affetto ancora sano...

"*Gabri dai, stai sognando?*" "*Arrivo, arrivo, scusa.*" Gabriella si precipitò in cucina, dove la pentola a pressione, dopo aver sbuffato tutto il suo vapore, lasciò intravedere un pezzo di carne succulento. Arrosto di maiale. Gabriella appena lo vide chiese sorpresa alla madre: "*Arrosto?, Ma è giugno, siamo in estate, mi sembra fuori luogo.*" Disse questo tutto d'un fiato, sapendo di poter ferire la madre, la quale rispose giustificandosi: "*In un'ora cosa potevo preparare? Tuo padre...! L'ha fatto apposta! Meno male che il freezer è sempre pieno! E tu, non permetterti più di parlarmi così, sono tua madre mica una tua amica. Adesso le fette verranno tutte sfilacciate, non si taglia mai quando è caldo. Ah tuo padre... potessi..."* Poi estrasse il pezzo di carne dalla pentola, brontolando come sempre. Lo gettò sopra il piatto, vomitando tutta la sua rabbia. Gli schizzi di malumore arrivarono ovunque, perfino nell'anima di Gabriella, quelli di sugo imbrattarono le mattonelle della cucina. *"Condisci l'insalata. E metti il limone, non l'aceto, non fare arrabbiare tuo padre"* continuò la madre, senza guardare la figlia che immediatamente, intimorita, prese i limoni dal frigo e dopo averli spremuti, versò il contenuto acido sopra la tenera verdura, verde come la speranza, speranza di fuggire, speranza di vita lontana da lì. Poi prese la terrina trasparente con entrambe le mani, come per sollevare un po' di coraggio.

Entrò trionfante in sala da pranzo, con un magnifico sorriso. *"Ecco l'insalata, e fra un attimo arriva l'arrosto."* Infatti subito dietro arrivò la madre, che trionfante disse: *"Ecco l'arrosto. Lo facciamo tagliare a Cristiano, da noi si usa così."* Appoggiò il grande piatto davanti all'ospite, poi portò un enorme coltello e lo porse a Cristiano. Il poveretto sicuramente non sapeva che l'arrosto non va tagliato caldo, quindi così facendo la madre di Gabriella si tolse dall'impaccio davanti al marito e a Cristiano stesso, che praticamente sfilacciò il pezzo di carne, fra le risate di Gabriella che, divertita, sdrammatizzava la cosa.

Gabriella era quasi felice: vedeva suo padre chiacchierare con il suo fidanzato, che incredibilmente sembrava aver tolto di dosso il suo cappotto di timidezza. La madre guardava senza commentare, non entrava mai nel vivo della discussione, osservava attenta, pronta a dirottare eventuali discorsi poco consoni alla situazione. Gabriella ascoltava. Ad un tratto Cristiano disse: *"Ho una grande opportunità di carriera, devo stare attento a non lasciarla sfuggire, sono occasioni che capitano una sola volta nella vita. La FIAT è così, carpe diem, cogli l'attimo o mai più. Sono stanco e anche stressato, corsi e contro corsi, riunioni e altro ancora, ma fra poco, se tutto va bene, divento dirigente."* *"Grande cosa"* rispose Domenico incalzando il discorso. *"Per mettere su famiglia bisogna essere sistemati bene"* affermò Cristiano con voce più alta, sicuramente nell'intento di farsi sentire anche da Gabriella e da sua madre. Infatti entrambe colsero e Gabriella rimase colpita e pensò: *"Spero parli di me... visto che non mi ha detto nulla, probabilmente riesce a parlare in pubblico meglio che in privato."*

Una dolce sensazione allo stomaco la colse. In quel momento tutto sembrava bello, sembrava una famiglia da pubblicità, mancavano solo i bambini, ma anche quelli sembravano girare in casa come presenze impalpabili...

Poi la madre portò la frutta ed il gelato, accompagnato da un ottimo caffè caldo, in conclusione del pranzo improvvisato.

Domenico appariva felice, per nulla provocatorio, addirittura accondiscendente, quasi affascinato dai discorsi di Cristiano. Forse i miracoli esistono davvero. Il sole caldo di giugno entrava in casa, illuminando visi ed idee, finestre aperte che portavano speranza. I due fidanzati dopo pranzo uscirono tenendosi a braccetto. Le tre di pomeriggio, poca gente in strada, ma molti sguardi dietro le finestre. Piazza Sella, ottima passerella...

8.

Molte altre Messe seguirono. Ma nessun altro invito a pranzo avvenne. Gabriella era grata di ciò, non ci teneva affatto a quel tipo di incontro. Troppa tensione. Troppa paura che Cristiano intuisse la sua solitudine, la sua dipendenza dagli umori del padre.

I due fidanzati si vedevano per una passeggiata, durante l'inverno per una cioccolata in centro. Poco dialogo. Tanta emozione per Gabriella, sempre in attesa, sempre a spasimare briciole d'affetto.

Era passato un anno.

L'arrivo dei giostrai annunciava l'arrivo del giugno Candiolese. Manifestazioni e divertimento per grandi e piccini. Gabriella, come l'anno precedente, faceva parte dell'organizzazione di alcuni eventi. Un'ottima occasione per presentare il suo "Cristiano" ufficialmente alla comunità... Ufficialmente a se stessa.

Una sera, come tante.

L'auto li portò a fare un giro per i dintorni. Profumo di erba tagliata, di tigli e di felicità. Nuovamente Cristiano si chiuse in un mutismo incomprensibile. Anche questa volta neppure un bacio. Solo queste parole: *"Ti porto a casa, domani è lunedì, devo lavorare."* *"Va bene, ci sentiamo domani al telefono"* fu la laconica risposta di Gabriella. Poi la portiera dell'auto si aprì, facendo uscire Gabriella con tutti i suoi sogni e le sue speranze. Un *"Ciao, a domani"* chiuse la serata, poi l'auto sparì nel crepuscolo.

Gabriella entrò in casa, casa ancora profumata di arrosto. Voleva parlare con sua madre o con suo padre della giornata, ma il sonno o la non voglia di comunicare avevano prevalso su tutto. Un tuffo nel letto, fra le lenzuola profumate di lavanda, un sonno ristoratore, dove i sogni mettevano in evidenza la voglia di fuga, la voglia di ricominciare tutto da capo.

La settimana iniziò decisamente frenetica. Sveglia alle ore 7,00, la sagra della porchetta era ormai alle porte. Decine di volontari erano da contattare e gestire, chili di porchetta erano da cucinare e metri di tovaglie erano da stendere. Gabriella si fiondò giù dal letto. Una sensazione di felicità legata alla giornata prima scivolò fra anima e pelle. Una doccia velocissima, per simulare un abbraccio inesistente, e poi via, di corsa, ovviamente senza fare rumore, anche se il rumore dei pensieri era notevole. Camicia bianca, jeans e paperine nere. Un piccolo zaino, zeppo di buoni pensieri e speranze.

"Salve Angioletta, tutto bene?" "Sì, bene bene grazie, ci vediamo dopo, ora prendo la Messa!" Angioletta, donna minuta e gentile, dai candidi capelli bianchi, conosceva Gabriella fin dalla nascita. Spesso i suoi sorrisi compensavano l'assenza di sorrisi di casa sua. Coetanea della madre, ma decisamente più felice, girava per il paese per le sue commissioni con una vecchia bicicletta, che filava spedita lasciando dietro di sé un candido profumo di famiglia e felicità.

In piazza ancora nessuno, ma da lì a pochi minuti i numerosi volontari, come formiche operose, avrebbero attrezzato tutto per la sagra. Infatti un piccolo furgone arrivò in piazza, borbottando come una pentola di fagioli. Di colore bianco, con adesivi piazzati ovunque. Si aprì la porta e uscì Alessandro, uomo dal sorriso intenso. *"Ciao Gabri, ho le assi per i tavoli e i cavalletti, fra poco arriveranno anche gli altri."* Subito dopo altri volontari raggiunsero i due: Stefano e l'immancabile Diego, uomo dai grandi baffi rossi e dai grandi occhi pieni di coraggio. *"Il resto del gruppo e dell'attrezzatura è già in oratorio"* disse con voce calma *"salta su Gabri, facciamo prima"*.

In un batter d'occhio la piccola comitiva si trovò davanti al nuovo oratorio. Il grande cancello si aprì, spinto da Diego, ed entrarono nel piccolo cortiletto, schiacciando ghiaia e pettegolezzi. Il grande salone, dalle pareti arancioni e rosse, fu immediatamente riempito dai volontari, egregiamente coordinati da Gabriella ed Orietta, che nel frattempo aveva raggiunto il gruppo. Dei grossi teloni azzurri furono srotolati sopra il pavimento, per proteggerlo dai mille passi e dai cavalletti dei tavoli. Gabriella era felice, in quel momento casa sua, se pur a poche centinaia di metri, era lontanissima: nessun profumo di pulito, nessuna pattina, nessun profumo di arrosto e rumore di silenzio, assordante come uno schiaffo in pieno orecchio. Solo vociare, sorrisi, odore di lavoro pesante... profumo di felicità.

Adulti e bambini, all'unisono, apparecchiavano i tavoli con grandi tovaglie bianche, mentre all'esterno altri gruppi si spartivano il lavoro della cucina. Chi si occupava delle patatine fritte, chi della porchetta, chi condiva le acciughe con la salsa verde e chi ancora grigliava le verdure. Un meccanismo quasi perfetto. Tutto era quasi pronto: l'accogliente salone, dal tetto di legno color abete chiaro, restituiva i profumi dei cibi cotti, che poi entravano nelle narici, inebriando le papille. Mancava il tocco finale. Poco prima dell'arrivo della gente tutti i volontari, adulti e bambini, indossarono una maglietta rossa. Il colpo d'occhio era magnifico. Macchie rosse ovunque, mani che servivano, battevano i tasti della cassa, tagliavano.

Gabriella era intenta a tagliare la porchetta. Affondava il coltello con grande foga nella carne tenera, rosa, come la sua anima. Sorrideva a tutti, era felice del risultato. Improvvisamente vide Orietta aprirsi in un sorriso ancora più grande del solito. Anche Alessandro sorrideva. Poi da dietro il suo sorriso comparve Cristiano, anch'esso vestito con la maglia rossa. Gabriella, evidentemente imbarazzata ma contenta, non sapeva come reagire. Stranamente Cristiano si avvicinò e, dopo aver dato a lei un tenero bacio sulle labbra, davanti a tutti, prese un enorme coltello e si mise ad affettare la porchetta insieme alla sua fidanzata, che paonazza scoppiava di felicità. Il trambusto era molto, il vociare diffuso copriva i tentativi di dialogo. Dire "ti amo" ad alta voce, è imbarazzante per tutti... ma sarebbe stato divertente dirlo fra peperoni, acciughe e porchetta. Gabriella, si avvicinò a Cristiano, allungò il collo per arrivare vicino all'orecchio, poi bisbigliò... "Ti amo..." Il fiato o forse la parola stessa, provocarono un brivido all'uomo, che si girò trovandosi le labbra di Gabriella proprio a ridosso delle sue. Lasciò partire un bacio, pieno di tenerezza... davanti a tutti, davanti al paese.

Mezzanotte era ormai vicina. Un'ordinanza del sindaco ordinava lo stop delle manifestazioni per quell'ora. La gente era ancora molta in realtà: la giornata calda, l'ottimo cibo e la compagnia rendevano il tutto molto piacevole.

I volontari erano tutti stanchi, molti bimbi dormivano in braccio alle mamme. Una pattuglia della polizia municipale passando in silenzio, comunicò che l'orario era ormai giunto. Lentamente gli avventori si allontanarono, lasciando tracce di felicità ovunque. I volontari chiusero lentamente le porte dell'oratorio, potevano sistemare l'indomani, con tutta calma.

Cristiano, esausto, prese sottobraccio Gabriella. I due puzzavano di arrosto e peperoni, come tutti del resto. Lentamente, dopo aver salutato, si allontanarono nel buio, verso la piazza, verso casa di Gabriella, che era poco distante. Una finestra si chiuse, lasciando filtrare la luce. Un muro, freddo e scrostato fu teatro di un lungo bacio che Cristiano improvvisamente scoccò a Gabriella, schiacciandola contro un edificio, per difendersi da sguardi altrui. La donna rispose avidamente, l'istinto la guidava. Fu un bacio lungo, umido. Ma vi fu solo quello. Poi le labbra si staccarono. Gabriella avrebbe continuato ancora, era il primo bacio vero che i due si scambiavano, il primo che la fece sussultare. Cristiano ansimava, era evidentemente emozionato. Nessuna mano si insinuò fra i seni, nessuna mano si insinuò fra i vestiti. Ma Gabriella era felice, questo era stato il loro primo bacio. Poi si staccarono dal muro, un fascio di luce proveniente da un lampione della piazza bagnò i due fidanzati, che si tenevano mano nella mano. *"Grazie"* disse Gabriella prima di aprire il portoncino." *Di nulla"* rispose Cristiano, tenendosi distante." *Ci sentiamo, telefonami domani, io sono a casa"* disse ancora Gabriella. Poi il portoncino si chiuse, dividendo i due.

Le scale furono praticamente divorate. In un attimo la donna fu dentro il letto, portandosi dietro il profumo di porchetta e peperoni. Nessuna doccia, aveva sonno e soprattutto aveva molta voglia di sognare. Notte quasi insonne la sua, ma quei pochi momenti in cui il sonno la colse, i sogni furono protagonisti. Gabriella si vedeva accanto a Cristiano, felice e sorridente. Una grande ombra a tratti oscurava tutto, era l'ombra di suo padre, sempre pronto a guastare tutto. Anche Mariuccia era presente, come sempre puliva qualcosa, questa volta forse cercava di pulire la sua coscienza, ma è difficile farlo con il Viakal o con la cera. Nel sogno vi erano sorrisi ovunque, anche le acciughe sorridevano. Il caldo o l'emozione impedivano un sonno ristoratore. Erano le tre del mattino quando Gabriella prese il cellulare e dopo averlo acceso, inviò con le mani che tremavano un messaggio a Cristiano. Un semplice *"ti amo"* che volò via nell'aria, sapendo di non essere letto, almeno immediatamente.

Che sciocca che sono... che stupida, che bambina..." pensò intimamente Gabriella. In realtà non era né sciocca, né stupida né bambina... era semplicemente innamorata.

Le sette del mattino giunsero lente come la vecchiaia. Il rumore dei primi lavoratori che si avviavano verso la stazione indicò alla donna che la giornata era iniziata. Luce calda filtrava dalle finestre, aria fresca si insinuava dalle tapparelle. Gabriella era in fermento. Il poco sonno in realtà aveva accelerato ancora di più i suoi pensieri. Accese il cellulare, per vedere se il suo messaggio aveva avuto risposta... con enorme sorpresa un suono familiare la scosse... il fischio di un messaggio ricevuto. *"Anche io ti*

amo." Cristiano aveva risposto, chissà a che ora aveva letto il suo di messaggio, probabilmente anche lui era stato insonne e probabilmente anche lui nei pochi momenti di sonno aveva sognato di loro. Questo pensava Gabriella, pensava al futuro. Per la prima volta in vita sua vedeva qualcosa davanti a sé, vedeva un uomo, una famiglia, del figli, vedeva la possibilità di realizzare un suo sogno. Quello di avere dei figli, almeno uno... e aspettare il padre dei suoi figli a casa, una casa tutta loro, disordinata, disadorna, senza pattine e senza cera, ma piena di amore. Si tuffò giù dal letto, raccolse gli abiti gettati in terra, ancora pregni di felicità, ne fece un pacchetto arrotolato e gettò il tutto in lavatrice, tenendo per sé il ricordo del bacio. Il silenzio della casa era pesante come un macigno. Con il cuore a mille all'ora, nonostante il sonno non consumato, indossò un paio di pantaloncini corti neri e una maglia bianca, candida come la sua anima. Una spruzzata d'acqua al viso, nel tentativo di togliere le occhiaie, e via per le scale, fino in cantina. Lì l'odore di umidità e muffa le solleticò il naso, pian piano anche l'odore di vino faceva capolino dalle pareti. La polvere danzava nella luce a strisce. Prese la bicicletta, una vecchia Graziella rossa, con fatica la portò sopra il pianerottolo, strisciandola sulle scale di cemento. Aprì il portoncino e saltò sulla sella. La piazza vuota, l'odore dei tigli... il profumo di caffè...
Imboccò via Roma a gran velocità, sballottando sopra i dossi. Appena uscita dalla via intravide il viale alberato che porta al cimitero. Lo imboccò schiacciando contro i pedali, salutando con lo sguardo le piccole lapidi ai piedi dei pini. Poi disse fra sé e sé: "*Nonna, non ti offendi se oggi non*

passo? Sai mi sono fidanzata... e ieri mi ha baciata. Adesso devo scaricare un po' la felicità, non sono abituata ad averla addosso, che ne dici nonna?" Il cancello del cimitero semiaperto sembrava sorridere e dire "vai Gabriella, vai... corri, questo non è posto per te."

Imboccò la strada che portava alla statale chiusa, la strada che conduceva al parco. Le gambe libere da calze e collant, i capelli liberi da nastrini e pinze, la mente libera di sognare. La strada grigia si stendeva lunga e diritta, si vedeva da lontano la Palazzina di Caccia di Stupinigi. Gabriella pedalava e alla sua sinistra la cascina Parpaglia, circondata da campi di mais e grano, la guardava pedalare con forza. Un profumo di muschio ed erba umida riempiva l'aria. Gli alberi ospitavano famiglie di scoiattoli che osservavano curiosi la scena. Mais verde brillante svettava fra campi sterrati, pennacchi gialli si muovevano leggeri e sinuosi. Balle di fieno, ordinatamente disposti a file, si ponevano come un esercito innocuo... Era bello vedere le linee dritte create dallo sfalcio del grano, linee apparentemente infinite, senza ostacoli. Il vento spettinava i capelli nero corvino, schiariva la mente, schiariva le idee. Un fossato pieno d'acqua percorreva la sua stessa via. Acqua scura, vigorosa, decisa. Un urlo uscì dalla gola di Gabriella... Un urlo che riecheggiò nell'aria, rimbalzando fra i rami e campi. "Sono feliceeeee...." Poi le braccia si aprirono come ali, la bicicletta correva guidata da pura felicità.

Gabriella si sentiva un po' sciocca nel mimare il volo di un uccello, ma nessuno in quel momento poteva vederla, e se qualcuno l'avesse vista... beh! Che importava. Una lacrima scese sul viso, ma il vento e la velocità la portarono via, lasciandola cadere sul grigio dell'asfalto... Una piccola macchia di infelicità che era uscita via dal corpo della donna.

Dopo una lunga corsa per le campagne, era giunta l'ora di tornare indietro. Piccole commissioni attendevano Gabriella, piccoli sorsi di felicità. Le gambe bruciavano per la fatica, ma il fuoco del dolore era spento dalla felicità che ora la invadeva. La felicità si era fatta spazio al suo interno, alimentata ed aiutata dagli ultimi eventi e dai sogni. Aveva preso lentamente possesso del corpo, donando nuova energia, per poi prendere possesso della mente..."

Come si pensa bene quando si è felici, anche i corvi sembrano belli, perfino le lucertole e le lumache..."

La ferrovia fu attraversata ed il paese la accolse. Anche adesso il cimitero poteva aspettare, la felicità va consumata, vissuta, non sprecata. Adesso si poteva anche telefonare, Cristiano era al lavoro, ma una telefonata al cellulare sicuramente non avrebbe disturbato... A Gabriella tremavano le mani, le dita facevano fatica a pigiare i tasti, poi lo squillo... *"Ciao Cristiano disturbo? Stai lavorando?"* *"Sì sono al lavoro, fra poco inizio una riunione, ma ti avrei chiamata. Ho una notizia da darti. Domenica a pranzo sei ospite dai miei, vogliono conoscerti."* La voce di Cristiano tremava, non si sa bene per quale emozione, felicità... timidezza... chissà. *"Certo, certo, poi mi dici i dettagli, ora e il resto... Senti Cristiano... ti amo... ciao ciao ciao."* Gabriella interruppe la telefonata, presa dalla frenesia e dalla timidezza stessa.

"A pranzo dai genitori di Cristiano, a pranzo dai genitori di Cristiano... domenica. Ma come mi vesto? Non ho nulla di elegante. Forse è meglio che mi vesta sportiva... e il trucco? Meglio

*un trucco leggero, o forse meglio qualcosa di deciso... oppure...
oppure...*" I pensieri giravano veloci e colorati nella mente
di Gabriella. Leggeri e privi di cattiveria. Domenica era
ancora lontana. La donna spettinata per via della lunga corsa in bicicletta
entrò in farmacia, un solo balzo per tre scalini. La porta
scorrevole scivolò veloce lasciando uscire l'odore inquietante di medicine. *"Buongiorno Annamaria, tutto bene?"*
"Buongiorno Gabriella, si tutto bene. Desidera?" La farmacista guardava Gabriella attraverso due lenti spesse, uno
sguardo intenso partiva dagli occhi grandi nocciola scuro,
sguardo che passava attraverso la pelle ed arrivava dritto al cuore. Un sorriso sereno, aperto come una giornata
estiva, incorniciato da labbra spesse, appena colorate da
leggero rossetto. Gabriella non reggeva lo sguardo di Annamaria, davanti a lei si sentiva priva di difese, incapace
di nascondere la sua sofferenza. Ma ormai tutto era diverso, infatti il sorriso della farmacista arrivò dritto all'anima, aprendosi ancor di più. Poi le disse, con voce calma e
professionale: *"I farmaci per suo padre sono arrivati, mi sono
permessa di darle dei campioncini di crema per il viso, cosi sem-
brerà ancora più luminosa."* Gabriella arrossì come una ciliegia matura: Annamaria le aveva accarezzato l'anima con
le sue parole. *"Grazie, ne farò buon uso."* Poi pagò in contan-
ti, regalando con la grazia dei suoi movimenti scampoli di
tenerezza infinita: le dita esile accarezzavano le banconote
come lei normalmente accarezzava la vita. Sempre discreta, sempre educata.

9.

Adesso però un altro problema si insinuava fra lei e la sua felicità. Come dire alla sua famiglia dell'invito? Come avrebbe reagito suo padre? Generalmente espulsivo, mortificante, ma anche del tutto imprevedibile, capace di sorprendere tutti, anche se stesso, con affermazioni e discorsi bizzarri, fuori da qualunque logicità. Doveva affrontare la questione da sola, sua madre non era in grado di dare manforte alla figlia e soprattutto non era in grado di tenere testa al marito. Anche lei era imprevedibile. Sempre sottomessa, prona a Domenico e alla vita, ma allo stesso tempo provocatoria e pignola, capace di far perdere la pazienza a chiunque. Mancavano ancora molti giorni al pranzo dai genitori di Cristiano. Gabriella avrebbe studiato a tavolino il come e quando dare la notizia ai suoi genitori.

La casa era fresca, le tapparelle sempre chiuse, non passava né luce né calore, la situazione poteva essere anche piacevole visto il gran caldo. Ma la tensione che aleggiava e che si insinuava ovunque, costringeva Gabriella ad uscire. Meglio il caldo che lo sguardo della madre, o la voce del padre. Ma la donna non poteva sfuggire. Doveva rientrare a casa e soprattutto doveva dire dell'invito. Quella sera, la tavola apparecchiata con estrema cura fu scena di una accesa ma breve discussione. Domenico era seduto al suo solito posto, aspettava che Mariuccia versasse la minestra nel piatto di porcellana, finemente colorato di fantasie floreali azzurre. Il mestolo, colmo di liquido caldo, era l'unica barriera fra Gabriella e suo padre, che improvvisamente tuonò: "*Domenica ho un torneo di Pinnacola a Pinerolo. Gabriella devi portarmi con la macchina, in autostrada vedo male.*" Una coltellata avrebbe fatto meno male, un cuscino di spilli sarebbe stata cosa più gradita. I neuroni di Gabriella pungevano i pensieri in cerca di una soluzione immediata. Poi disse senza battere ciglio: "*Domenica sono a pranzo da Cristiano, i suoi mi hanno invitato. Vogliono conoscermi.*" Un freddo silenzio gelò anche la minestra nei piatti...

"*Speriamo sia la volta buona, magari riesci anche ad incastrarlo*" disse Domenico infilandosi il cucchiaio in bocca. "*Va bene, vai pure, mi aggiusto. Chiamo Giacu.*" Poi il silenzio coperto solo dal tintinnio dei cucchiai che urtavano i piatti. Gabriella non sapeva come trattenere la sua gioia. Umiliata, offesa, ma libera. Le offese scivolarono via veloci, passarono dalle spalle alla schiena, per poi cadere sull'indifferenza della madre, che rimase muta per tutto il piccolo dibattito. Solo uno sguardo scivolò veloce fra le due donne. Uno sguardo che turbò Gabriella più ancora dei discorsi del padre.

La cena passò lenta come una sentenza di un giudice. Scandita solo dal tintinnio delle posate. Nessuna parola, nessun discorso. Una tensione perenne, spessa, palpabile. Fortunatamente anche l'ultimo boccone fu deglutito. Immediatamente Mariuccia si alzò e iniziò a sparecchiare, avendo cura di non far cedere nessuna briciola. Sembrava non volesse far cadere le poche parole dette. Le raccoglieva per poi gettarle con cura nella spazzatura. Il discorso di Gabriella non aveva alcun valore, o meglio aveva il valore della spazzatura. Parole buone solo per un bidone pieno di rifiuti. Gabriella iniziò a lavare i pochi piatti. Strofinava la spugna disegnando cerchi concentrici, ricchi di piccole bollicine bianche, che scivolavano via sotto il getto dell'acqua. Tutto doveva essere perfettamente pulito. Poi un'ultima spazzata al pavimento e via dentro la stanza. In perfetta solitudine. Un ultimo messaggio a Cristiano. Uno ad Orietta. E le lenzuola accolsero Gabriella. La settimana doveva passare.

Il gran giorno si avvicinava. Gabriella aveva bisogno di condividere la gioia, di condividere quella improvvisa ed inaspettata felicità. Sapeva già cosa fare quella mattina. Inforcata la sua Graziella, volò sopra le ali dell'entusiasmo fino da Orietta. Era bello sentire il vento accarezzarle il viso, era bello sentire i capelli liberi di muoversi e di bisticciare fra di loro, nel tentativo di prendere piega. Purtroppo l'amica era fuori casa. Altri impegni l'avevano portata via dalla condivisione. Nessuna risposta, neppure al messaggio. Sicuramente cose serie ed importanti. Sarebbe bello poter chiedere alla mamma: "*Mamma come mi vesto? Cosa porto? Una pianta? Dei fiori? O mi presento a mani nude?*" Un tentativo si sarebbe potuto fare... Magari chiedere fra una spolverata e l'altra, chissà, magari avrebbe potuto essere un inizio di rapporto. Presa da questo pensiero, molto ottimistico, Gabriella fece la strada a ritroso, lasciandosi spettinare ancora dal vento. Questa sensazione regalava grande libertà. Emozione nuova per lei. Lasciò la bicicletta appoggiata alla ringhiera, aveva troppa fretta di parlare con la madre, o meglio aveva grandi aspettative. Mentre faceva le scale, sentiva il cuore scoppiare, sia per lo sforzo, sia per l'emozione.

Entrò in casa, la madre era intenta a pulire il piano di cottura, l'odore di limone ed aceto era pungente e acre. *"Mamma, mamma, come mi vesto domenica per andare a pranzo dai genitori di Cristiano?"* urlò Gabriella con tutta l'anima che possedeva, contenta di questa forza improvvisa. *"... non voglio più sapere di uomini... basta!"* disse Mariuccia senza alzare lo sguardo, gelando l'entusiasmo della figlia sulle labbra, lasciando spazio solo alla delusione.

Gabriella uscì di casa, con un sorriso stampato sulle labbra, un sorriso amaro, ma utile per coprire la rabbia. Riprese la bicicletta e i pedali furono quasi scardinati dal loro mozzo. Grande forza li spingeva, grande rabbia li dominava. Lacrime salate sulle guance scivolarono in terra evaporando per il caldo. La torre campanaria la vide defilarsi veloce verso la solitudine. Il passaggio a livello sembrava chiudere ogni tentativo di libertà. Prigioniera di una famiglia dolce come la cartavetrata sulle gote di un bambino. Voleva telefonare a Cristiano, ma a cosa serviva gettare addosso a lui la propria frustrazione e rabbia? Meglio non far sapere...

Il resto della settimana passò in pirandelliana finzione. Gabriella indossò la maschera della felicità e camminava con un sorriso stereotipato. Non aveva il coraggio di guardarsi allo specchio. Non aveva il coraggio di chiamare Orietta. Non aveva il coraggio di affrontare la madre. Sabato notte una porzione doppia di valeriana, accompagnata da camomilla, furono compagne di ansia ed inquietudine.

Domenica mattina. Ore 6,30. Poco, pochissimo sonno accompagnò quella breve notte. Il sole accarezzava i vetri e un raggio si appoggiò sopra le palpebre di Gabriella.

Unica carezza della casa. Conveniva uscire presto, onde evitare scherni da parte del padre e silenzi da parte della madre. Il bagno libero. Una doccia tiepida per lavare via i pensieri cattivi e per accarezzarsi un po'. Uno sguardo deciso allo specchio, per prendere coraggio. La matita nera per aumentare volume e forza nello sguardo. Movimenti meccanici, veloci. La fretta di uscire era molta, forse troppa. Pantaloni di cotone azzurri, aderenti, e camicia bianca per coprire fianchi e forme. Capelli appena toccati da lacca si muovevano ribelli, neri, lucidi. Pensieri veloci, frasi ripetute mille volte nella mente: *"Buon giorno signora Vitale, eccomi qua. Piacere Gabriella" "No, meglio dire, salve sono Gabriella. Piacere signora Vitale..."* Poi giù per le scale, seguendo il ritmo dei suoi passi e del suo cuore.

La piazza deserta era bellissima, aperta, libera, sgombra da ostacoli. Una brezza fresca accarezzava il suo viso. Pochi passi e si trovò di fronte alla chiesa. Il selciato mosaicato a ciottoli tondeggianti stuzzicavano i piedi, coperti da semplice paperine nere. Il riso incastrato negli spazi ricordava scene felici di un matrimonio. *"Come sarebbe bello potersi sposare nella mia chiesa"* pensò Gabriella guardando in basso, poi entrò nella bella struttura religiosa dedicata a San Giovanni. Il buio calmò il suo nervosismo. Solo tosse, anziani e odore di incenso ed umidità. Era bello vedere la luce colorare i mosaici, ed immaginare di essere in abito bianco, con Cristiano accanto e tutti i suoi amici intorno, proprio lì, in quella chiesa. Incredibile come il senso di inadeguatezza l'avvolgeva. Teneva lo sguardo basso e cercava di non incrociare mai lo sguardo delle persone. Fortunatamente spesso in chiesa si sta inginocchiati e quella postura facilita l'isolamento.

Il problema era far passare il tempo. Cristiano passava a prenderla verso le undici, prima proprio non poteva. Gabriella avrebbe voluto dire ai suoi amici del pranzo di quel giorno, e quale occasione migliore se non la Messa delle 10,30? Lì avrebbe incontrato tutti, Orietta, Manuela, Alessandro, Angioletta, Chiara... Proprio tutti! Ma la paura di un ultimo imprevisto, o di una mossa incomprensibile di suo padre o di chissà che cosa, la attanagliava. Voleva evitare che succedesse. Quindi, per scaramanzia, dopo un Padrenostro ed un timido saluto al prete e a qualche anziano, dopo aver oltrepassato la piccola porta, lentamente si avviò verso il cimitero.

Uno sguardo alla strada prima di attraversarla e poi dentro via Roma costeggiando l'alto muro scrostato, che ricordava il suo stato d'animo e il suo passo, apparentemente spesso, sicuro, alto, ma in realtà pieno di buchi, di falle, pronto a cadere da un momento all'altro. Gli alti alberi guardavano, guardavano come le persone. Fortunatamente non giudicavano, anzi sembravano pettinare l'aria con le loro fronde, nel tentativo di purificare l'aria per renderla più respirabile, più pulita.

La strada stretta imbottigliava i pensieri, un senso di ansia colse Gabriella... *"E se adesso telefona Cristiano e annulla tutto? E se chiama mio padre e vuole che l'accompagni a Pinerolo? Ma non posso spegnere il cellulare, non posso."* Il cellulare sembrava scottare dentro la tasca, ma spegnerlo voleva dire staccare con tutto, anche con Cristiano.

Finalmente la strada si allargò ma i pensieri rimasero chiusi, cupi. Un meraviglioso cielo azzurro copriva il viale che portava al cimitero. I pini saggiamente sagomati graffiavano l'aria, ricordando alla donna che tutto ancora era possibile, nulla era certo. Il cimitero era già aperto, incredibilmente era un luogo più vivo di quanto si potesse immaginare. Donne anziane, portatrici di vedovanza e fiori, raccoglievano chiacchiere per poi riportarle in paese arricchite di malignità, un ingrediente indispensabile per condire la giornata. Gabriella era spesso al centro di chiacchiere. Bella donna, colta, attiva socialmente... ma figlia di Domenico e Mariuccia e soprattutto sola, non fidanzata, zitella.

Adesso un saluto alla nonna, dal basso in alto, visto che il loculo era posizionato al quarto piano della "palazzina" B. Un mazzetto di fiori freschi, posizionato spostando la scala sulla guida lucida... Tutto questo di domenica, alle 8,00 del mattino circa. Ogni movimento era osservato filtrato e riportato. L'imperativo adesso era perdere tempo in modo poco sospetto fino alle undici, ora in cui Cristiano passava a prenderla in piazza. Un'altra pettinata al piccolo mazzo di fiori, uno sguardo perso nel futuro e nuovamente a terra, con le scarpe che pestavano la ghiaia, lasciando rumori sordi dentro l'anima.

"*Cosa fare, cosa posso fare... è ancora prestissimo.*" Improvvisamente un suono familiare uscì dalla sua borsetta. Riconobbe il suono del suo cellulare, la suoneria era quella scelta per Cristiano..." *Oddio, è saltato tutto, è capitato qualcosa, lo sento, lo sento.*" "*Ciao amore come va?*" disse Cristiano con voce calma e tranquilla. Il cuore di Gabriella sussultò

tambureggiando il petto. *"Ciao, va bene, è successo qualcosa?*
È saltato tutto?" "No, perché? Anzi, passo a prenderti prima,
così prendiamo dei pasticcini in quella pasticceria sotto i portici,
mi piacciono molto." "Sì a che ora passi?" "passo alle 9,30, in
piazza, va bene?" "Sì va benissimo, a presto amore, a presto."
"A presto..." poi la chiamata si chiuse.

Gabriella avrebbe voluto urlare, urlare al mondo la sua
felicità... Non sentiva più neppure l'odore di muffa e di
fiori marci e le chiacchiere sembravano scivolare via come
pioggia sul marmo. Con il sorriso stampato nel viso e
nell'anima, a passi lenti, Gabriella si diresse verso l'uscita
del cimitero. Il grande cancello spalancato sembrava una
bocca aperta che inghiottiva anime e corpi. Ma questa volta Gabriella usciva, usciva felice, non entrava nell'infelicità.

Il sole cominciava a scaldare e le nove si avvicinavano. Un
caffè al bar, godendosi l'amaro nettare e poi in piazza, in
attesa del suo amato. La piazza era viva. La gente nell'attesa di assistere alla Messa, chiacchierava tranquilla, get-
tando occhiate su abbigliamento e movimenti. Gabriella
sentiva gli sguardi addosso. Ma il suo sguardo era rivolto
alla strada, in attesa di un puntino rosso mattone, che ancora non si vedeva all'orizzonte.

Un sole giallo come un limone siciliano prendeva possesso della giornata, anche i profumi erano quelli estivi, erba
tagliata di fresco, aroma di caffè che usciva dalle finestre
aperte, il tutto incorniciato dalle grida dei bambini, che
correvano felici in piazza. Gabriella continuava a guardare la strada, l'ansia l'avvolgeva, ma evaporava al tocco
del vento leggero. La donna riusciva a nascondere questa

tensione. Dalla curva di via Pinerolo la Punto rosso mattone fece capolino lentamente, con all'interno il suo carico di umanità timida, tenuta insieme da abiti marroncini cosparsi di forfora ed emozioni represse. La piccola utilitaria accostò lungo il marciapiede. Cristiano scese allungandosi, mostrando comunque la sua postura china, prona, verso il mondo e verso la vita. Era forse anche questo che riempiva il cuore di Gabriella di tenerezza.

Poi aprì la portiera, facendo accomodare la sua fidanzata all'interno. Nessun bacio, non una carezza, forse gli occhi della gente erano troppi, forse erano un muro difficile da abbattere, o forse non aveva nessuna intenzione di dare baci. Gabriella era rossa come una ciliegia matura, come al solito. *"Grazie per aver anticipato l'appuntamento"* disse Gabriella con un filo di voce. *"Prego. In realtà avevo voglia di vederti e di stare con te"* rispose Cristiano, senza togliere lo sguardo dalla strada. Il profumo di Arbre Magique era intenso. Odore di pino, odore di cruscotto pulito. Odore di vuoto. L'utilitaria era diretta verso Orbassano, il paese dove abitava Cristiano con la sua famiglia. La tensione di Gabriella cresceva, il vassoio di pasticcini che teneva in mano tremava come la sua anima. Quello era un giorno importante. La campagna ai lati della strada era verde come la speranza della donna di avere una vita intensa, piena di emozioni.

In pochi minuti l'auto arrivò sotto la casa di Cristiano. Anche lui era teso, non disse una parola per tutto il viaggio, sempre curvo, intento a guardare la strada. Un parcheggio enorme davanti ad una scuola ingoiò l'auto che si fermò, i due scesero come automi. Le due figure si stagliavano alla luce, proiettando le loro ombre lunghe sul selciato. Le ombre stranamente, per un gioco di posizioni, si incrociavano e sembravano formare un unico essere, dinoccolato, etereo, quasi uno spirito che sembrava volare sopra il destino dei due. In realtà i corpi erano ben separati, timorosi, impauriti, incapaci di sfiorarsi e parlarsi. La strada fu attraversata, e i due si trovarono di fronte ad un grande portone di un condominio.

I campanelli a destra del portone erano con le classiche etichette beige, con i nomi di colore scuro. Il cognome Vitale, si stagliava nel centro dell'etichetta. "*Strano,*" pensò Gabriella "*il cognome della madre non c'è.*" "Ma ogni dubbio sulla presenza femminile fu spazzato via da un "*Sì, salite pure*" detto da una voce femminile.

La scalinata di marmo rosso striato di bianco assorbiva i loro passi. Le pareti di marmo bianco rendevano elegante l'ingresso, sembrava di fare un tuffo negli anni '70. Ancora nessuna parola fra i due. Gabriella era tentata di fuggire via. Una risata cristallina uscì dalla sua bocca, contagiando Cristiano. La tensione fa brutti scherzi, ma quella volta non creò nessun danno.

Dopo un piccolo viaggio in ascensore, dove gli sguardi non si alzarono dal pavimento, si trovano in un pianerottolo, dove una porta aperta era in attesa di essere varcata. Un ottimo profumo, mai sentito prima, inebriò le narici di Gabriella. Poi una voce femminile, molto acuta, stridula, rimbalzò nelle pareti fino ad arrivare alle orecchie: "*Prego, entrate, entrate, cosa aspettate.*" Gabriella notò anche qui le pattine in ordine sul bel pavimento di marmo rosato.

Come se fosse a casa sua, poggiò i piedi sopra e scivolò fino ad un altro uscio, accompagnata da Cristiano.

Qui una donna sulla cinquantina la accolse con un sorriso di plastica. Folti capelli scuri con una permanente a metà incorniciavano un viso tondo, dalla pelle diafana, pallida. I denti, con evidenti carie non curate, stavano stretti in labbra sottili, prive di rossetto, spaccate al centro. Occhi marroni scuro, quasi neri, incorniciati da ciglia ispide, spesse. Un grosso grembiule, con sopra disegnati i monumenti italiani, copriva un abito nero che arrivava fin sotto il ginocchio; calze scure, nere anch'esse, coprivano il resto delle gambe.

Le venne incontro allargando le braccia, in modo quasi meccanico, ricordando una marionetta pilotata da fili invisibili e disse: *"Benvenuta in casa Vitale..."* abbracciandola con una stretta molle. Cristiano era immobile. Guardava la scena, quasi con occhi di sfida. Gabriella ricambiò l'abbraccio, stringendo le braccia attorno al corpo della donna. Sentì un gran tremore, forse anche lei era emozionata. Un profumo di cibi vari riempiva la stanza.

Si guardò intorno: una tavola tonda apparecchiata per quattro, una tovaglia di lino bianco finemente ricamato, con tovaglioli piegati a triangolo, anch'essi bianchi, anch'essi lindi; piatti e posate sistemati ad arte, così ordinati che intimidivano. Si partiva da un grande piatto piano, che sosteneva altri due piatti, un altro piano ed uno fondo, tutti finemente colorati. Due bicchieri per persona e un segnaposto. La camera era molto illuminata, il sole entrava abbondantemente e bagnava pareti e soprammobili. Non un granello di polvere volava. Sembrava quasi di essere a casa sua, almeno per la pulizia e l'ordine. *"Siediti cara, ti porto un aperitivo, e poi chiacchieriamo un po', fra poco arriva mio marito. Quando arriva iniziamo a mangiare. Allora cosa mi racconti Gabriella, cosa fai? Lavori?"* Gabriella era seduta, dritta sulla schiena, impaurita e divertita alla stesso tempo. Le piaceva molto la luce che entrava, la metteva di buon umore. Poi rispose cercando di essere il più naturale possibile: *"No, purtroppo non lavoro. Cerco, ma non viene fuori nulla, mi accontenterei di qualunque cosa."* La risposta la stupì: *"Meglio così, una donna deve stare a casa, deve badare al marito e ai figli. I maschi devono lavorare, le donne no. Sono idee moderne queste!"* Gabriella voleva ribattere, ma le sembrava inopportuno, almeno non al primo incontro. Fortunatamente il campanello trillò, vibrando per tutto l'appartamento. Era Michele, il padre di Cristiano. Giovanna si scosse, come fosse stata colpita da un schiaffo. Disse a voce concitata: *"Cristiano, vai tu ad aprire, io devo far trovare tutto pronto."* Gabriella non capì quella frase, ma presa dall'ansia per la nuova presentazione, accantonò questo pensiero nel cervello, in pieno subbuglio adesso. Poco dopo il rumore dell'ascensore vibrò sul pianerottolo. Cristiano era visibilmente teso. La porta era aperta, il rumore dei passi sul pavimento dell'entrata inquietò Gabriella, che percepì i passi come una noncuranza, visto le pattine posizionate proprio davanti all'uscio. Avrebbe voluto darsi un'occhiata allo specchio, magari sistemarsi i capelli, ma ormai era tardi. Ci teneva ad apparire in ordine di fronte al padre del suo fidanzato.

Un secondo lungo come un secolo, dove mille battiti riempirono il cuore della donna e poi eccolo lì. Michele era un uomo alto quasi due metri, anche lui sulla cinquantina, con un cerchio di capelli grigi, quasi francescani, lisci. Occhi azzurri ghiaccio, viso di carnagione chiara, butterato da acne giovanile, camicia color autista di autobus a maniche corte, da dove uscivano braccia grosse e robuste, coperte di peli. Addome prominente, schiacciato da pantaloni marroni, stretti alla vita da spessa cintura di pelle. Tese il grosso braccio. Era vicinissimo. Gabriella si sentiva inerme di fronte a lui, che le disse: *"Piacere, Michele. Tu sei Gabriella. Cristiano ha parlato molto di te, sei ancora più bella di come ti ha descritto."* Quelle parole arrivarono dritte dritte al cuore della donna, che sentì un fremito allo stomaco. Non incrociava lo sguardo del suo fidanzato, sempre apparentemente in disparte, come offuscato dai genitori.

Con un ottimo tempismo, Giovanna arrivò con gli antipasti, saltando l'aperitivo prima citato. Portò un grande vassoio stracolmo di tartine spalmate di creme o formaggi, seguito da un altro vassoio pieno di gambi di sedano con abbondante gorgonzola. Gabriella gettò lo sguardo nel piccolo cucinino e vide altri vassoi con olive, affettati, tramezzini e frutta secca. Un'abbondanza incredibile. Michele mangiava educatamente, ed offriva a Gabriella che non sapeva come comportarsi. Anche Giovanna insisteva, mentre Cristiano era in disparte, lontano, almeno con la mente. Dopo aver mangiato in abbondanza gli antipasti, venne il turno dei primi. Questa volta seduti al tavolo. Gabriella era accanto al suo fidanzato che, seduto composto, mangiava la sua pasta al forno, guarnita da ragù, polpettine, prosciutto cotto, uova sode, besciamella e forse altro ancora.

Discorsi superficiali sul tempo, le stagioni. Si respirava un' aria finta. Gabriella notò che Giovanna era sempre pronta a soddisfare i bisogni di tutti, specialmente quelli di Michele. Era quasi stucchevole. Gli riempiva anche il bicchiere e lo stesso faceva con Cristiano e con lei. La sua insistenza nel far mangiare Gabriella era impressionante. Appena il piatto si svuotava, Giovanna lo riempiva nuovamente. Dopo aver mangiato una porzione colossale di pasta al forno, con grande fatica, Gabriella si ritrovò nuovamente il piatto pieno.

Avrebbe voluto bere, ma a tavola non c'era acqua. Solo un bottiglione di vino. Avrebbe voluto chiedere da bere, ma non osava disturbare quella sorta di frenesia alimentare.

Cristiano sembrava mangiare poco, in realtà riusciva a dribblare, forse, le portate che la madre infilava e gettava nei piatti. Michele mangiava e controllava i movimenti di tutti, mentre la voce di Giovanna diceva *"mangia, mangia, mangia..."* In effetti il tempo per parlare o perlomeno lo spazio per parlare era ridotto, tutto era monopolizzato dal cibo.

Gabriella era stordita, nauseata, lo stomaco stava scoppiando. Sorseggiò un po' di vino, per deglutire meglio e per placare l'arsura del pranzo senza acqua. Il vino rosso, fresco, scese velocemente. Subito dopo, la sua testa cominciò a girare vorticosamente, la stanza roteava come una giostra di Natale. *"Scusate, vado in bagno un attimo..."* con tutte le sue forze si alzò, camminando dritta verso il bagno, la sua andatura non destava sospetti. Pochi passi e fu nel bagno. Un bagno lungo e stretto, ricoperto da mattonelle verde scuro. La tazza del gabinetto era lontana... Girò la chiave dentro la toppa e si precipitò verso la salvezza. Aprì il rubinetto e la finestra, tirò lo sciacquone per fare rumore, e infilò la testa quasi dentro la tazza, vomitando gran parte del pranzo ingurgitato. Continuava tenere il rubinetto aperto, per fare in modo di non essere sentita dagli altri. Dopo aver trattenuto il rumore dei conati e aver vomitato ancora un po', si lavò il viso e bevve avidamente dal rubinetto per mitigare la sete. Poi una sistemata ai capelli, una boccata d'aria alla finestra e via verso il pranzo interminabile.

Mentre camminava verso la porta i suoi pensieri la proiettavano verso la vergogna assoluta. *"Speriamo non si siano accorti di nulla, speriamo non si siano accorti di nulla! Che figura, che vergogna. Non sono capace neppure a reggere un pranzo diverso dal solito."* Aprì la porta e vide la famiglia ancora a tavola. Dalle loro mimiche intuì che nessuno si era accorto di nulla. Giovanna quando la vide si alzò e disse: *"Gabriella, sono proprio una maleducata! Non ti ho fatto vedere il resto della casa, vieni."* *"Sì certo, arrivo"* rispose Gabriella rasserenata. Giovanna l'accompagnò in un salotto dove un divano a tre posti e due poltrone di pelle rossa erano sistemati sopra una pelle di mucca pezzata bianca e nera. Al centro un tavolino di vetro scuro, adornato da un centrino bianco fatto all'uncinetto. Nell'altra parete un mobile anni '70, color marrone scuro. Uno scomparto era per metà vetrina, dove erano sistemati dei modellini di aereo. *"Questa è la camera del tuo fidanzato e di suo fratello."* *"Ah... Non sapevo avesse un fratello"* rispose Gabriella sorpresa piacevolmente. *"Sì, si chiama Giacomo. Ma i due non vanno d'accordo. Giacomo è sposato e vive a Volvera"* disse Giovanna con tono svalutante *"ribelle fino alle ossa, non sembra nemmeno mio figlio."*

Gabriella non immaginava un uomo ribelle in quella casa, tutto sembrava così ordinato, perfetto, pulito, forse troppo... Nemmeno una foto in casa di Giacomo. Vi erano alcune foto di Cristiano insieme ai genitori e basta, nessuna traccia del figlio ribelle.

Si passò poi alla camera da letto, dove c'era un armadio enorme in noce che riempiva una parete, una grande cassettiera con uno specchio, anche quello incorniciato di legno di noce, un letto ricoperto da un copriletto di cotone bianco come il latte. Non un granello di polvere, nemmeno sopra il crocefisso appeso sopra il letto.

"Che bello qui!" esclamò Gabriella, strappando un sorriso a Giovanna, sorriso che evidenziava ancor di più una dentatura trascurata da tempo. *"La casa è il regno della donna"* rispose la madre di Cristiano. *"Vieni, andiamo in tinello che adesso c'è il dolce."*

Una sentenza per Gabriella, una vera condanna a morte. Anche se il digiuno provocato dal vomito era un fastidio, sicuramente l'ingurgitare forzatamente altro cibo avrebbe causato ancora più fastidio, ma ormai si era in gioco e si doveva giocare...*"Molto volentieri, ho proprio voglia del dolce.."* Una fatica immensa fu deglutire una fetta ciclopica di tiramisù... E una fetta di torta alla nocciola che riempiva il piatto. Gabriella pensò che probabilmente quelle persone l'amore e l'affetto che non riuscivano a dimostrare con le parole, lo dimostravano distribuendo cibo in grande abbondanza...

Cristiano aveva lottato con la madre per avere porzioni normali, ma senza alcun risultato, per poi sentirsi dire: *"Come sempre, lasci il migliore, hai mangiato pochissimo."* Gabriella notò che Cristiano sotto il tavolo stringeva i pugni, sembrava si trattenesse a stento da un'esplosione d'ira, mentre il padre rideva sonoramente, contribuendo ancor di più alla rabbia del figlio.

Dopo il dolce, il caffè completò il sontuoso pranzo. A quel punto Gabriella si aspettava una chiacchierata conoscitiva, le solite domande sui progetti che aveva per il futuro oppure sugli studi fatti. Ma Cristiano si alzò e disse: *"Andiamo al cinema Gabriella?"*

La donna si sentiva confusa dalla situazione anomala. Disse di sì, incapace di deludere Cristiano con un rifiuto, ma preoccupata di deludere i due coniugi con quella uscita così repentina. Anche i genitori di Cristiano esortarono la coppia da uscire, liquidandoli con un: *"È stato un piacere"* che lasciò Gabriella ancora più confusa ma anche sollevata. Aveva superato la prova.

Usciti di casa i due fidanzati, tenendosi per mano, raggiunsero l'auto, un piccolo rifugio libero da pasta al forno e commenti vari. Appena entrati, Cristiano improvvisamente diede un bacio sulla guancia alla fidanzata, lasciandola di stucco, pietrificata ma felicissima di quel gesto. Poi la piccola utilitaria si diresse verso Torino, portandosi dietro il forte profumo di Arbre Magique, come un pensiero ricorrente, insistente.

Cristiano sembrava teso, nervoso, le sue mani picchiettavano sopra il volante, lo sguardo era incollato alla strada. Ma non diceva una parola. Gabriella non sapeva come comportarsi. Rompere il ghiaccio o no? Un lungo sospiro uscì dai polmoni della donna, mentre il suo cuore batteva nel petto, come un tamburo impazzito. Le mani erano ferme sopra le gambe, immobili e fredde. Di colpo Cristiano, sempre con lo sguardo incollato alla strada, disse: *"Gabriella, mi vuoi sposare?"* Quelle parole sortirono l'effetto di una staffilata dritta al cuore, che fece stringere il cuore della donna, aumentando ancor di più i suoi battiti già accelerati. La risposta le salì sulle labbra con una spontaneità stupefacente: "Sì, sì, certo, lo voglio, voglio sposarti!" Cristiano accostò l'auto su un lato della strada e, sporgendosi verso la fidanzata, la baciò teneramente sulla bocca. Gabriella rispose al bacio, abbracciandolo forte e spingendolo verso di lei, ma il luogo non consentiva altro. Cristiano si ricompose e lo stesso fece Gabriella, assaporando con le labbra il sapore del suo fidanzato. Il suo desiderio di intimità era forte, mai nessun uomo l'aveva sfiorata e baciata. Chissà se Cristiano provava lo stesso desiderio, anche lui sembrava contenuto nelle emozioni, sempre posato, ma incredibilmente inquieto, sembrava controllarsi a stento. Una bomba ad orologeria.

Cristiano era visibilmente teso, continuava a grattarsi la testa, imbiancando la camicia marrone di forfora grigia. Le spalle sembravano colline innevate. Poi girò l'auto verso Candiolo, dicendo senza guardare in viso Gabriella: *"Mi spiace, devo portarti a casa, domani al lavoro ho il corso di inglese, oggi devo studiare. Ho possibilità di fare carriera, devo giocare il tutto per tutto, mi spiace."* "Certo, certo, figurati. Andiamo pure" rispose Gabriella riempiendosi di orgoglio e immaginando un po' di futuro tinto di rosa.

La piazza era vuota quando la donna uscì dall'auto. Erano appena le tre del pomeriggio. Un tiramisù da digerire, un ritorno a casa da digerire... ma una grande felicità da far vedere e da gustare. Un gusto dolce, mieloso, aromatizzato al cioccolato... era questo il gusto della felicità? A grandi passi si diresse verso casa, attraversando la piazza vuota. Nessuno sguardo addosso, solo profumo di futuro. Entrata a casa, vide la madre intenta a spolverare il salotto. Lo straccio, floscio come la sua vita, passava sopra legni lucidi e lindi, privi di polvere, privi di ditate. Era un gesto meccanico, finalizzato a far passare il tempo, a consumare la vita in inutili apparenze. Un semplice *"ciao"* da parte di Gabriella e un altrettanto semplice *"ciao"* come risposta, senza nemmeno un sorriso di accompagnamento e senza neppure una domanda su come fosse andata... Questa era la situazione in casa di Gabriella. Le toccava anche trascorrervi il pomeriggio, lungo, noioso, pieno di nulla. Fortunatamente in suo soccorso venne la telefonata della sua amica Orietta, al cellulare, che con il solito tono gentile e cordiale le chiese: *"Ciao ragazza, perché non vieni ad aiutarmi ad organizzare i giochi per l'estate ragazzi? Ti aspetto a casa mia fra quindici minuti!"* *"Agli ordini, arrivo!"* rispose felice Gabriella, proiettandosi giù per le scale.

10.

Il Lunedì era arrivato prepotentemente, dopo un pomeriggio passato ad organizzare giochi e a progettare e sognare un futuro diverso da quello immaginato fino allora. Gabriella non lo sapeva ancora, ma quel giorno le sorprese sarebbero arrivate come ad agosto la grandine. Una telefonata alle 8,30 le fece vibrare l'intera anima." *Sicuramente sarà Cristiano, ho tenuto il cellulare spento fin'ora, accidenti a me! Avrei dovuto tenerlo acceso e magari metterlo in vibrato!"* pensò la donna in una frazione di secondo. Rispose con un:*"Pronto?"* caldo e dolce. Ma una voce sconosciuta scandì decisa:*" Pronto? Buongiorno. Qui la casa editrice Torino Oggi. Vorrei parlare con la signora Gabriella Audisio."* *"Sono io"* rispose Gabriella sorpresa. *"Buongiorno, la chiamiamo per la sua domanda di assunzione presso di noi. Ci rendiamo conto che siamo a ridosso delle ferie, ma verrebbe a fare un colloquio da noi? Se vuole anche oggi pomeriggio."* *Un'* incredibile emozione colse Gabriella. Sentiva il cuore battere dentro il petto e il sangue scorrere fino alle tempie, un gran calore si impadronì di lei. *"Si certo... Vengo oggi pomeriggio, ditemi ora e indirizzo... Devo portare qualche documento in particolare?"* rispose tutto d'un fiato. *"No, non deve portare nulla, abbiamo tutto nella sua domanda. Venga alle 15,30 in via Sacchi 60 a Torino, la aspettiamo."* Seguirono i convenevoli saluti, in una sorte di trance. *Appena riuscì a posare la cornetta,* Gabriella entrò in camera sua, si gettò sopra il letto e, con la faccia schiacciata dal cuscino, iniziò a piangere e singhiozzare, accarezzata solo da un raggio di sole entrato dalla persiana. *"Un lavoro, un lavoro... Prima l'invito a pranzo, adesso un colloquio di lavoro... Tutto adesso, tutto adesso...!! Oh Dio, il tuo sguardo si è finalmente posato sopra di me...! Ma non devo illudermi, non voglio illudermi. Non dico niente a nessuno. No, lo dirò solo a Cristiano. Si, lo dirò solo a lui."* Dopo essersi asciugata gli occhi con il lenzuolo, lasciando tracce di anima un po' ovunque, andò in bagno e si sciacquò il viso, si vestì di fretta, afferrò il cellulare e scappò fuori di casa. L'aria del mattino era piacevole, tiepida e avvolgente come una carezza di mamma. Si allontanò un po' dal portone e a ridosso di un muro, come per proteggersi da qualcosa, compose il numero di Cristiano. Dopo qualche squillo, il fidanzato rispose. *"Pronto?"* *"Ciao Cri, sono Gabriella... Scusa se ti telefono ma devo darti una bella notizia..."* *"Dimmi, ma fai in fretta, sto per andare ad una riunione."* *"Si faccio in fretta. Poco fa mi hanno chiamata per un colloqui di lavoro in una casa editrice di Torino. Non so ancora con che ruolo, ma mi hanno chiamata!! Non è meraviglioso?"* Un silenzio troppo lungo lacerò l'anima di Gabriella. *"Pronto? Pronto? Cristiano ci sei?"* *"Si, ci sono, scusa ma sono rimasto sorpreso... Pensavo la mamma dei miei figli a casa ad occuparsi di loro, non a lavorare... scusa."* *"... la mamma dei tuoi figli?..."* rispose la donna schiaffeggiata da questa risposta. *"Fai quello che vuoi, anche se ribadisco che io ti preferirei a casa."* *"Ma i soldi per tutto..."* rispose Gabriella interdetta e confusa. Non capiva se la risposta del suo fidanzato fosse positiva o negativa. Lui la voleva a casa per allevare i figli ma nello stesso tempo le diceva di fare quello che voleva. E poi quel silenzio lunghissimo... eterno... in cui passavano mille pensieri, mille parole. *"Devo andare, scusa, ciao"* *"Ciao."* E la telefonata si concluse.

Confusa e ansiosa, la donna cominciò a pensare al dialogo telefonico. Più ci pensava e più il significato le era poco chiaro. *"Sono troppo tesa, troppe notizie belle in pochi giorni, sono ubriaca di felicità, ecco perché non capisco..."* e lentamente si diresse verso casa. Nonostante lo stordimento sapeva che un colloquio di lavoro l'attendeva, un futuro l'attendeva.

Il treno a luglio era un vero tormento, specialmente nel primo pomeriggio, quando il caldo esaltava gli odori della sporcizia. Sopra i sedili si poteva trovare di tutto, da pezzi di panini a pacchetti di patatine ancora mezzi pieni. Gabriella si era preparata meticolosamente e cercava di non spettinarsi, rimanendo in piedi davanti all'uscita, per evitare la corrente dei finestrini. Un lieve trucco esaltava i suoi grandi occhi, adesso meno tristi del passato.

Appena scesa dal treno, si trovò sotto i portici di via Sacchi, a Torino. Una dolce frescura le attraversò il corpo, associata ad un odore di muffa ed urina. Le colonne, alla base, erano intrise di urina di cane, che lasciava il suo odore, complice il caldo della stagione. Le grosse sfere poste alle basi delle colonne, piene di escrementi di piccione, davano un senso di immobilità assoluta, una staticità cosmica, che contrastava con la voglia di vita di Gabriella. Molte le saracinesche chiuse, che racchiudevano vetrine impolverate, zeppe di oggetti inutili, privi di interesse. Un piccolo bar, con fuori due tavolini coperti da tovaglie rosse, macchiate di caffè antico e di pensieri stanchi, accoglieva qualche anziano avventore che fumava tranquillamente, giocando con il fumo e le briciole. Oltre ai colombi qualche passerotto, per nulla intimidito dalla presenza degli uomini, becchettava i residui sotto i tavoli. Il numero 60 era adesso davanti a lei. Un piccolo portoncino di legno finemente intarsiato, di color noce chiaro, si stagliava su una parete scrostata di colore giallo. Il campanello ottonato venne premuto dopo qualche attimo di esitazione, rimanendo umido di sudore. Una scalinata ripida e stretta, con eleganti scalini di marmo bianco consumati in centro, portava ad un piccolo pianerottolo che immediatamente si riempì della paura di Gabriella, che fino ad allora aveva trattenuto tutta l'ansia. Il sudore scendeva lungo la schiena, strisciando sopra la colonna vertebrale come un serpente tentatore: la tentazione di fuggire era molta. Ma un gentile: *"Avanti, entri pure"* impedì alla donna di tornare indietro.

"Buongiorno signorina Audisio, si accomodi prego. La ringrazio per la puntualità, questo gioca già a suo favore." *"Grazie"* rispose Gabriella accomodandosi sopra una sedia di legno, pesante come la situazione del momento. La schiena era dritta e le mani erano posate sopra le gambe, che sembravano pronte alla fuga. *"Allora signorina Gabriella, dal suo curriculum vedo che ha pochissime esperienze lavorative, tranne qualche supplenza* "disse la signora, porgendo la mano. *"Qui il tipo di lavoro è ovviamente diverso dall'insegnamento, ma è sicuramente meno stressante. Ah! Scusi io sono Romana.."* Gabriella guardò con attenzione la donna che aveva davanti e cordialmente le porgeva la mano. Dimostrava circa 50 anni, capelli neri e lisci che arrivavano fin quasi alle spalle, con una imbarazzante ricrescita bianca. Frangetta

fin quasi agli occhi, che erano grandi, verde chiaro, insipidi come lattuga bollita. Carnagione chiara, con qualche lentiggine intorno agli zigomi alti. Labbra sottili, pennellate da un rossetto rosa confetto. Un quasi doppio mento, nonostante il fisico asciutto, si allungava in un abbondante seno, avvolto da una maglietta aderente, color latte. Le mani erano appoggiate sopra la scrivania, dove il vetro trasparente esaltava le unghie colorate di rosso vivo. Parlava con un forte accento lombardo.

Gabriella la trovava accogliente e simpatica e si era tranquillizzata dopo averla sentita parlare, infatti rispose: "Sì, sì, l'insegnamento è decisamente stressante, specialmente alle Scuole Primarie, ma le soddisfazioni sono molte però. Io poi adoro i bambini..." "Oh bene, la cosa si fa interessante allora. Noi abbiamo una sezione dedicata ai bambini e abbiamo molte collaborazioni con le scuole. Infatti parte del suo lavoro dovrebbe essere proprio quello, cioè selezionare testi, didattici e non, per le scuole. Sa, qui arrivano centinaia di bozze e libri e la selezione è complicata. Insomma non si tratta solo di correggere ma anche di capire se sono adatti ai bambini. E chi meglio di un'insegnante potrebbe fare questa selezione?"

Gabriella non si sentiva all'altezza di questa proposta: la sua laurea in lettere non le dava competenze pedagogiche. Ma il sorriso di Romana e i progetti futuri le fecero rispondere: "Sì, sì, certo, nessun dubbio."

La parete dietro Romana era zeppa di libri impolverati e vecchi, racchiusi in vetrine opache; anche l'aria era opprimente, ma l'opportunità di un lavoro rendeva il tutto quasi bello. Nessun altro si vedeva, o si sentiva, all'interno della casa editrice, o almeno nelle poche stanze adiacenti.

Sicuramente gran parte del personale era in ferie. Romana le fece altre domande, inerenti alla sua vita lavorativa e privata. Sembrava soddisfatta delle risposte di Gabriella, che manteneva un gran contegno. A conclusione del colloquio, Romana disse: "*Senta Gabriella, io direi che va bene così. Le darò risposta entro pochi giorni! Non nego che ci siano altre candidate. Valuteremo e le faremo sapere. Io mi occupo di selezione del personale, ci vedremo ancora ma poi sarà affidata alla signora Giuliana.*" "*Certo, va bene* "rispose Gabriella alzandosi elegantemente, cercando di trattenere l'ansia: "*Allora a presto, spero mi dia una risposta, positiva o negativa che sia.*" Poi le due donne si strinsero la mano e si congedarono. Gabriella, mentre scendeva le scale, sentiva lo sguardo di Romana sopra le spalle. "*Chissà che impressione le avrò fatto... sembrava interessata, speriamo bene.*" Avrebbe voluto telefonare a Cristiano, ma temeva una risposta frettolosa. Oppure avrebbe voluto telefonare a sua madre. Ma la paura di risposte poco cortesi la costrinse a rinunciare. Una granita al limone fu la sua compagna e confidente, una confidente trasparente, come il ghiaccio, appena colorata di screzi di vita. Via Sacchi era vuota, e i suoi passi echeggiavano sotto i portici facendo tremare il suo cuore e la sua anima. Quanti pensieri per il futuro che urtavano contro le colonne e i soffitti! Poi il treno e di nuovo casa.

Nel pomeriggio tardi una telefonata a Cristiano urtò contro la segreteria telefonica. Non voleva lasciare un freddo messaggio, avrebbe voluto parlare direttamente e confrontarsi, soprattutto sulla questione lavoro. Ma sicuramente una riunione o qualcosa del genere si sarebbe sovrapposta fra i due. Questa situazione in realtà inorgogliva molto

Gabriella, che vedeva il suo fidanzato come un uomo in ascesa, sicuramente capace in futuro di darle la sicurezza economica che entrambi desideravano.

La sera trascorse in perfetta solitudine, leggendo libri già letti mille volte. Una brezza leggera proveniente dai monti contribuì ad un sonno quasi tranquillo. Quasi sereno, quasi normale.

11.

Il mattino dopo il risveglio fu dolce: come sempre d'estate, un raggio di sole la svegliò, filtrando dalla tapparella. *"Buongiorno sole"* sospirò Gabriella stiracchiandosi nel letto. Poi accese il cellulare e dopo la scansione un bip l'avvisò che un messaggio era arrivato. Pigramente aprì il messaggio, pensando di trovare la solita pubblicità della TIM e il cuor suo sobbalzò fino alla gola. Era un messaggio di Cristiano, che diceva così: *"Ciao amore, ho visto che mi hai cercato. Purtroppo il lavoro assorbe molto del mio tempo, specie in questo periodo. Mi manchi tanto e vorrei stare con te molto di più. Domenica andiamo al mare? Tuo Cristiano."*
Gabriella era commossa e felice, avrebbe voluto telefonare e rispondere subito *"Sì, sì, sì, sì, mille volte sì, ti amo, ti amo!"* Poi, dopo aver respirato a lungo, gustandosi il momento, iniziò a digitare sulla tastiera. *"Ciao! Sono molto orgogliosa di te, sei molto impegnato perché vuol dire che sei un uomo importante. Scusa se ti ho disturbato. Va bene per domenica. Non vedo l'ora. Preparo io il pranzo. Ti amo, tua Gabriella."* Poi si alzò con un sorriso luminoso come il sole di mezzogiorno, andò in cucina saltando le pattine e si preparò il caffè lasciando tracce del suo passaggio ovunque.
La madre, già sveglia da tempo, disse con tono duro: *"Cosa ti succede? Sei diventata sporcacciona?"* *"No, sono innamorata"* rispose Gabriella sorridendo e versando inavvertitamente parte del caffè in terra. Poi si chiuse in camera sua fino alle 10,00 circa, uscendo solo per prendere qualcosa da mangiare, sempre in perfetta solitudine. Un'altra gior-

nata passata in solitudine, ma questa era la normalità per lei.

Il mattino dopo una telefonata alle 8,30 la fece sobbalzare. Alzò la cornetta e con voce calma disse: *"Pronto?"* *"Buongiorno, sono Romana della Casa Editrice Torino Oggi, come va?"* *"Bene grazie, tutto bene."* *"Senta Gabriella, siamo interessati a lei, ci è sembrata seria e competente. Se è interessata anche lei può passare oggi pomeriggio così discutiamo del contratto. Che ne dice?"* Il cuore di Gabriella batteva come un tamburo della Filarmonica, i suoi battiti gridavano a voce alta ' riscatto, riscatto, riscatto...' Le mani erano sudate e la cornetta scivolava come una anguilla appena pescata. Poi prendendo tutto il coraggio che aveva dentro, cercandolo anche dentro le vetrine piene di tazzine mai usate, disse: *"Si certo, oggi pomeriggio va bene, mi dica a che ora."* Dopo aver preso accordi riattaccò il telefono, lasciandolo imbrattato di sudore ed emozione.

Poi urlò ad alta voce: *"Mamma, mamma, dove sei? Oggi pomeriggio devo andare a firmare un contratto di lavoro.* "Mentre parlava la voce tremava dall'emozione e dalla forza che aveva trovato dentro di sé. La madre, uscita dal bagno con l'immancabile straccio in mano, si avvicinò e l'abbracciò forte, quasi stritolandola; poi si allontanò senza una parola, quasi nascondendosi e vergognandosi di quel gesto. Gabriella si accorse che la maglietta che indossava aveva delle macchie. Non era sporcizia, la maglietta era macchiata dove la madre aveva appoggiato il viso... erano lacrime? Sì, lo erano di sicuro. Ma le lacrime erano scese per la notizia o per via dei detersivi che usava con grande abbondanza? E perché l'aveva abbracciata? *"Mamma dove sei? Parliamo?"* disse ancora Gabriella nella speranza di capire. Ma la radio accesa con un volume alto chiuse ogni speranza di dialogo.

Delusa ed eccitata nello stesso tempo, per ingannare l'attesa uscì di casa e fece una passeggiata per il paese. Piazza Sella era semivuota, poche auto puntinavano il terreno, mentre il profumo del pane riempiva gli spazi vuoti. Camminando davanti alla chiesa, sentì le pietre del mosaico che disturbavano la sua camminata. Piccolo dolore che ricordava la sua vita. Sempre piena di ostacoli, cunette, poi colline ed infine montagne da superare. Poi lentamente si diresse verso la torre campanaria: adorava sentire il profumo di umidità che si sprigionava sotto l'arco, mentre le ortensie, rigogliose, coprivano parte dei muri scrostati. Le finestre, grandi occhi lacrimanti, la guardavano dall'alto in basso, superbi, fieri, quasi crudeli. Pochi colombi tubavano, per poi svolazzare pigri da un appiglio all'altro, lasciando cadere leggiadre piume.

Le venne in mente Cristiano... leggiadro pure lui? Presente quanto nella sua vita? Per ora andava bene così, la carriera serviva per costruire sicurezza economica. Questo pensava Gabriella. Poi i suoi passi e i suoi pensieri la portarono sulla via della stazione, via Simonis, dove alberi dalle foglie scure salutavano i suoi passi incerti, lenti, costruiti per perdere tempo ed arrivare almeno fino all'ora di pranzo. Un saluto a Tiziana, sempre gentile, cortese, discreta, mamma serena, che illuminava la sua famiglia con i suoi occhi azzurrissimi ed il suo sorriso rassicurante. Poi un'altra camminata seguendo il vento, cercando di mimetizzarsi fra un muro ed un piccolo incrocio. E poi di nuovo a casa, ingannando il tempo e se stessa con una lettura leggera.

Il pomeriggio arrivò lento, ma il tragitto verso la casa editrice fu veloce. In un tempo relativamente breve si trovò nuovamente di fronte a Romana. *"Buongiorno Gabriella, sempre puntuale, vedo... Bene!"* disse Romana sfoderando un sorriso accattivante. *"Allora, è pronta per firmare il contratto? Adesso le spiego i dettagli..."* La discussione durò mezz'ora circa. Gabriella era attenta ma Romana parlava così velocemente che parte dei particolari, come li chiamava l'impiegata, le erano sfuggiti. Alla fine capì solo che lo stipendio era di 850 ero al mese, per 8 ore al giorno per 5 giorni alla settimana. Il suo incarico era quello di leggere le nuove opere inviate alla casa editrice e selezionarle. Poi le sarebbero toccati vari lavori di burocrazia e contabilità. Insomma, sarebbe stata un po' una tuttofare.

Avrebbe iniziato a Settembre. *"Bene, grazie, dove devo firmare?"* disse Gabriella un po' confusa, ma decisamente felice. *"Prego, metta la firma qui"* e dopo aver firmato e salutato Romana, la donna si tuffò nella Torino estiva.

Via Roma, semideserta, brillava con i suoi pavimenti lucidi, che riflettevano la figura della donna che camminava leggera come una nuvola. Le colonne tonde accompagnavano la sua andatura serena. Un caffè accompagnato da qualche lacrima e poi nuovamente in treno, per tornare a casa, dove la solita vita l'aspettava. Nessuna telefonata al fidanzato in trasferta: non poteva sicuramente rispondere al telefono, né tantomeno parlare di questioni private.

Il viaggio di ritorno in treno passò in un lampo. Dal finestrino il paesaggio sembrava un film visto ad alta velocità, gli alberi sembravano lance piantate su un terreno sterile, lance che formavano uno steccato, impossibile da scavalcare, sembravano formare una prigione dorata, dove tutto in superficie sembrava bello, ma poi guardando bene si vedevano le aridità affettive, e soprattutto la prigionia che regnava sovrana. La libertà era come il Monviso che si stagliava all'orizzonte, massiccio, imponente, maestoso. Ma lontano, alto ed irraggiungibile.

Ad ora di cena la famiglia era al completo. Gabriella sentiva l'emozione e la tensione crescere: doveva dire ai genitori che aveva trovato un lavoro e che aveva progetti per il matrimonio. Voleva fare uscire la voce potente come un fiume in piena, ed invadere il silenzio di quella cena breve e incredibilmente aggressiva. Dopo aver apparecchiato quasi in maniera ossessiva, mettendo ogni cosa al proprio posto, o meglio ogni oggetto nel posto desiderato dal padre, sorseggiando l'immancabile brodo, senza staccare gli occhi dal piatto, disse: "*Papà, i primi di Settembre inizio a lavorare a Torino, in una casa editrice. E poi con i genitori di Cristiano è andata bene e se lui fa carriera potremmo iniziare a parlare di matrimonio.*" La madre non sollevò gli occhi dal piatto e continuò a sorseggiare il suo brodo caldo. Il padre invece scoppiò in una sonora risata... e disse sgarbatamente: "*Vole mariete chiel li? Ma tlas vistlu bin? A lha goeba e a perd i toc d'furfura, asmia ca l'abbia le spale gratà d'parmigian... Però se ad manten va bin, mi sun nen cuntrari d'sicur. Tant cun sto travai putras nen mantenite, tuti sold sgheirà i miei.*" Gabriella incassò in silenzio, ma poi prese coraggio e ribadì: "*Cristiano ha delle ottime opportunità di fare carriera, per questo ci vediamo poco. E poi anche io guadagnerò abbastan-*

za." "Si va bin, quand et marieve? Fame savei parei m'buto la vesta bela."

La madre diede uno sguardo a Gabriella, come per dire 'stai zitta che è meglio'. Gabriella capì e morsicandosi la lingua e l'anima riprese a sorseggiare il brodo. Le mani tremavano. E il padre la osservava, in attesa di un qualunque gesto o parola, per rinforzare i suoi insulti camuffati da rimproveri. Aveva un sorriso beffardo sul viso. Provocatorio a tal punto che Gabriella si alzò di scatto, spaventando la madre, e si precipitò in camera sua, con il viso fra le mani, scatenando le ilarità del padre che disse: "Tutta tua madre". La povera donna chiuse il viso dentro il cuscino, scoppiando in soffocati singhiozzi. "Perché non riesco a ribellarmi, perché... E perché mi tratta così, sono o non sono sua figlia?"

L'unica cosa calda che ricevette quel giorno Gabriella fu il brodo, che oramai si era raffreddato. Gli era rimasto sullo stomaco come l'intera cena, l'intera giornata, l'intera vita... Non rimaneva che rimanere a letto, immobile, con la finestra aperta, guardando le stelle. Guardando la libertà, guardando la vita scorrere attraverso le voci dei passanti e le grida dei bambini. Un semplice messaggio al suo fidanzato, "Ti amo, mi manchi" e poi l'immobilità quasi totale in attesa di un sonno che non arrivava. Perfino la compagnia delle zanzare era più piacevole di quella serata.

La mattina arrivò inevitabilmente tardi, la notte fu lunghissima. Ma era il momento di muoversi, di prendere decisioni, di cercare di cambiare quella vita. Un salto in bagno per sistemarsi un po' i capelli, niente trucco, armata solo di una incredibile forza di volontà e del cellulare. Il silenzio della casa ed il profumo di alcool dimostravano che la madre era già all'opera. Quindi con grazia e uguale silenzio Gabriella uscì di casa, lasciandosi alle spalle, almeno per un po', la frustrazione della sera precedente. Allontanatasi da casa abbastanza per non essere vista dalla finestra, prese il cellulare e chiamò Cristiano, senza pensare al lavoro, alle riunioni o altro ancora. Voleva parlare solo con lui. Pochi squilli e lui rispose. *"Cristiano? Ciao amore, come va? Senti devo parlarti adesso, non posso più aspettare." "Dimmi, ma in fretta. Fra poco devo andare ad una ennesima riunione." "Sì, faccio in fretta. Allora, io voglio sposarmi con te il più presto possibile, anche domani. Cominciamo a organizzare qualcosa?"* "Va bene" rispose immediatamente Cristiano, replicando: *"Ma da dove si deve cominciare? Io non ne ho idea sono sincero." "Direi di cominciare a cercare casa e poi si decide la data. Io ho qualcosa da parte, mia nonna mi ha lasciato dei soldi, non basterebbero per comprare una casa, ma potrebbero servire almeno per i mobili." "Anche io ho qualcosa da parte, vediamo…" "Cristiano ho un'altra bella notizia… Ho trovato un lavoro. La casa editrice in cui ho fatto il colloquio ha deciso di assumermi."* Un silenzio lungo come uno schiaffo in pieno viso turbò la donna…" *Cosa c'è che non va?" "Nulla, devo andare, a presto."*

Gabriella ci rimase male, ma attribuì la causa di questa malessere alla pessima serata appena trascorsa, non allo strano silenzio del fidanzato.

Presa da grande entusiasmo ed eccitazione, si diresse verso un'agenzia immobiliare. Il sudore scendeva lungo la schiena e la camicia si appiccicava alla pelle, formando un tutt'uno con l'anima.

12.

L'agenzia immobiliare era sotto i portici accanto alla posta, dove una lunga fila, formata da anziani lamentosi, animava la piccola piazzetta. Elegantemente Gabriella dribblò gli sguardi, facendosi scivolare i commenti lungo le spalle. Poi entrò in agenzia, elettrizzandosi al tintinnio che la porta fece aprendosi per lei.

Il locale era spoglio e polveroso. Sulla scrivania, nuda come la Venere di Botticelli, troneggiavano solo alcune penne e degli evidenziatori gialli. L'impiegata, una donna intorno ai 30 anni, l'accolse con un gran sorriso evidentemente finto e di circostanza. Dopo essersi alzata, sviscerando una notevole altezza e una minigonna nera quasi inguinale che lasciava vedere senza pudore gambe nude, disse: "*Buongiorno signora, desidera?*" "*Sono signorina veramente*" pensò Gabriella, rimanendo male per quel saluto invecchiante. "*Buongiorno, volevo sapere se qui in Candiolo vi sono delle case in affitto. Mi piacerebbe qualcosa anche di piccolo, ma non ammobiliato, e ovviamente con un prezzo contenuto*" disse ostentando sicurezza. "*Sì, qualcosa c'è, e se vuole si può anche andare a vedere. Mi faccia guardare un attimo.*" Dopo qualche minuto di attesa, immersa nelle videate del computer, riprese: "*In questo momento ce ne sono almeno tre. Una la sconsiglio subito perché veramente grande, si tratta di una villetta a schiera su tre piani. A proposito... Quali sono le sue esigenze? La casa è per lei? ... per una coppia con figli?*" "*La casa è per me e per il mio fidanzato, abbiamo in programma di sposarci, ecco.*"

Gabriella sentì il calore salire dalla schiena ed arrivare fino alla testa, per poi propagarsi a tutto il viso. Anche il sudore imperlava le sue mani e la fronte. Fino a poco tempo prima era impensabile che lei potesse parlare di case e matrimonio e addirittura di figli, ma adesso si trovava in una agenzia a discutere di tutto questo... Mancava solo Cristiano, il suo fidanzato: ma lui lavorava per la coppia, per assicurare ad entrambi un futuro migliore.

"Possiamo prendere un appuntamento, così potrà vedere la casa assieme al suo futuro marito. Magari un sabato se lavorate, per me non c'è problema." "Si va bene, ne parlo con il mio fidanzato e chiamo per un appuntamento, così discutiamo i dettagli." Poi si alzò e ringraziò, lasciando uno sguardo sullo squallore dell'ufficio.

Uscì con un sorriso che avrebbe abbagliato anche il tramonto più luminoso, e camminando si lasciò scivolare addosso i commenti che sicuramente gli anziani e gli altri utenti della posta avrebbero fatto sulla figlia di Domenico. La loro non era cattiveria, era semplicemente la vita di paese che imponeva questo.

Tutti sapevano di tutti, o almeno quasi tutto di tutti.

Prima di arrivare a casa entrò nel bar in piazza; con grande, apparente serenità si gustò un croissant ed un cappuccino. Godette del calore rilasciato dal latte macchiato di cacao, tenendo la tazza fra le mani, sognando bambini per casa, disordine, pavimenti macchiati, biancheria sporca, giocattoli... ma soprattutto felicità sparsa ovunque, in ogni angolo visibile e non. Rimase a casa giusto il tempo per prendere la bicicletta e correre dove la solitudine è regina, dove gli sguardi sono assenti: il parco di Stupinigi.

Pieno di vita, ma privo di pettegolezzi. Pieno di colori, ricco di profumi... Il più intenso era quello dell'erba tagliata e raccolta in grosse ruote, che dopo qualche giorno diventavano di un meraviglioso color giallo oro. Viste da lontano, sembravano soldati goffi pronti a partire verso una sicura sconfitta, pieni solo della loro mole ma privi di armi e personalità.

Forse un po' come il suo fidanzato, apparentemente indifeso, da proteggere, da guidare, nonostante la probabile carriera in ascesa. I piedi sopra i pedali spingevano con forza, schiacciavano la tristezza, scaricavano la tensione, liberavano i pensieri. Prati ormai ingialliti dal sole, campi verdi, irrigati sapientemente. Gabriella aveva imboccato una strada sterrata che si insinuava fra campi di mais alti almeno due metri, pareti profumate e taglienti accompagnavano il suo cammino. Stormi di moscerini danzavano formando nuvole virtuali. Pensieri liberi, sempre più liberi, sempre più concreti, si stagliavano nella sua mente. La felicità può essere anche un'idea, un pensiero sul futuro. Durante la strada per il ritorno fece una cena di sorrisi e moscerini. Ma niente aveva un gusto più buono di quella sensazione: il gusto agrodolce della libertà.

Rientrò a casa quasi all'imbrunire, godendosi la frescura della sera e il ronzio della catena quando i pedali non spingevano... Ma nessuna telefonata al fidanzato. L'avrebbe fatta l'indomani. Era tempo di riposare e sognare.

La notte passò serena.

13.

La sua voglia di chiamare Cristiano la fece destare presto,
anche troppo presto. Non poteva chiamare alle sette, sapeva poco delle sue abitudini nonostante la promessa di
matrimonio. Aspettò ancora un po' nel letto, godendosi il
canto della cinciallegra. Poi con un balzo elegante fu giù
dal letto, impossessandosi del cellulare ancora spento, ma
unico appiglio di libertà.
Gabriella era emozionata, doveva dirgli che c'era un appuntamento per vedere una casa, la loro casa, da riempire
con i loro mobili e i loro figli... Teneva stretto il cellulare
in mano, obbligandosi a trattenere ancora un po' la sua
frenesia il più a lungo possibile. Uno sguardo veloce dalla
finestra, un respiro profondo per perdere ancora qualche
secondo... E poi il dito premette il pulsante di accensio-
ne. Non voleva però telefonare da casa, non voleva essere
ascoltata dai genitori. Quindi dopo un breve passaggio in
bagno scese le scale, inforcò la bicicletta e forzando un'andatura lenta andò dalle parti del cimitero passando per via
Roma, sorpassando le vedove in processione verso la sua
stessa apparente destinazione. Vide i cipressi ritti come
per un saluto militare, respirò l'aria resinosa e appena
giunta al piazzale, ancora con il fiatone, chiamò.
"Ciao amore, dormito bene?" chiese ansimando. *"Ciao! Sì,
tutto bene, come sei mattiniera! Devi dirmi qualcosa di importante?"* Con il cuore in gola per la corsa e per l'emozione
Gabriella rispose: *"Sì, ho una bella notizia. Sabato se sei libero,
dovremmo andare a vedere una casa in affitto qui a Candiolo,*

sempre se sei d'accordo..." "Certo, perché non dovrei essere d'accordo? Hai dimenticato una cosa però, molto importante direi." Gabriella si sentì gelare, il sudore si trasformò in stalattiti di ghiaccio che la infilzarono lungo la schiena. Cosa aveva dimenticato? Cosa c'era che non andava? "Dimmi..." disse con voce tremula "cosa ho dimenticato?" "L'ora sciocchina, ti sei dimenticata di dirmi l'ora dell'appuntamento. Come faccio ad essere puntuale?" Una risata liberatoria uscì dalla bocca di Gabriella. La risata veniva dal punto più profondo del suo cuore: aveva avuto paura di un rifiuto, di un intoppo, di qualche ostacolo alla sua felicità. "Oh! Giusto "disse ancora ridendo, scaricando la tensione. "Se ti va bene prendo appuntamento per le dieci. Ma se vieni prima si fa colazione assieme." "Si, va benissimo, allora passo da te alle nove meno un quarto, fatti trovare pronta. Andiamo al bar davanti alla piazza." "Si, va benissimo. Se riesco cerco altro e ti telefono." "Si va bene, se trovi il cellulare spento è perché sono in riunione. Ciao amore a presto, un enorme bacio." "Ciao amore, un bacio anche a te". La conversazione si chiuse lasciando aperta una vita di speranza, una vita da vivere.

Le vedove stavano giungendo al piazzale del cimitero. Era ora di salutare la nonna e, come spesso accadeva, di cambiare l'acqua ai fiori... e di far passare il tempo fino a sabato.

Il momento era arrivato finalmente, dopo la noia associata alla trepidazione. Era sabato. Un sabato di fine luglio ormai. Come sempre in quella stagione, il sole filtrava attraverso le gelosie ed arrivava ad accarezzare il viso di Gabriella, con delicatezza. Lei rimase nel letto fino alle 8,30, gustando ed immaginando la mattinata. Giocava con i pensieri, li rincorreva, li inseguiva e li catturava, in attesa di viverli. In un battito d'ali fu pronta. Niente trucco, solo abiti puliti, profumo e speranza, indossati come una camicetta leggera, bianca, candida.

Il campanello trillò, facendo vibrare cristalli lindi e cuore. *"Vado io, è Cristiano"* disse ad alta voce mentre apriva la porta.

Come al solito lui l'aspettava sotto. Un tacito accordo aveva reso tutto più semplice. Scese saltando gli scalini a due a due e arrivò all'androne. Un bacio sulle labbra spiazzò l'uomo, che arrossì facendo sorridere Gabriella. *"Andiamo al bar, ho molte cose da dirti."* Gabriella non notò la forfora che imbiancava la camicia grigia di Cristiano. Non notò nemmeno i gomiti rosicchiati dalla psoriasi. Quella era una grande giornata, una giornata che poteva segnare un inizio.

La piazza era semivuota, si vedeva solo qualche anziana che usciva dalla Messa. *"Buongiorno Anna."* *"Buongiorno Gabriella, giornata splendida per gli innamorati vero?"* *"Si giornata meravigliosa"* rispose Gabriella stringendo a sé Cristiano. I pantaloni di Cristiano, di color marrone, sembravano due tronchi d'albero che trattenevano la voglia di volare della donna, che con passi lunghi affrettava la camminata. Il profumo delle brioche arrivava già alle narici. Il bar era pieno di avventori, i due avevano tutti gli occhi addosso. Perfino i poster della Juventus, di cui il bar era tappezzato, sembravano guardarli. Infatti Gabriella sorridendo sottovoce disse: *"Perfino Del Piero ci guarda…"* Poi aprì la vetrinetta e afferrò due brioches, una vuota ed una al cioccolato, porgendone una a Cristiano, che nel frattempo si era accomodato in un angolo del bar nel tentativo di sottrarsi agli sguardi degli avventori. Gabriella disinvolta disse a bassa voce: "È *normale che ci guardino, io sono nata qui e sono la figlia di Domenico e Mariuccia, che qui conoscono tutti. Anni fa gli abitanti erano circa 1500, e tutti frequentavano la stessa scuola, gli anziani conoscono i giovani perché sono i figli dei loro compagni, e cosi via...*" Poi affondò i denti dentro la brioche mentre Cristiano, quasi di nascosto, prendeva la sua pastiglia per abbassare la pressione.

La felicità se avesse avuto un altro nome, avrebbe avuto come nome Gabriella. Occhi luccicanti, mani vuote, ma cuore gonfio di felicità e futuro.

Le dieci erano ormai vicine, l'appuntamento era davanti al cancello del villaggio di via Roma, quello di fronte al 'guardiano' di Candiolo. Veniva chiamato così l'acquedotto, che si stagliava come un guerriero armato di soli scudi rossi. La sua ombra cadeva sul prato di mais, disegnando fantasmi sguscianti e sinistri; cadeva rovinosamente, frantumandosi, perdendo la sua integrità.

L'impiegata dell'agenzia arrivò puntuale. Gabriella notò lo sguardo di Cristiano dirigersi e fissarsi sulla donna, ma paradossalmente non provò gelosia. Il momento era importante, non poteva fermarsi davanti a queste piccolezze. E poi aveva sempre considerato normale che un uomo guardasse le esponenti dell'altro sesso. La donna scese da una 500 rosso fiammante, lasciando scoperte le gambe, tornite e lunghe. Si avvicinò in bilico sopra tacchi vertiginosi. Minigonna nera, camicetta rossa stretta in vita e sbottonata sopra i seni, abbondanti e alti, con un incavo invitante ed accogliente. "*Buongiorno Gabriella, eccoci qua. Buongiorno anche a lei. Andiamo, vi faccio vedere la casa"* disse rivolgendosi ad entrambi. Era di poche parole, in compenso faceva parlare il corpo. Il villaggio era composto da due file di case. Una, la più corta, era composta da case in paramano rosso e ringhiere verde brillante. Si udivano voci di bimbi che giovavano fra i corridoi ombrosi, pavimentati di autobloccanti instabili come la paura di Gabriella. Tre piani di felicità si gettavano sul viale, ricco di balconi fioriti. L'altra fila era costruita da villette più alte ma più strette, anch'esse in paramano rosso e ringhiere verde brillante. Più in fondo c'era la 'loro' casa, un 'appartamento in villa', come la definì l'addetta dell'agenzia. Così arrivarono davanti al loro futuro, ipotetico nido d'amore.

Visto da fuori era di una bellezza spaziale. Al secondo piano. Due balconi con traboccanti petunie viola, che scendevano abbondanti e rigogliose, ricoprendo la ringhiera verde, anzi nascondendola quasi del tutto. Una macchia di colore che si stagliava contro il paramano rosso. Per arrivarci si dovevano salire due rampe di scale, larghe e comode, di un bel granito grigio che, scaldato dal tepore estivo, rilasciava un profumo di casa, un profumo di famiglia. Qualcosa di nuovo, mai sentito da Gabriella, che emozionata saliva le scale gustandosi il momento come una abbuffata dopo mesi di dieta. Un largo pianerottolo li accolse al secondo piano, anche questo arricchito da piante di ogni specie. *"L'ultima inquilina amava le piante e non sapeva dove metterle nel nuovo alloggio. Le ha lasciate qui e i vicini le bagnano, mentre quelle sul balcone sono così belle grazie alla pioggia. I vasi e le piante saranno vostre se prenderete la casa… Ci sono fiori anche sull'altro balcone"* disse l'impiegata aggiustandosi la camicetta, per evitare che un seno uscisse fra un bottone e l'altro.

La porta si aprì ed entrarono in un piccolo disimpegno che lasciava vedere le altre stanze. La luce entrava abbondante, bagnava il pavimento chiaro, riflettendosi ovunque, e urtava le pareti dipinte di bianco dando un senso di candore e pace. Erano stanze non molto grosse, ma accoglienti e vivibili. Un bagno con piastrelle rosa e sanitari bianchi. La camera con il pavimento di palchetto lasciava spazi a fantasie di intimità mai vissute.

Cristiano sembrava contento di quanto vedeva. Lui, di solito poco incline al commento o al lasciarsi andare, aveva il viso tagliato da un tenue sorriso, chiuso, ma sempre un sorriso.

L'impiegata parlava e descriveva la casa elogiandone le caratteristiche. Gabriella non ascoltava nemmeno, la sua decisione era ormai presa. Se Cristiano fosse stato d'accordo, il contratto si poteva fare anche l'indomani.

La visita si concluse salendo da una scala interna che portava ad una zona mansardata, composta da due stanze graziose e calorose. Anche lì Cristiano sorrise, riempiendo di dolcezza il cuore di Gabriella.

Appena fuori, l'addetta dell'agenzia si congedò, chiedendo una conferma o un rifiuto entro la settimana. Allontanandosi si portò dietro un profumo di trasgressione che si era insinuato anche all'interno della casa. Cristiano stupì Gabriella con un gesto di autorità mai visto prima. *"Gabriella, lunedì telefonerai per dare conferma, ed entro la settimana prendo un permesso per firmare il contratto. Il prezzo mi sembra buono. Se puoi occupati anche dei mobili, io ho poco tempo e gran parte del lavoro dovrai farlo tu."* Gabriella non riusciva nemmeno a rispondere talmente era grande l'emozione. L'unica cosa che fece fu quella di stringere forte a sé il fidanzato, ancorandosi a lui, come un'ancora si fissa al fondo del mare, speranzosa, felice, raggiante.

Un pranzo frugale al bar concluse la loro giornata insieme. Cristiano aveva, come spesso accadeva, altri impegni, altri documenti da studiare o corsi da preparare. Nessuna intimità fra loro, nemmeno un bacio degno di tale nome. La voglia di intimità aumentava, Gabriella la sentiva forte crescere dentro di sé. Ma al momento non coglieva nessuno slancio da parte del fidanzato. Ed era già più di un anno che si frequentavano! I momenti in cui si sarebbe potuto lasciarsi andare a qualche approccio in più erano rari: si vedevano sempre di corsa o sempre con qualcuno. Ma sicuramente vi sarebbe stato tempo anche per quello.

Il pomeriggio lo passò chiusa in stanza a fantasticare, domenica in bicicletta in trepida attesa e poi finalmente venne anche lunedì. *"Meglio andare di presenza, altro che telefonare"* pensò Gabriella appena sveglia. La madre la guardava senza parlare, ormai la vedeva entrare ed uscire più volte di casa, sempre senza dare spiegazioni. Il padre appena la scorgeva cercava come al solito di mortificarla, canzonandola per quello straccio di fidanzato che si era scelto. Proprio per questo la donna lo evitava e spesso stava fuori fino a tardi, saltando la cena. Spesso però Domenico l'aspettava, per darle la sua dose di insulti quotidiani. Insultare, umiliare, sbeffeggiare. Era un bisogno troppo potente per rinunciarvi. Aspettando una risposta qualunque ed usandola come sfida per poter rincarare la dose.

126

Il contratto con l'agenzia fu firmato in poco tempo, appena Cristiano riuscì a prendere un permesso. Nel frattempo diede ulteriore carta bianca alla fidanzata per scegliere gli arredi e iniziare i preparativi per le nozze. Si vedevano poco, si scambiavano solo informazioni riguardo i preparativi. Ma Gabriella era felice.

14.

Il tempo poteva dilatarsi. I due fidanzati avevano una fretta incredibile di concludere tutto per arrivare a vivere insieme. A settembre Gabriella avrebbe iniziato a lavorare, quindi il tempo a sua disposizione si sarebbe ridotto. Nel frattempo vi era un mese di attesa e di fermo, perché Agosto era ormai giunto e i negozi avrebbero chiuso per le ferie. I preparativi rallentarono. L'unica nota positiva era che Cristiano avrebbe avuto tutto il mese di ferie, come l'azienda comandava. Una sera Gabriella ricevette una chiamata al cellulare: *"Ciao, come stai piccola? Sei libera domani?"* Parlando sottovoce per non farsi ascoltare dai genitori e sudata per il caldo e per l'emozione, rispose: *"Ciao amore... Certo che domani sono libera! Dimmi, cosa vorresti fare...?"* *"Non so... Tu cosa proponi? Io non ho nessuna idea. Ma l'importante è stare insieme, dobbiamo approfittare di queste giornate di ferie!"* *"Andiamo al mare? Non vado da anni! Potremmo affittare un ombrellone e due sdraio... Per il pranzo preparo qualcosa io, così risparmiamo!"* Seguì un lungo silenzio. Cristiano utilizzava spesso questa modalità, caricando d'ansia la povera Gabriella che non riusciva ad interpretarlo e si tratteneva a stento riusciva dal chiedere:" Tutto a posto?"

Poi come se nulla fosse Cristiano rispose: *"Il mare non mi piace tanto. Ma se piace a te ti ci porto volentieri... Va bene, per il pranzo porta qualcosa tu. Io mangio tutto. Tranne l'insalata di riso e la frittata. Passo a prenderti alle sette va bene? Così non troviamo traffico. Magari domani parliamo un po' dei prepara-*

tivi. "Gabriella allentò il nodo d'ansia che le aveva stretto la bocca dello stomaco: non si era accorta di aver smesso di respirare. Persino i battiti ripresero la solita scansione. *"Sì amore, va bene, alle sette va bene. Non vedo l'ora di vederti. Staremo un po' soli finalmente." "Ti amo, piccola, a domani" "A domani."* Poi un meccanico click chiuse la conversazione. Gabriella avrebbe voluto parlare ancora un po'. Confrontarsi, farsi coccolare e coccolare il suo fidanzato. Ma lui era fatto così, sempre chiuso, criptico, spesso silenzioso. Ma l'indomani avrebbero avuto tempo.

"Peccato per la frittata e l'insalata di riso... erano proprio le cose che avevo intenzione di preparare" pensò Gabriella ridacchiando. Poi, presa dall'entusiasmo e dalla felicità, aprì il freezer, generalmente ben fornito. Vide un petto di pollo intero. Le si illuminarono gli occhi: cosa ci poteva essere di meglio di un'insalata di pollo? Magari arricchita con delle patate... E poi poteva preparare delle uova sode... E magari una torta di mele: non poteva certo mancare il dolce! Quindi si mise alacremente all'opera.

Fortunatamente suo padre era alla bocciofila, dove giocava a carte. Eh... lui era un vero campione! La madre la guardava incuriosita, mentre era immersa in una telenovela che era almeno alla sesta replica. Solo durante la pubblicità guardava con più insistenza, ma non poneva nessuna domanda: le domande necessitano di risposte e a volte di ulteriori domande... Un impegno troppo gravoso, troppo carico d'affetto. Gabriella ancora ricordava quell'abbraccio improvviso data dalla madre in occasione del lavoro trovato, sarebbe stata una bella occasione per avvicinarsi. Ma nulla. Solo una quasi indifferenza.

Quindi si gettò a capofitto nella preparazione, canticchiando allegramente. Un paio d'ore dopo tutto era pronto, tutto era sistemato nei contenitori: era fiera del suo lavoro. Era fiera del suo comportamento. Doveva solo passare la notte.

Si ritirò nella sua stanza prima dell'arrivo del padre. Sicuramente avrebbe concesso il permesso. Ma per evitare qualunque discussione preferì non dire niente. Pulì tutto, anima compresa, e andò a letto, sperando in un sonno ristoratore e in qualche sogno delizioso.

Alle sei il sole bussò delicatamente alla finestra. La notte era stata lunga. L'eccitazione per la situazione era molta e l'adrenalina impediva un sonno lungo. Le zanzare poi avevano danzato sopra il suo corpo. Il padre odiava l'odore delle piastrine, e ne impediva anche l'acquisto. La casa di Gabriella quindi era per gli odiosi insetti un banchetto di nozze. Morbide carni su cui tuffarsi senza problemi di repellenti o altro. Solo gli schiaffi, sempre vivi in quella casa, potevano impedire una piccola parte delle morsicature. Suo padre si barricava nella stanza e usava come repellente grandi quantità di gerani, di cui i balconi erano pieni, senza sortire però nessun successo. Anzi, incrementavano la voglia di libertà della donna.

Una capatina in bagno, un biglietto con su scritto "*Sono al mare con Cristiano*" e poi con largo anticipo giù per le scale, con il prezioso carico di vettovaglie per il pranzo. Per le coccole non c'era bisogno di organizzarsi, quelle sarebbero venute spontanee.

La Punto rossa arrivò puntuale, anche se Gabriella sperava in un po' di anticipo: le strade erano deserte e l'occasione era buona per rompere l'incredibile precisione che Cristiano dimostrava. La portiera si aprì e uscì Cristiano... Il suo abbigliamento era ovviamente diverso dal solito: dei calzoncini corti di colore beige, appena sopra il ginocchio, cadevano larghi su gambe magre, bianchissime, ancora più chiare delle braccia dove qualche pelo rossiccio, sparuto, isolato, chiedeva aiuto per la solitudine; sandali di cuoio con calzini corti bianchi; una polo blu completava il tutto. Gabriella era tremendamente intenerita da quell'abbigliamento. Cristiano in effetti faceva tenerezza, era evidente che era poco avvezzo a gite fuori porta organizzate sul momento. Un sorriso illuminò il viso della donna che teneramente scoccò un bacio sulle labbra al suo fidanzato, impietrito da cotanto coraggio. *"Ciao, saliamo, così non facciamo tardi "*riuscì a sillabare imbarazzato. Gabriella avrebbe preferito una risposta più romantica, ma per momento andava bene così: una giornata intera insieme! Ci sarebbero state infinite occasioni di tenerezza. Senza riunioni, senza corsi di inglese, solo loro ed il mare.

Pochissime auto per le strade. Autostrada libera, ma limite di velocità rispettato rigorosamente. L'odore di Arbre Magique era intenso: ma ogni quanto lo rinnovava? Ogni giorno? Anche l'odore di dopobarba al pino silvestre usato da Cristiano era forte. Arrivava al naso diretto come un pugno. Ma come poteva Gabriella lamentarsi di quei dettagli? In fondo la barba era stata rasata per lei, per essere più accettabile e bello. E anche il profumo dell'auto era usato per rendere l'abitacolo adatto alla presenza di una donna, lei!

La discussione durante il viaggio fu tutta rivolta ai preparativi per le nozze. Cristiano non staccava lo sguardo dalla strada ma discuteva volentieri ed era incuriosito per i progressi fatti da Gabriella. *"Io preferirei i mobili in noce, sono molto caldi e fanno molto famiglia"* diceva lei. *"Si sono completamente d'accordo, sono anche robusti e durano una vita"* asseriva lui con incredibile competenza, scaldando il cuore della futura sposa.

Una piccola pausa in un autogrill, dove Cristiano prese un decaffeinato e la pastiglia contro l'ipertensione e poi ecco il mare.

Noli era bellissima, le montagne alle sue spalle brillavano di verde. Coriandoli fucsia, rosa e rossi delle fiorite bouganville spiccavano ovunque, quasi pungendo gli occhi. Il piccolo borgo medievale profumava di focaccia unta di olio fresco, di creme solari e caffè. Il lungomare arricchito da palme che gettavano ombra scura si allungava lungo e dritto, arrivando lontano, fino a perdersi dentro una galleria. Trovano incredibilmente parcheggio vicino all'edicola, parcheggio a pagamento. Ma quel giorno Cristiano pagò per l'intera giornata senza battere ciglio, estraendo il portamonete da un capiente marsupio che si schiacciava contro il suo addome.

Gabriella era orgogliosa del suo uomo, di quello che faceva per lei. Lo prese a braccetto, tenendo con il braccio libero il cesto con le varie vettovaglie. C'era solo da prendere possesso dell'ombrellone e delle sedia a sdraio. Una giornata tutta per loro, dedicata alle chiacchiere e alle coccole. Una corta scala, di cemento cotto dal sole, li portò direttamente al lido: un bar coperto da fresca ombra, con un semplice bancone rosso, ricoperto ai lati da cartoni pieni di chewing gum, lecca lecca e caramelle; un frigo ricolmo di ghiaccioli, dal classico odore di muffa ghiacciata; e poi la passerella che portava alla spiaggia. Scelsero un ombrellone in prima fila, con il mare a pochi metri. Ghiaia fra le dita, emozione nel cuore. Il caldo non era opprimente, una leggera brezza accarezzava i bagnanti. Il mare blu cobalto, si scontrava con l'orizzonte, regalando bagliori che pizzicavano gli occhi. Gabriella cominciò a spogliarsi. Tolse la camicia con eleganza, mostrando un seno alto, sodo, sostenuto dal costume nero, che esaltava l'incavo imperlato di sudore. Un addome piatto, liscio, mai toccato da cerette e da mano di maschio. I pantaloni di cotone lasciarono libere gambe snelle, lunghe, slanciate, chiare di carnagione ma non diafane. Il costume, discretamente sgambato, nascondeva glutei torniti, alti. Movenze aggraziate sistemarono gli abiti fra i raggi dell'ombrellone. *"Dai Cristiano, spogliati. Andiamo a fare il bagno, il mare è bellissimo!"* esclamò Gabriella semplicemente raggiante, più luminosa del sole stesso. Il fidanzato sfilò timidamente la maglietta, scoprendo un torace di color bianco latte; anche qui qualche pelo rossiccio sparuto ed isolato faceva capolino fra muscoli inesistenti. Un addome lievemente espanso, di aspetto molliccio, rilassato, tendente verso il basso, coperto di leggera peluria, era concentrato intorno all'ombelico. Cristiano era in evidente imbarazzo di restare in costume di fronte alla sua fidanzata, era la prima volta. I pantaloncini che indossava sostituivano il costume, erano un po' stretti alla vita e comprimevano la pancia, formando un piccolo rotolo bianchiccio. Gabriella provava una infinita tenerezza per quel fisico da proteggere e per quella mente alla ricerca di una collocazione degna. Improvvisamente lo prese per mano e con decisione si avviò verso la battigia, sfidando il dolore della ghiaia sotto i piedi. Cristiano si fece trascinare dall'entusiasmo e seguì la fidanzata. Anzi, ad un certo punto, la superò nella rincorsa ed era lui a trascinarla. Il mare era davanti a loro, piatto, blu ed invitante. In un attimo le loro mani si staccarono e sfidandosi con gli occhi spaccarono l'acqua con i piedi prima e con i corpi poi. Gabriella entrò completamente nel blu, e vide accanto a sé il fidanzato completamente immerso, che cercava di superarla. Le bollicine schiumavano intorno a loro, solleticando ogni centimetro di pelle. Il sapore dell'acqua salata fra le labbra solleticava voglie primitive. Quello era anche il tempo di scoprire piccole intimità. Le teste fuori dall'acqua erano vicine. Sguardi di complicità improvvisa. Gabriella si avvicinò ancora e appoggiò le sue labbra sopra quelle di Cristiano che, nonostante il grande imbarazzo, contraccambiò, dischiudendo le sue, scambiando sale e umori. Poi Gabriella sparì sott'acqua, nascondendo il rossore improvviso. Fece una nuotata fino alla piattaforma, lasciandosi alle spalle gli insulti del padre, le indifferenze della madre e l'odore di candeggina. Dietro di lei il fidanzato, che con un notevole fiatone cercava di seguirla. Impossibile superarla, troppa energia, troppa felicità. Una forza che bruciava come incredibile combustibile, trasformandosi in voglia di vivere. La piattaforma vacillò mentre salirono sopra di essa prepotentemente. Nessuna parola fra i due. Solo sguardi verso l'orizzonte, verso il futuro. Dopo una lunga nuotata si sdraiarono al sol, sugli asciugamani, incuranti dei raggi sempre più cocenti. Gabriella sentiva il profumo di salsedine che Cristiano emanava e aveva una gran voglia di baciarlo nuovamente; in realtà aveva anche altre fantasie, fantasie di corpi aggrovigliati, di scontri di pelle, di graffi...

Anche se la spiaggia era affollata, Gabriella vedeva solo Cristiano. Fra un discorso ed un altro, gli passava la mano sulla nuca, per accarezzargli i capelli e trasmettere la sua voglia d'amore.

Cristiano sembrava non reagire a queste piccole provocazioni, sicuramente intimidito ed imbarazzato dalla situazione. "È ora di pranzo, che ne dici di tornare? Ho una gran fame e tu?" "Sì, andiamo, anche io ho fame."

I due si avviarono verso l'ombrellone e Gabriella già sorrideva e gioiva all'idea di far vedere al suo fidanzato come era stata brava a cucinare. Un momento di gloria tutto da gustare. Il piccolo tavolino fu coperto da una tovaglietta bianca, quasi abbagliante. Le posate sistemate in ordine perfetto, vicino ai bicchieri, riempiti da acqua fresca, presa dal piccolo frigo. Era il momento di tirare fuori le vivande. Gabriella riempì con orgoglio i piatti con porzioni abbondanti di insalata di pollo. A vederla era decisamente invitante. La maionese colorava la carne con estrema vivacità e anche gli altri ingredienti si incastonavano come diamanti su un anello. Gabriella porse il piatto a Cristiano che, con strana freddezza, disse: *"No, io questa cosa non la mangio."* Una pugnalata avrebbe avuto un effetto più dolce nel cuore di Gabriella, che credette di non aver capito e rispose con estrema dolcezza: *"Cosa scusa?"* *"Ho detto che*

non mangio questa cosa, non mi piace. E te l'avevo anche detto."
Gabriella restò di ghiaccio, trafitta da mille spilli. Non credeva a ciò che sentiva. Amareggiata e piena di imbarazzo rispose facendo forza sulla memoria: "Avevo capito che non ti piacessero l'insalata di riso e la frittata, non questo..." "Hai capito male, ho detto che non mi piaceva e non mi piacciono tutte le insalate simili all'insalata di riso, quindi anche questa."
Gabriella era incredula, era sicura che Cristiano avesse proprio detto insalata di riso e frittata, non il resto.
Ma la convinzione di Cristiano e la forza delle sue parole cominciarono a far vacillare il ricordo. In un istante, Gabriella si trovò nella condizione di dubitare anche su se stessa. Un profondo stato di confusione, mista a rabbia per non aver capito bene, invase la sua mente. Si sentiva come paralizzata, incapace, in balìa di se stessa e dei suoi errori. Poi Cristiano, quasi trasformando la sua dura espressione, disse: "Pazienza, mangeremo altro, a questi errori si rimedia. Cerca solo di ascoltarmi meglio la prossima volta. Io sono sicuro di quello che dico. "
Gabriella, colpita da questa frase, ingoiò la colpa per l'errore fatto, deglutendo anche la confusione del momento. In cuor suo qualcosa le diceva che aveva capito bene, che l'errore non era il suo. Ma ormai il boccone era sceso nello stomaco e lì sarebbe stato digerito. Con qualche difficoltà, ma digerito.
Dopo le scuse, Gabriella prese le uova sode e, dopo averle accuratamente sbucciate, le condì con un filo d'olio e del sale. Cristiano mangiò malvolentieri questa pietanza. Chissà cosa c'era che non andava. La donna percepì questo disagio, ma non osò profferire parola, per non urtare

il suo fidanzato. Con addosso questa terribile sensazione, terminarono il pranzo con una fetta di torta di mele che, nonostante la sua bontà, rimase come un mattone dentro lo stomaco di Gabriella.

Un gran caldo attanagliava la spiaggia. I due fidanzati, mano nella mano, camminavano per il budello di Noli. Gabriella era tornata tranquilla, anche se le rimaneva un sapore strano in bocca che non sapeva definire. Il cielo azzurrissimo copriva e minimizzava tutto, anche quella strana sensazione. Cristiano teneva la mano a Gabriella, la stringeva, come sempre parlava poco, ma la sua presenza si faceva sentire. C'era ancora tutto il pomeriggio per stare assieme e anche parte della sera. Per strada i profumi si mischiavano agli aromi mediterranei. Odore di carne alla brace, speziata, profumo di pizza appena sfornata, basilico fresco e salvia. Grida di bimbi, parole di mamme felici. Un caffè al bar, un bicchiere d'acqua e poi nuovamente in spiaggia.

Gabriella si era lasciata alle spalle la brutta e strana sensazione percepita durante il pranzo. Distesi al sole, l'uno accanto all'altra, con il rumore del mare che coccolava le loro orecchie. Cristiano era tranquillo. Iniziò a parlare di matrimonio, di mobili, di parenti da invitare. I suoi occhi sembravano brillare. Gabriella rispondeva a tono, sciorinando progetti futuri. A vederli, sembravano una coppia perfetta, da romanzo, da dipingere con tinte pastello in un quadro da appendere in salotto, in bella vista. Un quadro da incorniciare con una cornice preziosa, talmente era bello e luminoso. Un tuffo nell'acqua cristallina per rinfrescare corpo e idee, un tuffo nel futuro.

Gabriella era semplicemente raggiante, i suoi occhi avrebbero illuminato la notte più scura. Spesso timidamente, baciava Cristiano sulle guance, a volte sfiorava le labbra, a volte gli occhi. Il pomeriggio passò un attimo, bacetti e chiacchiere incorniciarono il tutto. Era l'ora di tornare a casa, di tornare in gabbia. *"Si è fatto tardi, il tempo con te passa in un attimo!"* esclamò Cristiano, colpendo Gabriella dritta al cuore, trapassando in un attimo il prezioso organo.

Cristiano aveva le spalle color gambero, anche il viso e le gambe erano del medesimo colore. Gabriella si intenerì ancor di più vedendolo rubicondo, il colore esaltava il carattere del suo sguardo e gli dava un aspetto di salute mai visto prima.

Raccolte le loro cose, si avviarono verso l'auto. Il lungomare decorato con le palme dava una sensazione di infinito: la sensazione di un futuro ricco e privo di ostacoli, come la strada che si vedeva.

Giunti nella piazza dove avevano parcheggiato l'auto, Cristiano trovo una volantino pinzato sotto il tergicristallo. Con calma lo prese e lo lesse. Improvvisamente il suo viso si trasformò, i suoi occhi sembravano dello stesso colore della sua pelle, rosso gambero, rosso carminio, rosso odio. Gabriella non capiva, era stupita e incredula. Cristiano stracciò in mille pezzi il volantino, le sue mani sembravano pinze da muratore. Parole impronunciabili uscirono dalle sue labbra, sfiorate da poco dalla sua fidanzata. *"Bastardi, figli di puttana... Una multa mi hanno fatto, una multa... Per mezz'ora di ritardo! Bastardi, figli di troia, che paese di merda, che gente di merda! Vaffanculo bastardi..."* La sua voce diventata improvvisamente tonante attirò l'attenzione dei passanti che gettavano i loro sguardi sulla coppia. Gabriella si avvicinò sparuta a Cristiano, che si rese conto di aver creato una situazione imbarazzante. I suoi occhi videro ed incrociarono gli altri sguardi. Come per proteggersi da mille spilli, abbracciò Gabriella, stringendola forte a sé. Poi sussurrò vicino alle orecchie: *"Scusa amore mio, sono stanco, troppo stanco, perdonami."* Non una parola di più. Gabriella, confusa e frastornata, ricambiò l'abbraccio per istinto. Un senso di potere mai provato prima scaldò il suo cuore, pensando: *"Hai bisogno di me amore mio."*

Cristiano sciolse l'abbraccio, i passanti tornarono a guardare le vetrine, la coppia perse d'importanza. I due fidanzati entrarono in auto. Cristiano non incrociava lo sguardo di Gabriella, probabilmente un senso di vergogna lo aveva avvolto. Lei, per non umiliarlo ancor di più, evitò di parlare dell'accaduto. L' episodio, paradossalmente, aveva aumentato ancor di più il senso di tenerezza che la donna provava per il suo fidanzato. Una sosta all'autogrill, dove un tenero bacio scoccò fra i due, piccoli discorsi superficiali e la giornata finì accanto a piazza Sella. Qui, nel buio. Gabriella si avvicinò a Cristiano. Tentò un bacio più profondo, un bacio per dimostrare amore e desiderio. Ma la risposta fu tiepida, un *"potrebbero vederci"* seppellì ogni altro tentativo...*"Domani ti telefono, sono a casa, vado che è tardi. Grazie per la bellissima giornata"* *"Va bene, aspetto la tua chiamata, a domani amore mio."* Poi la Punto color mattone sparì nella notte, inghiottita dal buio e dal mistero che circondava Cristiano. *"Chissà cosa ha pa-*

tito in vita sua "pensò Gabriella vedendo l'auto sparire nel buio. *"Con me starai meglio amore mio, a presto."*

Piazza Sella era bagnata dalla luce dei lampioni, su cui branchi di moscerini danzavano disordinatamente, formando nuvole pulsanti. Ombre lunghe e profumo di solitudine. Buio assoluto e odore di pulito in casa. Il letto pungeva, forse erano i pensieri, o forse era il troppo sole preso durante la giornata.

I genitori dormivano nella loro stanza, o almeno cosi pareva. Ma questo importava poco a Gabriella. In quel momento i suoi pensieri erano liberi, si libravano in alto, raggiungevano le stelle, il sole ed i pianeti più lontani. Solo una piccola zavorra appesantiva il completo librare, una zavorra non ben definita, che era mimetizzata fra la felicità e la voglia di vivere. La notte passò lentamente: l'eccitazione della giornata, la felicità, i progetti, impedivano un sonno tranquillo.

La mattina arrivò dolcemente. L'odore di caffè, forte, intenso entrò nella stanza di Gabriella. Stranamente la madre era in cucina, nonostante l'ora. Sembrava aspettarla. Il padre era ancora nel letto. La tavola apparecchiata con piccole tovagliette, era ordinatamente preparata. Oltre al caffè, appena uscito dalla caffettiera, vi erano delle fette biscottate imburrate e ricoperte di un velo di marmellata di castagne, ottima con il burro. Gabriella si stropicciò gli occhi, un po' per il sonno e soprattutto per la sorpresa. *"Sono per me?"* chiese sottovoce. *"Si, dai siediti, racconta. Come è andata ieri?"* Incredula Gabriella si sedette. Non riconosceva la madre, aveva una strana luce negli occhi, sembrava addirittura più giovane. Guardandola in viso, prese una fetta biscottata e l'addentò con forza, sbriciolandola in più parti. Assaporò il sapore dolce della marmellata, che si scontrò conto la lingua. Gustò il burro e soprattutto lo sguardo della madre dentro i suoi occhi. "È andata bene, benissimo, abbiamo passato una giornata meravigliosa. Cristiano è un vero gentiluomo. Unico neo della giornata è stata una multa, ma sono cose che capitano..." disse con la bocca piena di fette biscottate e felicità. La madre ascoltava con attenzione, le rughe attorno agli occhi esaltavano il suo sorriso naturale, non forzato, spontaneo, incredibilmente spontaneo. *"Sono contenta per voi, molto contenta. Ma avete davvero intenzione di sposarvi? Mi sembra di aver capito di sì e che state cercando casa." "Si, al più presto. Ci stiamo preparando, ma c'è molto da fare e devo fare quasi tutto io perché Cristiano lavora molto. Sai, sta studiando per fare carriera, ci tiene molto."* Le due donne parlarono per altri dieci minuti, sembravano entrambe felici. Le fette biscottate furono divorate in pochi minuti ed il caffè completò la colazione. Quei dieci minuti di intimità regalarono a Gabriella e alla madre emozioni antiche, o forse addirittura mai provate. Poi un rumore nella camera da letto scosse Mariuccia. Domenico si stava alzando. Immediatamente il suo viso si trasformò, una maschera di freddezza prese forma nel suo viso. L'immancabile straccio iniziò a pulire il tavolo. La tovaglietta sparì e con essa sparirono le fette biscottate, il latte, il caffè e la dose di affetto che addolciva il tutto.

Gabriella era stupita dall'atteggiamento della madre, dall'improvvisa voglia di confidenza mai vista prima. Anche lei aveva voglia di confessare e dire del suo amore, dei suoi progetti futuri. Ma per il momento questo era il massimo che poteva avere.

Ritornò nella sua stanza, aspettando la telefonata del fidanzato. Magari potevano organizzare un'altra giornata assieme, pranzare, e parlare ancora dei loro progetti. E magari avere anche un po' di quell'intimità che Gabriella cercava. Era giunto il tempo di provare carezze, baci e altro ancora. Ma non osava, almeno per il momento, andare oltre e chiedere qualcosa. Nel silenzio della sua stanza, i pensieri prendevano forma. Non erano più quadri astratti, ma fotografie ben definite. Il cellulare squillò vibrando sopra il comodino, era Cristiano. La mano della donna, accarezzò lo strumento che lo metteva in contatto con il suo fidanzato. *"Ciao amore, come stai?"* disse Gabriella con voce dolce. Come a volte accadeva, un silenzio glaciale, lungo, terribilmente lungo intercorse fra i due. *"Per niente bene, ho preso troppo sole. Ti sei dimenticata la crema solare, sono ustionato come un gambero fritto."* Il messaggio, come sempre, era di dubbia interpretazione, contraddittorio, aggressivo, ma nello stesso tempo ironico e comico. Questa contraddizione arrivava dentro il cuore come un ago affilato, creava inconsciamente una gran confusione in Gabriella, che non sapeva cosa rispondere, temendo di sbagliare qualunque cosa dicesse. D'istinto rispose: *"Mi spiace, è colpa mia, ero troppo presa da te, perdonami."* Questa risposta incredibilmente placò l'aggressività passiva che Cristiano diffondeva a piene mani, anche se metteva Gabriella in una posizione di colpa, di sottomissione. *"Non possiamo vederci oggi e credo nemmeno domani, sono troppo bruciato. Se riesci prosegui con i preparativi, io faccio un po' di telefonate a qualche ristorante che ne dici?" "Sì, certo. Se vuoi vengo da te, chiedo la macchina a mio padre." "No, a casa c'è mio fratello, preferirei che tu incontrassi questo stupido il più tardi possibile. Parte domani per le ferie con la moglie e sono venuti a salutare i miei. Pensa, in ferie se ne vanno, pensano sempre a divertirsi, mai a mettere soldi da parte. Ha rinunciato ad un posto alla FIAT per andare a lavorare in una fabbrica a "misura d'uomo", come la definisce lui... Che coglione, non sembra nemmeno mio fratello!"* Gabriella, presa dai preparativi, dava poca importanza al contorno del discorso, poco le importava del fratello di Cristiano. *"Va bene amore. Come vuoi tu. Vado in giro per le bomboniere e tu prova a cercare qualche ristorante. Ci sentiamo nel pomeriggio?" "Si, ci sentiamo dopo, adesso vado, ciao amore, a presto."* Conversazione laconica, essenziale, questo era lo stile di Cristiano. Gabriella, quel pomeriggio, si diede un gran da fare nel cercare negozi di bomboniere aperti, visto che agosto è un mese particolare. Nonostante la crisi economica, imperante da anni ormai, pochi erano i negozi non chiusi in quel periodo per via dei pochi presenti in città. Qualcosa comunque trovò e la sera si confrontò con il fidanzato sui risultati ottenuti. Cristiano si lamentò solo del fratello, sembrava quasi non ascoltarla.

15.

Incredibilmente il mese d'agosto passò senza quasi nessun incontro fra i due fidanzati. La pelle di Cristiano restò ustionata per molti giorni e molte altre situazioni, inerenti alla famiglia o allo studio per il lavoro, impedirono alla coppia di frequentarsi. L'ultimo giorno prima di iniziare a lavorare Cristiano telefonò a Gabriella per invitarla a prendere un gelato. Il caldo era ancora opprimente, un fine agosto atipico per il Piemonte.

La meta era una gelateria a Torino, dove le granite siciliane erano il pezzo forte. Consumata la granita, i due si avviarono in auto verso la collina. Dalla piazza situata in cima si vedeva tutta Torino illuminata, con la Mole Antonelliana che svettava sopra ogni cosa. Gabriella si strinse al fidanzato e appoggiò la sua guancia contro quella di Cristiano. Le piaceva la sua pelle liscia. Girò il suo volto e avvicinò le labbra per scoccare un bacio... Cristiano rispose timidamente, forse per il fatto di essere all'aperto. Ma poi disse: *"Gabriella, io ti voglio portare vergine al matrimonio, ormai manca poco, aspettiamo."*

Gabriella allontanò le sue labbra da quelle di Cristiano, piena di orgoglio ferito. Ma con il cuore riscaldato da quella frase, rispose: *"Sì amore mio, come vuoi tu."* Mise la sua voglia in una tasca e guardò insieme al fidanzato il panorama che si stagliava davanti ai loro occhi.

Il giorno dopo Cristiano ricominciò a lavorare. Erano giornate lunghe, eterne, dove non erano permesse neppure le telefonate, solo qualche raro messaggio. La sera qualche volta telefonava, ma la stanchezza era tanta e la tensione anche.

Gabriella cercava freneticamente di accelerare i preparativi per le nozze. Molte cose erano già sistemate, ma la fretta era molta, anche lei dopo una settimana avrebbe iniziato a lavorare. Il suo primo lavoro. Ebbe qualche piccolo confronto con Orietta, per consigli vari riguardo bomboniere e altro. Una grande novità fu un taglio di capelli nuovo. Voleva presentarsi al lavoro in ordine, impeccabile, felice. Il gran giorno finalmente arrivò, una notte praticamente insonne segnò il suo viso. Profonde borse scure evidenziavano i suoi grandi occhi, anche il taglio aveva preso una piega strana, un ciuffo ribelle si alzava dritto da un lato. Fortunatamente l'ironia prevalse. Essendosi alzata decisamente in anticipo, ebbe tutto il tempo per sistemarsi. Occupò il bagno per almeno un'ora, al mattino si poteva. Gli abiti erano già stati scelti il giorno prima: camicetta bianca, maniche lunghe di cotone leggero, con pantaloni di cotone azzurri, non aderenti. La maglia scendeva fino alle anche, coprendo i fianchi dolcemente. Era anche un desiderio di Cristiano vederla vestita con abiti che coprivano gran parte del corpo e non fasciavano. Una doccia di profumo completò il restauro post notte passata in bianco.

Scese in strada dopo aver gustato un caffè. La madre si alzò e la salutò, lasciandole nel cuore un senso di vuoto e di malinconia, qualcosa di non ben definito in realtà. L'aria era ancora tiepida. La stazione era gremita, poiché quel giorno si aprivano anche le scuole. Decine di studenti, con pesanti zaini sopra le spalle, scherzavano fra di loro. Molti erano ragazzi e ragazze che Gabriella conosceva benissimo, erano stati suoi studenti quando insegnava catechismo. Si voltò al suono di un *"Ciao Gabri, sei bellissima oggi. Dove vai di bello a quest'ora?* "Era Alessandro, anche lui alla stazione per recarsi al lavoro. Sempre gentile. Sempre cordiale. *"Ciao Alessandro, come va? Grazie per i complimenti, oggi vado a lavorare! È il mio primo giorno di lavoro. Una casa editrice mi ha assunto."* "Bene, benissimo! Ma c'è dell'altro mi sembra, sembri felicissima..." "Si, Alessandro, sono felice, hai ragione. Sto preparando il mio matrimonio con Cristiano, il forestiero. Abbiamo già affittato la casa in via Roma. Adesso manca il ristorante ed il vestito e altri dettagli. Ma vedrò di organizzare tutto. Ah, ovvio, sei invitato!"* Il viso di Alessandro si dischiuse in un dolcissimo sorriso e divenne rosso come una ciliegia, non per l'invito, ma per la felicità dipinta sul volto dell'amica. Un sibilo acuto squarciò l'aria, il treno era in arrivo sul primo binario. Anche la voce metallica lo annunciava. Piccole aiuole di viole, odore di felicità nell'aria. Gabriella era veramente felice.

Il tragitto fu veloce. Su quel vagone viaggiavano praticamente solo candiolesi, impossibile non parlare, impossibile non lamentarsi dei ritardi dei treni, della sporcizia, del tempo e delle stagioni. Ma quel giorno, per Gabriella, tutto aveva un sapore diverso. Via Sacchi come sempre odorava di muffa stantia. L'aroma del caffè usciva dai bar e cadeva sopra i tavolini mischiandosi a quello delle brioches. Il rumore dei passi di Gabriella non copriva il rumore del suo cuore che rullava nel petto come un motore imbizzarrito. Ormai era davanti alla porta, con tutto il suo bagaglio di ansia e insicurezza.

Appena entrata, Romana la accolse con un grande sorriso: *"Benvenuta Gabriella, venga, la porto alla sua scrivania. È la prima oggi, il resto del team arriverà a momenti. Così conoscerà Giuliana, la titolare. Invece Roberta le spiegherà cosa fare."* *"Si grazie, aspetto qui allora."* *"Bene, io devo andare, mi aspettano a Milano, in sede principale. Il mio lavoro con lei è terminato. Le auguro buona fortuna."*

Gabriella prese possesso della sua scrivania. Era piena di documenti ammonticchiati alla rinfusa, ingialliti dal tempo e dal sole, che entrava copioso dalla finestra alle spalle. La polvere era abbondante e copriva ogni lembo di carta, ogni angolo. Di buono c'era l'odore dei libri, un odore antico, che sapeva di cultura, di storia, di vita vissuta. Anche la sedia era coperta di scartoffie, che superavano la scrivania per altezza.

"Buongiorno, sono Roberta" disse una voce d'improvviso, facendo sussultare Gabriella. Girandosi vide una donna in controluce. Si vedeva solo la sagoma, spostandosi vide un corpo dalle forme generose. Il dettaglio che la colpì immediatamente furono gli occhi, azzurro chiaro, chiarissimo, come un cielo di montagna. Erano incorniciati da un volto largo, con una carnagione chiara, labbra spesse rosse, senza rossetto. Labbra sensuali, carnose, che dischiuse lasciavano vedere denti bianchissimi, regolari, candidi. I capelli erano neri, ondulati, e scendevano fino alle spalle, chiudendo il colorito quadro. *"Sono la tua collega, devo affiancarti per un po'"* disse con voce bassa e un forte accento romano.

"Piacere, sono Gabriella, felice di conoscerti. Da dove possiamo iniziare?" *"Io direi con un buon caffè, non mi sveglio se non*

ne prendo almeno tre al mattino! Andiamo, nell'altra stanza c'è una piccola cucina attrezzata."

Gabriella seguì Roberta verso la piccola cucina. Notò che la sua andatura era a tratti strana, bloccata da qualcosa di invisibile. Ma la tensione era così spessa che lasciò perdere questo dettaglio. Roberta preparò la caffettiera in silenzio. Scelse una caffettiera da tre, nonostante loro fossero in due. La sua camicia nera, larga, copriva un respiro affaticato, pesante. Appena messa la moka sulla piastra, un'altra voce proveniente dall'ingresso spezzò il silenzio: *"Roby hai messo su il caffè? Ho portato i croissant alla marmellata."* Era Valentina, un'altra collega. La donna era semplicemente da copertina. Alta circa un metro e ottanta, fisico asciutto, gambe lunghissime, coperte da una gonna blu che le arrivava appena sopra il ginocchio; fianchi ben definiti, fasciati da una maglietta aderente bianco panna che evidenziava un seno poco abbondante, ma così sodo da sfidare la forza di gravità. Gabriella rimase incantata dal suo viso e dai suoi capelli, biondi, lisci e lunghi, che racchiudevano un viso lungo su cui spiccavano due occhi verde acqua, intensi come il mare della Sardegna; le sue labbra, rosso fuoco, esprimevano una sensualità fresca e genuina. Una donna rubata alle passerelle, ma apparentemente semplice come acqua di sorgente.

"Ciao, sono Valentina. Ho un croissant anche per te. Sei Gabriella vero? Sapevo del tuo arrivo" disse porgendo la mano alla donna. Poi, con un gesto naturale come bere un bicchiere d'acqua, si tolse le scarpe con un tacco 12 e indossò delle semplici paperine, decisamente più comode e prati-

che. *"Dai, facciamo colazione, oggi abbiamo molto da fare. Sempre così al rientro dalle ferie."* Gabriella non disse una parola, non sapeva cosa dire. Il croissant di farina integrale ripieno di marmellata ai frutti di bosco era veramente buono. Era divertita e intimorita nello stesso tempo: Romana non si vedeva e le due colleghe erano tranquille, quindi non c'era nulla da temere, almeno in apparenza. Ma, ormai rilassata e abbastanza a suo agio, altri passi sul palchetto ruppero il rumore sommesso della masticazione. *"Buongiorno a tutti"* disse un'altra voce femminile, dal forte accento piemontese. *"Buongiorno Giuliana"* risposero in coro Roberta e Valentina, seguita a ruota da Gabriella.

Giuliana squadrò il trio, ma ovviamente puntò gli occhi sull'ultima arrivata. Era alta circa un metro e cinquantacinque, decisamente sovrappeso, anche se cercava di coprire la sua mole con un' ampia camicia a maniche lunghe e larghe che le arrivava sotto i fianchi, nera, elegante, sicuramente costosa. Sotto portava dei pantaloni neri molto comodi, che scendevano senza stringere fino alle caviglie, strette da scarpe decolleté con un tacco molto alto. Il collo, pieno di pieghe per via dell'adipe abbondante, era adornato da una collane di perle che dava luce al nero che imperava. Il viso era tondo e i capelli, dritti, scendevano in basso coprendo parte degli occhi e, da una parte, arrivavano allo zigomo, terminando con un riflesso più chiaro. La carnagione era chiarissima, anche se coperta da fondotinta esageratamente lucente, quasi teatrale; gli occhi grandi, truccati pesantemente di scuro, avevano occhiaie profonde, mascherate da trucco abbondante; le labbra sottili erano coperte da un rossetto rosso scuro, che non riusciva a coprire della bava agli angoli della bocca, che si formava probabilmente ad ogni parola detta. Gli occhi nocciola, indagatori, si posarono sopra ogni lembo di pelle e di anima di Gabriella, che istintivamente mise le mani sul petto nel tentativo di coprire una nudità inesistente.

A passi corti, quasi zampettando, Giuliana si avvicinò al trio senza togliere lo sguardo da Gabriella e afferrò il croissant ancora caldo rimasto sul vassoio. Lo morsicò, facendo attenzione al rossetto, lasciando le labbra fuori dai giochi. Gabriella si alzò per lasciarle spazio ma lei cordialmente disse: "Comoda, comoda... Non si preoccupi! Piacere io sono Giuliana, la più anziana qui dentro, e anche la più saggia! Se ha bisogno venga pure da me, non si faccia problemi." "Si, certo, grazie" riuscì ad articolare Gabriella. Notò però che Roberta dava le spalle a Giuliana, sembrava volesse nascondersi, china sul lavandino a lavare una tazzina, passandola sotto l'acqua almeno dieci volte. Anche Valentina aveva spento il sorriso naturale e aveva acceso un sorriso di plastica, stereotipato, finto.

Finito di mangiare il croissant, Giuliana con un sorriso cortese iniziò a porre una serie di domande a Gabriella: "Allora... Che titoli di studio ha? Io sono laureata in lettere antiche e lei? Anzi e tu? Diamoci pure del tu visto che dobbiamo lavorare assieme." "Anche io sono laureata in lettere. Moderne però. E solo da qualche anno" rispose Gabriella. Roberta camminando verso la porta, disse ad alta voce: "Gabri, è ora di iniziare. Andiamo o si fa tardi." Gabriella si alzò immediatamente, sollevata dall'incombenza di rispondere alle domande e, a grandi passi, andò verso Roberta.

Questa appena entrata nell'altra stanza disse a Valentina: "*Wow che eleganza oggi la giudicessa*" facendo ridere a crepapelle la collega, ma lasciando di stucco Gabriella, che ovviamente non capiva. Roberta iniziò a liberare la scrivania. I suoi movimenti lenti mettevano a proprio agio Gabriella, che con timore iniziò a sistemare qualche volume, per fare ordine. La polvere era molta e gli starnuti abbondavano. Poche parole fra Roberta e Valentina, che però si scambiavano occhiate di complicità. Gabriella osservava e basta, preferiva non parlare. Non conosceva le dinamiche e non voleva interferire con nessuno.

Il primo giorno di lavoro passò veloce. C'era molto da riordinare. Le chiacchiere furono poche e superficiali. Roberta e Valentina erano molto affiatate. Ogni tanto arrivava Giuliana, che con una scusa gettava lo sguardo ovunque, con un sorriso finto stampato in faccia. Poi spariva nel suo ufficio, portandosi dietro sguardo indagatore e rossetto. Un saluto e un "*arrivederci a domani* "e via di corsa verso il treno.

Appena fuori, Gabriella prese il cellulare e chiamò il fidanzato, ma dopo qualche squillo si attivò la segreteria telefonica: qualche riunione aveva preso il posto delle confidenze e delle emozioni. Lasciò un breve messaggio: "*Ciao, amore! Il primo giorno di lavoro è andato bene, a presto.* "Certo, avrebbe avuto voglia di dire qualcosa in più, ma la carriera non permetteva nulla o quasi. Il treno inghiottì lei, la frustrazione del silenzio e mille altri pendolari, ognuno con il proprio carico di stanchezza, infelicità e felicità.

16.

Il tempo passava velocemente. Gabriella era immersa nei preparativi, tentando di coinvolgere Cristiano a parteciparvi, e il lavoro. Ormai era quasi tutto pronto, mancavano solo i dettagli, fra cui la data e di conseguenza la scelta del ristorante. Gabriella aveva arredato la casa a gusto suo, con il consenso del fidanzato che, essendo perennemente impegnato, le aveva dato carta bianca. Nessuna discussione nemmeno su chi pagava una cosa o l'altra. Tutto procedeva liscio come olio sul pane. Gabriella era emozionata, ma anche frustrata dal fatto di non poter condividere le sue gioie con nessuno.

Un giorno in ufficio Roberta e Valentina erano assenti, per partecipare ad una riunione per accordi fra case editrici. Giuliana era in ufficio e zampettava attorno a Gabriella come una gallina quando vede una succulenta cavalletta, una preda da deglutire. Colse l'occasione di quattro chiacchiere offrendo una fetta di torta fatta con le sue mani. Arrivò al tavolo attrezzata di tutto: tovaglietta, posate, tovagliolo, occhio indagatore e curiosità che usciva da ogni lembo di pelle lasciata scoperta dai vestiti... Insomma, impossibile dire di no, impossibile resistere.

"Gabriella, avrai molte cose da dirmi adesso che stai per sposarti" disse apparecchiando la tavola e spiattellando una fetta di torta al cioccolato sotto il muso della donna. *"Sai, in questi momenti è importante il confronto. Prendere decisioni così importanti senza avere un consiglio o che so, un parere di chi ci è già passato non va bene... Non trovi?"* Poneva una

serie di domande con risposta quasi scontata, in pratica conduceva lei la discussione senza possibilità di replica. Gabriella, stanca dei preparativi e nello stesso tempo vogliosa di confronto, iniziò a raccontare i suoi progressi. Giuliana ascoltava senza proferire parola. I suoi occhi grandi si ingrandirono ancora di più, come per vedere anche all'interno di Gabriella i suoi pensieri più nascosti. Mentre ascoltava, si riempiva la bocca di torta, masticando voracemente discorsi e dolce. Una macchina tritatutto. La mano portava continuamente la fetta di torta alla bocca, come per accompagnare ciò che Gabriella diceva. Deglutiva senza difficoltà alcuna, anzi, visto che Gabriella non aveva fame, divorò anche la sua fetta, insieme al discorso riferito ai mobili della cucina.

Quando Gabriella aveva finito gli argomenti, iniziò a fare domande personali, ma fortunatamente Romana arrivò interrompendo il banchetto di notizie che Giuliana stava divorando. *"Gabriella, per piacere, mi aiuteresti a cercare la pratica di vendita della Mnamon? Non riesco a trovarla."* Gabriella si alzò, scusandosi con Giuliana che dalla rabbia deglutì un boccone così grosso che rimase sospeso fra la bocca e la gola. Infatti zampettò in bagno a bere, poiché nella fretta aveva dimenticato di portare l'acqua in tavola. Poi tornò e raccolse le briciole che erano rimaste sopra la tovaglia. Forse mangiò anche quelle.

Giuliana aveva un' ansia spessa come la pelle di un elefante, così forte che quando parlava si portava la mano nell'incavo del seno, sentendo il torace alzarsi per il fiato affannato. Un'ansia che la sovrastava. Cercava di controllarla, gestirla, dominarla, ma l'unico modo per placarla un po' era estorcere con una falsa accoglienza pezzi di vita altrui e il cibo. Ascoltando i fatti degli altri si sentiva gratificata per essere scelta come confidente, inconsapevole del fatto che si imponeva sempre come tale. Ascoltando si riempiva di situazioni altrui, un modo per non pensare alla propria condizione: una donna obesa che si nutriva in modo esagerato tanto di cibo quanto delle vite di chi le stava intorno. Era consapevole di essere patologicamente ansiosa, ma rifiutava ogni aiuto di tipo farmacologico o psicanalitico. Era evidente che non voleva affrontare il le sue difficoltà, anzi fuggiva da esse. Cercava sempre terapie alternative, quali agopuntura, danze orientali, tisane, cromoterapia e via dicendo. Ma appena la situazione migliorava, fuggiva anche dalla terapia. Ormai la curiosità, il sapere, il pensare di essere una confidente per molti le donava momenti di insano appetito. Riempiendo lo stomaco distendeva almeno per qualche momento l'ansia. L' intento del momento era diventare amica di Gabriella, per gustare notizie e torte in gran quantità.

Gabriella, era ormai decisa a sposarsi entro l'anno successivo. Inutile aspettare ancora... Ma inutile anche tentare di coinvolgere Cristiano più di così. Il lavoro e la carriera lo prendevano troppo.

Un lunedì mattina, dopo accordi telefonici fra i due, si recò in parrocchia per decidere la data del matrimonio. La donna in quel luogo era di casa: quel pavimento puntinato di nero, lucido e scivoloso, aveva visto i suoi passi, le sue idee, il suo sorriso, mille e mille volte. Lo stretto corridoio l'aveva abbracciata nelle serate di sconforto, quando le umiliazioni del padre e l'indifferenza della madre erano frustate dentro l'anima. L'odore antico, di mobili di legno, di cera, di bambini, l'accarezzavano e la confortavano.

Il parroco era al momento assente. Una malattia di tipo respiratorio l'aveva costretto ad allontanarsi per un lungo periodo dal paese. Era presente un sostituto, sconosciuto a Gabriella. Dopo le dovute presentazioni e il controllo dei documenti, la data fu fissata: domenica 30 di luglio. La data era stata decisa in base agli impegni di Cristiano, che avrebbe fatto coincidere la sua assenza per il congedo matrimoniale alle ferie dell'azienda. Gravare con un congedo matrimoniale poteva essere di intralcio alla carriera, almeno questo era quello che lui affermava. Anche la casa editrice chiudeva ad agosto, ma rimanere assente per Gabriella non sarebbe stato un problema, poiché Romana non tiranneggiava le dipendenti, anzi, nei limiti delle sue possibilità aiutava con piacere.

Appena fuori dalla parrocchia Gabriella emozionatissima, come una bimba al primo giorno di scuola, chiamò il fidanzato al cellulare, ma anche questa volta fu costretta a lasciare il messaggio in segreteria. Ma non aveva voglia di tornare a casa.

L'autunno era ormai alle porte. L'aria fresca proveniente dalla montagna mordeva la pelle della donna, che nella fretta di uscire di casa aveva indossato abiti leggeri e fini. Qualche foglia ingiallita si lasciava cadere dal suo albero, volteggiando a spirale, prolungando di qualche secondo la sua agonia. Una traiettoria inquietante, affascinante, leggiadra, sinuosa, ma irreversibile. E per questo quasi drammatica.

Gabriella consumò il giorno di ferie che aveva dovuto prendere per assolvere a quella incombenza fra cimitero e casa nuova. Le piaceva guardarla e immaginare la vita che prendeva forma. Vedeva lei, Cristiano e dei bambini che saltavano sopra il divano, spiegazzando la coperta messa sopra per non farlo rovinare; immaginava poi letti con lenzuola stropicciate... e le cose che sarebbero successe fra quelle lenzuola. I futuri vicini sarebbero stati una coppia sposata da qualche anno, con due splendide bimbe che occupavano le loro giornate. Per ora solo qualche saluto. Nulla di più.

Il giorno dopo arrivò alla casa editrice puntuale come sempre. Iniziò a lavorare con Roberta, avevano da fare un grosso lavoro di riordino. Giuliana passava spesso e come sempre gettava un sorriso accattivante sopra gli occhi delle due colleghe. Le sue labbra erano contornate all'interno di una leggera bavetta. Era evidente, aveva fame di notizie. Nel frattempo arrivò anche Valentina, sempre elegante e graziosa. Immediatamente si mise a lavorare con le due colleghe, dando le spalle a Giuliana, che era sempre più vicina al piccolo gruppo. Roberta si alzò e disse ad alta voce: *"Ragazze questa sera andiamo a bere qualcosa? Magari mangiamo anche, conosco un locale nuovo dopo Candiolo, vicino casa di Gabriella. Io ci arrivo dalla tangenziale e posso passare a prendere Valentina, è sulla mia strada."* *"Sì, io ci sto, così ci raccontiamo un po' di cose"* rispose Valentina senza pensarci due volte. Immediatamente Gabriella, presa dall'euforia e dalla novità, rispose: *"Sì, ci sono anche io! È vicino a casa mia, praticamente a due passi."* E rivolgendosi alla collega: *"Giuliana, vieni anche tu?"* Ma questa, con il classico sorriso di plastica, rispose: "*Mi spiace, questa sera ho già un impegno. Mi racconterete tutto domani.*" Poi senza smettere di sorridere andò via, lasciandosi alle spalle un senso di disagio spesso come il libro Guerra e pace. Roberta si coprì le labbra con le mani e Valentina anche, soffocando una risata che avrebbe scosso l'intero edificio. Gabriella non capiva, guardava le due divertita, le sfuggiva il motivo di cotanto spasso ma non osava nemmeno chiedere. Fino a che Roberta, incontinente per quanto riguarda le emozioni, le disse sottovoce: "*Sì un impegno... La giudicessa di sera non guida, ha paura, le viene il panico! Poi si vanta di capire tutti, di arrivare dentro le persone... Arrivasse dentro lei sarebbe meglio no? Questa sera per il nervoso si mangerà un vassoio di paste e domani mattina ne porterà un altro nel tentativo di farci parlare! Per lei sapere i fatti altrui è pane quotidiano. Conosci una psicologa brava?*" Poi scoppiò in una risata fragorosa, attirando lo sguardo di Giuliana che però riuscì a mantenere la calma ed il sorriso di plastica.

In realtà sia Roberta che Valentina avevano altri impegni per quella sera, ma il gusto di vedere Giuliana in difficoltà le portava spesso ad improvvisare finte serate o altro ancora. La loro non era cattiveria ma spirito goliardico, condito con un pizzico di vendetta. La giornata passò serena, lavorando intensamente, senza poter pensare a se stessi.

Il giorno dopo, come da copione, Giuliana portò delle brioches di farina integrale ripiene di confettura di mirtilli, una vera prelibatezza per il palato. Preparò un tavolino, apparecchiando con una piccola tovaglietta di cotone bianca, candida, quasi abbagliante. Riempì anche le tazzine di caffè spesso, schiumoso, color nocciola, che emanava un profumo intenso come la sua voglia di curiosità. Arrivò Roberta accompagnata da Valentina, seguite a ruota da Gabriella. Giuliana le aspettava al varco, aveva già sfoderato il suo sorriso di plastica migliore. Anche la bavetta ai lati delle labbra era presente e reclamava la sua parte di pettegolezzo. Roberta, nonostante fosse molto golosa, per non dare soddisfazione alla collega pettegola disse anticipando tutto e tutti: *"Mamma mia che mal di testa... Non ho digerito ancora la pizza e la magnifica serata! Forse abbiamo parlato troppo e le parole e i discorsi mi sono rimasti sullo stomaco. Non riuscirei a bere nemmeno un caffè."* Valentina rintuzzò: *"Sì, lo stesso vale per me, serata intensa"* *"Avete parlato molto? Immagino di sì!"* Esclamò Giuliana nel tentativo di richiamarle farle avvicinare, mentre passavano indifferenti davanti al tavolino apparecchiato. Gabriella non sapeva cosa fare: non voleva deludere Roberta e Valentina, ma nello stesso tempo provava tenerezza per Giuliana. Ma anche lei passò oltre, dicendo: *"Prendo solo un caffè ma dopo, ho già fatto colazione"* lasciando Giuliana di sale, delusa e frustrata. Il tutto si concluse con un tovagliolo candido che asciugò la bavetta bianca dalle labbra di Giuliana.

17.

La domenica era alle porte. Gabriella aveva molte notizie da raccontare a Cristiano. Ormai anche i genitori sapevano delle nozze imminenti. Cristiano era sempre più assente, ma la sua carriera stava prendendo la via del successo: le trasferte erano ormai frequentissime e il corso di inglese stava dando i suoi frutti. Purtroppo il rovescio della medaglia era la sua assenza nei preparativi e nella vita della fidanzata, che ormai rassegnata ma speranzosa raccoglieva tutti i tasselli del puzzle per completare il quadro. Gabriella lo chiamò al telefono: "*Ciao amore, come va oggi? Riesci a venire a trovarmi?*" "*Ciao amore, faccio un salto ma mi fermo solo a pranzo. Domani parto per l'India, lo sai… Devo preparare un sacco di cose, in India è tutto più complicato. Comunque passo così mi dici come vanno i preparativi. A presto, ti amo.*"
Gabriella era emozionata, cristiano sarebbe andato a pranzo da loro! Non era mai successo che mangiassero insieme, dopo quella prima volta in cui sua mamma aveva dovuto improvvisare un pasto al volo. Un pranzo a casa sua, con i suoi genitori e il futuro marito!
La mattina la passò a preparare il ragù, nonostante la temperatura non più calda. Cucinò con le finestre aperte per evitare il ristagno di odori, specialmente quello di cipolla, che a Cristiano piaceva poco. Le lasagne furono sistemate nella pirofila con l'adeguato condimento. Uova sode, ragù, prosciutto cotto e piccole polpette, il tutto inserito sapientemente fra gli strati di sfoglie, escludendo la besciamella, non gradita al fidanzato. Il profumo usciva dalla

finestra deliziando i vicini di casa. Nella pentola a pressione il bollito era stato cotto a puntino. Il bagnetto verde, la maionese e la salsa rubra erano sistemati in piccole ciotole di ceramica. Mariuccia aveva concesso di usare il servizio buono. Probabilmente era la prima volta che quei piatti si riempivano di qualcosa. C'erano anche i classici antipasti. Tramezzini tagliati a triangolo con sopra gorgonzola, maionese, paté di olive, uovo sodo a rondelle, acciughe e altri cibi stuzzicanti. Gabriella ci teneva a fare bella figura. Aveva preparato tutto lei, dall'antipasto al dolce.

Cristiano arrivò puntuale, alle 11.45 spaccate. Si presentò carico di forfora sopra le spalle e con un vassoio di pasticcini, grande come la sua apparente timidezza. *"Ciao Cri."* Disse Gabriella donandogli un bacio sulle labbra, lasciando la madre di stucco per l' audacia. *"Ciao Gabri, Buongiorno Mariuccia, Buongiorno Domenico. Come va? Grazie per l'invito... Come sempre sono di fretta, l'India mi aspetta, domani parto"* rispose Cristiano con la voce rauca, rivolgendosi a tutti i presenti, inorgogliendo la fidanzata. *"La carriera si sta aprendo?"* tuonò Domenico, mostrando rispetto. *"Le possibilità sono più che buone, devo ancora aspettare qualche mese e poi si vedrà. O sì o no."* Poi lasciò il vassoio di pasticcini nelle mano di Mariuccia e, insieme a Gabriella, scivolò usando le pattine scure. I quattro si sedettero al tavolo. Cristiano era più intraprendente ed audace del solito, parlava solo di lavoro, chiedendo a Domenico consigli ed approvazione. Gabriella sciorinò con decisione i progressi fatti con i preparativi, ormai era praticamente tutto pronto. Mancavano solo i vestiti. I genitori di Gabriella non dicevano nulla, ascoltavano e basta. Non mancarono i complimenti da parte di Cristiano per il pranzo preparato dalla fidanzata. Sembrava una domenica normale, anzi felice, una domenica che guardava al futuro. I due fidanzati si salutarono in casa, senza stare soli nemmeno un minuto. Gabriella era felice. Ormai erano pochi i mesi che la separavano dal matrimonio con Cristiano. Un ultimo bacio sulle labbra e la porta si chiuse. Adesso sarebbe passato un altro mese senza il fidanzato. L'india era lontana, ma il matrimonio no.

18.

Il mese in India passò con poche differenze rispetto a quando cristiano era a casa: poche chiamate, pochi messaggi, nessuna condivisione sul procedere degli eventi. Gabriella stava cercando il vestito. Avrebbe voluto andare con Orietta, ma non voleva mancare di rispetto alla madre. Quindi un mercoledì di novembre Gabriella e la madre si recarono presso un grande negozio di Torino. Mariuccia, nonostante la sua rigidità, era commossa. Quando la figlia chiese di farle compagnia, qualche lacrima scese dai suoi occhi, prontamente asciugate per non scalfire la sua immagine. La giornata era fredda, umida. Una nebbia fitta copriva ogni cosa e attutiva anche i rumori. Candiolo era praticamente invisibile. La piccola auto uscì dal paese, trafiggendo la coltre con la grande felicità che indossava Gabriella. Sembrava splendere come una stella. In poco tempo, senza nemmeno una parola, arrivarono in un rinomato negozio. Gabriella lavorava ormai da alcuni mesi, aveva a disposizione un discreto budget per il vestito, budget che la madre avrebbe rinforzato di nascosto dal padre.
Entrarono nell'esercizio, dove un campanellino accompagnò il loro ingresso. "*Buongiorno*" disse una commessa sfoderando un sorriso da pubblicità." "*Prego, i vestiti da sposa sono da questa parte, seguitemi.*" La felicità di Gabriella era tale che non c'era bisogno di specificare che il vestito era da sposa e non da testimone o invitata. Il suo viso era semplicemente un libro aperto che diceva "*Sono felice. Mi sposo.*"

Dopo essere entrati in una immensa camera piena di specchi, la commessa, sempre con un gran sorriso appiccicato al viso, chiese: "*Che tipologia di modello preferite? È per l'estate o per l'inverno?*" "*Estate, il 30 di luglio*" disse Mariuccia, precedendo e sorprendendo la figlia. Quindi la commessa prese un catalogo, dove infinite fotografie proponevano infiniti modelli.

Gabriella aveva già deciso come doveva essere il suo vestito: lo sognava praticamente da sempre! Voleva qualcosa di stretto sul busto ed in vita, che poi scendeva più largo verso il basso. Non poteva mancare ovviamente il velo bianco. Lungo. Sicuramente lungo. Le spalle scoperte dovevano essere protette da una mantellina, almeno in chiesa, poi sarebbero state libere. Modello sirena. Il tessuto invece lo avrebbe scelto solo dopo averlo accarezzato... lo voleva morbido e setoso. Gabriella sfogliò veloce il catalogo e arrivò subito alle pagine dove erano presentati i suoi modelli preferiti. Senza esitare indicò un vestito e disse: "*Questo, vorrei provare questo!*" "*Sì subito, taglia 44 deduco*" "*Sì... 44 o 46, vediamo*".

La commessa arrivò poco dopo, aiutata da un'altra commessa. L'abito era lungo e di difficile trasporto. Gli occhi della futura sposa si illuminarono nel vederlo prendere forma sopra un grande tavolo. Sfiorò con le dita la parte alta del vestito, un lucido e brillante taffetà, impreziosito da file di perle verticali, che scendevano fino alla vita, dove il tessuto cambiava sia nella forma che nel tramato. Un elegante chiffon rendeva morbida la parte finale. Il bianco abbagliava, splendeva, irradiava luce, come il sorriso della donna stessa.

"*Signorina, si deve provare, non solo guardare e toccare...*" A queste parole, Gabriella prese il vestito e incredibilmente aiutata dalla madre entrò nel camerino, dove con imbarazzo si spogliò, mostrandosi alla genitrice, cosa che non faceva più da moltissimi anni. Nonostante la situazione, indossò il vestito con estrema disinvoltura, ma il camerino era stretto e privo di specchi, non poteva vedersi. Uscì dallo spogliatoio senza scarpe, ma la sua innata eleganza colpì anche altri avventori del negozio. Un leggero mormorio di ammirazione si diffuse nella sala, e anche lo specchio dove la donna si rifletteva sembrava felice di contenere la sua immagine. Il vestito dava l'impressione di essere stato incredibilmente disegnato per lei. Il busto seguiva la forma del corpo; il seno con le sue curve naturali esaltava ancor di più le file di perle, che brillavano alla luce. Le spalle scoperte, eleganti, sensuali, chiare, apparivano come Venere quando sorge dal mare. Dalla vita in giù il tessuto scendeva morbido, fino alle anche, per poi allargarsi con vaporose forme, impreziosito da balze di tulle leggero. Una nuvola sarebbe impallidita di fronte a cotanta leggiadria e leggerezza.

La commessa, portò un cappellino ornato da un lunghissimo velo, leggero anch'esso. L'emozione di Gabriella era spessa come una meringa piena di panna, bianca e dolce. Una lacrima le scese sulla gota, cadde in terra, lasciandosi dietro il passato... La madre, che era abituata a nascondere la sua emozione, non avendo però nulla da spolverare, nulla da mettere a posto, non riuscì a trattenersi questa volta e abbracciò la figlia, stringendola forte come mai prima. Poi dopo pochi secondi si ricompose, assumendo

nuovamente la sua mimica fredda e cinica. Ma qualcosa era accaduto questa volta. Gabriella vide anche gli occhi della madre che luccicavano più delle paillettes del vestito stesso. Ma non c'era tempo per approfondire il contatto. Con prontezza la futura sposa disse alla commessa: "*Prendo questo.*" Nessun tentennamento, nessuna esitazione. La mantellina che doveva essere usata in chiesa fu indossata solo per puro gusto di esibizionismo, anch'essa sembrava disegnata appositamente per lei. La commessa tentò invano di proporre altri vestiti, ma la decisione era stata presa. Niente e nessuno poteva far cambiare idea alla donna. Forse erano state le lacrime della madre, chissà. Il vestito fu piegato assieme alla mantellina e impacchettato a dovere, le scarpe si potevano comprare in un secondo tempo, in quel momento i piedi erano gonfi. La madre pagò metà della cifra totale, altro gesto che colse impreparata Gabriella. Rientrarono a Candiolo. In auto non una parola. Gabriella ormai era abituata ai silenzi. La nebbia ovattava ogni visione e ogni rumore. L'auto procedeva in mezzo al bianco. Un bianco che ricordava il vestito di Gabriella.
Nessuna chiamata al fidanzato. Quel momento era tutto suo, non voleva sminuirlo con qualche riunione in corso o con qualcos'altro. Gabriella voleva godersi ogni singola emozione. Arrivati a casa, l'abito fu delicatamente appoggiato dentro l'armadio, con la cura e il rispetto che la donna dedicava ad ogni cosa.

19.

Il tempo sembrava passare lentissimo, il giorno del matrimonio appariva lontano, troppo. In ufficio Gabriella resisteva agli attacchi di Giuliana, che disperatamente ma con patetica classe cercava di sapere come andavano avanti i preparativi per le nozze. Aveva speso ormai un capitale in brioches e pasticcini. Ma poco usciva dalla bocca di Gabriella, pentita per quelle prime confidenze che le aveva fatte, ormai consapevole che la collega si nutriva dei fatti del prossimo. Oltre tutto aveva potuto constatare che più era a conoscenza dei fatti altrui più poteva colpire nei momenti di eventuali crisi con battute sarcastiche o ironiche. Meglio stare attenta.

Gabriella tentava di condividere col fidanzato l'organizzazione del matrimonio, ma purtroppo gli impegni lavorativi di Cristiano erano sempre molti, e il lavoro veniva prima di tutto. La situazione non le era gradita, anche perché non le sembrava che la loro conoscenza si fosse molto approfondita, ma confidava nelle parole del fidanzato: il disagio era solo temporaneo e la carriera avrebbe presto preso il volo e con essa la tranquillità economica e spirituale. A lui bastavano sporadici sms di routine.

Il tempo trascorreva lento anche perché Gabriella usciva poco. Da tempo non vedeva più le sue amiche ed amici. Ma il Natale era alle porte, ottima occasione per rivedere un po' tutti, fidanzato compreso.

Da giorni la donna era alla ricerca del regalo perfetto. Conosceva così poco i gusti personali di Cristiano che non sapeva dove e cosa cercare. Non voleva deluderlo, non voleva fare un regalo banale, inutile.

Un martedì pomeriggio, dopo aver dribblato brioche e domande di Giuliana, andò in via Roma, in pieno centro a Torino. Il buio della sera rendeva la città sfavillante di luci, i negozi traboccavano di addobbi e lustrini. Ma la gente al loro interno era poca, la crisi attanagliava le famiglie ed erano pochi gli acquirenti. Oltre tutto le targhette con i prezzi avrebbero allontanato chiunque.

Gabriella camminava abbracciata dal freddo, il suo fiato formava nuvolette di vapore denso che spariva nello scuro della sera. Un lungo cappotto nero la proteggeva, unico calore che poteva avere addosso. Un manichino, vestito con abiti maschili classici, colpì la sua attenzione. Una giacca nera cadeva elegante sopra dei pantaloni con le pence, anch'essi neri. Il colore scuro era interrotto da una splendida camicia bianca con delle righe verticali azzurre, appena evidenti. Una cravatta rossa, con le righe che richiamavano il colore della camicia, spiccava per contrasto ed eleganza. Come abbagliata ed ipnotizzata, la donna entrò nel negozio. Probabilmente aveva visto nella sua mente l'abito addosso al suo fidanzato, magari nel giorno del matrimonio. Un colore diverso dal grigio e dal marrone.

Gabriella spinse la porta facendo tintinnare un campanello, che richiamò l'attenzione della commessa, una graziosa signorina biondo platino. Gabriella senza esitare chiese di acquistare camicia e cravatta, senza nemmeno chiedere il prezzo. Voleva il meglio per Cristiano, sapeva che il negozio vendeva solo prodotti firmati. La commessa non esitò nemmeno un attimo, chiese solo che taglia doveva prendere e dopo aver ricevuto la risposta, con mani sapienti, confezionò un pacco regalo degno di Fabio Briatore, noto uomo d'affari, ricchissimo...

Una volta alla cassa, Gabriella timidamente chiese: "*Quanto devo?*" "*350,00 euro*" rispose la commessa. Senza battere ciglio estrasse il bancomat, il suo primo bancomat, e pagò senza alcuna smorfia.

Dopo aver salutato, prese il pacco regalo e si allontanò, dirigendosi verso la stazione. Era soddisfatta, anche se un lieve senso di colpa le stringeva il cuore: la cifra era veramente alta, ma il primo Natale doveva essere indimenticabile.

La frenesia delle imminenti festività era ovunque, ma l'aria pesante della crisi copriva molti entusiasmi. Mai come in quel momento si notava la differenza fra chi poteva acquistare regali e chi no. Occhi di bimbi guardavano le vetrine, che rimanevano piene di oggetti mai venduti.

Il treno, pieno di pendolari e ciurme di ragazzi e ragazze, entrò in stazione forando il buio della serata. Odore di muffa, odore di stanchezza, vapore sopra i vetri e immensa solitudine nonostante la gran folla. Sguardi persi dentro cellulari. Contatti virtuali, inesistenti... forse come quello fra Gabriella e Cristiano.

In casa di Gabriella non c'era alcun preparativo per Natale, come del resto ogni anno. Gabriella sarebbe stata ospite a casa del fidanzato, dove avrebbe conosciuto anche il fratello, il ribelle, "lo stupido", come lo chiama Cristiano.

Ovviamente Gabriella avrebbe portato un pensiero per tutti, futuri suoceri e futuro cognato e cognata. Una spesa non indifferente per le sua tasche. Qualche pensiero anche per le colleghe e poi basta. Si doveva fare economia, il matrimonio era tutto sommato vicino.

Era il 23 dicembre, come tutte le mattine la casa editrice l'aspettava. Un gran freddo avvolgeva la città, freddo mitigato dal calore del Natale. Verso le 10,00 il cellulare della donna squillò, vide il numero di Cristiano. Con grande agitazione prese il telefono e si allontanò dagli sguardi di Giuliana e soprattutto dalle sue orecchie. *"Pronto?" "Ciao Gabri, tutto bene? Oggi sono a casa, incredibile vero? Se vuoi passo a prenderti e andiamo a cena fuori, così ci mettiamo d'accordo per il cenone del 24. Mi scuso in anticipo per la presenza di mio fratello e di sua moglie, ma mia mamma ha voluto invitarli a tutti i costi, questa volta! A che ora esci?" "Esco alle 18,00, mi faccio trovare all'uscita della casa editrice. Ma tu come stai? Tutto bene? Non riesco mai a chiamare, ho paura di disturbare." "Sì dolcezza, io sto bene, indaffarato ma va tutto bene. Come vedi oggi sono a casa e anche il 25 ed il 26, così magari facciamo qualcosa insieme."* Emozionata come una bimba al primo giorno di scuola, Gabriella pensò a mille cose da fare, anche se in realtà i giorni erano pochi, troppo pochi, ma meglio di niente. *"Sì, sì, certo, combiniamo qualcosa. Allora passi oggi a prendermi? Confermo tutto, alle 18,00 al portone della casa editrice. Ciao amore, a presto." "A presto, ciao, un bacio."* La conversazione si interruppe anche perché Giuliana, con una delle sue banali scuse, era entrata nella stanza dove Gabriella stava parlando. Sguardo indagatore e orecchie tese, accompagnate da un sorriso di plastica. *"Successo qualcosa a casa?"* chiese ansiosa di sapere qualcosa per pranzo…"No, tutto bene, grazie" rispose Gabriella con aria quasi indifferente. Poi Valentina venne in suo soccorso chiamandola ad alta voce da un'altra stanza: *"Gabriella, vieni per piacere, ho bisogno di aiuto."* Quindi a grandi passi si allontanò da Giuliana, che mantenne il suo sorriso di plastica fino a quasi slogarsi la mascella.

Le 18,00 arrivarono. Gabriella salutò velocemente e scese le scale in gran fretta, il rumore dei tacchi riecheggiava fra marmo e pareti, accompagnato dall'odore di umido, classico del periodo invernale. La donna era emozionata, aveva molte cose da raccontare a Cristiano! I preparativi per il matrimonio erano a buon punto e ormai mancavano solo i dettagli. Appena fuori fu investita dal freddo pungente. Mille spilli sul viso, unica parte scoperta del corpo. Si guardò intorno ma non vide Cristiano.

Uno sguardo veloce all'orologio. Si accorse che era in anticipo di almeno 10 minuti. Rise di se stessa. Cristiano era un maniaco della puntualità, non poteva certo essere in anticipo! Ed infatti non tardò neppure un minuto: alle 18 arrivò come promesso.

Il fidanzato era imbottito con un grosso cappotto marrone, lungo; indossava anche sciarpa blu, a coste inglesi. La testa era coperta da un berretto anch'esso marrone, con una lunga visiera rigida. Un sorriso si allargò sul viso di Gabriella e il suo cuore si riempì di tenerezza. Andò incontro al fidanzato, donandogli un bacio sulle labbra, facendolo arrossire.

"Andiamo a fare un giro e poi si va a mangiare una pizza?" *"Sì, certo, così mi racconti un po' di cose."* I due si presero a braccetto, come una coppia di anziani.

Via Roma era magnifica: luci coloratissime, gente frenetica e soprattutto Cristiano, finalmente insieme a lei. I marmi lucidi, consumati dai passi della gente, riflettevano quella effimera felicità. Gabriella stringeva a sé il suo uomo, l'uomo che l'avrebbe portata all'altare. Anche Cristiano sembrava contento, sempre goffo e infagottato ma finalmente partecipe agli eventi. Il gran freddo li costrinse ad entrare prima del previsto in una pizzeria. Come sempre Cristiano controllò meticolosamente i prezzi, che ovviamente erano più esosi del solito, visto il periodo ed il luogo. Ma date le circostanze storse solo il naso ed accettò la situazione. Ordinò la solita Margherita, per non appesantirsi troppo, mentre Gabriella prese una ricchissima quattro stagioni, piena di sapori e di futuro.

La discussione fu accesa ed interessante. Gabriella era semplicemente entusiasta dei progressi fatti per i preparativi e disse anche: "Cristiano... ho anche preso l'abito, è bellissimo..." Incredibilmente Cristiano si commosse: una lacrima scese dai suoi occhi, una sola, ma bastò a Gabriella per farle vivere un'emozione ancora più intensa. "Io ancora no, non ho preso nulla, e non ho nemmeno partecipato ad organizzare niente. Se non ci fossi tu cosa farei?" I due erano molto vicino e Gabriella per l'entusiasmo avrebbe voluto baciarlo ed abbracciarlo, stringerlo a sé, forte, fortissimo come non mai: era la prima volta che il fidanzato esprimeva un'emozione tale. Ma sapeva di non poterlo fare...

Il suo aspetto, pur sempre diafano, con occhiaie profonde, le spalle sempre spolverate di forfora... Le suscitava però una gran tenerezza. Anche mangiando era delicato: addentava la pizza con delicatezza, la accarezzava quasi.

Ne lasciò almeno la metà sul piatto. Non ordinò più nulla, né dolce né caffè. Lo stomaco a suo dire era dolente.

La coppia uscì dalla pizzeria. Il gran freddo e forse la stanchezza li costrinse subito ad andare in auto. Gabriella sognava baci, carezze e altro ancora, ma l'auto guidata da Cristiano filava veloce verso Candiolo.

Un solo bacio a fior di labbra concluse la serata. Nulla di più.

20.

Ecco arrivato il 24 dicembre. Ultimo giorno di lavoro prima delle brevi vacanze natalizie e soprattutto vigilia di Natale e cena a casa di Cristiano. Il treno quel giorno era semivuoto, gli studenti erano a casa, magari sotto le coperte o a bighellonare per il paese. Un leggero strato di neve aveva coperto tutto, aveva anche ovattato i pensieri... Più dolci quel giorno... Anche se un' ansia importante stava prendendo possesso di Gabriella..." *Chissà come andrà questa sera, chissà se il mio regalo piacerà ai genitori di Cristiano e chissà come sarà il fratello...*" Pensieri quasi ossessionanti. La paura di non fare bella figura era sempre presente in Gabriella, la sua autostima era decisamente bassa.

Valentina e Roberta, gentili come sempre, le donarono un piccolo pensiero, un braccialetto d'argento di fine fattura, indossato e sfoggiato immediatamente. Giuliana arrivò con il solito vassoio pieno di brioche, che divorò solo lei, rimpinzandosi di zuccheri ma non di fatti altrui. La giornata passò fra uno libro e l'altro, spesso Gabriella infilava la testa direttamente negli scaffali per evitare il contatto visivo con Giuliana, che affamata di notizie cercava in ogni modo di carpire qualcosa. I suoi lavori erano terminati e quindi non si dava pace. Cercava pettegolezzi, notizie da tutti, anche dalla polvere. Fortunatamente Gabriella, presa da altri pensieri e opportunamente educata dalle colleghe, era sempre riuscita ad evitare grandi discorsi. Molto arrabbiata per via del fatto che nulla era riuscita a sapere dalle colleghe, Giuliana, impedì a tutte di uscire prima, come da programma, costringendole a lavori inutili e fini a se stessi. La sua rabbia a volte sfociava in vendette effimere, senza capire che così facendo costruiva attorno a sé un muro ancor più alto di più astio e diffidenza.

L'orario d'uscita arrivò, nonostante tutto.." *Allora dove andate?"* chiese Giuliana, sfoggiando il suo classico sorriso di plastica arredato di bavetta ai lati della bocca. *"Io sto a casa "*rispose Valentina. *"Io anche"* disse Roberta, con un tono comico ed ironico. *"Io andrò a dormire, odio le feste"* rispose Gabriella, nascondendo il viso, consapevole di dire una bugia. *"Ah bene, io invece starò in famiglia... "*bofonchiò Giuliana. La sua voce però si perse nei corridoi, tutte le colleghe erano ormai già fuori, prese da altri pensieri. Le tre colleghe si salutarono e si scambiarono gli auguri in strada, velocemente: erano, grazie al dispetto di Giuliana, tutte in enorme ritardo. Gabriella corse a perdifiato fino alla stazione, la sua eleganza colpiva i passanti. Il cappotto nero, lungo, formava delle ali, spinto dall'aria che lo gonfiava. La sciarpa rossa sembrava una lacrima di sangue, che macchiava una candida maglia bianca, tesa da un florido seno. Nell'insieme appariva come una rondine ferita, che si difendeva dalla vita stessa... Il treno era affollato, zeppo di vapore e aliti pesanti. I vetri gocciolavano di buoni propositi e auguri, che rimbalzavano sopra il sudiciume delle poltrone, scontrandosi con il pavimento, altrettanto lurido. Baci sopra le guance ad ogni fermata e le solite parole sentite fino alla nausea. Dopo mezz'ora dentro la pancia del vagone, anche Gabriella puzzava di auguri e sudiciume antico.

Arrivati alla stazione la porta si aprì e una sferzata di aria fredda scosse le parole e gli animi. La donna scese veloce saltando gli scalini ed evitando gli sguardi conosciuti per non intrattenersi in auguri inutili che avrebbero aumentato ulteriormente il ritardo. Anche Candiolo era immersa nel Natale, ma Gabriella doveva solo riuscire a prepararsi ed arrivare in orario a casa del fidanzato. A grandi balzi fece gli scalini che la dividevano dalla porta di casa sua. Non c'era il tempo per farsi una doccia, troppo tardi ormai. Una sciacquata veloce in bagno, davanti allo specchio, e una spruzzata di profumo. La madre guardava senza proferire parola. Nemmeno Gabriella parlava, aveva altre priorità in quel momento. Indossò gli abiti preparati la sera prima, indumenti semplici e quasi giornalieri, ma almeno puliti.

Mise di corsa tutti i regali in una grande borsa, compresi i pensieri per il fratello di Cristiano, la moglie e la figlia. Non aveva detto niente al fidanzato, l'iniziativa era tutta sua. Il padre era assente, odiava le feste ed i festeggiamenti, tranne nei casi in cui si poteva umiliare la moglie. Infatti Mariuccia non organizzava più nulla. Anche per evitare che succedesse.

La macchina era a sua disposizione, capiente abbastanza da contenere borse e pacchetti. *"Ciao mamma, buon Natale. Mi spiace che tu non voglia venire dai miei suoceri, ma rispetto la tua scelta." "Sai perfettamente che non posso lasciare da solo tuo padre, fra poco rientra e se non trova tutto pronto si arrabbia."* La madre aveva mentito spudoratamente, aveva declinato l'invito proprio per evitare eventuali umiliazioni in pubblico da parte del marito. Orami non aveva più energie per difendersi.

In un attimo Gabriella uscì da Candiolo, lasciandosi alle spalle luci e vuoti affettivi. Era emozionata ed ansiosa. Nonostante il gran freddo il sudore scendeva lungo la schiena, provocando brividi fastidiosi e facendo appiccicare la canottiera alla pelle, come un pensiero cattivo. L'auto era immersa nel buio della campagna. Nero ai lati e nero davanti, era forse questa la sua vita? Le prime luci del paese rischiararono luoghi ed umore. Le mani sudate scivolavano sul volante. Un posteggio in un parcheggio vuoto. E in un attimo si trovò davanti al portone della casa di Cristiano.

Campanelli illuminati, odore di cibo e umidità usciva dalle fessure dell'ingresso. Anche qualche vociare allegro, confuso dalle voci che i programmi della televisione trasmettevano. Essendo aperto il portone non pensò di suonare ma prese direttamente l'ascensore. La porta blindata ormai era l'ultima barriera fra lei ed il resto della serata. Il dito schiacciò il campanello che si lamentò con un suono fastidioso come un pelo incarnito.

La porta si aprì e Cristiano apparve accompagnato da un odore di cibo e naftalina. Il suo aspetto era sempre identico. Nessuna festa o occasione poteva colorare la sua pelle diafana. Anche la sua mimica era quasi sempre la stessa. Indifferente o parzialmente sofferente, difficile vedere un sorriso dischiudersi in quelle labbra rosa pallido. Un bacio sopra le labbra, inaspettato, stupì Gabriella. Poi Cristiano prese le borse piene di regali che pesavano sulle braccia della fidanzata. *"Ciao Gabri, sei bellissima e puntuale come sempre. Non potrei desiderare un'altra donna, sei semplicemente perfetta."* Gabriella arrossì in maniera così evidente che

Cristiano incredibilmente sorrise, regalando ancor di più emozioni alla fidanzata." *Dai entra, mio fratello e la sua famiglia devono ancora arrivare, saranno in ritardo ovviamente. Vieni che stiamo un po' insieme ai miei.*" Un odore di naftalina veniva dagli abiti di Cristiano, ma questa volta un gilè rosso dava colore alla persona. Si stagliava sopra una camicia beige, che sovrastavano dei pantaloni marroni, come un tronco di quercia. Giovanna era indaffarata ai fornelli.

"Buona sera Giovanna, come va?" *"Ciao Gabriella, vieni figliola, assaggia la frittura, devo aver esagerato con il sale."* Poi senza chiedere il permesso, con un gesto veloce e invadente, infilò la forchetta nella bocca di Gabriella, riempiendola di anelli di totani. Gabriella inerme, masticò il pesce, che era buonissimo, ma il gesto ed il modo le diedero un gran fastidio, anche se come sempre non riusciva a reagire in queste situazioni. Cristiano guardava quasi divertito.

"Ciao Gabriella" tuonò Michele *"benvenuta e auguri. Spero ti piaccia la cena di questa sera."*

"Buonasera Michele! Sono sicura che sarà tutto ottimo. Ma la cosa importante è la compagnia, non vedo l'ora di conoscere il fratello di Cristiano e la sua famiglia, così conosco tutta la famiglia Vitale." Gabriella notò una smorfia di disappunto sul viso del fidanzato, ma non ci diede un gran peso. Forse gli dava fastidio l'intenso odore di pesce che proveniva dai fornelli.

In casa Vitale, come in genere in tutte le famiglie d'origine meridionale, il cibo aveva una grande valenza, si distribuiva in grandi quantità. Infatti Gabriella era un po' preoccupata proprio per il fatto che quella sera avrebbe dovuto mangiare molto, anche contro il suo appetito, nel timore di offendere la futura suocera o irritare il fidanzato. Giovanna girava con la forchetta piena di totani e continuava ad offrire bocconi ai presenti, spezzando l'appetito. Fortunatamente in soccorso di Gabriella venne il campanello, che suonò lamentandosi come sempre. Era Giacomo, il fratello di Cristiano con la famiglia al completo.

Il fidanzato stizzoso disse: *"Eccoli..."* Indifferenti i genitori. Giovanna aprì la porta e attese sul pianerottolo. Un vociare arrivava dalle scale, era in crescendo, piccoli passi e risatine rimbombavano fra i marmi. L'ascensore era fermo ancora al piano. Dopo qualche minuto, il vociare si fece presenza fisica. Una bimba di circa quattro anni, dal viso paffuto e giocondo urlò: *"Ciao nonna!"* Poi le sue braccia, piene di affetto, avvolsero Giovanna. Le sue labbra rosse baciarono le guance della anziana che, divertita dalla situazione, rideva a gran voce. *"Ciao patatina, come stai? Sai cosa ti ho preparato di buono da mangiare? La farinata e anche la pizza!"* *"Buone! Grazie nonna."* La piccola era seguita dalla mamma, una donna minuta, dalle forme graziose e tonde, fianchi mediterranei, carnagione scura. Occhi nocciola, profondi, truccati con ombretto nero. I capelli lisci scendevano morbidi fin sopra le spalle, neri anch'essi. Labbra sottili incorniciavano un sorriso genuino, composto da denti irregolari. L'espressione era serena.

Appena dietro di lei c'era Giacomo, il fratello di Cristiano. Alto circa un metro e ottanta, poco meno del suo fidanzato. Completamente rasato, scuro di carnagione, un pizzo scuro, quasi nero, pieno, che incorniciava un sorriso deciso e rassicurante. Occhi verde scuro, con screzi più chiari, che davano un tocco di esotismo. Vestito completamente di nero, aveva movenze atletiche, sembrava danzare sopra le scale. Subito, appena vide la nuova ospite, disse con voce calda: *"Ciao, piacere, Giacomo." "Piacere Gabriella."* Poi le fu presentata la moglie, Ornella. Per smorzare l'imbarazzo delle presentazioni, Gabriella d'istinto iniziò a parlare con la bambina, Arianna, che senza timore, mostrando grande proprietà di linguaggio, continuò a dialogare tranquillamente.

Gabriella notò immediatamente la grande differenza che c'era fra i due fratelli. Cristiano salutò rimanendo nell'altra stanza, con un tono distaccato e quasi sarcastico. Questo atteggiamento impressionò la donna, che vedeva il fidanzato sempre dimesso, sottotono, imbrigliato in regole a volte esagerate. Anche i genitori salutarono con freddezza. L'ipocrisia era evidente, palpabile, spessa. Giovanna disse a gran voce: *"Presto a tavola, è ora di mangiare, altrimenti tutto si raffredda."*

Il tavolo rotondo non evidenziava nessun capotavola, anche se Michele sedeva sopra una sedia più alta delle altre. Giovanna aveva il posto davanti al marito ma, essendo molte le portate, praticamente non si sedette mai, ogni scusa in realtà era buona per stare in piedi. Cristiano era seduto accanto a Gabriella; di fianco a lei vi era Ornella, poi la bimba ed infine Giacomo. Michele usava toni provocatori nei confronti di Giacomo che, con estrema decisione ed ironia non colta dal padre, rispondeva a tono. Cristiano era addirittura aggressivo, voleva fare anche lui l'ironico, ma non riusciva affatto a tenere testa al fratello, che sempre sorridendo sedava ogni provocazione. Sempre con il sorriso e mai aggressiva era anche Ornella. Parlava poco, ma mostrava fermezza e tranquillità.

Gabriella non capiva la situazione perché non conosceva i trascorsi della famiglia, quindi non intervenne mai, ma si chiedeva cosa avesse combinato Giacomo per subire quel trattamento. Il suo disagio era evidente. Spesso per uscire da situazioni imbarazzanti si rivolgeva ad Arianna, la più piccola, con parole e giochi elementari.

Il menù era ricchissimo, troppo a dire il vero. Antipasti vari, tramezzini con sopra formaggi di ogni tipo. Sedano anch'esso con formaggi. Avocado scavati con all'interno salsa rosa e gamberetti, farinata, pezzi di pizza, polpette di riso... Prugne cotte ricoperte di prosciutto crudo, parmigiano a quadretti, olive condite e altro ancora. C'era un solo primo, una teglia enorme di pasta al forno, con al suo interno dalle uova sode alle polpettine di carne, dall'immancabile prosciutto cotto al ragù e besciamella. Gabriella cercava di rifiutare gentilmente o almeno di ridurre le porzioni che Giovanna versava dentro i piatti, anche perché vi erano ancora tre secondi, i contorni e i dolci, per non parlare della frutta secca, la frutta e il classico caffè... In quella cucina vi era cibo per settimane.

Mentre si mangiava Cristiano continuava a provocare il fratello, ma Giacomo con fermezza ed eleganza lasciava cadere ogni discorso nel vuoto. Gabriella lo trovava simpatico, addirittura interessante dal punto di vista intellettuale. Ma per rispetto del suo fidanzato non entrava mai in merito in nessuna discussione. Michele e Giovanna asserivano ma non commentavano i discorsi di Cristiano, mentre assumevano mimiche di disappunto quando parlava

Giacomo. Gabriella scambiava qualche parola con Ornella, sotto gli occhi vigili ed attenti del fidanzato, che sembrava non gradire questo atteggiamento. Quindi Gabriella, turbata ed infastidita ma incapace di reagire, tornava a guardare il piatto o a parlare con la piccola Arianna. Fortunatamente la cena finì. E Giacomo ed Ornella, andarono via, per fare dormire la piccola.

I regali furono lasciati sotto l'albero, non si aprirono neppure. Li avrebbero scartati il giorno dopo, con calma. Gabriella rimase molto delusa, avrebbe voluto vedere le espressioni dei visi mentre aprivano i suoi regali... Soprattutto quella di Cristiano dopo aver visto la sua camicia... Ma non poté fare altrimenti.

Intanto Cristiano discuteva animatamente con il padre riguardo a suo fratello. La madre iniziò a lavare i piatti. Gabriella osservava e basta, un po' delusa della festa e della situazione. Era completamente esclusa da ogni discorso.

Un soprammobile, senza polvere, ma inutile. La mezzanotte era passata da poco, quando Gabriella, stanca per la giornata di lavoro e piena di alimenti non digeriti, decise di salutare. Avrebbe voluto stare un po' sola con Cristiano, ma era evidente che la situazione non lo permetteva.

Un piccolo e innocente bacio sulle labbra, un bacio sulle guance ai suoceri e eccola in auto. Sola. Come compagnia dei pacchi regalo che aveva ricevuto ancora intonsi, ricoperti di carta bellissima, colorata e piena di nastri.

Il buio della notte costrinse la donna ad essere attenta alla strada e i pensieri si depositarono sul fondo della mente, anche se una sensazione strana, di prigionia e di impotenza aleggiava attorno a lei. Non riusciva a capire cosa fosse la normalità, cosa fosse l'intimità e il rapporto personale con il fidanzato e la sua famiglia. Buio fuori e buio dentro. Era stata così presa da questa cena, dal lavoro e dai preparativi per le nozze che aveva anche dimenticato di fare gli auguri ai suoi più cari amici. Arrivò a casa verso le 24,40, prestissimo per una vigilia di natale. Niente Messa, niente auguri, niente baci o abbracci. Quasi un giorno qualunque. Il giorno di Natale passò anonimo. Cristiano e la sua famiglia dovevano andare a trovare un parente moribondo, inutile aggregarsi, sarebbe stato imbarazzante e poco consono alla situazione. E in casa sembrò essere una qualsiasi domenica dell'anno.

Il Capodanno i due fidanzati lo passarono in un circo. Un patetico brindisi dopo la mezzanotte con i piedi immersi sopra la pista piena di sabbia, e poi nuovamente a casa, senza effusioni o confidenze. *"Sicuramente da sposati sarà meglio"* pensava Gabriella. Cristiano era sempre molto formale, distante, forse per timidezza. Ma privo di scintille di vita. Gabriella non aveva grandi paragoni da fare, quindi questo atteggiamento le sembrava normale. Le feste passarono lente e sonnacchiose.

21.

Il tempo del matrimonio si avvicinava. Oramai era praticamente tutto pronto. Bisognava solo preparare la lista degli invitati e spedire o portare gli inviti. Ogni tanto Gabriella passava da casa, il futuro nido d'amore: era sempre più bella, arredata con gusto, preparata nei minimi particolari. E ogni giorno si completava un dettaglio, dalle tende ai vasi sul balcone. Spesso passava di lì per un paio d'ore dopo il lavoro... Leggeva un libro, toglieva la polvere, sistemava i cuscini... Si sentiva protetta, quasi custodita. Voleva vivere la casa nonostante il matrimonio non fosse ancora avvenuto... Traslando il suo triste presente all'ormai vicino futuro.

Unico lato poco piacevole della casa era che sul pianerottolo di fronte a lei non viveva nessuno. L'appartamento speculare era vuoto, disabitato, sterile di vita. Ma un pomeriggio di marzo, dopo qualche settimana che non passava, vide nell'abitazione accanto la luce accesa. Vi erano anche dei panni stesi, delle lenzuola, nonostante il sole non fosse ancora caldo. Immediatamente la curiosità si accese dentro di sé, ma non osò e mai avrebbe osato suonato il campanello per dire: *"Piacere, sono Gabriella e fra poco verrò ad abitare qui accanto assieme a mio marito Cristiano. In verità non è ancora mio marito, ma lo sarà, ci sposeremo a breve. A fine luglio per la precisione."* Poi sorrise per il suo pensiero sfacciato e le venne in mente Giuliana, a questo punto scoppiò in una sonora risata. Fortunatamente era sola in quel momento, altrimenti avrebbe fatto la figura della matta.

Le serate degli ultimi mesi le aveva trascorse in perfetta solitudine. Cristiano andava a trovarla pochissimo, generalmente ogni due settimane. Raramente la portava a fare un giro, e in quel caso con la scusa del brutto tempo in genere si infilavano in un bar a sorseggiare una cioccolata lei e un caffè lui, per risparmiare il più possibile. Anche la primavera continuò nello stesso modo, con l'unica variazione che alle serate passate in un bar si sostituirono le passeggiate in pausa pranzo sotto i portici di via Roma, mangiando un panino. E soprattutto solo quando Cristiano aveva due ore libere.

Gabriella trascorreva serene giornate al lavoro, rallegrate dalle colleghe. La sua ansia cresceva man mano che le settimane scorrevano... Anche perché ormai aveva rinunciato a cercare di coinvolgere Cristiano, che non le consentiva neanche di sfogarsi o di aggiornarlo, poiché il lavoro lo stressava già molto. Ad aprile fissò il ristorante... A Maggio ordinò i fiori e scelse il bouquet... Le toccò andare da sola da quasi tutti i conoscenti a portar loro l'invito, mentre Cristiano aveva optato per un più pratico invio postale. E finalmente ecco luglio. Una settimana prima del matrimonio i preparativi erano inutilmente frenetici. Praticamente tutto era a posto e in ordine, tranne l'ansia, che regnava imperiosa in Gabriella. Ultimo giorno di lavoro, poi ferie e congedo matrimoniale. Roberta e Valentina coccolavano la futura sposa, la lasciavano parlare e ascoltavano le stesse cose anche mille volte, avvisandola con gesti concordati quando Giuliana arrivava con il solito vassoio pieno di paste e la bavetta agli angoli delle labbra. La frenesia era padrona ormai. Gli sguardi si incrociavano come lame in un duello, scintille fra pupille, ma nulla era scappato dalla bocca di Gabriella. Le colleghe si divertivano a vedere Giuliana digiuna di notizie. Era un gioco ormai. Gabriella passava le serate a casa, nella sua stanza. La liste delle cose fatte era stata depennata già mille volte, anzi di più. *"Partecipazioni? Sì, sì, già portate tutte. Bomboniere? Sono già arrivate. Abito? In casa da sei mesi. Parrucchiera? Prenotata. Auto? Prenotata da Cristiano, almeno spero. Fotografo? Appuntamento da me alle nove e un altro da Cristiano alle 10 spaccate. Le fedi? Le ritira Orietta. Ristorante? Già dato caparra. Il parroco? Sa già tutto, ovvio."* L'emozione era spessa, ma addirittura godibile. Gabriella voleva vedere gli amici, voleva ricevere gente a casa, voleva parlare, chiacchierare, incrociare sguardi felici, avere contatto fisico, scambiare abbracci e strette di mano.

La donna sapeva che la chiesa sarebbe stata gremita all'inverosimile. Era molto conosciuta in paese e i suoi genitori erano abitanti storici. Qualche amico passava sotto casa e suonava il campanello per salutare la futura sposa. Ma Mariuccia bloccava ogni tentativo di ingresso a casa: le pattine erano poche e la casa si poteva sporcare...

Arrivò anche sabato 29 luglio. Vigilia del matrimonio. Ormai era tutto pronto, tranne la sposa. La tradizione voleva che i due futuri sposi il giorno prima delle nozze non si dovessero vedere. Ma una telefonata però si poteva fare. Ovviamente partì da Gabriella: *"Ciao Cri, come ti senti? Emozionato?"* *"Ciao Gabri, sì, sono emozionato eccome. Non sto più nella pelle! Domani è il gran giorno. Sarai la mia sposa."* *"Sarò la tua sposa e tu il mio sposo, mio marito, finché morte non ci separi."* *"Sono emozionato Gabri, non ti ci mettere anche* tu adesso." "Dai Cri... volevo salutarti e dirti che ti amo." "Ti amo anche io." "Domani sarà una sorpresa per tutti e due, non abbiamo visto i reciproci vestiti, sarai sicuramente bellissimo!" "E tu sarai splendida." "Mi fai arrossire Cri..." "Sarai stupenda davvero Gabri." "Chissà come sarai elegante..." "Adesso devo andare, mia madre mi chiama. Comincia ad avere la sindrome del nido vuoto e ancora non mi sono sposato, chissà dopo cosa capiterà." "Andremo spesso a trovarla..." Dai vai, ti amo... a domani amore mio e a per sempre..." Un tonfo al cuore scosse Gabriella, quel "a per sempre" era stata la cosa più dolce che la donna avesse ricevuto dal fidanzato.

Adesso rimaneva solo la notte fra lei e il futuro.

La finestra aperta sulla piazza faceva entrare un tenue profumo dolciastro di tigli, ultimo ricordo di un luglio profumatissimo e pieno di grida di bimbi. Il cielo era stellato, limpido, nero come l'inchiostro. Difficile dormire la notte prima del matrimonio. Un cane randagio, libero da guinzagli e legami, mordicchiava una panchina di legno, come per ricordare che spesso la vita azzanna, nonostante le stelle ed il profumo di tigli. Un' auto dei carabinieri pigramente si dirigeva verso il parco, nel tentativo di sorprendere qualche teppista ubriaco intento a rompere i canestri... Poi le gelosie si chiusero oscurando la stanza di Gabriella.

Il letto profumava di fiori artificiali, un ottimo ammorbidente, un'ottima finzione di vita. Molti giri attorno a se stessa, stropicciando le lenzuola, pensieri peccaminosi ma sani invasero momentaneamente la sua testa.

Mattino presto. Il gran giorno era arrivato finalmente. Dopo una notte praticamente insonne, Gabriella si alzò dal letto. Quel giorno non sarebbero bastati acqua e sapone, ma era necessario usare qualcosa in più. La parrucchiera vicino casa avrebbe aperto solo per lei. Ma ancora era presto, troppo presto. Un caffè nero bucò lo stomaco, ma non riusciva ad ingoiare nulla di più. Anche la madre era già sveglia e aveva sistemato sul tavolo la tovaglia bella, quella ricamata, con sopra il necessario per accogliere gli ospiti. C'era di tutto: dai pasticcini ai tramezzini, pezzi di parmigiano, olive, ogni ben di Dio. Un pranzo... prima del pranzo. Il padre dormiva ancora. Non doveva fare nulla a parte accompagnare la sposa all'altare e forse accogliere qualche ospite. Gabriella era in bagno, doccia di rito e crema in viso per preparare il trucco. Il cellulare rigorosamente spento, per evitare distrazioni varie. Dopo essersi asciugata e cosparsa di crema, indossò pantaloni e maglietta, era bella anche così. Sguardo pieno di speranza e di corsa dalla parrucchiera. Fortunatamente non incontrò nessuno durante il tragitto. Non poteva o non voleva perdere tempo o forse non aveva nessuna voglia di chiacchierare.

Il lavandino con l'incavo per il collo, l'acqua calda ed il massaggio, la rilassarono a tal punto che ebbe un momento in cui il sonno prevalse ed un micro sogno echeggiò nella sua mente. Ma il getto di acqua più fresca la destò. Lo specchio restituiva l'immagine di una donna felice, straordinariamente felice. Luminosa, raggiante. L'acconciatura lasciava la fronte scoperta, risaltando ancor di più lo sguardo felice, proiettato verso il futuro. Occhi scuri, profondi, ma ingenui, forse troppo. Nuvole di profumo, tocchi di crema. Il trucco si doveva mettere dopo aver indossato il vestito, per non rischiare di sporcarlo. Un abbraccio accompagnato da qualche lacrima e poi a casa. Nemmeno un alito di vento turbava Candiolo. Solo parole forti come tempeste. Ma non sarebbero state in grado di spettinare la chioma della futura sposa. Nulla lo sarebbe stato.

Profumo di asfalto caldo, di caffè, di estate, di felicità. Le scale salite a due a due. Fiatone, batticuore. Orietta era già in casa ad aspettarla, con un sorriso largo come il mondo. Aveva con sé, oltre all'amicizia, tutto il necessario per il trucco. Abbracci accompagnati da sguardi umidi fecero da cornice al tutto. Ad ogni mezzo giro di lancetta la tensione cominciava a salire, cresceva di momento in momento. L'orario si avvicinava e qualche invitato iniziava a presentarsi a casa.

Le due amiche, barricate in camera, lasciavano gestire gli ospiti a Mariuccia, che oltre agli aperitivi distribuiva lacrime e vino. Domenico era già vestito da cerimonia. Indossava un elegante abito nero a doppio petto, con camicia bianca, candida, come la figlia. Le scarpe luccicavano sotto i pantaloni, come i suoi occhi nel vedersi salutato e riverito, in quanto padre della sposa. Nessuna lacrima bagnava il suo viso. Anche Mariuccia doveva vestirsi. Il trucco non faceva parte delle sue abitudini, anche se Orietta riuscì a piazzare sul viso della mamma della sua amica del fard, per dare un po' di colore, e un velo di rossetto, solo un velo. Anche lei indossava un abito nero, elegante, come lei del resto. Una mantellina bianca dava luce alla sua figura. Scarpe con tacco, nere anch'esse.

Nessuno della famiglia parlava, sembravano quasi evitarsi, anzi lo facevano proprio. Ad un certo punto Orietta prese il comando della situazione e iniziò gentilmente ad invitare gli ospiti fuori casa, poiché l'ora del matrimonio era ormai prossima. Gabriella e i genitori erano alle prese con le fotografie. Un grande imbarazzo si impadronì della casa quando il fotografo chiese degli scatti ai genitori da soli. Un imbarazzo spesso come la nebbia invernale. Foto di rito... gelo di rito...

Ma Gabriella era vestita da sposa e non voleva badava ai genitori, quel giorno per la prima volta in vita sua voleva pensare solo a sé e al suo matrimonio. Niente e nessuno poteva rovinarle la giornata. Il suo sorriso poteva sghiacciare i ghiacci eterni del vicino Monviso. Il sorriso è un arma micidiale. Un laser potentissimo che arriva dritto all'anima.

Il sole era magnifico, picchiava come un martello pneumatico prima delle elezioni. Il cielo azzurro sbiadito si tingeva di afa. Nessuna nuvola a gettare ombra. La casa della futura sposa distava poche decine di metri dalla chiesa, solo la piazza li divideva. Quindi Gabriella decise di non salire sull'auto, ma di arrivare in chiesa direttamente a piedi. Lo sposo l'avrebbe accolta come al solito sul portone della chiesa.

Le scale di casa si riempirono di Gabriella, di Mariuccia, di Domenico ed Orietta, ma soprattutto si riempirono della felicità che la futura sposa emanava da ogni centimetro della sua pelle. Il velo, lungo, sfiorava il pavimento. Appena uscita dal portone, il sole l'accarezzò e dal nugolo di curiosi ed amici partì con un applauso spontaneo. Gabriella distribuiva sorrisi e dolcezza, mentre Mariuccia sfoderava il sorriso di circostanza. La famiglia, accompagnata da Orietta, attraversò la piazza. Un fiocco di neve in piena estate. Il corteo di amici seguiva... Dall'alto poteva sembrare una cometa colorata.

A quel punto Gabriella era veramente tesa. Domenico la teneva sottobraccio e si godeva gli sguardi di tutto il paese. L'asfalto era rovente, come il suo enorme ego. La torre campanaria sembrava sorridere, il caldo aveva seccato le lacrime di umidità. Il cuore della futura sposa era ormai ad un ritmo parossistico. Il gruppetto si sciolse. Gli amici ed i curiosi si allargarono e si divisero sparpagliandosi. Mariuccia si fermò e lasciò andare avanti il marito con la figlia, che ormai era pronta per essere "consegnata" allo sposo e nonostante i tacchi riusciva a camminare sul ciottolato del sagrato.

Cristiano indossava un vestito nero, gessato, mai visto così elegante. Una camicia bianca con il colletto alzato era stretto da una cravatta nera, screziata di grigio, che si accompagnava con il fazzolettino che usciva dal taschino della giacca. La cintura nera, lucida, era dello stesso colore delle scarpe. Il suo viso bianco, diafano, sembrava perdersi con il bianco della camicia. Con quel vestito sembrava ancora più curvo. Adesso erano a pochi metri l'uno dall'altra, Gabriella riusciva a vedere la forfora sopra le spalle. Sul nero risaltava ancor di più. Accanto a lui c'era Michele, padre e testimone, anche lui elegante, nonostante l'addome esagerato.

Domenico prese la mano della figlia e la diede a Cristiano, che con un cenno e un sorriso accettò la consegna... Gabriella adesso teneva la mano del futuro marito. I genitori si allontanarono, qualche parola passò fra le labbra dei due quasi sposi. Gabriella era bellissima. Si stagliava in tutto il suo candore contro l'interno scuro della chiesa. L'odore di incenso e umidità abbracciava sposi e invitati. Il sole filtrava dalle finestre a mosaico, giocando con gli sguardi della gente. I testimoni erano già accanto all'altare. Orietta da una parte e Michele dall'altra. La marcia nuziale vibrò, emozionando donzelle e mamme. Mezzo paese era stipato dentro la chiesa. Curiosi, amici, parenti. Giacomo, il fratello di Cristiano, era in prima fila, accanto alla figlia e alla moglie.

Un sorriso accompagnò il tragitto dei due. Cristiano guardava avanti, forse verso il futuro. Forse non si accorse nemmeno del fratello. Accanto ad Orietta c'era Rebecca, la sua bimba, splendida, biondissima, con occhi azzurro mare e lineamenti nordici. Reggeva un piccolo cuscino con le due fedi. Adesso la coppia era davanti a don Carlo, uomo con una fede che andava oltre la semplice chiamata di Dio.

I due quasi coniugi non si guardavano, i loro sguardi erano gelati, fermi. Troppa emozione. La Messa iniziò. Le battute del parroco sciolsero la tensione, anche Gabriella si mise a ridere di gusto. Tiziana, Manuela, Alessandro, Angioletta, Teresa, Stefano, Andrea e molti altri erano nelle prime file, come a supportare l'amica verso il grande passo. Il caldo stava soffocando gli ospiti durante la funzione. I canti risuonavano e rimbombavano fra colonne e umidità. Molti furono i commenti sull'abito di Gabriella, molti anche sull'abito di Cristiano.

Finalmente dopo circa un'ora don Carlo pronunciò la frase: *"Vuoi tu, Cristiano, prendere Gabriella, come tua moglie,*

nella buona e nella cattiva sorte, finché morte non vi separi?"
"Si, lo voglio." *"Vuoi tu Gabriella, prendere Cristiano come tuo sposo, nella buona e nella cattiva sorte, finché morte non vi separi?"* *"Si, lo voglio."* *"Adesso, puoi baciare la sposa."* A questo punto un fragoroso applauso spaccò il mormorio della chiesa. Cristiano si voltò verso Gabriella e teneramente le donò un bacio sulle labbra. Gabriella era splendente, raggiante, emozionata. Il suo sguardo cercava conferma della sua felicità, gli amici erano commossi, molti avevano le guance bagnate dalle lacrime.

Anche Mariuccia era commossa. Giovanna applaudiva compulsivamente. Michele e Domenico osservavano quasi indispettiti, quasi gelosi di non essere loro i protagonisti del momento. Gabriella era un raggio di luce che splendeva davanti all'altare. La sua bellezza ed il suo candore oscuravano Cristiano, che goffamente cercava di mettersi in posa. Tutti gli amici si strinsero accanto alla nuova coppia. Un abbraccio di affetto e protezione. La voce di Andrea si librava in chiesa come un gabbiano sopra il mare, accompagnando la coppia verso l'uscita, dove l'aspettava una incredibile doccia di riso. La coppia era ormai in prossimità della porta. La luce abbagliava Gabriella e Cristiano. I due si tenevano per mano. Pochi passi ancora.

Una nuvola di riso, sotto forma di chicchi appuntiti si riversò come un tornado addosso ai due. Cristiano abbracciò sua moglie, come per proteggerla da questa intemperie, un gesto che riempì il cuore di Gabriella di gioia, emozione e dolcezza. I chicchi erano ovunque, cadevano da ogni lato. Applausi e grida accompagnavano la pioggia bianca. Molti palloncini furono liberati, macchiando il cielo di colori sgargianti. Nessuna nuvola, solo luce e felicità. L'intero paese si era stretto attorno alla coppia. Tutto in quel momento sembrava perfetto. Sole, cielo azzurro, amici, amore e felicità. Dopo la pioggia di riso, le foto di rito, dove il protagonista fu il sorriso della sposa, semplicemente raggiante.

Non mancò la foto con le colleghe, Valentina, Roberta e ovviamente Giuliana. E neanche mancarono le foto con i vari gruppi di amici e i parenti.

Poi vi fu la classica confusione per raggiungere il ristorante scelto da Gabriella, visto che Cristiano le aveva dato praticamente carta bianca. La macchina degli sposi li accolse. Una magnifica Maserati bianca splendente come una stella cometa, con gli interni in pelle e radica. Gabriella salutava dal finestrino, e perfino Cristiano sembrava sorridente e poco cagionevole. La Maserati guidava il corteo di auto, che lentamente e strombazzando si allontanava da Candiolo in direzione Pecetto, dove un grazioso ristorante avrebbe ospitato e rifocillato sposi, amici e parenti.

Una volta arrivati, l'auto si fermò in un giardino verde e rigoglioso. Gialli tagete e alisso bianco adornavano e profumavano le aiuole e l'aria. Gli unici esseri viventi che piangevano erano i salici. Mariuccia e Domenico, insieme a Michele e Giovanna, si godevano i complimenti, apparentemente fieri dei loro figli e del loro futuro. Non si percepivano critiche o malumori. Tutto era perfetto e tutto stava filando liscio come l'olio. I due sposi seduti al centro dal grande tavolo, con accanto i genitori, erano raggianti.

Gabriella distribuiva sorrisi e baci come caramelle a carnevale. Cristiano, più posato, guardava la sua consorte da un gradino più in basso, quasi intimidito da tanta felicità. Come di consueto, un urlo si sollevò dai tavoli: *"Bacio, bacio, bacio, bacio..."* Cristiano, timidissimo, costretto a questo gesto, goffamente abbracciò la sua sposa, dando le spalle al resto dei commensali. Un bacio breve, quasi superficiale, ma comprensibile vista la situazione. Le mamme degli sposi all'unisono si coprirono gli occhi, l'imbarazzo era divertente. Un sonoro applauso suggellò il momento.

Finalmente iniziò la distribuzione delle portate. Ricchi antipasti e ricchi sguardi fra gli sposi. Due primi classici, tortellini in brodo e ravioli al plin, per poi passare al dorso di coniglio in salsa brusca accompagnato da salsine piemontesi e poi un delizioso stinco di vitello con finocchi e mele. Croccanti rubatà e pane fatto in casa riempivano bocche e pulivano piatti. Immancabili le patate al forno, le verdure grigliate, i vini rossi e bianchi... Tutto era perfetto, tutto era stato organizzato a puntino da Gabriella. La grande ed indiscussa protagonista era lei. Tutti gli occhi erano per lei. Solo per lei.

Gabriella si gustava ogni singolo momento più del pasto; a volte sentiva le lacrime che premevano contro gli occhi per uscire. Ma ingoiava la tristezza passata, la mandava indietro. Stava iniziando il futuro.

22.

La giornata si concluse come da manuale, fra la soddisfazione di tutti. Le bomboniere erano state distribuite, il caffè bevuto, l'amaro consumato e le foto già scattate, parenti ed amici erano tutti allegri. Gli ultimi saluti e qualche sguardo di complicità regalato dagli amici, quindi gli sposi entrarono in auto insieme ai genitori di Gabriella. Dovendo tornare tutti a Candiolo, anche se in case separate, era normale fare la strada insieme. Poche parole in auto. Vi era forte imbarazzo. Domenico schiacciava sull'acceleratore, voleva liberarsi del pesante fardello più in fretta possibile.

Erano quasi le 19,00 quando l'auto entrò dentro il villaggio. I quattro occupanti scesero, l'ingombrante vestito della sposa stava diventando scomodo. Nessuno nel viale, erano a ridosso di agosto, mese di ferie o almeno di gite fuori porta, e tanta gente era già partita. I genitori di Gabriella lasciarono la coppia in procinto di salire le scale. L'auto sparì dietro il cancello prima e le case poi. Gli occhi dei due sposi si incrociarono. Una morsa allo stomaco fece trasalire Gabriella. I due si presero per mano e insieme salirono le scale. Si avvicinava lentamente il momento della prima notte di nozze. I due sposi si conoscevano veramente poco. Qualche bacio rubato fra una riunione e l'altra e rubato alla profonda religiosità dello sposo, che voleva che l'intimità si consumasse solo dopo aver contratto matrimonio.

Per fortuna una piacevole sorpresa li attendeva appena fuori la porta, smorzando il momento di imbarazzo fra i due. Un bellissimo ficus benjamin, dalle foglie verdissime e lucide, e una magnifica pianta fiorita di orchidee bianche rallegravano il piccolo pianerottolo. *"Chissà chi li ha messi"* disse Gabriella aprendo la piccola busta con dentro il biglietto. Con le mani tremanti e l'emozione fino alla gola estrasse il bigliettino e lesse ad alta voce. *"Benvenuti, che la felicità sia una costante nella vostra vita. Giuseppe e Giada."* *"Sono i nostri vicini! Che carini che sono stati!"* esclamò felice e commossa da quel gesto. Un' espressione di stizza invece si dipinse sul volto di Cristiano, ma la sua sposa non la vide poiché era ancora di spalle e stava accarezzando le piante. *"Dai, prendi le chiavi, entriamo, devi prendermi in braccio..."*

Cristiano estrasse le chiavi e aprì l'uscio... Dalla casa uscì un profumo di pulito e di fiori e di mobili nuovi, che invase le narici dei due. Un buon profumo, soave, promessa di un futuro gradevole. Poi con un balzo ed un'energia mai vista prima, prese la sua sposa in braccio... Gabriella sentiva le braccia del suo uomo tremare, fremere, essendo vicino sentiva il suo buon profumo, misto al sudore e all'ammorbidente usato per gli abiti. Un profumo che in quel momento sapeva di eros. Lo sposo varcò la soglia con un grande passo e si trovò nel salottino. Il bel divano di pelle color mogano accolse la sposa, prendendo la forma del suo corpo. L'abito bianco riempiva gran parte della superficie e si stagliava con un bel contrasto.

Adesso i due neo sposi erano veramente soli. Vi era un grande imbarazzo. Gabriella, baciò lo sposo appoggiando le sue labbra sulla guancia, sentì la pelle liscia, priva di barba, rasata perfettamente. Cristiano si girò e sfiorò con la sua bocca le palpebre di Gabriella. Poi si allontanò con un evidente imbarazzo. Gabriella per sciogliere la tensione disse: "Cristiano, vuoi un caffè? Così inauguriamo la macchinetta. Ho il caffè in frigo e anche qualcosa da mangiare. Poca roba perché dobbiamo partire per il viaggio di nozze, faremo la spesa quando torneremo." "Sì, un caffè lo prendo volentieri, ho un gran mal di testa, magari mi passa." "Prima mi cambio" rispose Gabriella, in modo sensuale, ed entrò in camera da letto, chiudendo la porta alle sue spalle.

In camera da letto Gabriella sfilò l'abito da sposa, dopo recriminò un po' perché avrebbe potuto fare tirare giù la lampo da Cristiano. Ma ormai era tardi, indossò un abito rosso, un tubino acquistato nel negozio dove aveva acquistato l'abito da sposa. Quel vestito attillato fasciava le sue forme, rendendola sinuosa come una sirena immersa nelle onde, elegante, sensuale. Scarpe basse, tipo paperine, non belle ma comode, per completare il tutto. Uscì dalla stanza da letto canticchiando, dopo aver abbassato le tapparelle. Poi si avvicinò alla macchinetta del caffè e disse: "Cristiano, se vuoi puoi andare a cambiarti, mettiti comodo, c'è caldo." "Sì, giusto, vado a cambiarmi." Cristiano entrò in camera da letto ed uscì poco dopo indossando una maglietta bianca e dei pantaloncini corti marroni che stonavano molto con le calze nere corte e le scarpe. Il colore della pelle era bianchissimo, lattiginoso. Le gambe ancor di più del viso. Forse non avevano mai visto il sole, tranne quell'unica giornata passata al mare in cui si era ustionato, l'anno precedente. Si avvicinò alla sposa e attese il caffè. L'aroma della bevan-

da inebriò i due, che lentamente bevvero guardandosi negli occhi. Tanto imbarazzo nella stanza. Sazi per il pranzo, non c'era la cena da preparare, e fecero passare un po' di tempo ricordando alcuni momenti salienti della giornata. Ma quando furono le 21 Gabriella prese l'iniziativa. Era la loro prima notte assieme. *"Cristiano, io vado in bagno e mi sistemo, domani dobbiamo alzarci presto per partire, passano i miei a prenderci. Ci scambiamo un po' di coccole?"* Cristiano divenne paonazzo, ma disse: *"Si, certo, ma vado prima io in bagno, preferisco."* Detto questo, entrò in bagno. Gabriella sentì la doccia che si apriva e l'acqua che scorreva, avrebbe voluto entrare, immaginava qualcosa di diverso… La fantasia scorreva veloce e la donna quasi si vergognava della situazione nuova. Trattenne le sue fantasie, mettendole in un angolo della mente, lasciando la porta aperta. Ne avrebbero avuto di tempo. Lo scroscio dell'acqua terminò. Ma ancora Cristiano non usciva. Poco dopo, lo sposo uscì dal bagno. Indossava ancora i pantaloncini e la maglietta. La sua timidezza era incredibile. *"Ti aspetto a letto"* disse fra i denti, diventando paonazzo. *"Faccio anche io la doccia, sono un bagno di sudore."*
Gabriella entrò in bagno, sfilò il vestito lasciandolo in terra e aprì l'acqua della doccia. Non voleva essere coccolata solo dal tepore delle gocce, voleva essere stretta dal suo sposo. Scambiarsi baci, carezze, tutto ciò che è consentito ad una coppia appena sposata. L'acqua scivolò in fretta sul suo corpo, una insaponata veloce e un risciacquo altrettanto veloce. L'accappatoio la avvolse, asciugando le gocce, ma non le emozioni. Una nuvola di profumo e poi il tocco finale. Sopra l'intimo, una vestaglia di seta, bianco

panna, leggera come un soffio. Una sistemata ai capelli e via verso la camera da letto.

La luce era spenta. Nemmeno la luce sopra il comodino era accesa... Uno strano rumore, leggero, come un ronzio intervallato da piccoli silenzi, era padrone della stanza. Gabriella non capiva da dove potesse arrivare questo rumore. Si avvicinò lentamente allo sposo, il rumore proveniva dalla sua parte. Non vedeva molto, quindi andò dalla sua parte del letto e accese l'abat-jour. Vide Cristiano ancora vestito, lo toccò con la mano... Il rumore proveniva da lui. Si era addormentato e stava russando. Un rumore lieve, leggero, ma sempre di russare si trattava. Gabriella rimase quasi scioccata.

"Non sono abbastanza bella? Non mi desidera?" Questo pensiero le passò nella mente velocemente, poi una risata sommessa ed ironica al tempo stesso prese possesso delle sue labbra. *"Ma cosa sto pensando, sicuramente non avrà dormito ieri notte, troppa tensione prima del matrimonio. Pazienza, ci rifaremo in viaggio di nozze."* Ricacciò le sue fantasie dentro di sé. Si alzò, girò un po' per la casa, guardandola e ammirandola come una sua creazione. Accese la tv. Rimase per un'ora almeno a guardare senza vedere nulla. Poi andò a letto. Dormendo con un sorso di amarezza in bocca.

La notte trascorse lenta per la neosposa. Letto nuovo, rumore nuovo, caldo, qualche zanzara e l'ansia per la partenza. E soprattutto tanta delusione per le aspettative mancate. Le valigie erano già pronte, preparate da tempo. Poi prevalse il sonno, che però venne interrotto dalla sveglia. Gabriella balzò dal letto, voleva preparare la colazione a Cristiano: caffè nero e fette biscottate con burro e marmellata, spalmata con cura e amore. Un bel vassoio d'argento, con sopra una tovaglietta di lino bianca. Pochi minuti e tutto fu pronto. *"Buongiorno amore, dormito bene? Ecco qua la colazione, fra poco arriveranno i miei per portarci all'aeroporto. Comunque abbiamo tempo, le valige sono pronte."* "Grazie amore, ieri sera ero proprio stanco." E lentamente rosicchiò le fette biscottate e bevve il caffè. Gabriella lo guardava emozionata. Poi improvvisamente gli diede un bacio sulla guancia, lasciandolo di stucco, ma lui non ricambiò il gesto e si limitò a finire la colazione.

Gabriella fu pronta in un attimo, anche Cristiano si preparò. Pantaloni di cotone marroni e polo beige. Non mancava un cardigan per ripararsi dal freddo dell'aereo. Poi prese le valige e con fatica portò al piano terra il fardello. I genitori di Gabriella erano già ad aspettare. Domenico aveva un sorriso smagliante, Mariuccia sembrava serena, incredibilmente serena. Poche parole e i quattro furono a bordo dell'auto, diretti all'aeroporto. Prima Caselle, poi Monaco ed infine Marsa Alam, in Egitto, dove li aspettava un villaggio turistico nello splendido Mar Rosso. Poche parole in auto, non si doveva né poteva parlare della prima notte di nozze. Vi era il solito entusiasmo da parte di Gabriella, entusiasmo che rimbalzava da un finestrino all'altro... Pochi saluti all'arrivo a Caselle.

A quel punto i due sposi erano nuovamente soli, probabilmente però costretti dal tour a stare con altre persone, essendo il viaggio organizzato e magari ci sarebbero stati balli di gruppo, gare di mangiate di anguria e altro ancora. Era incredibile come Cristiano non era per nulla emozionato al decollo, forse perché era abituato ai voli.

Gabriella gli teneva la mano, lo stringeva. Aveva le mani sudate, guardava con incredibile emozione fuori dai finestrini, cercava confronti. Cristiano leggeva. A volte sorrideva con sufficienza. Agli occhi di qualche estraneo la coppia poteva sembrare una coppia sposata da 50 anni con problemi relazionali, invece erano una coppia giovane ma vecchia dentro.

23.

Il volo Caselle Monaco passò in un attimo, poi qualche ora di scalo a Monaco, dove la coppia fece il classico giro al duty free shop, e poi di nuovo in aereo, destinazione Marsa Alam. Circa nove ore di viaggio, lunghe, specialmente quando si è svegli dal mattino presto e di notte si è dormito poco. Ma era stato Cristiano ad occuparsi dei voli, ed aveva optato per un viaggio con scalo, più economico rispetto al volo diretto.

Gabriella posò la testa sulla spalla del suo sposo. L'emozione del volo fu sopraffatta dalla stanchezza. Le ginocchia quasi in bocca. Dolori da postura un po' ovunque. Ma la prospettiva di 15 giorni in completo relax rendeva tutto più sopportabile. Ecco finalmente la fase di atterraggio. All'uscita dall'aereo Gabriella e Cristiano furono accolti da un gruppo di animatori e si accorsero che gran parte degli altri viaggiatori erano diretti allo stesso villaggio. Grande festa, grandi balli, gran tripudio di colori, nonostante l'ora improponibile: le cinque del mattino. Gabriella sorrise e accolse con gioia la collana di fiori che le venne donata e iniziò a muoversi al ritmo della musica. Cristiano era scuro in volto, rifiutò la collana di fiori con decisione lasciando la moglie di stucco.

"Cristiano, cosa succede?" "Sono allergico ai fiori, ecco cosa succede. Non sopporto tutto questo casino, sono stanco!" rispose con estrema durezza Cristiano.

L'aria calda e umida, dopo le ore di volo con aria condizionata, faceva sembrare l'ambiente un forno a cottura ventilata, dove gli alimenti da cuocere erano i passeggeri scesi dall'aereo. Gli animatori accompagnarono il gruppo a prendere le valige. Il nastro girava, portando con sé pezzi di vita dentro confezioni di pelle. Le valige erano quasi tutte nuove, infatti vi erano molte coppie in viaggio di nozze, come loro. Gabriella era stanca, ma l'atmosfera era bella. Aveva dato poco peso all'episodio dell'esplosione di rabbia del marito, aveva pensato che la stanchezza avesse avvolto anche lui. Sorrisi e baci ovunque, muso lungo di Cristiano. Un piccolo autobus attraversò spazi di deserto di una bellezza indescrivibile, poi piccoli villaggi dove bambini sorridenti rincorrevano gli sguardi dei turisti, ed infine l'ingresso al villaggio.

Anche qui grandi festeggiamenti all'arrivo del piccolo autobus: bicchieri colmi di liquidi colorati con i classici ombrellini aperti, olive, datteri, panini e patatine. Ogni ben di Dio sparso sopra i tavoli. Cristiano spizzicò delle patatine che Gabriella gli offrì dentro un piattino, insieme a delle olive piccanti, che rimasero intatte.

Poi il gruppo si recò in albergo. I fattorini portarono le valige in camera, aspettando invano la mancia. Gabriella, vedendo questa scena, sorrise e tirò fuori dal suo portamonete delle monete, un euro a testa, non avendo ancora moneta locale. Le mani dei fattorini si strinsero attorno al prezioso metallo, aprendo un sorriso che riempì il cuore della donna, che non si rese conto o non vide il disappunto del marito. *"Stanza magnifica, guarda che meraviglioso cesto di frutta, anche il frigo è pieno. Dai sorridi Cristiano, siamo in viaggio di nozze!" "Si, hai ragione. Scusa sono stanco, devo imparare a rilassarmi... Mi faccio una doccia veloce e poi scendia-*

mo per la cena va bene?" "Certo amore, mi rinfresco anche io e poi scendiamo."

La doccia fu veloce, ognuno per conto proprio. L'imbarazzo era ancora spesso fra i due, forse troppo, da fidanzati non erano mai andati oltre il bacio. Gabriella per la cena indossò un elegante abito azzurro, che lasciava scoperte le spalle. Cristiano calzoncini corti marroni e polo azzurra, con immancabili calzini bianchi sotto sandali neri. Il gruppo dei neo sposi era chiassoso, ma la stanchezza era palpabile. Erano tutti reduci da molte ore di viaggio e di digiuno di sonno. Il menù era ricco ed abbondante, la stanchezza però vinse su tutto e a poco a poco le coppie si alzarono dai tavoli e si ritirarono nelle proprie stanze, in cerca di riposo ed intimità.

Gabriella si alzò ed invitò Cristiano ad andare in stanza, immediatamente il consorte rispose all'invito. Sottobraccio, la coppia si avviò prima in ascensore e poi in camera. "Vado in bagno un attimo "disse Gabriella, e si avviò nella stanza da bagno per prepararsi per la notte. Non era necessaria la doccia, solo una veloce toeletta. La donna era felice, stanca ma contenta di essere in viaggio di nozze, lontani da casa, lontani da tutti. Poi con un pensiero erotico in mente, spruzzò una nuvoletta di profumo ed entrò in camera da letto. Riconobbe il suono... il rumore: Cristiano stava dormendo vestito e stava russando.

La delusione passò in un attimo, prevalse la tenerezza. Lentamente, con rassegnazione, sfilò i sandali al marito, per permettergli di dormire più comodamente.

Il giorno dopo la coppia si svegliò tardi, la giornata era libera, proprio per permettere a tutti di riposare. La spiaggia era quasi d'obbligo. Gabriella indossò il costume in bagno, un costume intero molto casto, di colore blu scuro, che esaltava le sue curve e slanciava le sue gambe. Cristiano aveva un costume a pantaloncino nero, lungo fin quasi al ginocchio. Un breve scambio di tenerezze in camera, seguito da un brevissimo dialogo convenzionale. *"Oggi spiaggia allora, domani vedremo... Forse c'è un'escursione alla barriera." "Vediamo domani, oggi andiamo in spiaggia, ci riposiamo."*

La colazione fu abbondante per la donna e povera per Cristiano. Gabriella si guardava attorno, sorrideva, gustava ogni momento della mattinata. *"Che buono il succo d'ananas, ne vuoi un po'?'"* chiese lei. *"No grazie, penso mi faccia acidità, preferisco un po' di tè e le fette biscottate. Niente burro però, non si sa mai con questo caldo, magari è andato a male." "Non credo che qui qualcosa sia avariato, comunque la prudenza non è mai troppa. Mi sa che rinuncio anche io al burro... Ma non al croissant però, quello no davvero, ha un aspetto meraviglioso."* In effetti nulla era avariato e nulla era cattivo. Il tavolo era imbandito di tutto punto. Vi erano riso, frutta, brioches, pane, burro, marmellata, uova fritte e sode, prosciutto, formaggio: mai vista una tale abbondanza e varietà di cibo! Non restava che dirigersi con calma in spiaggia, a due passi dall'albergo. Una sabbia dorata, finissima come il borotalco, accarezzava i loro piedi, mentre una brezza proveniente dal mare rendeva l'aria godibile. Cristiano si mise sul lettino, all'ombra, tolse la maglietta e scoprì il torace chiaro e diafano ancor più del viso. *"Cristiano, aspetta, ti passo la crema protettiva! Sei bianco come il latte, non vorrei ti bruciassi!" "No, rimango all'ombra, non ne ho bisogno. Se vuoi a te la spalmo io, anche tu sei chiara.*" Gabriella non era così chiara, ma accettò comunque, sia per proteggersi che per avere un contatto fisico con il marito, iniziando a creare intimità. Si sedette sul lettino del marito, porgendo la schiena e abbassò le spalline del costume per permettere di spalmare meglio la crema. Ma il marito disse: "*Gabriella cosa fai? Non esagerare, non siamo soli! Tira su le spalline, riesco lo stesso a passare la crema.*" Gabriella incredibilmente rimase piacevolmente colpita da questa affermazione: un po' di possessività rendeva la situazione piacevole. Le dava un senso di appartenenza, un piacere che si sprigionava dallo stomaco, fino ad arrivare alle spalle, dove in quel momento il marito aveva le mani, che si muovevano in modo circolare. Di scoperto vi era ben poco. Il costume, modello olimpionico, copriva quasi tutto del corpo. In valigia aveva anche un due pezzi, l'avrebbe indossato più avanti.

Poi Gabriella prese per mano il marito e con decisione lo fece alzare dal lettino e di corsa lo portò in mare. Il tragitto lettino acqua fu breve. Un tuffo fra l'incredibile trasparenza e Gabriella, abile nuotatrice, in un attimo fu lontano dalla riva. "*Dai Cristiano vieni, è stupendo qui.*" Cristiano nuotando si avvicinò alla moglie e appena fu vicino le diede un tenero bacio sulle labbra che sapevano di sale. Un altro tuffo nel meraviglioso nel mare trasparente, poi i due uscirono e prendendosi per mano iniziarono a camminare lungo la battigia, lasciandosi bagnare i piedi dalle piccole onde cristalline. L'atmosfera era di pace assoluta, mare e cielo si confondevano, sembravano unirsi in un amplesso amoroso di una dolcezza mai vista prima.

Il pranzo fu servito in spiaggia, dove era stato apparecchiato un grande buffet con prelibatezze di ogni genere. Gabriella fece il pieno di frutta, specialmente datteri, di cui andava ghiotta. Cristiano si tenne leggero: un cucchiaio di riso in bianco e un po' di frutta, ma quella con la buccia, per evitare eventuali problemi all'intestino. Poi un'altra passeggiata lungo la battigia, mano nella mano, fino al tramonto.

Al rientro in camera, prima della cena, Cristiano cominciò a sentirsi poco bene. Gabriella gli mise la mano sulla fronte e sentì la temperatura alta. *"Cristiano, stai scottando."* L'uomo si tolse la maglietta e mostrò la schiena rossa come un gambero e il torace anche. *"Non avrei dovuto passeggiare sulla spiaggia, avrei dovuto stare sotto l'ombrellone!"* disse poi con tono accusatorio. *"Dovevi mettere la crema"* rispose la moglie preoccupata. *"La crema serve a poco, avrei dovuto dare retta al mio istinto."*

Gabriella si sentì trafitta, un senso di colpa grosso come un macigno le schiacciò il cuore: era stata lei a voler camminare sulla spiaggia! Certo, lei aveva proposto di mettere la crema solare, ma questo passò in secondo piano. Immediatamente il suo spirito di crocerossina prevalse. *"Cristiano, fai una doccia fresca, asciugati bene e dopo ti passo la crema doposole. Poi prendi anche della tachipirina, così ti si abbassa la temperatura. Ordino il servizio in camera, così mangiamo io e te senza nessuno."* *"Si amore, facciamo così... Ma domani facciamo come dico io."*

Gabriella dette poco peso alle parole del marito, era presa dal preparare la doccia e la crema. Cristiano entrò in bagno chiudendosi la porta alle spalle, lasciando Gabriella un po' delusa. Nel frattempo suonò il campanello, il servizio in camera era arrivato. Immediatamente il cameriere preparò il carrello con la cena. Andò via con una lauta mancia, che Gabriella lasciò mentre Cristiano era ancora in bagno. Poi prese la crema e sistemò degli asciugamani sopra il letto. L'acqua smise di scorrere, Cristiano sarebbe uscito dal bagno. Almeno così si aspettava lei. Il tempo però passava e l'uscio rimaneva chiuso. *"Cristiano dai, la cena è arrivata, ho fame, tu non ne hai?"*

" Arrivo amore, un attimo!" Dopo un intervallo di tempo incredibilmente lungo, Cristiano uscì dal bagno con l'asciugamano avvolto in vita. La pelle del torace e della schiena era visibilmente ustionata dal sole egiziano. I pochi peli, castani e fini, si mimetizzavano in mezzo a quel rosso gambero. Le gambe che si intravedevano appena sotto l'asciugamano, erano del medesimo colore, l'asciugamano bianca sembrava neve appena caduta, soffice e vaporosa. Cristiano si sedette, il tavolo era apparecchiato ed imbandito. I due sposi erano seduti l'uno accanto all'altra, Gabriella era emozionata, come sempre del resto.

"Buoni questi antipasti, è cucina internazionale, non è egiziana. Magari domani troviamo anche la pasta con il ragù." *"Tutto è possibile, comunque preferisco sempre la cucina italiana. Domani cerco qualcosa di più simile ai miei gusti"* rispose Cristiano con aria autoritaria. Dopo aver spizzicato qualcosa, Cristiano si alzò e si avvicinò alla sua sposa che ebbe un brivido dallo stomaco alla schiena.

"Vado a dormire, sono caldo come un termosifone." Poi diede un bacio sulla fronte a Gabriella, tolse l'asciugamano, e rimase in pantaloncini... Gabriella voleva dirgli di far-

si spalmare la crema... Ma le parole le rimasero in gola, strozzate da un senso di delusione mista a rabbia. Cristiano si addormentò immediatamente. Gabriella si sdraiò accanto, arricciò il cuscino, prese un libro che aveva in valigia, che non avrebbe mai pensato di usare, e iniziò a leggere. Dopo qualche ora, il sonno fortunatamente arrivò anche per lei. I suoi sogni rivelarono a se stessa il desiderio di fare l'amore, desiderio del tutto naturale in una donna sana, giovane e appena sposata. Ma ancora nulla. Gabriella iniziò a pensare di non essere desiderata, ma le circostanze potevano darle torto: grande stanchezza, ustioni da sole, malesseri vari erano problemi oggettivi... Quindi ricacciò questo pensiero nuovamente all'interno della sua anima.

Il giorno dopo Cristiano svegliò Gabriella con un bacio. Il suo colore era ancora simile a quello di un gambero, ma il suo umore sembrava quello di un passerotto, zampettava per tutta la stanza, guardando fuori dalla finestra come fosse in attesa di qualcosa. *"Cosa succede?"* Chiese Gabriella ancora assonnata stropicciandosi gli occhi. *"Oggi organizzano un tour nel deserto con i cammelli. Si arriva fino ad un'oaSì, sì sta lì per gran parte del pomeriggio e poi si riparte."* Gabriella si alzò, andò vicino al suo uomo, dopo aver indossato la vestaglia, mostrando grande compostezza, e disse: *"Ma Cristiano, sei ancora ustionato! Potrebbe essere pericoloso! Guardati, sembri un gambero arrosto!"* Cristiano si girò di scatto, lanciò uno sguardo che gelò Gabriella, poi immediatamente tornò a guardare fuori dalla finestra, come per contenere qualcosa, la rabbia forse.

Gabriella si sentì pugnalata, ma lo sguardo fu così breve che l'espressione vista poteva essere solo una sua interpretazione. Quindi per evitare qualunque discussione e per non contraddire il marito, replicò immediatamente: "*Comunque se ci tieni andiamo, l'importante è coprirsi bene. A che ora parte il tour?*" "*Parte fra mezz'ora, quando il sole è ancora poco caldo. Bisogna iscriversi subito.*" "*Va bene, prepariamoci*" disse Gabriella sentendosi in colpa per aver pensato di ostacolare la realizzazione di un suo desiderio.

In pochi minuti Cristiano fu pronto. Indossò dei pantaloni lunghi, beige, una maglia dello stesso colore e un cappellino con visiera.

"*Come sei carino*" disse Gabriella, facendolo inorgoglire e diventare ancora più rosso in viso.

Colazione veloce con l'entusiasmo di due bambini, e poco dopo si trovarono di fronte ai cammelli. Cristiano era l'unico con i pantaloni lunghi, aveva con sé anche uno zaino che conteneva la macchina fotografica e molta acqua. Fu lui il primo a salire. Salire sopra un cammello non è cosa semplice: l'animale alzandosi si protende in avanti, quindi il passeggero per non cadere deve chinare la schiena indietro e poi immediatamente in avanti quando il cammello si alza, tenendosi forte al basto. Appena sopra la sella il cammello si alzò e Cristiano, nonostante le spiegazioni ricevute, si inclinò in modo scorretto, rovinando a terra e scatenando l'ilarità del gruppo.

Gabriella corse in suo soccorso sorridendo, per sdrammatizzare la situazione. Appena Cristiano vide il sorriso, la gelò con uno sguardo simile a quello che aveva mostrato in camera: questa volta Gabriella lo vide bene, e le rimase

ben impresso. Sentì il suo sangue gelare, nonostante il caldo. Continuò a sorridere, ma in realtà era la bocca che lo faceva, il suo cuore no. Cristiano si alzò goffamente, prese Gabriella per mano e disse: "Andiamo in camera, non andiamo più al tour.
Questa è gente di merda, si diverte con noi." "Come vuoi Cristiano." La coppia si allontanò, lasciando gli altri di stucco. Gabriella non aveva il coraggio di alzare lo sguardo, seguì il marito e basta. Voleva dire qualcosa, replicare che non avrebbe dovuto prendersela coi... Ma preferì seguire Cristiano silenziosamente, non tornando più sull'argomento per non innervosirlo.
La sera chiesero nuovamente il servizio in camera. Dopo cena rimasero a lungo sdraiati sui lettini della grande terrazza, silenziosamente, ognuno assorto nei propri pensieri. Cristiano visibilmente irritato, Gabriella decisa a non creare motivi di attrito e desiderosa che passasse il tempo per arrivare in fretta al momento di coricarsi.
Più tardi si ritrovarono in camera. Cristiano si tolse i pantaloni lunghi, rimanendo in boxer, poi abbassò la tapparella e spense la luce. Gabriella non sapeva cosa dire e cosa fare. Cristiano si sdraiò sul letto, la stanza era completamente buia. Anche Gabriella si sdraiò sul letto, era agitata, confusa, non prese alcuna iniziativa, aveva paura di sbagliare qualunque cosa facesse.
Le labbra di Cristiano si avvicinarono alla donna, sfiorarono gli occhi, le gote, il collo, poi le due bocche si unirono. Gabriella sentì l'eccitazione crescere, era un'eccitazione travolgente, fortissima, sentì una cascata di umori dentro di sé. Le labbra di suo marito rimasero sopra le sue, non

approfittarono di altri pezzi di pelle, nonostante il corpo della donna fremesse. Le mani di Cristiano sfilarono via i propri boxer, Gabriella cercò di spogliarsi senza perdere il contatto, riuscendo a sfilarsi gli slip. Cristiano le fu sopra, i due fiati si fecero uno. Cristiano prese la mani di Gabriella e le schiacciò contro il letto. Con le ginocchia le divaricò le gambe, penetrandola abbastanza bruscamente. Gabriella sentì un intenso dolore e un timido grido uscì dalla sua bocca. Avrebbe voluto dire al marito di fare piano, di fermarsi un attimo, ma non ne ebbe quasi il tempo: dopo pochissimi movimenti Cristiano ansimò rumorosamente, fermandosi quasi di scatto. Una sensazione di umido invase la donna. Lentamente Cristiano smise di ansimare e tornò dalla sua parte del letto, girandole le spalle. Il tutto durò al massimo un minuto, forse meno.

Gabriella aveva perso la sua verginità, si era donata per la prima volta ad un uomo, suo marito. Non osava dire nulla, pensava fosse un anticipo del vero e proprio rapporto, ma non era così. Cristiano disse: "È colpa tua, sei troppo bella." Magra consolazione per la donna che però, gratificata dal complimento, disse solo "grazie".

Aspettò inutilmente qualche altra parola da parte del marito, o magari un abbraccio... ma vedendo che nulla arrivava, si alzò e andò in bagno, per sistemare il corpo e l'anima. Si guardò allo specchio, la luce era fioca. Non resse il suo stesso sguardo. Non capiva il perché, si vergognava di qualcosa, ma di cosa? Lavò il viso e il resto, così il pensiero scivolò via. Lentamente si rivestì e con molta timidezza andò nuovamente a letto, lasciando libero il bagno per Cristiano, che senza dire una parola si alzò al suo ritorno.

Tornò dopo pochi minuti. Sembrava un cucciolo intimorito. Indossava la vestaglia, i boxer e i calzini neri. Si adagiò accanto alla sua consorte, si avvicinò, strisciando sopra le lenzuola. *"Sei, una donna fantastica, la tua bellezza è travolgente. Dovrei fare l'amore al buio, così non vedendoti riuscirei a fare di meglio."* Questa battuta e i complimenti scaldarono il cuore di Gabriella, che scoppio in una fragorosa risata che sciolse la tensione accumulata. Gabriella si aspettava un'altra arringa, o perlomeno un altro tentativo; ma Cristiano accese la televisione e iniziò a guardare i programmi in lingua italiana, per poi passare alle notizie internazionali. *"Un buon dirigente deve essere sempre informato, non devo perdermi nulla"* disse quasi giustificandosi.

24.

La coppia passò la giornata successiva in stanza, ordinando la cena in camera. Notte tranquilla... tanto tranquilla. Troppo. Il mattino dopo, Gabriella si svegliò presto, non era stanca, anzi, era decisamente annoiata. Ma negava a se stessa questa sensazione, poiché in viaggio di nozze non si può essere annoiati. Si alzò e dopo una doccia corroborante indossò il costume, un due pezzi elegante, di colore rosso. Cristiano ancora dormiva. Non sapeva se svegliarlo o lasciarlo dormire. Preferì lasciarlo dormire.

In fondo doveva riposarsi, pensò, perché arrivare a fare il dirigente doveva essere stata una bella fatica. Quindi prese il cellulare e uscì dalla stanza silenziosamente.

I corridoi erano vuoti, l'aria condizionata trafiggeva la pelle scoperta e faceva svolazzare lembi di copricostume.

Improvvisamente il cellulare che teneva in mano cominciò a vibrare: erano le sette del mattino, troppo presto per ricevere telefonate da parenti o amici. Il numero che compariva non era nella sua rubrica, ma il prefisso evidenziava che la telefonata arrivava dall'Italia. Allarmata dalla situazione insolita, rispose preoccupata: *"Pronto?"*

Un silenzio rumoroso come uno schiaffo, e poi dall'altro capo una voce femminile rispose: *"Ciao, sono Giuliana! Tutto bene sposina?"* Sul momento Gabriella non realizzò chi fosse veramente, poi la vocina stridula continuò.

"Allora, come va, ti stai divertendo? Quando torni mi racconti tutto, magari davanti ad un caffè e delle brioche." Continuò con una sfilza di domande ad induzione di risposta, ma

ancora Gabriella non aveva capito chi era dall'altra parte del telefono. Chi era Giuliana? Poi associò la parola brioche al nome e realizzò. *"Ciao, grazie del pensiero! Tutto bene certo, ma spendi troppo chiamandomi qua, ti racconterò tutto al mio rientro."* "Non ti preoccupare, ho molto credito, ho una magnifica promozione. Dimmi dai, raccontami, non sto più nella pelle." "Senti Giuliana, devo partire per una escursione, devo lasciarti." "Non hai nemmeno un minuto?" "No, devo proprio scappare scusa, ciao".

Poi Gabriella staccò il telefono, con un coraggio mai avuto prima. Ma quella incredibile invadenza l'aveva proprio infastidita. Era fiera del suo gesto, nonostante le fosse sembrato una cattiveria.

Dopo spense il cellulare, per evitare altre telefonate.

L'albergo era così grande che piazza Sella di Candiolo, al confronto, sembrava un francobollo. Palestre, ristoranti, centri benessere, cinema. I suoi piedi camminavano su legno color mogano, i suoi pensieri su nuvole azzurre. Camminò lasciandosi perdere nel tempo, guardando sprazzi di mare attraverso le finestre: un azzurro verde che faceva l'amore con il giallo della spiaggia, con le piccole onde che entravano dentro la battigia confondendosi con il blu del cielo, regalando un crescendo di piacere. Poi guardò l'orologio. Era passata più di un' ora da quando era uscita dalla stanza. Ci si perde nel mare e nel piacere di guardarlo. Accese il cellulare e si diresse verso la stanza. Arrivarono tre messaggi di chiamate, tutte di Cristiano.

In pochi minuti fu davanti alla porta. Bussò energicamente, il marito era certamente sveglio. *"Cristiano, apri, sono io. Dai, andiamo a fare colazione."* Nessuna risposta. Forse

era sotto la doccia, anche se non si sentiva rumore di acqua che scrosciava. Gabriella bussò nuovamente. *"Cristiano, apri"*. Un lungo silenzio... Poi la porta lentamente si aprì. Cristiano era paonazzo. *"Cristiano, stai bene? Cosa è successo?" "Io sto bene e tu?"* rispose trafiggendola con gli occhi. *"Sto bene anche io..."* Gabriella si sentì colpita come da un fulmine, una sensazione di imbarazzo e confusione la invase come un fiume in piena invade una strada dopo aver rotto gli argini. Gelo nelle ossa. Poi il marito si voltò e rientrò in stanza. Anche Gabriella entrò, respirava appena, stava per parlare quando Cristiano, con voce ferma e decisa disse: *"Dove sei stata."* Non si voltò nemmeno, dava le spalle alla moglie, che rimase in silenzio... Dove poteva essere stata? Se non a fare un giro in albergo o in spiaggia? *"Dove sei stata?"* rinforzò Cristiano. *"Ho fatto un giro in albergo, stavi dormendo"* rispose con la voce tremante.
Cristiano continuò a voltare le spalle, sembrava tremare dalla rabbia o dal freddo, ma la temperatura era ottima.
Poi, senza dire una parola, entrò in bagno e si chiuse dentro. Si sentiva l'acqua scrosciare, niente altro. Gabriella non aveva il coraggio di controbattere alle parole del marito. La situazione era grottesca. La confusione era ormai dentro la mente della giovane sposa, che lentamente sentiva crescere dentro di sé un senso di colpa sempre più invadente, prendendo il posto della confusione. Si sedette su una poltrona, in attesa che il marito uscisse dal bagno.
Dopo un tempo indefinibile, l'uomo uscì dal bagno, già asciutto, già vestito. Era in evidente stato di imbarazzo, turbato, forse dal suo precedente atteggiamento. Il suo sguardo cadde sul cellulare posato sopra il comodino,

ma poi passò sopra la moglie, asfaltandola come catrame caldo. Gabriella era immobile, incapace di qualunque reazione. Poi come se nulla fosse, nel giro di un battibaleno, Cristiano cambiò atteggiamento e tono domandando *"Andiamo in spiaggia?"* *"Sì, subito"* rispose Gabriella, felice di aver ristabilito il dialogo interrotto. *"Mi preparo e arrivo immediatamente"*. Entrò in bagno, cambiò il costume, e via, veloce da suo marito. Insieme andarono in spiaggia, senza scambiare nessuna parola sull'accaduto. Grandi silenzi, poche parole. Molto sole fuori. Tanto buio dentro.

Anche la notte fu molto calma e silenziosa. Il mattino dopo, la donna non si alzò dal letto prima del marito.

Quel giorno Cristiano sembrava allegro. Gabriella imputava l'umore pessimo ed altalenante del marito alla stanchezza e anche un po' a se stessa, forse incapace di accontentarlo. Non ne era sicurissima, ma quel pensiero a distanza di pochi giorni dal matrimonio cominciava a essere sempre più presente. Quella mattina Cristiano sembrava di ottimo umore, dopo un bacio intenso alla moglie disse con voce tonante: *"Andiamo a fare colazione e poi dopo la mattinata in spiaggia pranziamo e ci chiudiamo in camera"* e divenne rosso come un gambero. Si chiuse in bagno per prepararsi. *"Poteva anche cambiarsi qui in stanza"* pensò la donna e, seguendo questo pensiero, appena il marito uscì dal bagno, si spogliò ed indossò il costume davanti a lui. Il marito la richiamò..."*Ma ti spogli così? La finestra è aperta, vai in bagno!"* *"Ma la tenda è tirata, nessuno può vedermi tranne te, no?"* *"Mi sembra una cosa esagerata, meglio un po' di contegno."*

Detto questo, aprì la porta del bagno e invitò la moglie ad entrare. Gabriella entrò come un automa.

Quando uscì cercò il cellulare, era posato sul letto. Lei ricordava di averlo appoggiato sopra il comodino, ma non ci badò molto. Doveva approfittare del buon umore del marito. Incredibile come, nonostante fossero sposati da pochi giorni, alcune dinamiche sembravano già consolidate.

Dopo una abbondante colazione, la coppia si recò in spiaggia. Cristiano evitava le altre coppie, il loro ombrellone però era vicino a dei novelli sposi, come loro. *"Facciamo una passeggiata?" "Si certo, ma indossa la maglietta ed il cappello. E prima ti cospargo di crema a protezione totale"* esclamò Gabriella con tono affettuoso, non rendendosi conto che la passeggiata era una scusa per evitare il contatto con altri.

La spiaggia era di una bellezza mai vista. Il mare azzurro verde contrastava con il blu del cielo. Sabbia morbida, acqua calda che bagnava i piedi. La coppia si teneva per mano. L'elegante figura di Gabriella contrastava con la goffaggine del marito, un po' curvo e chiuso sotto il cappellino con grossa visiera. Il copricostume della donna, mosso dal vento, sembrava formare delle ali, ali che però non permettevano di volare.

Fecero un bagno veloce e un pranzo apparentemente romantico in un tavolo separato. E poi in camera.

Gabriella era imbarazzata, ma felice di poter stare in intimità con il proprio marito. Cristiano chiuse le gelosie e spense tutte le luci. *"Vado in bagno un attimo"* disse chiudendo la porta dietro di sé. Il rumore dell'acqua che scrosciava in doccia era cristallino come la voce di un bambino. Poi il silenzio. Un periodo lunghissimo, rumore di phon, di getti d'acqua che piombavano nel lavandino. *"Ma cosa fa?"* pensò la donna divertita per la situazione e per le aspettative. Poi, nel buio assoluto, la porta si aprì, quindi tocco a Gabriella entrare in bagno. La preparazione non fu lunga, sicuramente non lunga come quella del marito. Uscì completamente svestita, coperta solo dall'oscurità della stanza. Arrivò a tentoni nel letto, dove si coricò accanto al marito.

Cristiano si posizionò sopra di lei, senza soffermarsi nemmeno con un bacio o una carezza. Come la volta precedente, iniziò a baciarla avidamente e grossolanamente. La donna lo sentiva pesare addosso, divaricò le gambe, spinta dalle ginocchia del marito. In realtà si aspettava qualcosa di diverso. Il buio impediva ogni sguardo, la bocca piena di lui impediva di parlare, niente impediva però di pensare. Anche questa volta vi fu una penetrazione brusca, non vi era nemmeno stato il tempo di eccitarsi, solo il tempo di immaginare. Dopo pochi, pochissimi colpi, Cristiano ansimò, rilasciando tutta la sua eccitazione e forse tutta la sua rabbia dentro la moglie, inchiodata in un letto morbido, ma spigoloso e avaro di amore. Poi Cristiano si allontanò dalla moglie e dal letto, lasciando tracce di frustrazione ovunque nella stanza, ma soprattutto dentro la moglie ancora senza parole, ancora senza piacere.

Gabriella non disse una parola, non voleva irritare il marito, sapeva che queste cose potevano capitare e che erano situazioni risolvibili. Cristiano uscì dal bagno, non una parola, nemmeno in quel momento.

Gabriella andò a lavarsi e improvvisamente le venne in mente che non avevano preso alcuna precauzione! Non avevano parlato di figli, almeno non erano previsti nell'immediato, sicuramente sì nel futuro.

Con questo pensiero in mente e nella bocca, uscì dal bagno e con la sua solita dolcezza disse: "*Cristiano, mi sa che dobbiamo prendere precauzioni, non vorrei rimanere incinta adesso.*" Come sempre accadeva, dopo domande che necessitavano di risposte importanti, vi era un silenzio ancora più pesante. Gabriella stava per riproporre la domanda quando Cristiano rispose: "*Escludo la pillola. Quella la prendono le donnacce, quelle che fanno tutto con chiunque. Ne parleremo più avanti, per adesso va bene così*". Gabriella non rispose, il tono del marito era già abbastanza duro e chiaro. Forse troppo. Si coricò a fianco del marito, gli diede un bacio sulla guancia, pensando così di calmarlo o forse di controllarne la rabbia. Non riusciva a collocare i suoi sentimenti, non riusciva ad ordinarli. Anche lei provava rabbia per la sua momentanea incapacità di ribattere alle parole del marito, ma nello stesso tempo provava una sensazione di potere per essere riuscita a controllare la rabbia espressa dai discorsi e dagli atteggiamenti. Sensazione strana, mai provata prima, era come mangiare un cibo in agrodolce, dove non si capisce se il cibo piace o no.

25.

Il tempo del viaggio di nozze passava incredibilmente lento. Cristiano alternava momenti di tenerezza a momenti di estrema chiusura. Nessuna escursione, nessun contatto con altri turisti o coppie, solo spiaggia e camera. Ma seppur lentamente, le due settimane giunsero al termine. Gabriella provava un senso di disagio poco piacevole ma poco definito, non capiva cosa le desse fastidio. Il sesso forse, ma immaginava fosse una cosa temporanea; i continui sbalzi di umore del marito, che rendevano la giornata tesa, priva di tranquillità; o chissà... Forse era solo il rientro a casa, alla routine. Cristiano durante il viaggio di ritorno fu più affettuoso del solito, la teneva stretta come se fosse una sua proprietà, sembrava avesse un guinzaglio invisibile... Un cappio, sottile, ma che iniziava a togliere il fiato, senza che la vittima se ne rendesse conto.

Il volo Gabriella lo passò dormendo. Un farmaco contro la nausea le procurò un sonno quasi invincibile. All'aeroporto la coppia era attesa dai genitori, di lui e di lei. Gabriella era ancora stordita. Sorrisi di plastica e grande differenza di temperatura. Mariuccia era addirittura elegante, tailleur nero con gonna sotto il ginocchio e scarpe con almeno 5 centimetri di tacco, quasi da matrimonio. In netto contrasto Giovanna, con una pettinatura a metà fra una permanente riuscita male ed un taglio fatto in casa.

Un caffè al bar riconciliò la coppia con l'Italia. Il caffè fu oggetto di grandi argomenti. Incredibile come il caffè metta d'accordo tutti e copra macchie di incredibile sporcizia.

Il viaggio verso casa fu qualcosa di grottesco. Gabriella andò in auto con Domenico e Mariuccia e Cristiano con Michele e Giovanna, ognuno con i propri genitori, come all'uscita da scuola. *"Allora, come è andato il viaggio di nozze? Cristiano è un uomo o no?"* chiese con ironia Domenico appena l'auto partì. Ma prima ancor che Gabriella dopo l'imbarazzo potesse aprire bocca, Mariuccia, rispose per lei, togliendola dall'inghippo: *"Domenico, ma come ti permetti? Sono sposati ormai, e poi guarda che viso felice, sicuramente tutto è andato bene"* *"Sì, la mamma ha ragione, tutto è andato bene, proprio tutto.* L'iter delle bugie era iniziato.

Le stesse domande e le stesse risposte vi furono nell'auto che ospitava la famiglia di Cristiano. Sembrava uno specchio, dove si riflettevano paure e bugie. I quattro si riunirono per una cena frugale a casa dei genitori di Gabriella. Tovaglie bianche, tovaglioli lindi, coscienze sporche. E poi il ritorno a casa. La loro.

Il grosso cancello verde era ancora aperto, il pavimento restituiva il rumore delle ruote dei trolley, pieni di indumenti e insoddisfazioni. I due salirono le scale di granito. Davanti alla porta d'ingresso un altissimo tronchetto della felicità, verde come la speranza di Gabriella, colse la coppia di sorpresa. *"Che meraviglia, chissà chi l'ha portato…"* Gabriella cercò fra le foglie e infatti vi era una piccola busta, con al suo interno un piccolo biglietto. La donna lo estrasse e sopra vi era scritto: *"Bentornati, un grande abbraccio e un augurio di grande felicità. Giuseppe, Giada, Greta e Marta."* Di nuovo un graditissimo pensiero dei vicini di casa. *"Ma che pensiero gentile! Dai Cristiano, aiutami a metterla dentro."*

Cristiano bofonchiò qualcosa, un brontolio poco chiaro nelle parole, ma chiarissimo nelle intenzioni. Era tardi, altrimenti Gabriella sicuramente avrebbe bussato alla porta per ringraziarli, come era nel suo stile. Ma avrebbe avuto tempo per farlo il giorno successivo. La notte incombeva, la stanchezza era molta, le valigie piene potevano aspettare.

Notte senza lenzuola stropicciate. Solo rumori molesti. Il mattino dopo Cristiano si recò al lavoro. Avrebbe avuto ancora diritto a due giorni di congedo, ma un messaggio in segreteria telefonica comunicava una qualche urgenza, non si poteva ignorare. Quindi alle sette la sveglia tuonò e il giovane sposo si alzò, seguito dalla sposina, che preparò la colazione al marito. Fette biscottate unte di burro e poi cosparse di marmellata, seguite da un caffè. Poche parole, un bacio frettoloso e via, verso l'ufficio.

Gabriella non tornò a letto, iniziò a svuotare le valigie e lavare la biancheria sporca. Era abituata a svolgere le faccende domestiche, ma era la prima volta che le faceva a casa sua. La casa in realtà era in ordine, vi avevano passato solo due notti. Le asciugamani stese sul balcone profumavano di sapone di Marsiglia. Dal balcone il panorama era quello di sempre, ma visto da un'altra angolazione.

L'arco alpino si stagliava meraviglioso all'orizzonte ed il Monviso dominava uomini e pensieri. La giornata era meravigliosa. Gabriella, dopo aver ringraziato la vicina per il gradito pensiero, approfittò per andare a trovare Orietta prima e sua madre poi. Decisamente più emozionante il primo incontro, con Orietta che squittì di piacere appena la vide. Invece la madre accolse la figlia davanti alla porta, col solito sorriso di plastica, visto che lo sguardo dei vicini era attento. All'interno della casa le solite cose: pattine, mobili lucidi, freddezza e nulla più. Poche domande e tutte superficiali. Gabriella resse poco quella situazione, e dopo un saluto andò via.

Una capatina al cimitero a trovare la nonna e poi a casa. Le asciugamani nel frattempo si erano asciugate e portandole a casa portò dentro anche un pezzo di sole. Verso mezzogiorno il cellulare squillò, era Cristiano. *"Ciao dolcezza, come stai? Dove sei?" "Ciao amore, sono a casa. Sono andata da Orietta e da mia mamma e poi al cimitero, nulla di che."* Come sempre un intervallo lungo come un' apnea e poi: *"Ah... Da Orietta. Capisco. Se era necessario, va bene."*

Un'altra pausa di difficile interpretazione e poi *"Questa sera arrivo tardi, se vuoi vai pure a dormire senza aspettarmi." "Mi spiace. Se vuoi ti aspetto, domani non vado ancora a lavorare." "No, vai pure a dormire, arriverò tardi di sicuro. Vado a lavorare anche sabato, ma domenica sono a casa e se vuoi andiamo da qualche parte. Lunedì vai a lavorare?" "Si, lunedì inizio a lavorare. Ci vedremo ancora di meno." "Avremo tempo, adesso devo andare. Ciao dolcezza, un bacio."* Il clic meccanico del telefonò suggellò la fine della chiamata e delle parole dolci.

La giornata doveva passare. La casa era in ordine, tornare dalla madre proprio non se ne parlava, il resto delle amiche era al lavoro... Non rimaneva che la bicicletta. Inforcato il velocipede, Gabriella si godette il sapore della libertà. Il parco di Stupinigi era bellissimo e semideserto. Aria fresca, rumore di silenzio. La donna respirò a pieni polmoni, si sentiva e si credeva felice. Arrivò tardi a casa e, dopo aver deposto la bicicletta, si accorse che il cellulare era rimasto sopra il tavolo. Un bel lapsus, avrebbe detto Freud. Non lo raccolse, e si infilò sotto la doccia, coccolandosi con acqua e sapone.

Erano già le 18,00 circa quando il cellulare trillò rabbiosamente. La suoneria era quella di Cristiano. *"Ciao"* disse Gabriella senza esitazioni, speranzosa. *"Rientri per cena?"* *"No, non rientro. Ma dove sei stata? Ho chiamato molte volte."* *"Ho preso il cellulare adesso, l'ho lasciato a casa. Sono andata in bicicletta. Qui è tutto a posto."* *"In bicicletta... E con chi?"* *"Da sola, con chi vuoi che vada?"* *"Scusa, mi ero preoccupato, non sentendoti."* Il tono di Cristiano era cambiato, alla risposta sembrava come contenere una enorme aggressività, poi divenne quasi sospettoso. Gabriella non ci fece caso. Il numero delle telefonate, che poi vide in memoria, il tono della voce del marito, a lei apparivano come voglia di chiacchierare. La chiamata assunse poi un tono rassicurante e con linguaggio proprio dei neo sposi.

A quel punto iniziò a preparare la cena, avrebbe voluto sbizzarrirsi e preparare qualcosa di goloso o particolarmente gustoso, ma Cristiano non rientrava per mangiare.

Cucinò comunque qualcosa per due, bistecche di pollo impanate, buone anche scaldate e invece della patatine fritte, delle patate bollite, anch'esse buone fredde o riscaldate.

Mangiò lentamente, per far passare il tempo, davanti alla televisione, unica compagna della serata.

Erano le 21,30 circa e Cristiano arrivò. L'aspetto era quello di un uomo stanchissimo, come se il riposo del viaggio di nozze fosse un ricordo lontanissimo. *"Ciao Cri, ti ho aspettato. Volevo almeno salutarti."* *"Grazie amore, ma vai pure a dormire, sarai stanca dopo quella gran pedalata."* *"Ho qualcosa per la cena, dai che la scaldo così stiamo un po' assieme.*" Gabriella riscaldò volentieri ciò che aveva preparato; Cristiano mangiò voracemente, probabilmente aveva saltato il pranzo. Se qualcuno da fuori avesse visto la coppia, avrebbe visto un coppia affiatata, affettuosa, i movimenti sembravano sincroni. Mancava l'audio. Poche o pochissime parole fra i due. Gabriella tentava di iniziare qualche discorso, ma l'evidente stanchezza del marito dava poco spazio alle parole. Dopo cena, si infilarono nel letto. Un solo bacio della buona notte. Uno solo.

Il mattino dopo Cristiano si alzò presto, anche Gabriella si alzò e preparò la colazione, con un accadimento amorevole. Altra giornata vuota. Altra assenza del marito. Fortunatamente il sabato arrivò, e i due neosposi si godettero il sonno ristoratore.

Verso le dieci del mattino Cristiano si destò. E senza pensarci due volte, disse: "*Andiamo a fare colazione al bar e poi facciamo pranzo fuori.*" "*Sì, certo*" rispose Gabriella, stupita di cotanta vitalità. Cristiano andò in bagno per primo e uscì poco dopo, già lavato e vestito. La moglie avrebbe voluto stare un po' sola con lui, ma preferì non esprimere il suo desiderio e si preparò a sua volta. Indossò un abito corto, ancora estivo, il tempo lo permetteva. Anche le spalle erano scoperte. "*Gabri, sei un po' troppo scollacciata, non andiamo al mare. E poi ti guardano, sei solo mia... lo sai.*" La donna arrossì ed annuì, come un automa andò a cambiarsi d'abito, indossando pantaloni e camicetta per accontentare il marito, pensando di essere stata sciocca a vestirsi in quella maniera.

Insieme presero l'auto e si recarono in un bar fuori Candiolo. *"Voglio stare solo con te. A Candiolo ti conoscono tutti, ti fermeresti a parlare." "Si certo, va bene, nessun problema."* La colazione fu un momento bellissimo e Cristiano ordinò brioche e cappuccino e caffè, cosa alquanto anomala. Ma sembrava felice, quasi raggiante. Addirittura colorito, non diafano come al solito.

Gabriella mangiò volentieri, poi chiese come erano andate le due giornate lavorative e Cristiano rispose con dovizia di particolari. Pagato il conto i due andarono via tenendosi per mano. Cristiano controllava spesso il cellulare, per vedere se vi erano mail o chiamate da parte di qualche dirigente FIAT, ma era incredibilmente presente, quasi un altro a dire il vero. Ripresero l'auto e vi fu una bella sorpresa. Cristiano aveva prenotato in un ristorante rinomato del centro di Torino, accanto a via Roma. *"Ecco perché voleva un abito più serio"* pensò Gabriella soddisfatta.

La coppia si accomodò, la sposina era a disagio: il cameriere oltre a tagliare e pulire il pesce, versava il vino nei bicchieri, non li lasciava mai vuoti. Cristiano sembrava non riuscire a contenersi, poi appena il cameriere si allontanò per prendere un altro piatto disse tutto d'un fiato: *"Gabriella, lo facciamo un figlio? Non vedo l'ora di vederti con il pancione e io non vedo l'ora di diventare padre."* Cristiano trasudava di emozione, divenne paonazzo come una ciliegia matura. Poi esclamo: *"Allora?"* Gabriella avrebbe voluto pensarci un po' su, era sicuramente sua intenzione avere dei figli, ma avrebbe voluto aspettare un po' di tempo.

Aveva iniziato a lavorare da poco tempo e non si sentiva completamente pronta, ma come ipnotizzata e sorpresa per la decisione del marito, rispose: "Sì, *certo... certo.*" Cristiano si alzò, la baciò teneramente sulla bocca e le strinse le mani. Aveva gli occhi lucidi, era visibilmente commosso. Anche Gabriella lo era, provava un mix di euforia e tristezza insieme. Non capiva la sua incapacità di opporsi al marito. Ma si può dire di no ad una proposta del genere e fatta in quella maniera?

La coppia pranzò mangiando companatico ed emozioni. Già si fantasticava sul sesso e sul nome del nascituro. Gabriella avrebbe voluto una femminuccia, mentre Cristiano un maschietto. Il resto del pomeriggio lo passarono passeggiando in centro a Torino, con un gelato, molte coccole e sguardi intriganti.

Finalmente venne la sera. La coppia era a casa. Attraversando il pianerottolo sentirono il vociare gioioso delle bimbe che vivevano accanto, si sentiva anche un ottimo profumo di dolci, forse una torta. Gabriella iniziò a cucinare qualcosa, un risotto con piselli e della bresaola. Qualcosa di leggero. Il risotto cotto in pentola a pressione fu pronto in pochi minuti. Cristiano mangiò ad una velocità strabiliante, aveva fretta di "concepire"? Oppure era proprio il suo modo di mangiare. In men che non si dica la cena era finita, ed in un battito di ciglia anche il rapporto fu consumato. Anche questa volta Gabriella non disse nulla. Questa volta la causa era nobile, si faceva l'amore per concepire, non per dare o ricevere piacere. La stessa cosa capitò la sera successiva.

Infatti, nonostante nei giorni festivi avessero tempo libero e possibilità, il rapporto si consumava solo alla sera.

Il lunedì arrivò come una martellata sulle dita. Gabriella avrebbe ripreso a lavorare. Cristiano partì per primo, Gabriella prese il treno ed ebbe l'occasione di rivedere gli amici di sempre, che la accolsero con grandi sorrisi. Poi furono i portici a salutare la sposina.

Appena entrata in ufficio, una fragranza familiare entrò nelle narici della donna. Roberta e Valentina dovevano ancora arrivare, c'era solo Giuliana, accompagnata dalla fragranza delle brioche. Un sorriso che rendeva le labbra sottilissime accolse la neo sposa. Una camicetta nera, abbondante, era parzialmente coperta da una giacchina bianca, che scendeva fin quasi alle cosce, coperte da pantaloni anch'essi neri, ed anch'essi abbondanti. *"Ciaooooo piccola, ti stavo aspettando!! Sai ho provato a telefonarti più volte mentre eri in viaggio di nozze, ma è caduta la linea... Comunque stai tranquilla, mi racconterai tutto dopo, in pausa pranzo vero?"* Le solite domande che lasciavano poco spazio a risposte alternative. *"Ciao Giuliana. È andato tutto bene, ho poco da raccontare."* *"Su dai, non essere timida. Bisogna tirare fuori tutto, fa bene parlare, fa stare meglio."* *"Ma io non sto male, sto benissimo!"* *"Ah, qualcosa che non va bene c'è sempre"* incalzò Giuliana, come se stesse perdendo terreno. Infatti stava cominciando ad innervosirsi, la bavetta bianca agli angoli della bocca era già abbondante.

In quel preciso momento Roberta fece il suo ingresso, portando una ventata di profumo e sana vitalità. Appena vide la scena, cercò di togliere dalla evidente difficoltà la collega. Roberta era più sfrontata e poteva e sapeva affrontare Giuliana." *Ciao Gabri, sei sciupatissima. Si vede che il viaggio di nozze è andato bene."* Gabriella divenne paonazza e mise la mano sopra la bocca nel tentativo di chiudere una risata spontanea. *"Dai vieni, abbiamo lavoro arretrato da fare."* Poi si rivolse a Giuliana dicendo: *"A Giulià, non trattenerla che abbiamo da fà."* Giuliana riuscì solo a dire: *"Ci vediamo a pranzo, ho portato una crostata buonissima..."* mentre le due sparivano dalla sua vista.

Appena dentro l'altro ufficio, Gabriella scoppiò in una sonora risata, soffocata dalla mano. *"Grazie Roberta, grazie."* *"De che dai, sai che mi diverto no?"* Poi arrivò anche Valentina. Le tre lavorarono di gran lena. Gabriella sempre molto riservata, disse poco del viaggio di nozze e quel poco che disse era tutto positivo. Lei vedeva ancora tutto bello. Tutto normale. Le difficoltà evidenziate erano solo piccoli incidenti di percorso, situazioni rimediabili. E poi Cristiano le aveva chiesto di avere un bambino... presto, molto presto. Era sicuramente una grande dichiarazione d'amore. Insieme alle colleghe riuscì a evitare gli assalti di Giuliana, e la prima giornata di lavoro, dopo il viaggio di nozze, passò velocemente.

Durante il tragitto in treno, Gabriella si vedeva già con il pancione, coccolata dal marito e dagli amici. Arrivò a casa verso le 18,00. Cristiano non era ancora arrivato. Si mise subito ai fornelli, voleva far trovare una bella cena al coniuge. Aveva del salmone in frigo, e insalata fresca. Qualcosa di leggero e sano. C'era anche del gelato, panna variegata all'amarena. Cucinava con piacere, mentre lo faceva sentiva la felicità uscire dalla sua pelle e prendere possesso della casa stessa. In poco tempo la sua vita era cambiata radicalmente. Aveva un lavoro, aveva altri amici, aveva un marito e aveva progetti per il futuro. La

Gabriella di qualche anno fa era completamente sparita, mimetizzata fra le pieghe della felicità. Squillò il telefono di casa, quindi la donna lasciò per un attimo i fornelli e corse a rispondere. *"Ciao Gabriella, sono Manuela, come va? Tutto bene?" "Ciao, si tutto bene, benissimo. E voi tutti?"* *"Sì, sì, noi bene. Senti Gabri, questa sera c'è una riunione in oratorio, dobbiamo programmare il lavoro dei gruppi... Tutte le attività che partono a settembre... Siete liberi tu e Cristiano? Abbiamo bisogno di nuove idee ed energie." "Mi piacerebbe molto, ma non so a che ora arrivi Cristiano, ieri sera è venuto tardissimo. Ti telefono appena arriva e ti dico qualcosa, la cena è pronta, quindi i tempi sono ottimizzati." "Bene, chiamami al cellulare e poi a prescindere da questa sera, troviamoci un pomeriggio se vuoi, così si chiacchiera un po'..." "Va bene, volentieri, saluta Stefano e i bimbi, ti faccio sapere, ciao." "Ciao a presto".* La dolcezza e la delicatezza di Manuela erano una garanzia per una amicizia duratura e sana. In quel momento la chiave girò dentro la toppa, Cristiano era arrivato e la vide ancora con la cornetta in mano. Gabriella posò il ricevitore, andò incontro al marito e lo baciò sulle labbra, scambiando un po' di felicità. *"Chi era al telefono?"* Chiese Cristiano, dimenticandosi di salutare. Aveva un tono indagatore. *"Era Manuela, voleva salutarci e ci ha invitato alla riunione di questa sera, in oratorio, per la programmazione delle attività del prossimo anno. Andiamo? Ho voglia di vedere gli amici, ci saranno quasi tutti."* Anche questa volta vi fu un silenzio rumoroso come il sibilo di una freccia, i soliti silenzi di Cristiano prima di una risposta. *"Senti Gabri, io sono stanchissimo. Ho avuto una giornata pesantissima. Se tu vuoi andare vai, io aspetto a casa. Certo che se vogliamo avere un bambino bisognerebbe stare a casa, che dici? Poi decidi te.*" Gabriella era combattuta e confusa. I messaggi del marito erano sempre ambigui, sembravano lasciare a lei la libertà di decidere, ma in realtà indirizzavano verso un unico comportamento. Quello che preferiva lui.

Presa in un vortice di senso di colpa, spesso come nuvole temporalesche, Gabriella non aveva scelta. Poteva lasciare il marito a casa da solo? Aveva sicuramente molta voglia di vedere visi amici, ma preferì desistere. "*Va bene, rimaniamo a casa. Dopo telefono a Manuela e le dico che sei arrivato tardi.*" Non si rese conto che per trovare una scusa avrebbe detto una bugia, cosa anomala per lei. Ma non voleva dire che il marito era stanco e che soprattutto dovevano concepire un figlio. E poi sapeva che Manuela non si sarebbe offesa per la sua assenza, e nemmeno gli altri amici. Mentre finiva di cucinare il salmone che sfrigolava in padella dopo essere stato innaffiato dal vino bianco, pensò che ci sarebbero state altre occasioni. Oltre al pesce, la sposina aprì una confezione di pesche sciroppate e vi mise sopra della panna, montata da lei stessa.

La tavola fu apparecchiata mentre Cristiano era sotto la doccia. L'atmosfera era incredibilmente romantica. Gabriella spense le luci e accese due candele; inoltre accese degli incensi per profumare la stanza, aveva scaldato il pane per renderlo friabile e croccante. Appena uscito dal bagno Cristiano iniziò a tossire, una tosse stizzosa e insistente. "*Cosa succede?*" chiese Gabriella preoccupata, andando incontro al marito. Cristiano corse alla finestra e la spalancò, respirò avidamente l'aria fresca della sera, appoggiandosi al davanzale. Dopo si girò, e gettò su Gabriella uno sguardo che avrebbe gelato anche un orso polare. La donna non osò fiatare, incapace di interpretare quello sguardo. Cristiano come una furia si avventò verso la tavola, sfiorando la moglie con il suo corpo. Poi prese gli incensi e li mise sotto l'acqua, creando nuvolette di vapore ancora più accesi, che intensificarono la sua tosse. Riandò alla finestra, stilettando Gabriella, che era rimasta immobile come una statua. Poi disse quasi urlando: *"Odio gli incensi, odio il fumo, lo sai e cosa fai? Li metti a tavola!"* *"No scusa... Non lo sapevo..."* *"Lo sapevi ma ti sei dimenticata, sei sbadata!"* Gabriella non riusciva a decifrare le sue sensazioni, probabilmente veramente Cristiano le aveva detto che odiava il fumo, ma il fumo di sigaretta. Non si era mai parlato di incensi. Provava una sensazione di rabbia e di umiliazione, che però le impediva di dare risposte degne alla situazione. Poi scattò qualcosa, una sorta di molla interna, che distorceva quasi completamente il suo vero pensiero, il suo vero essere. Si sentì come da bambina, quando il padre urlava contro di lei per un qualsiasi motivo, e per farlo tacere assecondava il suo volere. Così disse:

"Si, Cristiano è vero, sono sbadata. Me ne avevi parlato ma mi ero dimenticata, scusami!" Cristiano si girò verso la finestra, respirò ancora aria fresca e poi si rivolse verso la moglie... Quasi come un cucciolo questa volta, cambiando radicalmente atteggiamento, e disse: *"Gabri, io ti amo follemente, forse anche di più, ma ti prego fai più attenzione. Non è la prima volta che non ricordi quello che dici."* A queste parole, la donna si rilassò, la tensione si sciolse. Completò la situazione

dicendo: "*Vedrò di stare più attenta, scusa ancora amore mio.*"
I suoi pensieri erano veramente confusi. Il suo cuore, la
sua dignità avrebbe voluto chiarire e sottolineare la sua
completa innocenza davanti al fatto, ma la paura di irritare ancora di più il marito, associato al piacere inconscio
di poter controllare la sua collera, evitavano una reazione
diversa. Poi Cristiano si avvicinò e la baciò teneramente
sulle labbra, suggellando la pace. Mentre la coppia cenava, i pensieri di Gabriella urtavano le pareti del cervello,
causandole un forte dolore alla testa. Non si capacitava
della situazione, non si capacitava della sua non reazione.
Ma Cristiano l'amava, le aveva chiesto scusa, l'aveva baciata e fra poco avrebbe fatto l'amore con lei, per concepire
il loro figlio. "*Hai chiamato Manuela?*" chiese teneramente
Cristiano. "*Oh, si giusto. Lo faccio subito, me ne ero scordata*"
"*Visto? Sei sbadata, ma ti amo lo stesso*" concluse Cristiano.
Dopo la telefonata Gabriella si sentì come una bimba che
aveva rubato le caramelle, un po' colpevole. Ma in questo
caso la piccola bugia era per proteggere il marito, quindi
lecita.
Quando giunse il momento di andare in camera da letto,
Gabriella si infilò sotto le lenzuola e spense la luce in attesa
del marito. Sapeva che a lui non piaceva la luce in camera
mentre si faceva l'amore. Cristiano entrò in camera. Si infilò nel letto e in un attimo fu sopra la moglie. Niente pre-
liminari, nemmeno un bacio. In un minuto tutto fu concluso. Gabriella rimase ferma dopo che il marito si allontanò.
Non capiva che sentimento provava in quel preciso momento. Ma il desiderio del concepimento era più forte di

ogni cosa. Quindi dopo poco si girò, e si addormentò di un sonno profondo.

26.

Era passato un mese dal matrimonio, un mese circa dai primi rapporti amorosi, ma ancora il concepimento non era avvenuto. Nessuno si stupiva di questo, difficilmente una coppia ha un figlio immediatamente dopo il matrimonio. Però era un problema per Cristiano. Una sera, tornado dal lavoro stanco come sempre, mentre era a tavola con la moglie disse: *"Gabri, tutto a posto? Ancora nulla?" "No Cristiano, nulla. Ho il ciclo in questo momento, dobbiamo aspettare ancora, ma mi sembra normale." "Sì, normale... Ma non è che ti stanchi troppo al lavoro? Magari è per quello. Chissà..." "Per il lavoro? Non saprei, penso di no. Comunque, mi stanco, certo, ma non mi ammazzo." "Non so, per me qualcosa c'entra. Comunque ne parliamo più avanti."* La cena continuò tranquilla, non si toccò più l'argomento lavoro.

Poi presero l'auto e andarono a fare un giro a Torino, anche se gli amici di Gabriella premevano per incontrarla e vedere le foto del viaggio di nozze. Lei continuava a rimandare l'invito ufficiale nella loro casetta, perché Cristiano la sera era sempre stanco. E poi aveva compreso che non gli faceva piacere.

Il giorno dopo, in ufficio, Gabriella accennò qualcosa a Roberta. Chiese se secondo lei quel tipo di lavoro poteva interferire con una eventuale gravidanza. Roberta si mise a ridere sonoramente, ma poi ritornò seria e disse: *"Gabriella, da quando ti sei sposata sembri un'altra persona. Vabbè che sei innamorata, ma ci so' dei limiti, no?"* Gabriella scoppiò in una risata fragorosa, attirando l'attenzione di Giuliana che intervenne dicendo: "*Su, su, fate ridere anche me.*" Immediatamente le due tornarono alle loro mansioni.

Gabriella era pensierosa, qualcosa non quadrava, qualche passaggio della sua vita attuale le sfuggiva. Andò a casa con un senso di disagio mal definito. Per compensare questo vuoto, iniziò a telefonare alle sue amiche, Manuela, Orietta, Laura. Parlò a lungo con ognuna di loro, distribuendo pillole di felicità.

Poi si accorse che era tardi e che a momenti sarebbe arrivato il marito; nulla era ancora pronto per la cena, per cui immediatamente mise l'acqua in pentola per la pasta, poi mise in padella 4 uova sbattute con abbondante parmigiano per fare la frittata, l'insalata era praticamente pronta: le buste che la contengono già lavata e pulita sono una salvezza. In venti minuti preparò la cena, non cambiandosi neppure d'abito. Il campanello suonò, Cristiano era arrivato. Il volto era ombroso, un saluto semplice, un bacio sulla guancia. Appena entrato in casa, si guardò attorno, e poi disse direttivo: "*Sei arrivata tardi? Non sei vestita da casa, hai ancora addosso gli abiti di questa mattina.*" "*No, non sono arrivata tardi. Sono stata al telefono con le mie amiche e quindi non mi sono cambiata. Abbiamo chiacchierato a lungo, vorrebbero vederci e vedere le foto del viaggio di nozze.*" Cristiano cambiò discorso e puntualizzo ancora: "*Ma hai fatto la frittata? Lo sai che non mi piace, vedi che sei disattenta?*"

Una folata di pensieri invase la donna, le parole di Roberta le risuonarono nelle orecchie... "*Sei innamorata? Non esagerare*" e anche le parole del marito urtarono le pareti della sua mente... "*Sei, sbadata, disattenta.*" Ma cosa stava accadendo? La donna si sentiva tremendamente in colpa, era lei la causa dell'ira del marito? Per evitare ulteriori discussioni, trasformandosi nel volto e nel pensiero, disse: *"Scusa Cristiano, hai ragione. Avevo dimenticato davvero che la frittata non ti piace, preparo subito altro. Oppure in frigo c'è della mozzarella, la faccio in insalata con i pomodori, l'insalata verde la mangio io."* Cristiano sembrava più tranquillo, le parole della moglie lo avevano rassicurato, forse, sul potere che esercitava su di lei.

Sembrava che fosse iniziato un gioco strano, un braccio di ferro, ma a senso unico, dove il braccio di Gabriella era quello destinato a toccare il tavolo, e forse anche ad essere schiacciato. Paradossalmente la serata passò lieta e tranquilla. Cristiano lavò addirittura i piatti e fece i complimenti alla moglie per la pasta, in realtà una semplice pasta in bianco, condita con olio e parmigiano. La coppia poi andò a letto, quella sera senza intimità: il ciclo di Gabriella era un ostacolo insormontabile per il concepimento. La donna si addormentò con un lenzuolo di disagio addosso, risvegliandosi il giorno dopo con lo stesso lenzuolo.

27.

La vita scorreva lenta e monotona a casa dei due sposi, che si dividevano fra lavoro e casa. Cristiano arrivava spesso tardi, e quindi non usciva mai la sera. Qualche volta, programmando il tutto, andavano al cinema, ma sempre loro due soli. Natale ormai era alle porte e Gabriella nel tempo libero si stava occupando dell'acquisto dei regali per i componenti delle rispettive famiglie. Non aveva messo in preventivo nessun regalo agli amici, i contatti ormai erano rari, quasi inesistenti. L'invito a veder le foto del viaggio di nozze si era così tanto dilatato nel tempo che ormai nessuno più le chiedeva di farlo. Cristiano era possessivo e non amava che Gabriella andasse fuori casa senza di lui, si faceva ombroso e spesso incuteva paura ogni volta che lei paventava la possibilità di farlo. Quindi Gabriella smise di partecipare alle riunioni in parrocchia e declinò ogni invito ad uscire da sola con le sue amiche, inventando ogni sorta di scuse. Passava veloce per il paese, con l'auto. Raramente a piedi, così le possibilità di incontrare qualcuno diminuivano.

Al lavoro la vita era routinaria, anche se Roberta e Valentina sprizzavano energia e simpatia ogni giorno, specialmente quando prendevano in giro Giuliana, sempre alla caccia di notizie fresche.

Il ventiquattro di dicembre erano invitati tutti a casa di Michele e Giovanna, compreso il fratello di Cristiano con tutta la famiglia. Gabriella era preoccupata. Cristiano a casa sua, soprattutto con il fratello, era aggressivo, giudicante, e poi temeva di non riuscire a mangiare tutte quelle portate che Giovanna presentava a tavola. Dopo aver scelto il vestito, molto casto, aspettò il consorte. Per l'occasione Cristiano aveva indossato un abito elegante nero, con giacca e cravatta. Il colore evidenziava il suo colorito diafano e la forfora si vedeva sopra le spalle. I regali erano già impacchettati, bisognava solo caricarli in auto.

Mentre la coppia scendeva le scale, stava salendo Giuseppe, il vicino di casa che, sorridente e gentile, disse: *"Buon Natale ragazzi, tutto bene?"* *"Si Giuseppe, tutto bene, e voi?"* rispose Gabriella. *"Si bene, bene, grazie. Aspettate un attimo, devo darvi una cosa."* Cristiano rimase immobile e zitto, mentre Giuseppe entrò in casa e ne uscì subito dopo con dei barattolini in mano dicendo: *"Questo è del peperoncino, piccantissimo, ma veramente gustoso. Fa bene alla salute, aiuta la circolazione e se la circolazione funziona, funziona tutto meglio!"* *"Grazie, ne metterò una punta nella pasta, e anche nella pizza!"* rispose Gabriella, baciando sulle guance Giuseppe, che contraccambiò regalando anche uno splendido sorriso. *"Auguri anche da parte di Giada e le bimbe"* aggiunse mentre si congedava.

La coppia entrò in auto. Cristiano non apriva bocca. Era scuro in volto. Gabriella chiese se ci fosse qualcosa che non andasse. A quel punto Cristiano esplose. La sua rabbia era spessa, palpabile e riempì tutta l'auto. Poi tuonò: *"Butta subito quel peperoncino, non voglio avere nulla a che fare con quel buzzurro. E poi da quando in qua tutta questa confidenza? Lo vedi altre volte? Magari mentre io sono al lavoro, tanto basta aprire la porta ed è li!"* Gabriella era offesa, ma anche e soprattutto spaventata. Cristiano tremava dalla rabbia, aveva quasi la bava alla bocca. Quando si arrabbiava si trasformava. Lei accennò una risposta, cautamente. *"Dai Cristiano, non esagerare."* Non riuscì a dire altro. Cristiano fermò l'auto, prese i barattoli di peperoncino e li scagliò fuori con immensa rabbia.

Gabriella non disse nulla. Aveva veramente paura, e per calmarlo lo assecondò, rinforzando il meccanismo che da qualche tempo si era innescato fra i due. *"Si, Cristiano, cercherò di non vedere più Giuseppe. Certo che se sale le scale e io scendo, non posso evitarlo. Ma farò attenzione, stai tranquillo. Hai ragione, è un buzzurro, non può competere con te, tu sei un dirigente FIAT, lui solo un tecnico, non c'è paragone".* Dopo queste affermazioni, Gabriella si sentì mortificata, non era da lei giudicare e parlare male degli altri. E poi Giuseppe era veramente gentile e buono.

Lo vedeva dalla finestra, quando arrivava dal lavoro e appena scendeva dall'auto salutava le bimbe e la moglie che lo aspettavano al balcone, e poi scendeva a far passeggiare il cane, coccolando anche lui come uno di famiglia.

Ma in quel momento doveva calmare il marito, presentarsi a casa dei suoceri in quelle condizioni non andava proprio bene. La donna sentiva il cuore battere all'impazzata dentro il suo petto, lo sentiva fino alla gola. Una goccia di sudore scese lungo la schiena. Altre le scesero dalla fronte. Altre gocce di dignità andate via per sempre.

Poco dopo arrivarono sotto casa dei genitori di Cristiano, Gabriella disse: *"Ti prego amore, stai tranquillo. Non agitarti, mi far star male vederti così." "Cercherò di stare tranquillo, anche se c'è mio fratello."* La coppia salì in ascensore ed entrò in casa. Giovanna li accolse con il suo solito sorriso malato, macchiettato di carie e cattiveria. Michele era in salotto, vestito bene. *"Ciao Gabriella, sei sempre bella, ma sempre magra! Adesso ci pensa Giovanna a darti da mangiare, ha preparato di tutto."* "Oh bene, avevo proprio voglia di mangiare qualcosa di buono, lavorando non ho molto tempo per cucinare" rispose la donna per gentilezza, mentendo spudoratamente. Poi si allontanò andando dalla suocera, ringraziandola per l'ospitalità. *"Il prossimo anno sarete da noi, ci organizziamo, vero amore?"* "Si, certo, il prossimo anno da noi, cosi Gabri potrà farvi vedere come cucina bene. Quando ha tempo è bravissima, ma lavorando è un pasticcio" rispose Cristiano. Michele rincarò la dose: *"Le donne moderne, tutte al lavoro! A casa dovrebbero stare, uno stipendio basta e avanza!"* Gabriella non volle controbattere, per non rovinare il clima della serata, e poi il marito era già nervoso per via dell'incontro con Giuseppe. Pensava che poi avrebbe chiarito, avrebbe avuto tempo, ci voleva solo un po' e le cose si sarebbero sistemate.

La cucina era piena zeppa di vassoi con sopra cibi di ogni tipo. Pesce, carne, formaggi, frutta, uova, nocciole, noci, mandorle: sembrava un buffet di una cucina internazionale. In forno vi erano due teglie di pasta, ripiena e pasticciata.

Il campanello suonò due volte, al suono Cristiano disse: *"È arrivato mio fratello, lui suona sempre così, chissà che novità porta."* Gabriella lo guardò severa, nel tentativo di controllare il suo nervoso, Cristiano accolse lo sguardo e capì che l'espressione della moglie era di buona intenzione, così le schiacciò l'occhiolino, tranquillizzandola, e lei si sentì orgogliosa per ciò che aveva fatto.

L'ascensore si aprì e uscì Arianna, la nipotina paffuta, vestita tutta di rosso in occasione del Natale. Dietro c'era Ornella, sorridente e felice, vestita in nero, colore che adorava per gli abiti, e dietro Giacomo, anche lui sorridente, anzi raggiante, vestito di nero anche lui. Cristiano non riuscì a trattenersi e disse: *"Giacomo ma ti è morto il canarino? Siete vestiti a lutto tu e tua moglie?"* Giacomo sorridendo, con estrema calma, rispose: *"Oh, il canarino funziona benissimo, mi hai anticipato. Ornella è incinta, di 5 settimane."* Ornella diventò paonazza e guardò il marito con un pizzico di imbarazzo, per ciò che aveva detto, ma anche con orgoglio. A questa notizia, solo Michele esulto urlando: *"Bene, speriamo sia maschio allora! Gabriella, visto? Ornella è incinta!"* La notizia entrò dentro Cristiano come un Kris malese entra nella pancia delle prede cacciate. Rimase zitto, quasi immobile, ferito forse nell'orgoglio o in chissà cosa. Lui e Gabriella provavano da mesi, ma nulla.

Gabriella puntualmente aveva il ciclo. Una cambiale sulla vita. Giovanna voleva esultare ma il suo sguardo rimase appiccicato a quello di Cristiano. Giacomo percepì l'imbarazzo che la notizia aveva creato, ma tutto ciò che faceva lui creava imbarazzo, ormai era abituato. Ma non infieriva mai, la sua felicità era più importante. Non la sbandierava, ma la si percepiva.

Arianna era felice, giocava con il nonno, riusciva a dire di no alle varie portate della nonna, che la rincorreva con la forchetta piena di carne infilzata. Intanto la discussione a tavola si infuocava. Michele punzecchiò Gabriella.

"Gabriella, mangia, sei troppo magra. Così non rimarrai mai gravida, sei secca, troppo secca." *"Si, Michele ha ragione, sei*

secca. *Mangia e vedrai che rimarrai gravida anche te"* incalza-
va Giovanna. La donna si trovava fra due fuochi. Cristiano
non diceva nulla, anzi asseriva con la testa e con lo sguardo. L'imbarazzo di Gabriella era enorme come la muraglia
cinese, spessa e lunga. Ornella intervenne in sua difesa.
*"Gabriella non è troppo magra, ha il fisico asciutto, mica come
il mio! Sta bene cosi, è bella proprio perché è cosi!" "Si infatti"*
intervenne Giacomo *"io la vedo in perfetta forma."* Cristiano
strinse le mani formando un pugno, ma si trattenne dallo
sferrarlo. Tutti si accorsero di quel gesto, anche Gabriella,
sempre più imbarazzata e fuori luogo.
Fortunatamente Giacomo si mise a rincorrere la piccola,
che si nascose fra le gonne della nonna, suscitando le risate di tutti, distendendo così la situazione. La cena proseguì. Gabriella per non irritare suoceri e marito, mangiò
fino a scoppiare. Deglutiva companatico e tensione, così si
saziava di più. Era colpita dall'atteggiamento di Giacomo,
completamente diverso da quello del marito. Non si capacitava di questo. Eppure erano fratelli, con poca differenza
di età. Sembravano cresciuti in due famiglie diverse.
Cristiano però doveva in qualche modo riscattare la figu-
raccia fatta, anche se in realtà nessuno lo aveva accusato
di nulla, era lui che si sentiva in difetto. Quindi cercava di
provocare il fratello in più modi, uno su tutti, la carriera.
*"Forse fra qualche mese andrò in India. Questo poi mi permet-
terà di fare un altro passo in avanti per la gestione di un altro
settore. Solo noi dirigenti andiamo in India, dobbiamo fare una
grossa trattativa."* Poi aggiunse *"Te fai sempre l'operaio nella
tua fabbrichetta?" "Sì* "rispose il fratello *"io preferisco essere
felice. È una scelta difficile, mi rendo conto, ma preferisco così."*

La moglie lo guardò male. Sapeva che era meglio non stuzzicare Cristiano, anche se in realtà era divertita per la risposta data da Giacomo, che poi rincarò la dose aggiungendo: *"Io non riuscirei mai a stare un mese lontano da mia moglie e da mia figlia, soffrirei troppo. La sera voglio dormire nel mio letto, accanto a loro. Comunque sono molto contento per la tua carriera, sicuramente Gabriella sarà fiera di te."* Cristiano non capì l'ironia insita nella battuta e rispose: *"Certo che Gabriella è fiera di me, ovvio. Vedrai più avanti, quando potremo permetterci ancora di più."* *"Ma avete già tantissimo, cosa vuoi di più?"* *"Voglio di più, di più ancora!"*. La discussione continuò, anche se Giacomo smorzava sempre i toni, mentre Michele e Cristiano mostravano una certa aggressività.

Ornella iniziò a dialogare con Gabriella, si parlava di progetti futuri, di bimbi e vacanze. Ornella era dolcissima e delicata, non faceva domande invadenti. Invitò poi la coppia a casa loro, pur sapendo che i fratelli non si sopportavano. Gabriella accettò molto volentieri e voleva addirittura stabilire la data, ma poi pensò che era meglio parlarne prima con il marito, visto il suo carattere mutevole e variabile. Fortunatamente, è il caso di dirlo, la mezzanotte arrivò. Quindi si fece un brindisi con spumante di pessima qualità, e poi tutti a casa. Giacomo e Ornella erano giustificati, c'era la piccola da mettere a letto. Subito dopo anche Cristiano e Gabriella andarono a casa.

A parte criticare Giacomo non c'era molto da dire. In auto Cristiano sembrava galvanizzato, continuava a parlare male del fratello. Ad un certo punto disse anche: *"Chissà se è veramente suo il figlio che la moglie porta in pancia, con quelli non mi stupirei di niente."* Gabriella non capiva tutta questa cattiveria, a lei Giacomo e Ornella erano simpatici, e le piaceva anche la piccola Arianna, sempre attenta e sveglia, nonostante la tenera età. Ovviamente non prese le difese del cognato, meglio evitare inutili ire da parte del marito. Arrivati al parcheggio di casa, erano ancora visibili le luci degli appartamenti, era mezzanotte e quarantacinque, quindi non tardissimo per essere la vigilia di Natale. La coppia entrò a casa, Cristiano incredibilmente faceva il seduttivo con Gabriella, forse era stato il vino, o lo spumante. Iniziò a baciare la moglie sul collo, stringendola da dietro, procurandole per la prima volta dei brividi di piacere. Poi Cristiano spense le luci, prese la moglie in braccio continuando a baciarla e la sistemò nel letto.

Aveva il fiatone, non era abituato a questo tipo di fatiche. Lentamente tolse il vestito alla moglie, accarezzandola e baciandola come mai successo prima. Gabriella era quasi paralizzata da questa reazione, sentiva il marito veramente carico, non frettoloso, amorevole davvero. Lentamente anche Cristiano si spogliò, Gabriella lo intuì dal rumore quasi sibilante che gli abiti fanno mentre si sfilano. Poi le fu sopra, Gabriella divaricò le gambe e lo accolse, era decisamente eccitata. Nemmeno un sospiro e tutto finì.

Cristiano diede un pugno alla testiera del letto, che fece vibrare anche il muro. Poi si alzò come una furia e andò in bagno, riempiendo anche la parete di pugni. Gabriella si alzò e andò incontro al marito. *"Cristiano, amore, stai tranquillo. Sono cose rimediabili, non ti preoccupare"* disse tutto al buio. Nessuna luce era accesa in casa, sembrava che il buio dovesse coprire incapacità e chissà che altro ancora. Tornando a letto, Cristiano rimase zitto per tutto il tempo che rimase sveglio, non una parola. Solo sguardi persi nel buio.

Poi si addormentò, con tutto il suo carico di aggressività. Il giorno dopo fu Natale, i genitori di Gabriella aspettavano la coppia alle 11,30 e loro arrivarono puntuali come una cambiale. L'abbigliamento era lo stesso della sera precedente, compreso il pessimo umore di Cristiano, sempre mutacico con spunti di romanticismo immediatamente trasformati in scatti d'ira. La giornata era meravigliosa. Un dicembre atipico. Il sole splendeva come non mai e sembrava guardare la coppia con simpatia. Aria fresca ma non gelida. Cielo azzurro intenso. I due coniugi si avviarono a piedi verso casa dei genitori di Gabriella. Via Roma era semideserta, le persone erano riunite in casa per festeggiare, solo qualche scoiattolo dissotterrava qualche ghianda nascosta in estate. Le foglie marce di umidità odoravano di muffa, di stantio. La piazza era piena di gente che usciva dalla Messa, per cui Cristiano volle passare da una via laterale, non aveva voglia di vedere nessuno, costringendo per l'ennesima volta Gabriella ad un isolamento forzato. Ormai non vedeva gli amici da mesi. Da lontano Orietta la vide e lanciò un saluto. Gabriella fece finta di non vedere, per non irritare il marito.

Il pranzo di Natale fu scandito da portate semplici e qualche piccola umiliazione da parte del padre. Una giornata normale... come tante. Come troppe.

28.

Il periodo natalizio passò noioso e lento. La coppia stava in casa a non fare nulla. Cristiano doveva riposarsi dalle lunghe giornate lavorative e doveva ricaricarsi per quelle che doveva affrontare. A febbraio sarebbe partito per l'India, un altro passo importante per la sua carriera. Anche il 31 di dicembre passò. La casa della coppia era piena solo di noia. Non attesero nemmeno la mezzanotte. Il telefono fu staccato per evitare gli inutili auguri e andarono a dormire.

Arrivò il due di gennaio. Gabriella riprese a lavorare, e anche Cristiano. Quindi al mattino si salutarono come piccioncini e via alle proprie destinazioni. Alla casa editrice il lavoro attendeva e anche Giuliana. Ma questa volta Gabriella appena la vide disse: *"Ciao, tutto bene, ho già fatto colazione, non ho voglia di brioche"* gelando il sorriso della collega. Quel giorno non era di buon umore: anche quel mese il ciclo era arrivato puntuale.

La donna iniziava a sentirsi inadeguata, non fertile, non donna. Certo, i tentativi erano poco frequenti e per nulla soddisfacenti, del resto non si cercava il piacere ma il concepimento. Non era il caso di parlare di questo con Roberta e Valentina, in effetti il tempo trascorso era proprio poco. Comunque dopo la giornata lavorativa Gabriella andò a trovare la madre, forse con lei qualcosa avrebbe detto. Certo fra loro la confidenza era praticamente nulla, ma era pur sempre sua madre. Il freddo pungente, arrivato d'improvviso, congelava anche la voglia di pensare.

Il treno per il ritorno trasportava fantasmi infreddoliti. Il buio e i vetri appannati impedivano di guardare fuori. I visi dei passeggeri erano stanchi e cupi, ma forse era lei che in quel momento vedeva tutto così. Odore di muffa, odore di stantio. Come la vita di Gabriella in quel momento. Scesa dal treno, pochi centinaia di metri e arrivò a casa della madre. La piazza era vuota, vi era solo l'auto di qualche pendolare che sparì poco dopo nel buio della sera. Gli autobloccanti, umidi e zeppi di foglie marce, mai spazzate, creavano un tappeto che nascondeva desideri nascosti. Il campanello suonò e dopo il classico "Chi è?" Gabriella, dopo la risposta, entrò in casa. L'atmosfera era la solita. Pattine, profumo di mobili puliti e di candeggina. Vi era anche profumo di qualcosa di buono.

Dell'ottima salsiccia, cibo alquanto anomalo in casa di Domenico e Mariuccia, accompagnata da polenta gialla.

La situazione mise allegria a Gabriella che esclamò: "Ciao mamma, ma che bella novità, deve essere ottima la cena questa sera!" "Si, questa è la novità. Tuo padre mi ha ordinato di cucinare così dopo che siamo andati a cena dai tuoi suoceri" rispose Mariuccia, con decisione. "Ordinato? Ma mica siamo al ristorante..." Dopo un lungo silenzio, che ricordava quelli di Cristiano, rispose quasi con rabbia: "Mica voglio fare arrabbiare tuo padre, ai mariti si deve obbedire."

Dopo questa frase, Gabriella decise di non dire nulla della sua gravidanza che non arrivava, meglio evitare. Dopo delle finte chiacchiere a parlare di nulla, Gabriella si avviò verso casa. Il buio ormai copriva tutto. La torre campanaria stava lacrimando di umidità. Forse lacrimava anche per altro. Erano ormai le otto di sera, la donna entrò in casa. Percepì qualcosa di strano, ma non diede peso a quella sensazione. Le luci erano spente, ma Gabriella si muoveva bene lo stesso, conosceva a menadito gli angoli e gli anfratti della sua dimora. Doveva cucinare, il buio adesso doveva essere eliminato. Accese la luce del tinello e improvvisamente una voce la fece sussultare: "È *questa l'ora di arrivare? Dove sei stata?"* Cristiano era arrivato prima a casa e aveva aspettato la moglie nascosto in casa, con la luce spenta. Un urlo uscì dalla bocca della donna, il cuore sussultò nel petto, e quasi esplose per lo spavento.

"Hai la coscienza sporca? Perché non rispondi?" incalzò ancora Cristiano. Gabriella si sedette su una poltrona, con il fiato corto e lo spavento come vestito. Con le lacrime agli occhi disse: *"Sono stata da mia mamma."* La cosa incredibile fu che aveva assunto d'impulso un tono giustificativo. *"Sono andata a trovarla, non vado mai. Lei è sola, mio papà è spesso dagli amici."* Cristiano si piantò a due centimetri dalla moglie, la sovrastava con tutta la sua altezza. Le mani erano serrate, chiuse in un pugno. Uno sguardo la penetrò fin dentro il cuore. Trafitta da una coltre di violenza senza colpi, si rannicchiò, incapace di ribattere alle accuse del marito. Cristiano si allontanò, si chiuse in bagno, Gabriella sentì l'acqua della doccia scrosciare e colpi forti sul muro. Il campanello trillò. Un'altra scossa attraversò Gabriella. Saltò dalla poltrona, disse: *"Arrivo!"* Poi andò al lavandino, si bagnò gli occhi, aprì la porta del frigo e prese una cipolla, che tagliò in due. Andò alla porta e aprì. Si trovò davanti Giuseppe, il vicino di casa, in tuta e maglietta, che disse: *"Tutto bene? Ho sentito urlare, stanno girando molti ladri."* Giuseppe vide la cipolla in mano e il viso di Gabriel-

la inumidito dalle lacrime, poi esclamò: *"Forse la cipolla è troppo forte?"* Gabriella si mise a ridere in modo meccanico prima e quasi naturale poi, la tensione si stava sciogliendo. Poi disse: *"Cristiano si sta facendo la doccia ed è scivolato, si è fatto male ed ha urlato. Tutto qui, comunque grazie, nessun ladro."* *"Va bene, comunque se hai bisogno fai un fischio, chiaro?"* disse Giuseppe con sguardo severo, poi salutò e andò via. Alla porta vi era anche Giada, pronta a sostenere il marito, se mai ne avesse avuto bisogno.

Le due porte si chiusero, chiudendo due realtà completamente diverse. Felicità in una casa e clima di tensione nell'altra.

Poco dopo Cristiano uscì dal bagno, in pigiama, con il viso truce. *"Chi era alla porta?"* *"Era Giada, aveva bisogno di due uova"* rispose Gabriella immediatamente, ma senza guardarlo negli occhi. Poi il marito si avvicinò e disse: *"Devi scusarmi, a volte sono troppo nervoso. Sai, non ti ho trovato in casa, ero uscito prima per farti una sorpresa."* Gabriella era stordita, le scuse erano sempre ben accette, erano la gomma che cancellava ogni offesa. Quindi si girò e diede un bacio sulle labbra al marito, che quasi commosso l'abbracciò forte.

Quella notte Gabriella dormì poco, un senso di inquietudine l'avvolgeva, non sapeva dare significato a quanto successo. Il pensiero si focalizzò sul marito, l'atteggiamento di quella sera l'aveva scossa, aveva percepito una grossa violenza. Ma poi alla fine era riuscita a controllarne la rabbia, certo con qualche bugia, ma era riuscita. E poi, il marito aveva chiesto scusa e l'aveva anche abbracciata. Verso le 5 di mattina si addormentò, ma ormai mancava poco alla sveglia, che immancabile suonò.

A mattino la coppia si alzò assieme. Cristiano prese possesso del bagno mentre Gabriella iniziò a preparare il caffè e le fette biscottate imburrate e poi spalmate di marmellata. Si misero poi ai lati del tavolo e mangiarono, senza dirsi nulla. Quando Gabriella andò in bagno, lo specchio restituì l'immagine di una donna cupa, quasi grigia, con profonde occhiaie che le segnavano il viso, senza un sorriso. I denti erano nascosti dalle labbra serrate. Non vi era la felicità a dare luce alla nuova giornata. Ovviamente la donna razionalizzò imputandone il motivo alla stanchezza del momento. Dopo che i due si prepararono, un timido bacio sulle labbra suggellò il saluto che li portava al lavoro.

Gabriella arrivò alla stazione accompagnata da un senso di vergogna. Ma vergognarsi di cosa? Forse di non avere ancora dei figli? Non riusciva a mettere a fuoco il pensiero. Iniziò ad evitare gli sguardi degli amici che prendevano il treno con lei.

29.

Da quel giorno Gabriella arrivò in stazione sempre più tardi, giusto in tempo per prendere il treno, così facendo si isolava o almeno evitava gli altri.

Il tempo passava, la primavera bussava alle porte. Una sera, Cristiano non era ancora arrivato a casa, Gabriella ricevette una telefonata da Ornella, la cognata, che invitava la coppia ad una cena a casa loro, poiché il viaggio in India era stato rinviato a data da determinare.

Gabriella fu contenta dell'invito, ma per prendere una decisione doveva attendere l'assenso del marito, visto che i rapporti con il fratello non erano assolutamente buoni. La data presunta per l'incontro era per il sabato pomeriggio successivo con cena a seguire, un modo per incontrarsi e conoscersi meglio. Appena arrivato il marito, Gabriella comunicò la proposta, molto timidamente. Cristiano accettò, commentando: *"Sì, va bene, andiamo. Così vedi come vive mio fratello. Vedrai come sono storditi lui e la moglie e capirai meglio chi hai avuto la fortuna di sposare."* Gabriella asserì senza aggiungere nulla, non voleva irritare il marito. A dire il vero era curiosa di vedere la casa di Ornella, Giacomo e Arianna.

Quella sera il menù fu abbastanza triste, anche se molto simile a quello di infinite altre sere: cena semplice, poche parole e sesso sbrigativo.

Arrivò il sabato. Quella mattina Cristiano, quasi colto da un fulmine, appena alzato disse con grande entusiasmo: *"Gabri, andiamo a fare colazione fuori? A Vinovo c'è un bar magnifico che ha delle brioche fantastiche. Poi magari andiamo anche a pranzo fuori, e di pomeriggio andiamo da mio fratello."* "*Va bene, mi preparo e andiamo"* rispose la donna senza pensarci troppo. Doveva approfittare di quegli slanci di vitalità.

La giornata passò piacevolmente. Cristiano spesso stupiva Gabriella per via di questi suoi cambi repentini di umore. In realtà un buon osservatore esterno avrebbe colto che, anche quando era gentile e amorevole, sembrava contenersi, era contratto, guardingo. Arrivò il momento di recarsi a casa dei cognati. Volvera era vicina.

La coppia lentamente si avviò. Cristiano sembrava carico, pronto alla guerra. Nonostante la sua postura chiusa, il viso sembrava avere un ghigno particolare. Gabriella non disse nulla, stava imparando a non stuzzicare il marito, o meglio a controllarlo, come pensava lei.

Parcheggiarono l'auto dinanzi ad un piccolo villaggio di villette a schiera, simile a quello in cui abitavano loro: anche l'edilizia ha le proprie mode e quei tipi di villaggi crescevano come funghi. La casa da fuori era graziosissima. Un piccolo praticello verde brillante attraversato da un vialetto in pietra bianca, che conduceva alla porta. Il classico tappeto con su scritto "Benvenuti" sembrava incorniciare il tutto con un' aurea di romanticismo, quasi da favola. Dopo aver suonato il campanello, e atteso qualche secondo, la porta si aprì e Ornella accolse la coppia con un sorriso timido ma sincero. Dietro di lei subito Arianna, che con un sorriso spudorato disse: "*Ciao zii, venite, ho cucinato per voi*" alludendo ai suoi giochi. L'ingresso era accogliente, come il resto della casa. Gabriella rispose calorosamente: "*Oh Arianna, dimmi: cosa hai cucinato? Fammi assaggiare qualcosa.*" Detto questo schiacciò l'occhiolino ad Ornella e, dopo una carezza leggera alla pancia, seguì la nipotina in un'altra stanza.

Cristiano salutò educatamente, almeno con il tono di voce, ma l'espressione denunciava una sorta di ironia e superiorità. Giacomo accolse il fratello con un grande abbraccio, che ebbe una risposta fredda, immobile. Giacomo indossava pantaloni neri e maglia nera, abbigliamento che esaltava la sua espressione schietta, che non nascondeva nulla. Ornella arrivò in salotto con un carrellino con sopra tutto l'occorrente per il the, compresi biscotti e torta fatta in casa. La pancia adesso era evidente, la gravidanza procedeva bene. Le due coppie ed Arianna si sedettero in salotto, Arianna era vicino a Gabriella e faceva gli onori di casa.

Poi iniziò il dialogo fra i quattro adulti. "*Ornella, vedo che la pancia cresce, tutto bene? Hai qualche fastidio?*" "*No, tutto bene. Ho avuto qualche nausea all'inizio, ma poi basta, è passata! Domani abbiamo l'ecografia.*" A Gabriella colpì la parola "abbiamo" l'ecografia: l'evento sarebbe stato condiviso da tutti, sia Giacomo che Arianna sarebbero stati presenti. "*Bene!* "continuò Gabriella "*allora saprai se è maschio o femmina!*" "*Femmina, femmina,*" disse ridendo Arianna "*voglio una sorellina!*" suscitando le risate di Ornella e Gabriella, mentre Cristiano era statuario, quasi inespressivo.

Il discorso sulla gravidanza probabilmente lo feriva, forse non si sentiva all'altezza del fratello, che in questo caso l'aveva superato. Non si soffermava sul fatto che fosse un "superamento" non volontario, anche perché Giacomo non amava mettersi in competizione su questioni inutili. Però Cristiano esordì, come spesso ormai, in maniera aggressiva: *"Non rimane incinta, niente da fare. Mi sa che fra poco Gabriella andrà a fare qualche visita da uno specialista, secondo me non è fertile."* Gabriella si sentì trafitta da una spada dritta al cuore. Rimase senza parole, deglutì il boccone e l'umiliazione senza una smorfia. Ma Giacomo, educatamente, rispose: *"State tranquilli, mica sempre si concepisce subito. E poi comunque le cause possono essere molte, anche lo stress o il cambiamento potrebbero essere motivi passeggeri... La sterilità deve essere provata."* Cristiano si sentì aggredito e rispose: *"Vuoi dire che lo sterile o impotente sono io?"* *"No, no, no, stai tranquillo! Non intendevo assolutamente questo! Dicevo che le cause possono essere molte, e poi siete giovani, avete tutto il tempo che volete!"*

Cristiano si trattenne a stento, era evidente che stava per scoppiare anche questa volta. La tensione era palpabile, quindi Gabriella, per controllare la situazione, si alzò dal divano e disse, apparentemente tranquilla: *"Cristiano, tu il tuo dovere lo fai, non c'è nessun dubbio! Vediamo più avanti cosa accade, sicuramente è colpa mia. Anche mia madre ha avuto difficoltà a rimanere incinta di me! Più avanti farò qualche visita, senza nessun problema!"* Questa affermazione mise in condizione Cristiano di affermare la propria virilità e di essere accettato come uomo capace anche di fare l'amore.

Si rasserenò un po', ma le battute nei confronti del fratello a volte venivano fuori come saette inaspettate.

Arrivò il momento della cena. Ornella come primo piatto servì in tavola una zuppa di patate e cozze, una vera prelibatezza: il profumo esaltava le papille gustative e i crostini di pane, sopra di esse, sembravano piccole zattere di piacere puro. Tutti erano seduti attorno al tavolo e, mentre gli adulti gustavano il tutto, Cristiano attaccò così: *"Gabriella prepara solo frittate, ho il fegato gonfio ormai."* Altra stilettata gratuita, inutile e non vera. Questa volta fu Ornella ad intervenire. *"Magari ha poco tempo, e comunque la frittata è ottima! Aiutala, magari cucina qualcosa tu, qualcosa che ti piace!" "Sì, ha sempre fretta. Quel lavoro le prende troppo tempo, dovrebbe stare a casa, così magari rimarrebbe incinta e cucinerebbe qualcosa di decente."* Giacomo però, sempre mantenendo la calma, rispose redarguendo il fratello: *"Il lavoro non serve solo per i soldi, ma per mantenere l'indipendenza e una propria realizzazione personale. E poi i contatti sociali che si creano sono utili." "Le colleghe di Gabriella non mi piacciono, la chiamano spesso anche di domenica magari per proporle qualche uscita! Ma è una donna sposata, la sera deve stare con me." "Uscire qualche volta non è mica un reato!"* rispose Giacomo, creando una smorfia nel viso di Cristiano. Fu nuovamente Gabriella a mettere tutto a tacere, controllando o pensando di farlo, l'aggressività del marito: *"Tanto la sera non esco, sono stanca, preferisco stare a casa."* Era sempre lei a concludere le potenziali discussioni, prendendosi, eventuali, colpe e responsabilità.

La cena proseguì con altre portate, semplici ma gustose. Ovviamente vi furono altre battute poco felici di Cristiano, sedate dalla moglie.

La serata di Gabriella e Cristiano si concluse a casa loro, con un amplesso come sempre frettoloso e per nulla piacevole.

Il giorno dopo Gabriella si recò al lavoro. Il lunedì era sempre un giorno particolare. C'era lo show di Giuliana, che doveva lamentarsi di tutti i suoi parenti, dei vicini e dei colleghi di altre case editrici. Sembrava che senza un nemico non sapesse vivere. Era veramente pesante doverla ascoltare, ma soprattutto lavorare era difficile con la sua voce nelle orecchie e nel cervello. I suoi discorsi ruotavano su critiche, giudizi, curiosità, egocentrismo e finte sofferenze: era chiaro che provasse un piacere quasi fisico nell'espansione della sua morbosità, la bava attorno agli angoli della bocca così copiosa ne era la prova. Usava parole forbite e citava frasi famose pensando di colpire con la sua competenza, mentre ispirava solo un senso di fastidio dato dalla superbia travestita da perbenismo.

Fortunatamente Roberta e Valentina, ormai abituate a lei, avevano attivato dinamiche di solidarietà atte a sgusciar via dalle situazioni ambigue, e le estendevano anche alla nuova collega.

Tutto desiderava Gabriella, tranne che la sua titolare mettesse il naso nei suoi affari.

30.

Una sera Cristiano arrivò a casa euforico, addirittura raggiante. Un enorme mazzo di rose rosse e gialle coprivano il suo viso. *"Gabri, vado in India, vado in India!! Al mio ritorno sarò definitivamente promosso ad un altro ruolo ancora più importante, capisci? È fantastico, fantastico davvero! Dai festeggiamo, andiamo a mangiare la pizza!"* In realtà la cena era pronta ma la donna non poteva dire di no al marito. Contraddirlo voleva dire farlo arrabbiare e avrebbe tenuto il muso per molto tempo. Meglio evitare; avrebbe messo il cibo cucinato in frigo. *"Si amore, andiamo. Così mi racconti tutto"*.

Rimasero nella pizzeria del paese, quella sera semivuota, e si sistemarono in un tavolo appartato, l'uno di fronte all'altro. Cristiano sciorinò tutti i particolari, sarebbe stato via un mese e mezzo, e al suo ritorno la sua carriera e il suo stipendio sarebbero migliorati ulteriormente. Si sarebbero sentiti regolarmente e si sarebbero visti in skype.

Il viaggio sarebbe stato imminente, da lì a pochi giorni.

Gabriella ascoltava ed asseriva, anche lei era felice. Non capiva se la sua felicità fosse dovuta al fatto che per un po' non avrebbe visto il marito o per ciò che diceva lui. Poi cacciò via questo pensiero, era troppo cattivo per poterlo accettare. Finita la pizza andarono a casa e l'euforia si concluse con un rapporto come sempre veloce ed insoddisfacente.

Il giorno della partenza Gabriella prese un giorno di ferie e accompagnò il marito in auto fino a Milano, voleva salutarlo e stare con lui fino all'ultimo minuto possibile. Durante il viaggio in auto Cristiano stabilì altre regole: *"Allora, devi tenere skype acceso da quando arrivi a casa fino al mattino dopo, quindi dalle 18,30 circa alle 07,00 del mattino. Non so a che ora potrò chiamare, quindi devi tenerti pronta. Il sabato e la domenica tienilo acceso tutto il giorno e la notte."* *"Si Cristiano va bene, lo farò, ma mi sembra eccessivo."* *"Sai che ti amo e che non potrei vivere senza vederti."* *"Va bene, va bene."* Cristiano fu molto carino, decisamente amorevole, addirittura romantico. Poi mangiarono qualcosa assieme. Gabriella vide l'aereo decollare e si sentì sollevata… come l'aereo.

Il viaggio di ritorno lo fece con la musica a volume altissimo e con il finestrino abbassato, nonostante il freddo ancora pungente. Rideva da sola di questo suo atteggiamento. *"Sono tornata bambina"* pensava. Forse sarebbe stato meglio realizzare "sono tornata libera". Ma questo pensiero era troppo forte anche per essere pensato e i pensieri forti fanno rumore nella testa, si scontrano e urtandosi fanno scintille che illuminano a giorno anche le parti più buie della nostra mente, meglio pensare in silenzio. Arrivò a casa dopo almeno tre ore, c'era coda sulla Tangenziale… Però non era un problema, anzi, stare in mezzo al traffico rallentato era una piacevole pausa dove poter ascoltare altra musica e poter assaporare altra aria. Arrivò a Candiolo verso le 16,00 circa.

Avrebbe voluto passare da sua madre, ma sicura
mente era impiegata già a preparare la cena. Allora appena giunta a casa prese il telefono e fece un giro di telefonate, voleva uscire e vedere della amiche. Telefonò ad

Orietta ma, essendo un giorno feriale, lei aveva impegni con la famiglia e non poteva uscire, programmando però di vedersi il sabato successivo. Quindi l'aspettava una serata in piena libertà. Doccia calda, molta schiuma, musica ad alto volume, libertà a volume ancora più alto. Le 18,30 giunsero in fretta. Anche se Cristiano era in volo, Gabriella accese il computer e si connetté in skype. Vide una richiesta di amicizia, ma non l'accettò. Trovò la cosa alquanto strana: l'account era stato creato dal marito e aveva solo lui come contatto, Cris123. Questo era il suo nick, mentre quello di Gabriella era Gabri.Gabri123.

La notte passò serena. Il giorno dopo il lavoro passò dalla madre per un semplice saluto. Doveva arrivare a casa per le 18,30, orario in cui il marito avrebbe potuto connettersi su skype. Un saluto a Giuseppe sempre sorridente e gaio, incontrato sul pianerottolo, e poi subito dentro casa. Immediatamente si liberò dei vestiti e accese la radio. Indossò una tuta larga, voleva sentirsi libera. Accese il computer portatile e si connetté. Ancora il marito non era connesso. Quindi iniziò a cenare con di veramente liberatorio: Kepab, patatine fritte e gelato, il tutto acquistato in un negozio vicino casa. Gabriella aveva voglia di tutto quello che non poteva fare quando il marito era in casa. A Cristiano l'odore di kepab dava fastidio e le patatine fritte erano pesanti da digerire.

Il cellulare squillò, era il marito. *Ciao amore, sono arrivato e mi sono sistemato in albergo." "Ciao Cris, sono contenta di sentirti, cominciavo a preoccuparmi. Non sei riuscito a connetterti?" "Qui è tutto un pasticcio, mi connetto con difficoltà. Ho preferito telefonare, ma tu tieni sempre acceso, magari la con-*

nessione arriva all'improvviso. Probabilmente nel prossimo albergo andrà meglio" rispose il marito concitato. *"Allora, cosa mi racconti"* chiese Gabriella. *"Mi manchi Gabri, mi manchi. Qui è tutto strano e ancora ho visto poco. Sono andato in fabbrica una volta e una volta a pranzo. Non ho mangiato nulla, è tutto sporco."* *"Mi spiace amore, ma non hai alternative?"* *"No, nessuna alternativa, almeno per ora. Poi vediamo più avanti. Adesso devo andare amore, ti chiamo o mi connetto appena posso."* *"Va bene, a presto, mi manchi anche tu. Ciao e riguardati."*
La conversazione si chiuse in fretta, ma in effetti Cristiano sembrava in difficoltà, proprio per via della connessione.
Subito dopo in skype il contatto che chiedeva l'amicizia inviò un messaggio, un semplice *"ciao"*, ma Gabriella non rispose. Non voleva rispondere ad uno o una sconosciuta e poi... il kepab, le patatine ed il gelato non potevano attendere ancora.
Poco dopo andò a letto ed il sonno la rapì in un momento.
Il mattino dopo si alzò alla solita ora. Dopo essersi preparata con calma, ascoltando la musica, gettò uno sguardo sul portatile e notò che vi erano molti *"ciao"* inviati dal contatto in attesa di amicizia. La cosa la incuriosì. Ma continuò ad ignorare i messaggi.
Roberta era veramente divertente a volte, e quel pomeriggio propose un' uscita per un aperitivo. *"Dai Gabri ci prendiamo un aperitivo! Questa sera sei libera, tuo marito è lontano, sei sola! Almeno ti godi un po' di compagnia!"* *"Grazie Roby. mi piacerebbe, ma devo essere a casa alle 18,30, Cristiano potrebbe chiamarmi in skype, preferisco essere a casa"* rispose con calma. Roberta la guardò seria e chiese: *"Scusa, ma avete appuntamento? Oppure chiama se riesce o può?"* *"Chiama se*

riesce, non sempre la connessione lo consente." Roberta strabuzzò gli occhi, guardò seriamente la collega negli occhi e disse: "*A me sembra più un controllo, ti costringe a stare a casa! Magari anche sabato e domenica.*" Gabriella non capiva, o forse cercava di non capire, che in effetti era senza Cristiano a casa, ma costretta a stare in casa ad orari così ben definiti, quasi una prigionia organizzata.

Ovviamente cacciò questo pensiero in qualche angolo della sua mente, come ormai faceva per abitudine.

Comunque decise di non uscire e rispose a Roberta mentendo anche a se stessa: "*Facciamo un' altra volta, devo passare anche da mia madre.*" La conversazione si interruppe perché Giuliana entrò nella stanza.

Il tragitto in treno fu pieno di pensieri poco chiari... "*Se non mi trova a casa si arrabbia... Io sto a casa proprio per non farlo arrabbiare, non perché sono costretta... O forse no...*" Poi il suo amico Alessandro la vide e calorosamente la salutò.

Era da tempo che i due non si vedevano, così iniziò una lunga chiacchierata che distolse la donna dai suoi pensieri.

Il treno svuotò parte del suo carico alla stazione di Candiolo. Anime in cerca di conforto? Alcune sicuramente.

La nebbia ed il crepuscolo confondevano e mimetizzavano le infelicità. Solo i pochi studenti sembravano allegri e vogliosi di continuare la vita anche dopo le 17,30.

Gli altri sembravano corpi trascinati da inerzia antica.

Dopo aver gettato uno sguardo dentro la buca delle lettere, entrò in casa e un bel tepore la accolse. Vi era ancora l'odore del kepab della sera prima. Non aveva aperto le finestre, su consiglio di Cristiano, per mantenere il calore e rendere la bolletta meno cara. Doveva preparare qualcosa per cena, ma non aveva voglia di cucinare e trafficare ai fornelli. Quindi dopo essersi cambiata mise l'antifurto e accese la televisione. Un senso di costrizione la colse, pensava alle parole di Roberta. Alla prigionia, alla libertà. Poi un bip la incuriosì. Su skype il contatto che aveva chiesto l'amicizia aveva inviato un altro messaggio, sempre un semplice ciao. Gabriella non rispose, non aveva voglia di chattare con un estraneo. Poi era in attesa della chiamata del marito, chiamata che arrivò esattamente un minuto dopo. Il suono riempì tutta la casa, entrò fin dentro i muri e, come un martello pneumatico rompe l'asfalto, la vibrazione toccò l'anima. Un click e la comunicazione si aprì e il viso del marito si formò sul monitor del portatile. *"Ciao amore, come va?"* esordì Cristiano, mostrando un volto tra il sofferente e l'arrabbiato. *"Ciao amore, qui va bene, sono tornata da poco. Hai cambiato albergo?"* *"Si ho cambiato, adesso va meglio, sono a New Delhi. Ho una connessione migliore ma non so quanto tempo rimarrò qui."* Cristiano sembrava volesse entrare in casa, sembrava quasi protendersi, abbattere la barriera dello spazio e presentarsi davanti alla moglie. Il suo sguardo vagava nella stanza, come un controllore quando entra in un autobus di periferia. Poi continuò: *"Qui è tutto uno schifo, si mangia malissimo ed è tutto sporco. E poi questi indiani non capiscono niente, sono ottusi, incapaci, pigri, luridi, ridono e basta. La prossima volta vieni anche tu, così ti rendi conto di quello che faccio per la mia carriera e il nostro futuro."* Gabriella rimase colpita da questa frase, mia carriera e nostro futuro. Comunque non era il caso di puntualizzare in quel momento, e rispose con calma: *"Mi spiace amore mio, cerca di resistere. Quando torni ti preparo quello che vuoi da mangiare." "Cosa fai adesso?"* incalzò Cristiano. *"Fra poco andrò a dormire, cosa vuoi che faccia? Sono stanca e poi domani devo andare a lavorare." "Sei sicura?" "Certo che sono sicura, che domande! Cosa vuoi che faccia?"* Il tono di Gabriella era un po' irritato, non comprendeva l'atteggiamento del marito, cosa voleva insinuare? Cristiano rispose quasi arrabbiato: *"Devo andare adesso, ti lascio, mi raccomando!" "Si buonanotte, chiama quando vuoi".*

Cristiano lanciò un bacio con la mano e chiuse la conversazione, lasciando la moglie irritata e colpevole di nulla, ma colpevole in ogni caso. Gabriella prese un pacchetto di patatine, lo aprì con rabbia e divorò il contenuto, masticando con forza, quasi mordendo con collera anche l'aria.

Un altro bip uscì dal portatile e un altro ciao comparve nella finestra di conversazione. La donna stanca e coperta da una sensazione di disagio chiuse skype e anche il portatile e si mise a letto.

Il letto non era vuoto, sembrava che Cristiano fosse là, presente, con tutti i suoi lamenti e la sua forfora. Il nervoso arrivò alle gambe, che irrequiete si muovevano, impedendo il sonno. Gabriella si alzò, si preparò una camomilla, calda, bollente. Si fece coccolare dal tepore e si fece abbracciare dal sapore intenso, dolce. Stringeva la tazza fra le mani, lasciando fluire i pensieri strani, che come vapore volarono via. Dopo un'ora circa il sonno si impossessò di lei, donandole un po' di ristoro.

Il mattino dopo era visibilmente stanca, abbattuta, sconfitta.

Roberta intuì che qualcosa non quadrava, ma lasciò stare, ci pensava già Giuliana a fare domande, non voleva essere anche lei incalzante. Non avevano mai visto Gabriella così irritata, metteva una barriera fra lei e le colleghe solo con l'espressione del viso. Il ritorno in treno fu una sofferenza indicibile, nessuna voglia di parlare ma tanti visi conosciuti intorno; quindi sorriso di circostanza e un libro, trafugato dalla casa editrice, per mettere uno stop ad ogni tentativo di contatto. Anche quella sera appena giunta a casa si spogliò e accese il portatile. Sembrava una routine consolidata. Appena aprì skype vide molti messaggi dal contatto non conosciuto, dei semplici ciao, ma numerosi. Gabriella senza pensarci troppo accettò l'amicizia e rispose con un altro ciao. Non era online quindi il messaggio rimase come inviato, sarebbe stato letto appena la connessione si stabiliva. Noia totale, adesso si rendeva conto che in effetti la chiamata ad orario era un capestro, ma non volendo far irritare il marito rimase in casa a non fare praticamente nulla. Improvvisamente un bip familiare catturò la sua attenzione. Il contatto, il cui nick era belluomo555, aveva risposto con un altro ciao. La donna presa da noia e dovendo tenere skype connesso, rispose…"Ciao a te, dimmi, chi sei?" "Sono belluomo555, ho visto il tuo nick e ti ho contattato per due chiacchiere… Ho visto che sei di Candiolo e immagino anche che tu sia una donna." Gabriella rimase colpita da questo fatto, non aveva costruito lei il suo account ma l'aveva costruito Cristiano, evidentemente aveva messo il luogo e altri dati ancora. Poi rispose "Sì, sono di Candiolo e sono una donna, certo. Tu chi sei e da dove stai digitando?" La donna era incuriosita e divertita, questa chat era un innocente diversivo alla noia serale. "Io sono belluomo555 e sto scrivendo da Tori-

no." *"Nick molto curioso, ma qual è il tuo vero nome?"* *"Questo lo saprai dopo. Il tuo nick è Gabri.Gabri123 quindi immagino che tu ti chiami Gabriella."* *"Non posso nascondere questa evidenza, ma visto che non mi dici come ti chiami io non dico altro di me, così siamo pari."* *"Adesso devo andare, ci sentiamo un'altra volta."* La conversazione si chiuse senza che Gabriella potesse replicare, il contatto si mise subito offline. Quindi Gabriella preparò qualcosa di frugale per cena, con la televisione accesa, in attesa di una eventuale chiamata del marito, che arrivò dieci minuti dopo.

Gabriella rispose e accese la cam sfoderando un bel sorriso. Cristiano era ombroso, cupo, decisamente irato. *"Cosa succede amore, giornata pessima?"* chiese Gabriella. Un lungo silenzio, troppo lungo, come spesso capitava, e poi:*"Si, giornata terribile. E tu ti sei divertita?"* Il tono era veramente provocatorio, anche lo sguardo lo era. *"No amore, sono andata a lavorare, come sempre."* Anche dopo questa frase un lungo silenzio spaccò lo schermo. *"Lavorare, sì. Comunque adesso devo andare, ho fretta, ci sentiamo quando posso."* E la chiamata si chiuse, senza aggiungere una parola.

Gabriella, interdetta e confusa, pensò più volte se l'atteggiamento del marito potesse essere causa sua. Cosa aveva fatto per averlo fatto irritare così tanto? Forse l'abbigliamento o l'espressione del viso? Davvero non sapeva che spiegazione dare. Irritata da se stessa, andò a letto, girandosi e rigirandosi tutta la notte. I pensieri si stropicciavano e si contorcevano, senza sbrogliarsi per dare una soluzione.

Finalmente arrivò il sabato, Gabriella restò nel letto un po' di più. La prospettiva di accendere skype e rimanere in attesa di una chiamata da parte del marito la infastidiva parecchio. Ancora risuonavano in mente le parole di Roberta: controllo, costrizione...

Aveva preso coscienza che anche da lontano Cristiano la controllava, sembrava addirittura spiarla. Presa da spirito di ribellione, balzò dal letto e si attaccò al telefono. *"Pronto Orietta? Che fai di bello? Oggi sono libera tutto il giorno, ci vediamo?" "Ciao Gabri, è da secoli che non ti si sente! Vieni a pranzo da noi, così chiacchieriamo un po'. Dopo pranzo Giuseppe e i ragazzi escono, possiamo rimanere sole! Se vuoi vieni anche adesso, così mi aiuti a preparare il minestrone."* Gabriella rispose con grande entusiasmo: *"Perfetto, mi preparo e arrivo, passo un attimo a prendere qualcosa." "Il dolce è già pronto, stai tranquilla."*

Una doccia calda per togliere via cattivi pensieri, schiuma ovunque, anche dentro l'anima, bolle trasparenti ovunque, carezze leggere, piacere dolce, meglio di un minuto di intimità con Cristiano. La vita scorreva in ogni vena, in ogni arteria, in ogni lembo di pelle. L'accappatoio come abbraccio e per asciugare tracce di frustrazione ormai evidente. Un velo di rossetto, un velo di ombretto e un grande cappotto, per coprirsi dal freddo e dagli sguardi.

Stranamente si vergognava ad uscire per il paese, forse perché non lo faceva da molto tempo, non da sola, almeno. Ma è sempre stato normale che le donne sposate escano da sole... forse era solo lei che non poteva farlo.

La giornata era magnifica, fredda, ma il sole si vedeva all'orizzonte. Le ragnatele gelate, piene di brina, sembravano ricordare la sua di prigionia, tanto sole e luce intorno ma nessun movimento di libertà. Come d'istinto con un dito, divertita, lacerò le ragnatele, gesto inconsueto per lei, ma decisamente liberatorio. Un sorriso prese forma nel viso della donna. Un'occhiata al cimitero e un saluto mentale alla nonna, poi imboccò via Roma. Il parco sembrava un quadro in bianco e nero. La brina ghiacciata aveva fermato il tempo, o forse questo era un desiderio di Gabriella. Fermare il tempo, o forse tornare indietro? Ma per camminare e non inciampare bisogna guardare avanti. Arrivata in piazza i polmoni si riaprirono, era come se respirassero aria pura dopo mesi di malattia; perfino la torre campanaria sembrava sorriderle. Gli alberi ancora spogli di foglie accompagnavano il suo cammino verso la casa di Orietta, accarezzavano l'aria fredda, come per ricordare che la primavera ormai era solo dietro le montagne, pronta a esplodere di nuova vita. Gabriella salutava con grandi sorrisi, passando sopra il sagrato della chiesa, il mosaico composto da pietre ormai consumate, ma sempre dure: ricordarono a lei che la realtà era quella che cercava di nascondere. Arrivò in un attimo a casa di Orietta, che la accolse con caldi abbracci e sorrisi. Insieme iniziarono a chiacchierare di gran lena. Gabriella si accorse che ormai la menzogna era padrona dei suoi discorsi.

Preferiva mentire piuttosto che omettere la verità. Orietta era discreta, chiedeva poco, ma Gabriella era prodiga di particolari, tutti falsi ovviamente. Descriveva la sua vita come idilliaca, romantica, piena di sentimento e serenità. Descriveva quello che voleva che fosse.

Pranzo in compagnia, pomeriggio pieno di ricordi e cena allegra e ricca di pietanze e contorni succulenti. Gabriella era proprio allegra, spensierata e tranquilla, aveva trascorso una giornata veramente serena.

Dopo aver salutato calorosamente tutti i partecipanti della famiglia, si avviò verso casa. Il fiato formava nuvolette trasparenti. La luce di casa dei suoi genitori era accesa ma non aveva voglia di passare, nemmeno per un saluto. La piazza venne oltrepassata in fretta.

Passi veloci, nessuno sguardo: di sera il paese era vuoto, complice il freddo. Via Roma era quasi lugubre, ma affascinante. La nebbia, non fitta, copriva il parco di un velo misterioso; il viale che portava al cimitero sembrava una strada che portava verso l'infinito; i cipressi erano muti spettatori di una vita avvolta in perenne falsità. Nessuno poteva intervenire, nessuno aveva ancora visto senza nebbia. Il cancelletto verde si aprì, solo il colore era quello della speranza.

Il pianerottolo era pieno dell'allegra presenza di Giuseppe, Giada e le bimbe, i sorrisi e la felicità erano ovunque, anche sopra la balaustra. La chiave girò dentro la toppa e la torturò, o forse era una tortura entrare in casa. Il buio l'avvolse, immediatamente accese la luce, l'oscurità era cosa poco gradita al momento. Vedendo il portatile si ricordò che quel giorno non aveva aperto la connessione di skype: quel giorno era scappata, aveva vissuto; aveva indossato una maschera, ma aveva vissuto. Con calma accese il portatile e si connetté a skype. Il contatto del marito era offline, era online l'altro contatto, quello dell'uomo misterioso. Si spogliò e indossò il pigiama. Accese la televisione, ma non vi era nulla di interessante, le voci servivano solo per compagnia. Un bip attirò la sua attenzione. Forse era il marito, quindi si mise davanti al portatile e guardò con attenzione. Era belluomo555 che scriveva semplicemente *"ciao"*. Gabriella era annoiata ed incuriosita e rispose anche lei con un semplice *"ciao"*. immediatamente vi fu una risposta, cordiale e decisa. *"Ciao Gabriella, cosa hai fatto oggi di bello? Io ho lavorato tutto il giorno."* *"Io sono stata da una mia carissima amica, ho chiacchierato e cenato con lei e tutta la sua famiglia."* *"Ah, capisco... E chi è questa amica? Come si chiama?"* *"Dimmi prima come ti chiami tu e poi ti dirò chi è la mia amica"* rispose la donna quasi sfidando il misterioso uomo. *"Mi chiamo Mauro, un nome comune, come tanti."* *"Certo che il tuo nick è perlomeno strano, belluomo555... Cerchi qualcosa di preciso immagino"* rispose Gabriella in modo diretto. *"Cerco un po' di compagnia, quello sì... Cosa potrei volere qui in skype?"* *"Non sono pratica di questo mondo, non so cosa si possa cercare e cosa si possa ottenere. Comunque grazie per avermi detto il tuo nome, meglio parlare con un Mauro piuttosto che con un bell'uomo, ma invisibile."* Sì vero, ma come si chiama la tua amica?"* *"Si chiama Orietta, ma adesso che lo sai cosa ti cambia?"* *"Semplice curiosità, tutto qui. Mi piace associare dei nomi ai fatti."* Gabriella era incuriosita, ma non voleva dare troppe notizie ad uno sconosciuto che l'aveva agganciata in skype. Cercò di girare la conversazione verso di lui, ma in maniera educata. *"E tu cosa fai di bello? Come mai sei in chat a quest'ora?"* *"Cerco compagnia e due chiacchiere, come detto prima. Sono solo in questo momento e non mi piace stare solo. Così in questo modo passo il tempo e arrivo all'ora di andare a dormire, senza rendermi conto."* *"Mi spiace, sembri veramente solo. Io non posso stare qui per molto tempo, fra poco andrò a dormire, sono stanca. Ma magari ci troviamo un'altra* *volta." "Tu invece cosa fai su skype?" "Aspetto una chiamata da mio marito, è in trasferta lontano, ma non sempre riesce a connettersi." "Ah… Sei sola allora!" "Non direi sola.* Ho il cellulare acceso, i vicini di casa praticamente a due metri, i miei genitori nello stesso paese e molti amici. Basta chiamare qualcuno e non sono più sola *"rispose la donna, creandosi una rete attorno, quasi spaventata dalla domanda. "I vicini di casa sono a due passi. No, non sei sola."* Gabriella voleva chiudere, ma teoricamente poteva arrivare la chiamata dal marito, quindi disse tranquillamente: *"Mi stanno chiamando al cellulare, devo andare, ciao."* E chiuse la chiamata, rimanendo però online in attesa della chiamata di Cristiano, chiamata che non arrivò nemmeno questa volta. Mauro o belluomo555 rimase connesso fino al mattino precedente, ma non inviò più messaggi.

La domenica arrivò con tutta la sua lentezza. Gabriella si alzò tardi, approfittò del fatto di non dover preparare colazione o organizzare e il pranzo o la cena. Dopo aver areato la casa intera, gettò lo sguardo sul portatile: il marito non era connesso, e neppure Mauro, alias belluomo555.

Quindi prese il telefono e chiamò la madre, che la invitò a pranzo da loro. Mattinata in completo relax, doccia, ceretta, altro caffè, piccole coccole per far passare il tempo. Niente Messa, avrebbe incontrato troppe persone e avrebbe dovuto spiegare la sua assenza nel periodo precedente. Quindi partì da casa verso le 12,15, in modo tale che quando sarebbe arrivata in piazza l'assembramento della fine della Messa fosse già passato o perlomeno diminuito.

Arrivò a casa dei genitori in meno di dieci minuti. Il profumo della pasta al sugo si sentiva già dal pianerottolo. Le scale fatte a due a due e... Nulla era cambiato in casa: le immancabili pattine in attesa dei suoi piedi, i soliti silenzi, le solite battute ironiche del padre, i solidi mobili lucidi e lindi. Dopo la frutta Gabriella non resse più quella situazione, salutò con cortesia e andò a casa.

Prese l'auto e con la radio a tutto volume si diresse verso Pinerolo, senza avere in realtà una meta precisa. Ad un certo punto abbassò i finestrini, lasciando entrare l'aria fredda, che la schiaffeggiò selvaggiamente. Si sentiva libera, libera delle sue azioni. I pensieri erano trasparenti, non si urtavano uno contro l'altro. Spense addirittura il cellulare. Solo aria e musica a tutto volume. Girò senza meta fissa per tutto il pomeriggio, arrivando a casa di sera, verso le 20,00, ebbra di libertà effimera.

Giunta a casa, spense il portatile e si mise subito a letto. Si riparò da chissà cosa con le coperte. Continuava ad avere rigurgiti del cibo mangiato a pranzo... o erano rigurgiti di altro. Fortunatamente il sonno la ghermì in fretta.

31.

La settimana successiva passò noiosamente, con la solita routine lavorativa e le serate in solitudine. In tutta la settimana nessuna chiamata da parte del marito. Gabriella era preoccupata, provò a chiamare più volte ma il cellulare risultava sempre spento. Nemmeno in skype risultava online, risultava online solo belluomo555.

Una sera Gabriella si mise davanti al portatile e inviò un "ciao" a belluomo555, che immediatamente rispose. "*Ciao Gabriella! Dimmi, cosa succede?*" "*Sono preoccupata, non sento mio marito da 8 giorni. È in India per lavoro, ma il cellulare risulta sempre spento e qua su* skype *risulta sempre offline.*" Si rese conto di confessare le sue ansie ad un perfetto sconosciuto, ma la sua rete di amicizie ormai era decimata. O meglio non osava chiamare o confrontarsi con qualcuno, tantomeno con i genitori. Ma la tensione era molta e sentiva il bisogno di scaricarla con qualcuno. Belluomo555 rispose: "*Da quel che so, in India vi sono problemi di connessione. È un paese in via di sviluppo, alcune zone sono ben servite dalla rete, altre zone no.*" "*Sì... Ma 8 giorni sono proprio tanti! Ho provato a chiamare e ad inviare messaggi, ma niente di niente, il cellulare risulta spento.*" Belluomo555 cambiò discorso. "*Cosa hai fatto in questi giorni?*" "*Mah... nulla di particolare! Cosa vuoi che abbia fatto, sono preoccupata, non penso ad andare in giro.*" "*Scusa, non volevo essere invadente! Era così per parlare...*" rispose belluomo555.

Gabriella era evidentemente preoccupata, quindi prese il cellulare e provò a chiamare il marito, ma anche questa volta era spento o non c'era campo. Inviò nuovamente un messaggio a belluomo555. *"Niente, non c'è segnale. Ho provato a chiamare, niente di niente. Sto valutando di chiamare i carabinieri. Oppure lo farò domani dall'ufficio, non posso andare avanti così!"* "Cerca di avere speranza" rispose belluomo555 *"sono convinto che la situazione si sistemerà. Adesso devo andare, mi chiamano. Ci sentiamo."* Poi chiuse la conversazione e passò offline.

La mattina dopo la donna, dopo una notte dove il riposo non fu ristoratore, si alzò dal letto e una sensazione di malessere la invase. La testa girava forte e una improvvisa sensazione di nausea si impossessò di lei. Andò in bagno di corsa e vomitò solo saliva, era ancora digiuna. Non si capacitava di questo malessere. Sicuramente l'aria fredda presa dal finestrino dell'auto presa i giorni scorsi, qualche maledetto virus. L'odore del caffè, sua bevanda preferita, le dava nausea. Masticò due fette biscottate secche, che in qualche modo mitigò la nausea. In ufficio le solite brioche di Giuliana le dettero letteralmente il voltastomaco. Ovviamente Giuliana cercò di indagare, secondo il suo stile, ma mentre Gabriella era in bagno a vomitare il suo cellulare squillò. Fortunatamente era a portata di mano e rispose, era il marito. *"Ciao amore, come stai?"* "Cosa è successo? Stai bene?" chiese immediatamente Gabriella. *"Ciao, si sto abbastanza bene! Ma non vedo l'ora di tornare, qui è tutto uno schifo. E tu come stai?"* "Non mi sento molto bene neppure io, devo aver preso un virus intestinale. Ho una nausea terribile, spero passi in fretta!" "Cosa hai fatto in questi giorni?" chiese Cristiano senza ascoltare la moglie.

"Le solite cose, cosa vuoi che abbia fatto?" Il disagio si stava manifestando nuovamente e si stava insinuando fra i suoi pensieri. Disagio, nausea e Giuliana che bussava alla porta: cosa poteva esserci di peggio?

La linea cadde o Cristiano o l'India l'avevano fatta cadere. Gabriella aprì la porta e si trovò davanti Giuliana che la scrutava con la solita aria inquisitoria e giudicante. *"Carissima, sembri uno straccio! Cosa hai fatto in questi giorni? Vieni a pranzo con me oggi così mi racconti tutto."* "No, grazie Giuliana. *Hai ragione, mi sento uno straccio... Penso di stare digiuna oggi, non mi sento proprio bene... Anzi, se potessi uscire prima..."* rispose Gabriella fra un conato e l'altro. *"Certo, certo, si fa di tutto qua per non lavorare... No scherzo, se continui a stare così esci pure! Se vuoi ti accompagno a casa, non vorrai prendere il treno in queste condizioni!"* "Posso rimanere, nessun problema... Basta che non mi parli di cibo, chiaro?"*

"Come vuoi" concluse Giuliana con il sorriso di plastica, ma in realtà indispettita per le risposte della collega.

La nausea passò, ma Gabriella continuò a fingere conati per evitare il pranzo con Giuliana. Non si sentiva in gran forma, era evidente, ma il malessere era solo mattutino.

La giornata passò lenta e monotona, anche la serata fu identica a quella precedente, tranne che per la chiacchierata con belluomo555, ormai diventata un piacevole diversivo, un quasi appuntamento innocente.

Seguì un'altra settimana passata all'insegna della nausea mattutina, delle attenzioni di Giuliana e nessuna chiamata da parte del marito. Sabato e domenica all'insegna del vuoto e della solitudine. Gabriella centellinava i giorni: anche il vuoto e la solitudine del sabato e domenica in qualche modo la riempivano, perché si sentiva libera dentro. Pur preoccupata dall'assenza di notizie del marito, aveva iniziato a contare i giorni al rovescio, e vedeva diminuire velocemente i giorni senza ansie che le rimanevano. Lunedì mattina. Solita routine. Verso le 10 del mattino, mentre Gabriella era al lavoro, una chiamata al cellulare del tutto inaspettata la colse. Era Cristiano. *"Ciao amore, tutto bene? Come stai?"* "Ciao Cristiano, aspettavo la tua telefonata! Ero di nuovo preoccupata... Tutto bene?" "Si, bene! Anzi, benissimo! Torno mercoledì, non sabato. La FIAT, ha anticipato il rientro. Il lavoro è stato fatto tutto, è inutile e dispendioso stare qui." "Ah, bene, sono contenta!"* Cristiano rintuzzò immediatamente: *"Vieni a prendermi a Milano?"* Gabriella era in difficoltà, avrebbe dovuto chiedere un permesso quasi dall'oggi al domani, e soprattutto avrebbe dovuto dare una serie di spiegazioni a Giuliana, magari condite da bugie. Allora rispose sempre più titubante: *"Devo chiedere un permesso immagino... A che ora arrivi?"* "Alle 10,00 del mattino."* Un lungo silenzio, questa volta da parte di Gabriella, poi un *"va bene, ci sarò"* colorato di risentimento: possibile che Cristiano non capisse la difficoltà in cui la metteva? O forse la capiva benissimo... *"Grazie, allora chiudo adesso. Devo andare, ho fretta, ciao amore."*

Immediatamente Gabriella si presentò davanti a Giuliana, che la accolse con sorriso a 32 denti, compreso di bavetta agli angoli della bocca. *"Dimmi cara, dimmi pure."* "Mercoledì arriva mio marito dall'India... Mi ha chiesto se posso andare a prenderlo... Avrei bisogno di un giorno di ferie..."* Un silenzio lungo un secolo si mescolò insieme al profumo di pasticcini, che Giuliana puntualmente aveva portato in ufficio.

Poi la tanto attesa risposta..." *Si, certo. Ma accomodati!*
Come va la tua nausea?" *"Guarda, non riesco a parlare con quei*
pasticcini sulla scrivania! La sola vista del cibo mi fa venire nau-
sea!" *"Secondo me sei incinta..."*
Questa frase si conficcò dritta dritta nello stomaco di Gabriella, aumentando il senso di nausea e di rabbia. Gli
occhi di Giuliana brillavano, era felice di aver in qualche
modo urtato la sensibilità della collega.
Infatti non smetteva di guardarla fissa negli occhi.
Nell'attesa di una risposta, la sua mano si allungò verso
il vassoio dei pasticcini, ne prese uno e lentamente, sempre guardando Gabriella negli occhi, lo introdusse nella
bocca, sporcandosi labbra e anima di panna montata. Ma
Gabriella fu lesta e pungente e disse, sapendo di mentire:
Queste cose capitano a chi fa l'amore no?" Poi si girò e andò
via, tronfia e contenta della sua risposta e anche divertita,
dopo che sentì Giuliana tossire e quasi soffocarsi. Probabilmente risposta e pasticcino erano andati di traverso.
La giornata lavorativa passò incredibilmente lenta, fra un
tentativo e l'altro di sottrarsi agli sguardi della collega, ovviamente aiutata da Roberta e Valentina.

32.

Giunse il mercoledì, Gabriella si svegliò presto: arrivare a fino a Milano Linate non è una passeggiata, specialmente al mattino e in settimana. La nausea era quasi incontenibile, dipendeva forse dall'arrivo imminente del marito? Doccia veloce, una fetta biscottata, un po' di ansia per colazione e poi in viaggio, sopra un'auto vuota di bagagli e piena di paure.

Traffico, nebbia, nausea e paura. Questo fu il viaggio. Un grande parcheggio accolse tutte le sensazioni di Gabriella, nascoste dal corpo esile ed elegante. Un'occhiata veloce al cartellone degli arrivi, nessun ritardo. Il profumo delle brioche, delle paste, dei panini, del caffè, causarono conati di vomito e crampi addominali. Gente praticamente indifferente che scappava veloce con trolley pieni di chissà cosa. Gruppi di ragazzi e ragazze felici di partire o di tornare. Sorrisi, abbracci, baci. Emozioni sotto forma di bagagli. Ancora un'occhiata al cartellone degli arrivi. Nessun ritardo.

Voli internazionali, volo AT510 proveniente da Bruxelles, gate 20. Il cancello era gremito di gente, Gabriella si sentiva a disagio di fronte alla felicità. Le porte si aprirono.

Uno dopo l'altro uscirono i passeggeri: turbanti colorati, abiti lunghi, profumo d'oriente. Poi visi europei, ed infine il volto del marito, quasi colorato, ma ancora più scavato, ancora più arrabbiato.

Un tonfo al cuore e una fitta allo stomaco. Poi il senso di controllo prevalse su tutto. Cristiano sembrava stravolto, oltre che arrabbiato. Il suo sguardo era eloquente, dice-va… Cosa hai combinato? Sicuramente ti sei comportata male. Mentre io lavoravo e soffrivo tu ti stavi divertendo. Il marito varcò il cancello e abbozzando un tiepido sorriso, baciò teneramente Gabriella sulle labbra. *"Ciao, mi sei man-cata…"* e poi risoluto: *"Andiamo a prendere le valigie."* Prese la mano della moglie e insieme si diressero nella sala dove si recuperavano i bagagli.

Gabriella non diceva una parola, guardava la bocca che vomitava bagagli sopra una lingua di gomma nera, che gi-rava lentamente ma vorticosamente, portando sempre lo stesso ritmo monotono, un labirinto senza uscita. Cristia-no teneva stretta la mano della moglie. Quasi la stritolava. Un possesso totale. La valigia nera, enorme, con un gros-so adesivo FIAT, appiccicato al centro, si fece riconoscere come un pugno in pieno stomaco. Cristiano staccò la sua mano da quella della moglie e, con immensa apparente fatica, raccolse il bagaglio, pieno di indumenti sporchi e cattive intenzioni. La valigia si posò pesantemente sul pa-vimento sporco, le piccole ruote trasportavano con facilità il suo contenuto. Non c'era via di fuga ad esso. Tutto il suo peso arrivava addosso. La coppia adesso era nuovamente riunita. Una piccola fermata al bar. Un caffè e un bacio davanti alla gente, molto pudico ma pieno di possesso, e poi in auto.

Appena fuori dall'aeroporto, in piena autostrada Cristia-no, dopo un lungo, eterno silenzio, chiese: *"Allora, ti sei divertita durante la mia assenza?"* *"No, non mi sono divertita. Ho lavorato e mi sono annoiata e ultimamente non mi sento ne-anche bene. Il divertimento è un'altra cosa per me."* *"E cosa vuol dire per te divertimento? Avere magari altri uomini?"* Questa affermazione colpì Gabriella dritto allo stomaco.

Replicò in modo timido, una replica così fioca che poteva essere interpretata come una affermazione. *"Smettila di scherzare, sai che non è possibile."* Ma Cristiano aveva alcune frecce acuminate al suo arco. *"Non eri mai online, ogni volta che mi connettevo non c'eri."* *"Cristiano, non scherzare. Tu non eri online, sono stata connessa per giorni interi ma non c'eri mai, cosa potevo fare?"* Gabriella vide il viso del marito trasformarsi, stava diventando una maschera di rabbia. Quindi, per calmarlo, adotto il meccanismo ormai classico. *"Cristiano, qualche volta non ero online hai ragione, ma dovevo anche fare altro. Andare dai miei ad esempio. Sono andata anche da Orietta una volta, non potevo segregarmi in casa!"* Un lungo silenzio, come sempre durante queste discussioni. Poi la replica fu dura: *"Devi stare a casa, hai capito? Devi stare a casa, specialmente quando io non ci sono, chiaro?"*

Gabriella si sentiva presa in mezzo, si sentiva colpevole per il fatto che fosse uscita anche senza meta, ma ricordava quel momento speciale in cui si era sentita libera, senza corde attaccata al collo e ai piedi.

"Devi stare a casa chiaro? Non devi vedere nessuno, io sono tuo marito! Devi ascoltare solo me." *"Va bene, Cristiano, va bene. Ti chiedo scusa, davvero, ti chiedo scusa."* Gabriella con queste parole voleva placare la rabbia del marito. Lui, vista l'espressione della moglie, decisamente spaventata e succube, disse: *"Gabriella, io ti amo. Queste cose le dico per il tuo bene, non lo dico a caso, le dico solo per te e per noi."* *"Sì certo Cristiano. Lo so, sono io che sbaglio, come sempre del resto. Ormai mi sento incapace di affrontare la vita.* "Il marito sem-

brava tronfio, quasi felice per questa risposta, addirittura sorrise e a voce alta replicò: "*Sì, vero, senza di me saresti persa, persa nel mondo.*"

Dopo questo breve dialogo, Gabriella si accostò al marito e lo baciò teneramente sul viso. Il resto del viaggio passò tranquillo, addirittura si fermarono in un autogrill per prendere un panino ed un caffè. Cristiano fu gentilissimo, anche affettuoso. Questo meccanismo rinforzava un altro meccanismo, quello che Gabriella adottava quando Cristiano si trasformava, il dargli ragione anche se il torto era palese. E l'essere succube riusciva a farlo ritornare ragionevole. Purtroppo questa modalità ormai si adottava quasi in modo automatico.

Candiolo era bella. Erano quasi le 13, c'era poca gente in strada. Qualche studente rientrava a casa dopo la scuola. Angioletta sopra la bicicletta accompagnava il suo sorriso in giro per il paese, una presenza gioiosa che Gabriella ormai vedeva poco. Il grande cancello verde era aperto. L'auto entrò nella via, passando fra la schiera di case. La coppia scese e tenendosi teneramente per mano si avviò verso casa.

Il portatile era acceso e la pagina di skype era aperta. Cristiano gettò sopra un'occhiata e Gabriella sussultò, infatti oltre al contatto del marito vi era anche belluomo555, fortunatamente offline. Cristiano non disse nulla. Quindi Gabriella uscì dalla pagina e chiuse il portatile, avrebbe cancellato dopo il contatto, in quel momento era troppo rischioso, poteva vederla il marito. Avrebbe dovuto pensarci la sera prima, ma non si era neppure collegata.

Dopo una doccia veloce, Cristiano si avvicinò alla moglie. Iniziò a baciarla teneramente sul collo. Gabriella era infastidita, in quel momento provava repulsione, nausea, ma dire di no poteva essere pericoloso. Tanto sarebbe durato poco, poteva resistere. Infatti, dopo qualche minuto tutto finì e ognuno poté tornare alle proprie occupazioni.

Gabriella svuotò la valigia e preparò una lavatrice, Cristiano nel frattempo le donò un quadro con una patina d'oro, molto carino. La figura incisa rappresentava la dea della fertilità, una delle tante che vengono adorate in India. Questa volta vi era stato del buon gusto nello scegliere il pensiero. Il piccolo quadretto fu appeso nell'entrata, in modo che fosse di buon auspicio. Poi Cristiano andò a dormire, il fuso orario aveva alterato il ritmo sonno veglia, quindi la sua stanchezza era giustificabile. Dormì tutto il resto del pomeriggio e tutta la notte, senza battere ciglio.

Il mattino dopo la sveglia alla solita ora, la nausea era presente e importante. Cristiano, vedendo la moglie correre in bagno in preda a conati di vomito, si preoccupò e dalla porta, a distanza di sicurezza, chiese: *"Tutto bene Gabri? Chiamo il medico, mi sa che non stai per niente bene."* *"Si, chiamalo, chiama Alberto, il suo numero è sul taccuino accanto al telefono."* Cristiano rimase interdetto, poi esclamò: *"Alberto? Chi è Alberto?"* Fra un conato e l'altro, Gabriella rispose: *"Ma sì, Alberto! Il medico di famiglia, ci conosciamo da anni, è amico di mio padre... chiamalo..."* Cristiano compose il numero e dopo pochi squilli rispose il medico che, ascoltando le parole del suo interlocutore, decise di venire a casa per una visita. Cristiano aveva ancora un po' di tempo, incredibilmente aveva tempo, aspettò l'arrivo del medico, che dopo circa dieci minuti si presentò sotto casa. Nel frattempo Gabriella si era sistemata nel letto. Aveva un aspetto sofferente, pallido. Il medico si presentò alla porta. Era un uomo molto alto, magro. Occhi scuri e baffi importanti che coprivano gran parte del labbro superiore. Capelli grigi, corti, ordinati.

Con un forte accento piemontese disse: "*Buongiorno, lei è il marito di Gabriella? Piacere. Dov'è la malata?*"

"*Piacere, Cristiano. La malata è in camera da letto. Venga, l'accompagno.*" Dopo pochi passi i due furono in camera da letto. Gabriella salutò cordialmente, ma non troppo. La presenza del marito la inibiva parecchio. Il medico dopo qualche domanda iniziò a visitarla, toccò anche l'addome, e tutto contento sentenziò: "*Gabriella, Cristiano, complimenti. Qui sembra proprio che ci sia un bebè in arrivo! Nausea mattutina, ciclo saltato, aumento di peso, modico ma sempre aumento... Che dire? Fai il test, ma secondo me sei incinta, Gabriella.*" Un silenzio rumorosissimo calò nella stanza. Il medico percepì l'imbarazzo e la tensione, quindi per spezzare il silenzio esclamò: "*Speriamo che sia femmina, dai*" Poi, visto che la situazione non migliorava affatto, iniziò a prescrivere degli esami sulla classica ricetta rosa, raccomandandosi di farli nel più breve tempo possibile. Il test di gravidanza era acquistabile in una qualunque farmacia. Quindi il medico si congedò cordialmente, anche se il suo disagio era fortissimo, causato dalla inaspettata reazione dei due sposi.

La coppia rimasta sola iniziò a discutere. Gabriella abbozzò un sorriso e disse: "*Cristiano, ma non è meraviglioso? Sono incinta...*" Cristiano passeggiava nervosamente lungo la stanza, senza guardare in viso la moglie. Poi esclamò: *"Dobbiamo vedere di quanto tempo è." "Come dobbiamo vedere di quanto tempo è... Cosa vuol dire?"* rispose Gabriella sempre con il sorriso stampato sul viso. Uno sguardo passò dagli occhi di Cristiano al suo cuore, poi le parole ghiacciarono il suo sorriso. *"Sì, hai capito bene. Devo sapere di quanto tempo è. Io sono stato via, potrebbe non essere mio. Tu hai l'abitudine di parlare con gli uomini, ti piace chiacchierare."* Gabriella era inebetita, il suo sorriso rimase stampato, ma sentì dentro di se una sensazione di lacerazione, di strappo. Non era uno scherzo, questo era chiaro, ma non capiva dove volesse arrivare il marito. Con chi aveva parlato? Proprio non ricordava nessun incontro nemmeno casuale. Poi la voce del marito strappò nuovamente l'aria.

"Sai chi è belluomo555? Lo sai chi era? Ero io, capito? Ero io! E tu non hai esitato un attimo a chattare con lui, vero? Cosa dici adesso?"

Gabriella non sapeva dove e come ripararsi da questa accusa, infamante certo, ma provata da dati di realtà. Chattare non ingravida, ma la cosa peggiore era l'inganno a cui era stata sottoposta. Cristiano aveva creato un profilo su skype per controllare e ingannarla, per poi accusarla di superficialità e infedeltà. Pensieri veloci giravano nella mente della donna, vano tentativo di fronteggiare accuse e rabbia. L'unica cosa che venne in mente a Gabriella fu quello di dire: *"Come vuoi Cristiano, con l'ecografia potrai vedere quanto tempo ha il feto e controllare anche le tue paure."*

Ovviamente la donna disse questo nel tentativo di placare la rabbia del marito, ma la parola controllare o chissà quale altra parola scatenò in Cristiano una reazione mai vista prima. Improvvisamente prese il portatile che era sopra il tavolo e lo scagliò in terra, frantumandolo.

Il suo viso era paonazzo, carico di furia incontrollabile, a grandi passi poi si avviò verso la credenza, dove era posizionato un vaso di cristallo, regalo di nozze. Anche questo passò dalle mani di Cristiano al pavimento in una frazione di secondo, lanciando schegge in ogni dove.

Gabriella era paralizzata, ghiacciata, terrorizzata, incapace di ogni movimento. Poi il marito come un razzo si gettò sulla donna: un ciclone, un uragano, un tornado. Il tempo sembrava essersi fermato, le schegge erano immobili, i cocci erano pezzi inanimati che la guardavano stupiti. Poi il braccio di Cristiano quasi come una fionda si allungò e la sua mano, con il palmo aperto, colpì Gabriella in pieno viso... Un enorme bruciore, fuori e dentro l'anima, e il corpo si schiacciò contro lo schienale della poltrona, rimbalzando in avanti, quasi come un elastico impazzito. Buio davanti agli occhi, non solo per la percossa, ma per l'umiliazione inaspettata.

Un fiato uscito dai polmoni si trasformò in urlo, che urtò contro le pareti, scappando attraverso la finestra aperta. Il cuore, impazzito, reclamava ossigeno, bloccato dalla paura. La paura di un altro colpo, fece chiudere le palpebre, dando al buio la possibilità di espandersi anche dentro l'anima, terrorizzando anche i sogni.

L'urlo però, scappato al controllo, infranse le pareti della casa di Giuseppe e arrivò alle sue orecchie. L'uomo, padre e marito, allertò i sensi e d'istinto e senza pensarci aprì la porta e bussò all'uscio attiguo. *"Tutto bene? Che succede?"*

Le schegge di cristallo e i resti del portatile volevano urlare forte, per annunciare la propria morte e la violenza vista, ma non potevano, la loro anima ormai era spenta. La loro vista avrebbe potuto dire qualcosa, ma la porta era chiusa. Un rumore di silenzio assordante, straziante. Poi il fiato di Gabriella si trasformò in voce, passando dal cuore alla gola, filtrandosi attraverso le labbra e disse: *"Sì, Giuseppe. Tutto bene. Sono caduta, sono scivolata, ma va bene."* *"Sicura? Ho sentito urlare..."* *"Come ti ho detto sono scivolata e sono caduta... Ma adesso va bene"* *"Ma non puoi aprire? Ti sei fatta male?"* *"No, va tutto bene, grazie. Dopo passo, adesso meglio che metta in ordine."* *"Va bene, come vuoi"* rispose Giuseppe, mordendosi le labbra e rientrando in casa, con un pensiero scuro impresso nella mente. Giuseppe già da un po' aveva un brutto presentimento, ma non poteva intervenire con più incisività.

Gabriella posò la sua mano sulla guancia, calda, appena colpita. Il suo sguardo andò sugli occhi del marito, che incredibilmente erano lucidi, pieni di lacrime. Improvvisamente si chinò e prese il viso della moglie fra le mani con una delicatezza che aveva dell'innaturale.

Poi avvicinò le sue labbra alla guancia appena colpita e la baciò teneramente, sussurrando fra le lacrime: *"Gabriella, ti amo, ti amo... Perdonami, non so cosa mi sia capitato... Davvero... Sei tu che mi fai arrabbiare, sei tu! Mi dispiace, perdonami! Ma non dire più quelle cose, va bene?"*

Gabriella sentì una fitta al cuore, che frase aveva detto? Cosa aveva scatenato l'ira del marito? Rimase in silenzio, per non sbagliare. Cristiano implorava il perdono, piangeva, le sue lacrime bagnavano il volto di Gabriella, che incredibilmente disse: *"Si, Cristiano, ti perdono."* Poi lo strinse a sé, allontanandosi da se stessa, compiendo un passo che avrebbe portato la loro relazione verso una strada predefinita.

Poi la coppia si alzò, restando uniti nell'abbraccio quasi forzato di Cristiano, che continuò a piangere rumorosamente, proprio per farsi sentire, proprio per far capire che era amaramente pentito. Dopo essersi ripreso, salutò la consorte e andò a lavorare, portandosi dietro la ventiquattrore, piena di rabbia, di lacrime di Gabriella e di chissà cosa ancora.

La donna telefonò al lavoro dicendo che per due giorni sarebbe stata assente per motivi di salute, parlò con Roberta, evitando Giuliana. Dopo la telefonata si distese sopra il letto, avrebbe voluto telefonare ad Orietta o parlare a sua madre, ma sembrava vergognarsi di se stessa, della sua azione, della sua decisione di non dire nulla, della sua decisione di perdonare. *"In fondo non l'ha mai fatto, è stato un episodio, un singolo episodio, niente di più..."* Con questa frase impressa nella mente si addormentò profondamente, lasciando che la giornata le passasse addosso.

La sera il marito si presentò a casa con un enorme mazzo di rose gialle, colore della gelosia. Una cena frugale, dopo qualche effusione meccanica e poi a letto. Addormentati coperti dai propri pensieri.

Dopo due giorni il viso di Gabriella non mostrava più nessun segno di violenza, ma l'anima era ben lacerata.

Comunque si presentò al lavoro, sorridendo come sempre. Si nascose dagli sguardi di Giuliana e riuscì a passare la giornata indenne. Non disse nulla della sua gravidanza, voleva ancora aspettare, gli inconvenienti erano sempre in agguato.

La gravidanza adesso era veramente una cosa concreta…
Il giorno dopo Gabriella andò in farmacia ad acquistare il test. Acquistò il kit in una farmacia di Torino, appena uscita dal lavoro. Infilò il prezioso rivelatore di verità nella borsa e andò verso la stazione. Inviò un messaggio al marito, per confermare che l'acquisto era stato fatto, e che il giorno dopo avrebbe eseguito il test al mattino. Così infatti fece.

Quel mattino l'emozione era forte, Gabriella aveva dimenticato, almeno apparentemente, lo schiaffo ricevuto e anche le numerose angherie e umiliazioni. Andò in bagno e intinse il pennino nell'urina appena fatta, dopo pochi minuti un azzurro intenso illuminò il suo viso. *"Sono incinta, sono incinta davvero! Ecco a cosa era dovuto il mio malessere!"* Uscì dal bagno con la preziosa risposta in mano e abbracciò il marito, che sembrava commosso. Gabriella adesso era frenetica, vedeva tutto bello, la casa sembrava già stretta, il tempo sembrava non bastare. Si dovevano acquistare molte cose e sistemare tutto. Si sentiva già mamma. Prese il cellulare per chiamare sua madre e qualche sua amica, per condividere la gioia con qualcuno, ma il marito la bloccò immediatamente. *"Aspetta, non dire niente a nessuno. Prima prenotiamo l'ecografia e vediamo cosa dice, chiaro?"* *"Sì, certo, giusto, va bene, prenoto subito."*
Gabriella non aveva nessuna intenzione di disobbedire o irritare il marito, voleva tenerlo calmo e portare avanti la sua gravidanza in tutta tranquillità. Certo la gioia della condivisione era al momento non vissuta, ma il tempo

avrebbe dato ragione a lei, una gravidanza non si può nascondere per tutti i nove mesi. Con tutta l'emozione del momento, uscì di casa, salutando anche le mattonelle e le ringhiere. Era veramente felice adesso. Il viso non bruciava. Per ora però, il segreto doveva rimanere tale.

Quella sera Cristiano, arrivando alla solita ora, comunicò che la domenica successiva erano stati invitati ad un pranzo di lavoro, entrambi. Sarebbero stati presenti i suoi capi e i colleghi, quindi non doveva stare male e doveva essere in piena forma. Anzi doveva acquistare un abito per l'occasione, qualcosa di molto casto e pudico.

Arrivò la domenica e Cristiano chiese cosa avesse comprato per l'occasione. Gabriella spiegò che non aveva avuto tempo di andare in giro per negozi, ma aveva sicuramente qualcosa di adeguato nell'armadio. Vide il viso del marito trasformarsi, diventare paonazzo e tumefatto, poi la sua voce tuonò: *"Come non hai comprato nulla... Cosa ti avevo detto? Non vorrai andare al pranzo con quei vestiti da puttana?"*

Altro gelo, altra terribile paura, altra decisione da prendere in una frazione di secondo. Cristiano si stava avventando verso la cucina, dove vi erano i piatti e altri oggetti da gettare a terra. Improvvisamente Gabriella disse:

"Cristiano, volevo farti una sorpresa, aspetta..."

Poi, terrorizzata ma con passo sicuro, andò in camera da letto e aprì l'armadio, tirando fuori un abito rosso, ancora con l'etichetta attaccata. *"Guarda, ti piace? Ho anche la giacchetta da mettere sopra."* Cristiano rimase basito e disse con tono duro: *"Evita di farmi questi scherzi, sai che sono nervoso quando devo andare ai pranzi di lavoro."* *"Sì, scusa amore mio, scusa."* Gabriella indossò l'abito, lentamente e con particolare attenzione. Quell'abito era stato acquistato prima del matrimonio, Cristiano non sapeva cosa avesse sua moglie nell'armadio. Fortunatamente Gabriella si era ricordata di averlo e di non averlo mai indossato. Mentre si vestiva però, sentiva la paura correre lungo la schiena arrivare fino alle gambe, che iniziarono a tremare. Fortunatamente riuscì a controllarsi.

Nonostante l'inizio di gravidanza non era ancora ingrassata e l'abito le stava bene. Indossò anche la giacca, non si potevano lasciare le spalle scoperte. Stava benissimo, la sua innata eleganza rendeva l'abito ancora più bello. Cristiano era soddisfatto, ma disse con tono duro: "*In effetti ti sta molto bene, direi troppo. Comunque va bene, la prossima volta andremo insieme a comprare l'abito.*" "*Certo Cristiano, certo, va bene.*"

Poco dopo la coppia si avviò verso l'auto. Uscendo dall'uscio videro Giuseppe che stava sistemando delle piante sopra il pianerottolo, Gabriella salutò timidamente, Cristiano no. L'uomo rispose, guardando Cristiano negli occhi. Uno sguardo eloquente, carico di significati. Molto era passato oltre le pareti.

33.

Dopo un breve viaggio in auto, dove Cristiano fu amorevole e premuroso, la coppia arrivò al ristorante. Luogo di
estremo lusso. Venne loro incontro un maggiordomo che,
dopo aver parlato con Cristiano, prese le chiavi dell'auto
e la parcheggiò in ordine insieme alle altre non lussuose.
Cristiano era in attesa di avere l'auto aziendale, la Punto
era poco consona alla sua attuale posizione lavorativa.
La coppia intrecciò le mani e si avviò verso un gruppo di
persone, uomini e donne, tutti vestiti praticamente allo
stesso modo: abito nero, giacca e cravatta per gli uomini e abito scuro per le donne. L'età media era superiore a
quella di Cristiano e Gabriella. Erano evidentemente i più
giovani. Gabriella si notava per via della sua giovane età,
la sua eleganza e il vistoso abito rosso. Dopo le relative
presentazioni, fu subito accolta dal gruppo. Tutte le donne
poi si separarono ed iniziarono a parlare per conto loro.
Venne l'ora del pranzo. Cristiano e Gabriella ovviamente
erano seduti accanto. Vi era un grande tavolo a ferro di
cavallo, i commensali erano 20, tutte coppie, tutti dirigenti
con le proprie consorti. Cristiano sembrava teso, Gabriella
per non sbagliare parlava pochissimo. Dopo gli antipasti,
serviti elegantemente da camerieri di gran classe, arrivarono i primi. I classici tortellini in brodo, accompagnati da
abbondante parmigiano. Seguiti da tagliolini al barolo. Un
discorso del più alto dirigente in grado scatenò un fragoroso applauso. Gabriella si sentiva a disagio, le pareva di
essere un burattino in mano al marito e all'alto dirigente.

I sorrisi di tutti erano stereotipati e gli sguardi cercavano altri sguardi di conferma. Anche le donne entravano in questo gioco, apparendo bambole di pezza ben truccate. Dopo il dolce e il caffè di rito, il gruppo si riunì in un salotto a sorseggiare amaro e altre bevande digestive. Il dirigente si avvicinò a Cristiano e Gabriella e disse: "*Cristiano, non sapevo avessi una moglie così incantevole! Complimenti, la tenevi nascosta? Ma lavora?*" Gabriella stava per rispondere, ma il marito la precedette. "*Sì, è molto bella, grazie. Lavora in una squallida casa editrice di Torino, non è mai riuscita a trovare di meglio, secondo me si impegna poco.*" Il dirigente era a disagio, in evidente disagio, Cristiano aveva umiliato la moglie davanti a lui e non solo. Ma fece un sorriso di circostanza, evitando di guardare la donna, che in ogni caso teneva lo sguardo basso. Non potendo andare via il dirigente continuò a chiacchierare con Cristiano, cercando di arginare la situazione, ma creando l'effetto opposto. "*E come va a lavorare in Torino? Appena le daremo l'auto, caro Cristiano, potrà dare la Fiat Punto a sua moglie, così ci sarà un'altra Fiat in giro. Tutta pubblicità.*" "*A lavorare va in treno, ha difficoltà a parcheggiare in centro. Andando in treno non fa danni, non può sicuramente bocciare.*" Gabriella evitò di rispondere, temeva una reazione da parte del marito.

Il dirigente a questo punto cambiò discorso, anche il suo imbarazzo era evidente, ma non riprese il collega, non sarebbe stato consono ai loro ruoli. La discussione proseguì con altri colleghi.

Cristiano, in maniera sottile a volte e palese altre, metteva sempre Gabriella in posizione di inferiorità e umiliazione.

Un collega parlò di assicurazione sulla vita, argomento in voga al momento, e disse: "*Cristiano, l'hai fatta l'assicurazione? Io l'ho stipulata, ho un buon premio, beneficiaria è mia moglie. Non pago molto al mese.*" Cristiano rispose: "*Sì, mi sono informato. Il fatto è che io ho molto valore, ma mia moglie no. Io sono dirigente e lei praticamente una amministrativa di basso livello. Ho valore solo io, quindi il premio è basso.*" Il collega scoppiò a ridere, non era sicuramente corretto come l'altro dirigente, anche sua moglie si mise a ridere, mettendo Gabriella in evidente imbarazzo. Infatti intervenne dicendo: "*Stavo pensando di licenziarmi, ma non trovo nulla di buono.*" "*Ecco, questo sì che dovresti farlo. Ma la laurea in lettere dà poche possibilità lavorative, hai sprecato cinque anni della tua vita.* "Questa battuta di Cristiano innescò una risata generale, molti dei colleghi non erano laureati, erano semplicemente diplomati. Avevano fatto carriera non solo per la loro bravura tecnica, ma soprattutto per la completa dedizione all'azienda, non esisteva praticamente nulla oltre ad essa. Tutta la loro vita era scandita da mamma FIAT. Auto, abbigliamento, ferie, cultura, tempo libero, quel poco che ne restava. Infatti Cristiano i suoi colleghi e le mogli sembravano tutti usciti da uno stampino. Abiti quasi tutti uguali e dello stesso colore, cravatta rigorosamente a strisce blu e rosse, e ovviamente forfora sulle spalle. Lo stesso valeva per le mogli e per le auto. Accessori da esibire, tutto qui.

Per un momento venne in mente a Gabriella Giacomo, il cognato, decisamente diverso dal marito e fuori dagli schemi. Poi il pensiero svanì, la donna doveva essere presente a se stessa e ridere alle battute del più alto dirigente e anche a quelle dei colleghi, battute decisamente pessime, ma si doveva ridere, quelle erano le direttive. Ci si doveva divertire, o almeno fare finta di divertirsi. Il resto della giornata passò fra una risata falsa e l'altra. Ovviamente le battute sull'efficienza di Gabriella non furono poche, e ovviamente da parte sua non ci fu mai alcuna risposta.

Dopo i saluti e il mandato di andare in ferie in Sardegna, le coppie andarono alle proprie auto, dopo aver ossequiato il dirigente più importante.

In auto Cristiano e Gabriella scambiarono pochi commenti sulla serata, fino a che Cristiano disse: *"Davvero adesso che sei incinta dovresti licenziarti. Tanto quel lavoro serve a poco e poi dovresti stare a casa per badare ai figli, non credi?"* *"Vedremo Cristiano, vedremo... Ci penseremo più avanti, adesso stai sereno. Il pranzo è andato bene, il tuo capo è anche simpatico. Ma è prevista un'altra promozione?"* *"Sì, ancora una promozione, il viaggio in India ha dato i suoi frutti. Quindi se tu starai a casa andrà ancora meglio, tanto avrò un aumento di stipendio. E poi lo sai che preferisco che tu rimanga a casa."* *"Dai ne parliamo dopo l'ecografia, promesso."* *"Perfetto, confido in una tua scelta attenta e che mi soddisfi."*

Poi la chiacchierata passò ad altri argomenti, ma si erano gettate le basi per un futuro licenziamento di Gabriella. La donna era riuscita a tergiversare ancora fino all'ecografia, ma poi avrebbe retto all'insistenza del marito? Giunti a casa, dopo una doccia corroborante, Gabriella iniziò a preparare cena, ma Cristiano disse che era sazio e che non avrebbe mangiato nulla, quindi dopo un bacio tenero alla moglie andò a letto, dicendo: *"Niente sesso e niente amore, non vorrei fare male al nascituro, non si sa mai. Adesso cerco di studiare un po' di inglese e poi se riesco mi addormento, domani sarà una giornata lunga."*

Giunse il lunedì, Gabriella si recò al lavoro. Doveva prenotare l'ecografia e lo fece durante la pausa pranzo, come sempre per sfuggire agli occhi e alle orecchie di Giuliana. Prenotò per le 19,00 in una clinica convenzionata ad un orario in cui non avrebbe dovuto chiedere nessun permesso, per non dover giustificare nulla a nessuno. Poco tempo di attesa, una settimana.

La settimana passò anonima, Cristiano arrivava sempre più tardi e appena giunto a casa cenava e andava a dormire. Gabriella disse al marito la data dell'esame, ma impegni lavorativi avrebbero impedito la sua presenza.

Giunse il lunedì dell'ecografia. Puntuale la donna si presentò in ambulatorio. La sala d'attesa era piena di coppie che parlavano fra di loro, guardandosi negli occhi. Mani e sguardi si intrecciavano, gli occhi erano lucidi, i discorsi rivolti al futuro. Gabriella si sentiva a disagio, era l'unica donna sola. Era evidente che tutte le signore presenti erano in attesa di un' ecografia per valutare lo stato di gravidanza. Una ad una le coppie entrarono ed uscirono, con sorrisi stampati sulle labbra.

Venne il suo turno. La ginecologa la fece accomodare e senza badare all'imbarazzo chiese: *"Sola?"* *"Sì, mio marito ha avuto un improvviso impegno lavorativo.,"*

" Nessun problema, l'esame si fa ugualmente, era solo per condividere la gioia, tutto qui." La frase colpì Gabriella più del freddo del gel che la ginecologa spalmò sul suo addome.

La pancia era ancora piatta, apparentemente priva di vita interna, ma appena il microfono vi si appoggiò un gran trambusto, come un cavallo al frenetico galoppo, fece sussultare Gabriella. Il monitor evidenziava figure confuse, in bianco e nero. Gabriella cominciò a fare domande. Era evidentemente emozionata. Si sentiva già mamma. *"Ma questo rumore è il cuore?" "Certo, è il cuoricino. Batte bene, nessun problema."* Il microfono scorreva lungo l'addome, e qualche lacrima segnava il viso della futura mamma. *"Signora, va tutto bene. Al momento si vede poco, è di circa 9 settimane. Ovviamente dovrà fare un'altra ecografia più avanti" "Mi conferma che è di 9 settimane? Da cosa lo vede?"* La ginecologa rimase sorpresa dalla domanda, ma proseguì il proprio lavoro regalando risposte a Gabriella. Poi stampò il referto, che si bagnò di lacrime. La futura mamma sentiva adesso due cuori battere dentro di se, due cuori uniti, con un solo respiro. Ancora non poteva condividere questa gioia con nessuno, Cristiano aveva proibito di diffondere la notizia, e visto gli ultimi eventi era sicuramente meglio rispettare questa sua volontà.

Appena uscita dall'ambulatorio, Gabriella telefonò al marito. Ma il cellulare era spento. Sicuramente qualche riunione importante. Avrebbe mostrato il risultato a casa. Infatti, la sera stessa, nonostante l'ora tarda, Gabriella mostrò il tutto al marito. Cristiano sembrava emozionato, e forse lo era veramente, ma davanti alla moglie prese il calendario e verificò se la data del concepimento coincidesse o meno con la sua presenza in Italia. Per Gabriella non vi erano dubbi, quindi era tranquilla, ma era umiliata da quel controllo.

Le umiliazioni erano continue, subdole a volte, eclatanti altre. Comunque, Cristiano, disse orgoglioso: *"Domenica*

andiamo dai miei e diamo la bella notizia. Ci sarà anche quel co-
glione di mio fratello, vediamo cosa dice." "Va bene, allora posso
dirlo anche ai miei e al lavoro?" "Sì sì, dillo pure a tutti."
Notte senza abbracci, notte senza affetto. Ma questa era la
norma. Adesso che Cristiano era certo della gravidanza
della moglie, non la sfiorava neppure, aveva paura di farle
male, diceva.

34.

Il giorno dopo Gabriella, dopo aver subito qualche conato di vomito, si recò al lavoro. Appena entrata in ufficio il solito vassoio pieno di brioche la fece correre in bagno. Il rumore dei conati immediatamente attirò l'attenzione delle colleghe, di Giuliana soprattutto, che si posizionò davanti alla porta del bagno. Impossibile fuggire. Appena uscita Gabriella, disse: "Sì, *Giuliana, sono incinta. Togli le brioche dalla scrivania per piacere, mi danno nausea" "Ooooooooooohhhhhh, che bella notizia! Lo sapevo, lo sapevo, lo sapevo, l'avevo capito da tempo! Si vedeva dagli occhi, erano lucidi e ancora più belli. E poi tutte quelle corse in bagno... Ma che meraviglia, che meraviglia, sai già la data del parto? Che nomi ti piacciono? Ancora non sai se è maschio o femmina, ma appena lo sai lo dici vero? Ma hai fatto la fecondazione artificiale o tutto al naturale?"*
Dopo questa affermazione, Roberta disse: "*Giuliana, vuoi anche veder il filmato del momento del concepimento? Ma smettila per piacere...*" Gabriella scoppiò a ridere, e anche Valentina. Giuliana indispettita, ma conscia di aver esagerato, sorrise, evidenziando come sempre la bava agli angoli della bocca. Poi prese il vassoio con le brioche, ne addentò una, dicendo: "*Le porto via, non ti preoccupare.*" Le portò nell'altra stanza ma tornò immediatamente, non voleva perdere una parola della discussione: la sua colazione piena di curiosità era servita su un piatto d'argento.
Giuliana era eccitatissima, Gabriella era sempre stata discreta e poco chiacchierona, ma una gravidanza in corso

sarebbe stata sicuramente oggetto di discussione. Iniziò a girare intorno all'argomento, sembrava un avvoltoio pronto a ghermire una carogna, anche perché Gabriella era in trappola, chiusa fra il muro e Giuliana stessa, che aveva indosso il suo sorriso migliore. Valentina, sempre elegante e poco eclatante, con un gesto del viso indicò la porta del bagno. Gabriella capì al volo e improvvisamente un altro conato la fece chiudere nuovamente in bagno. Fortunatamente il lavoro prese Giuliana e tutta la sua fame di curiosità: era il periodo della fiera del libro, quindi fioccavano le telefonate e gli appuntamenti. Questo consentì a Gabriella di uscire dal bagno e di studiare una strategia di fuga più solida di un conato di vomito, che poteva essere usato in caso di emergenza. La settimana passò. Ormai anche se la nausea non era così importante era usata per fuggire da Giuliana.

La domenica successiva la coppia si svegliò tardi, giusto il tempo per prepararsi e andare dai genitori di Cristiano. Gabriella era emozionata, sentiva le mani calde, un sudore lieve le scendeva lungo la schiena. Quella sensazione le faceva percepire la sua prigionia, ogni goccia di sudore era destinata ad infrangersi contro il cotone della canottiera ed estinguersi, come la sua libertà. Destinata ad infrangersi contro Cristiano.

Colazione da donna incinta, 4 fette biscottate accompagnate da un po' d'ansia. Una doccia veloce e via in auto. Cristiano era euforico. Doveva sbattere la prova della sua virilità davanti alla sua famiglia, soprattutto davanti al fratello. Per l'occasione si era messo l'abito migliore, giacca, cravatta, fermacravatta d'oro, scarpe lucide e forfora sopra le spalle. Non mancava il profumo di pino silvestre. Gabriella dovette aprire il finestrino per non vomitare per via del nauseante profumo. Durante il tragitto Cristiano dette istruzioni. *"Gabriella, tu non dei parlare, dico tutto io chiaro? Tanto tu hai poco da dire, e devi dire anche che ti licenzi."* *"Mi licenzio? Ma dobbiamo ancora parlarne."* Immediatamente il tono di Cristiano mutò. *"Gabriella, avevi detto che ti saresti licenziata. Lo ricordo bene, non vuoi par caso dirmi che mi invento le cose adesso!"* La donna non sapeva come reagire, si sentiva come la goccia di sudore adesso, stava scivolando per infrangersi, ma questa volta fu diverso, fu ancora diverso...

Senza pensarci un attimo di più, Cristiano mollò un manrovescio sul viso della moglie, che la fece sbandare verso il finestrino. *"Non devi contraddirmi cazzo, non devi contraddirmi! Tu hai detto che volevi licenziarti, non io chiaro? Chiaro?"* Gabriella sentì più dolore all'anima che al viso. Il colpo per via dell'angolazione non era stato tremendo. Di colpo si girò verso il marito, voleva dire qualcosa, forse ribellarsi, forse urlare... Ma lo sguardo iniettato di sangue e sicuramente la paura anche questa volta impedirono una reazione.

Il paesaggio attorno all'auto era dolcissimo, boschi a destra e a sinistra pieni di primavera, aria mite che contrastava con l'aria tossica all'interno dell'auto. Cristiano poco dopo rallentò e fermò l'abitacolo, iniziò a piangere come un bambino, singhiozzava, sembrava disperato. Si gettò fra le braccia della moglie, pieno di singhiozzi e lacrime. *"Perdonami Gabri, perdonami, perdonami... Io ti amo, ti amo, ti*

amo… Ma non contraddirmi, poi reagisco cosi! Io so quello che
dico, vedi come mi riduci poi? Lo vedi?"
Gabriella mutò atteggiamento, iniziò ad accarezzare il marito sul viso e asciugò le lacrime con un fazzoletto di carta. Un senso di incredibile potenza la avvolse. Qualcosa di già provato prima. Un senso di controllo, di potere, più forte dell'affronto subito con lo schiaffo. Stava facendo suo il concetto che se il suo comportamento era di un certo tipo, quasi remissivo e molto accudente, riusciva a controllare la violenza che il marito usava in modo gratuito. Dopo un eccesso di ira, tutto tornava calmo se lei si fermava, ascoltava e dopo accudiva.

"Si Cristiano, ti perdono, ti perdono… Adesso smetti di piangere o arriverai a casa dai tuoi stravolto…" Il marito si calmò, anche lui gaudente per la situazione che si era venuta a creare. Appena arrivati sotto casa dei genitori di Cristiano, Gabriella prese sotto braccio il marito. Chissà cosa voleva dimostrare e a chi. Cristiano si fece cullare da quel gesto, si galvanizzò, si sentiva un eroe. In pochi minuti furono sul pianerottolo.

L'odore di pasta al forno sembrava danzare sulle scale, per poi insinuarsi dentro i vestiti. Fortunatamente in quel momento Gabriella non aveva nausea. Il viso di Giovanna, con i suoi denti cariati, accolse la coppia con incredibile entusiasmo. *"Cristiano, Gabriella, venite, venite! Non ho preparato niente da mangiare, poca roba, come vuoi tu Gabriella."* *"Grazie Giovanna, tutto bene?"* *"Sì, figlia mia tutto bene. Entra che ti do un aperitivo."* Anche qui i piedi sopra le pattine e l'odore di prigionia che trasudava pure dai muri.

Fortunatamente seduta sul divano, con la pancia tonda che premeva contro i vestiti, c'era Ornella, sorridente e serena come sempre; appena dietro c'era Arianna, sorpresa a giocare con il papà. Anche Giacomo era sorridente ed estremamente sicuro nei modi di fare, sicurezza data dalla felicità che aleggiava intorno alla sua figura. *"Ciao Ornella, come stai? La pancia cresce bene? Sono contenta!" "Ciao Gabri! La pancia cresce, va tutto bene... Ormai sono agli sgoccioli..."* "La mamma è agli sgoccioli" ripeté la piccola Arianna. Poi le due donne si scambiarono baci sulle guance e si sedettero assieme sul divano.

Cristiano salutò i genitori e rivolse appena un cenno al fratello, alla cognata e alla nipote. Immediatamente Giovanna si presentò con una forchetta zeppa di melanzane, con un piattino sotto per evitare che l'abbondante olio sgocciolasse sul pavimento. Aglio e origano entrarono nelle narici di Gabriella ed uscirono sotto forma di conato, che insospettì la suocera e fece sorridere Ornella. Gabriella scappò in bagno e continuò ad avere continui conati. Cristiano sorrideva tronfio, quasi godeva della situazione, si guardava intorno in cerca di consensi. Ma voleva aspettare il pranzo per la comunicazione ufficiale, quando tutti potevano assistere al suo trionfo. Arianna chiedeva incuriosita cosa stesse succedendo, e Giacomo cercava di darle spiegazioni adatte ad una bambina. Poco dopo Gabriella uscì dal bagno e Cristiano immediatamente invitò tutti a sedersi a tavola. Cosa che fecero tutti, tanto mezzogiorno era suonato. Il tavolo tondo, allungato, riusciva a stento ad ospitare tutti, tranne Giovanna, che faceva avanti ed indietro fra il tinello e il cucinino, riempiendo piatti e vassoi.

Appena tutti si sedettero, Cristiano senza badare a niente e nessuno, impaziente come un bambino davanti ad un barattolo di Nutella, disse tronfio: *"Gabriella è incinta!"* Non riuscì a dire altro, anche perché poco poteva dire, ma doveva dirlo, doveva gettarlo sopra la tavola dove tutti mangiavano. Ornella si alzò e baciò la cognata sulla guancia, Giacomo fece lo stesso, e Arianna applaudì il gesto dei genitori. Anche Giovanna abbracciò la nuora e lo stesso fece Michele. Ad un certo punto Cristiano puntualizzò: *"Il padre sono io"* e si guardò intorno in cerca di consensi, ma le attenzioni ovviamente erano tutte per la futura mamma. Cristiano era tremendamente geloso, tremava, e il suo tremore, aumentava la sua rabbia, ma non poteva esplodere. Allora per attirare nuovamente l'attenzione prese il bicchiere, lo alzò e disse ad alta voce: *"Un brindisi ai genitori, Gabriella e Cristiano!"* Di conseguenza tutti presero il bicchiere e brindarono ai genitori appunto, dando un po' di importanza anche a lui. Giovanna però si accorse dell'insoddisfazione del figlio e andò da lui e iniziò a baciarlo ed abbracciarlo, dandogli l' attenzione che cercava.

Cristiano guardava intensamente il fratello Giacomo, sembrava sfidarlo anche solo con lo sguardo. Poi Arianna iniziò ad applaudire, richiamando l'attenzione di tutti, quindi la provocazione cadde nel vuoto.

Dopo le feste dovute alla rivelazione, tutti si sedettero nuovamente a tavola, continuando a parlare di maternità. Cristiano esordì: *"Gabriella si licenzierà, basto io a mantenere tutta la famiglia, ho un lavoro importante e guadagno bene."*

Nessuna reazione da parte del fratello e della cognata, avevano già affrontato questo discorso in passato e non erano d'accordo rispetto ai concetti di indipendenza ed autonomia personale.

Michele rinforzò il parere di Cristiano. *"Hai ragione figlio mio, hai ragione. Le donne a casa devono stare, specialmente quando ci sono figli.* "Giacomo a questo punto intervenne dicendo: *"La diretta interessata è Gabriella, la decisione è sua prima di tutto."* *"Non ti impicciare* "rispose seccamente Cristiano *"io non sono come te, mia moglie la mantengo io e i miei figli anche."* Giacomo scoppiò in una fragorosa risata, che irritò ancora di più il fratello. La moglie con lo sguardo lo invitava a smettere di ridere. Gabriella guardava attonita la scena: lei era la diretta interessata ma non riusciva a dire nulla. La paura di contraddire il marito la bloccava.

"Giacomo, sempre il solito sei, ribelle e dispettoso" disse Giovanna, difendendo Cristiano. Giacomo smise di ridere, evitando inutili discussioni. A quel punto Cristiano, forte dell'aiuto dei genitori, rintuzzò il discorso: *"Certo, io sono un dirigente, mica un operaio come te! Il mio stipendio è almeno il doppio del tuo!"* *"Vero, hai ragione, anche il mio tempo a casa è almeno il doppio del tuo. Sai, a me piace stare con mia moglie e mia figlia, ancor di più adesso che ne è in arrivo un'altra."* Cristiano era paonazzo, tremava, le mani sopra il tavolo sembravano pronte a percuotere. Ornella, saggia ma quasi spaventata, per calmare gli animi disse: *"Ognuno è felice per le proprie scelte. Festeggiamo la gravidanza di Gabriella con un bel brindisi!"* Giacomo dopo il brindisi si mise a parlare con la figlia, avrebbe voluto dire molto altro, ma per la pace del momento evitò ogni parola che poteva essere offensiva.

Era calmo, si faceva forza dell'amore di sua moglie e di sua figlia. Sembrava preoccupato per la cognata che, immobile, faceva dei sorrisi di circostanza.

Il pranzo proseguì. Gabriella cercava di trattenere i conati di vomito, andava spesso fuori sul balcone, per prendere boccate d'aria e non di pasta al forno. Finito il supplizio della distribuzione di cibo, tutte le famiglie si sedettero sui divani di pelle rossa del salotto. Ovviamente il discorso era sempre incentrato sul lavoro di Cristiano, sullo stipendio che riusciva a portare a casa e soprattutto sul prestigio che stava acquisendo. Ad un certo punto Cristiano, sempre tronfio, disse: *"Ho stipulato un' assicurazione sulla vita, pago un tot al mese per me e un tot per Gabriella."* Il fratello tranquillamente rispose: *"Un' assicurazione? Praticamente una pensione parallela. Ma paghi tanto?"* *"Per me pago molto, ovviamente ho molto valore, sono un dirigente. Invece per Gabriella pago poco, ha poco valore essendo donna e una semplice impiegata."* Giacomo scoppiò in una risata fragorosa e rispose: *"Spero tu stia scherzando... Stai parlando di tua moglie e così dicendo oltre a lei offendi tutto il genere femminile... E se poi ti nasce una figlia femmina? Che fai?"* *"Sempre il solito polemico, capace solo di fare figlie femmine... E magari non sono nemmeno tue! Tua moglie fa l'infermiera e si sa cosa fanno le infermiere di notte con i medici."* Dopo aver detto questo, Cristiano era ancora più tronfio e soddisfatto. Un silenzio glaciale calò sopra tutti. Giovanna e Michele non dissero nulla, rafforzando le parole dette da Cristiano. Ornella stava per rispondere, ma fu preceduta dal marito che, infarcito dalla rabbia causata anche dalla reazione dei genitori, sospirò e disse: *"Ragazze, andiamo via. Qui l'aria è inquinata. Non solo fa male a noi, ma anche ai futuri nascituri e speriamo che siano femmine."* Detto questo Ornella si alzò, prese Arianna, salutò Gabriella, attonita e muta, fece un cenno ai suoceri e aprì la porta, seguita dal marito che salutò solo Gabriella.

Cristiano era semplicemente raggiante, il suo sorriso emanava felicità e fierezza. I genitori non parlavano ma sorridevano, e questo atteggiamento confondeva Gabriella che però, per evitare commenti o altro, stava zitta.

"Bene, finalmente se ne è andato. Anzi se ne sono andati tutti e tre e mezzo. Ma cosa vuole dimostrare, che è il migliore di tutti? Lui sua moglie e la figlia sono solo pezzenti e niente altro." Detto questo, assieme ai genitori, andò in sala da pranzo e prese a mangiare frutta secca. Chiamò Gabriella, che si sedette accanto a lui senza dire una parola. L'atmosfera era irreale, la famiglia riprese a chiacchierare come se nulla fosse e ogni tanto affondava la lama del giudizio su Giacomo e la sua famiglia. Il pomeriggio passò allo stesso modo. Gabriella era isolata sopra un divano. Ogni tanto Giovanna le offriva qualcosa da mangiare. Poi vi fu la cena. E poi il ritorno a casa.

35.

Lunedì mattina. Qualcosa era mutato. Gabriella si sentiva divisa a metà. Felice per la gravidanza ma timorosa di parlare con la gente. La sua felicità appunta era divisa a metà. Si stava insinuando dentro di lei una strisciante ansia, ancora vaga, incapace di definirsi, incapace di collegarsi al marito e alla situazione. Dominava ancora il concetto del controllo, dominava il fatto che, se lei si comportava in un certo modo, il marito non si alterava, e se si alterava comunque comportarsi in modo amorevole aggiustava tutto. Ma quel lunedì qualcosa cambiò. Dopo che Cristiano andò via, Gabriella si preparò per andare al lavoro, come sempre. Ma poi invece di andare alla stazione per prendere il treno, dove sicuramente avrebbe incontrato Alessandro, Paola e altri ancora, prese l'auto, che puzzava di muffa e disagio, e si gettò in strada diretta verso Torino, zona Lingotto, dove avrebbe preso la metro.
La primavera iniziava a colorare Candiolo, il parco verdeggiava timidamente, l'erba aveva il colore della speranza che si accompagnava agli studenti che lentamente si recavano a scuola, giocosi alcuni e mesti altri, carichi di zaini e adolescenza. Il canto delle cince risuonava ovunque, anche nel cervello. Musica classica in auto, per reprimere i pensieri, per non farli uscire dalla testa. Parcheggio facile presso il Largo Caduti, accanto ad un sottopasso profondo e grigio. La metro, dinamica e sotterranea, ingoiò la donna che si guardava intorno per evitare lo sguardo di visi amici. Occhi bassi sul pavimento nero e salì sulla scala mobile,

che con lentezza la deglutì nuovamente. La musica di sottofondo era allegra, leggera. Un non vedente camminava più sicuro di lei fra quelle scale e tornelli, o forse erano i pensieri che impedivano a Gabriella di camminare lesta. Poi fu ingoiata nuovamente dal treno e proiettata verso altri visi, verso altri ostacoli.

Il percorso di risalita fu più piacevole, saliva verso l'azzurro intenso del cielo e ciò accese una fiammella di buon umore dentro la donna, affievolito nuovamente appena vide Giuliana. Solite fughe, solite dinamiche. Il ritorno verso casa, fu ancora più cupo.

Quella sera Cristiano era particolarmente nervoso. Il suo ingresso in casa portò immediatamente un freddo gelido. Sguardo basso, odore di ufficio, forfora in abbondanza sopra le spalle. *"Vado a fare una doccia"* disse risoluto. L'acqua che scendeva non lavava il clima di tensione che regnava in casa. Gabriella era stanca, non aveva una gran voglia di cucinare ma lo doveva fare. Scongelò al microonde un polpettone preparato giorni primi. Sapeva organizzarsi e in poco tempo la cena fu pronta. Oltre al polpettone aveva preparato con dovizia una insalata di finocchi. Mentre tagliava la verdura le sembrava di tagliare pezzi della sua vita. Pezzi di un mosaico impossibile da ricostruire. Continue lacerazioni allontanavano i frammenti, frammentando ancor di più ricordi e pensieri. Seduti a tavola, Gabriella mise sopra il piatto tre fette di polpettone ancora fumante, accompagnato da patate bollite. Cristiano non alzava lo sguardo dal piatto. Non aveva degnato la moglie nemmeno con un saluto. Appena mise la prima forchettata in bocca, dopo aver masticato appena, si alzò di scatto, scagliando le posate addosso alla moglie. Fortunatamente il coltello scivolò sopra il tavolo. *"Uovo, hai messo dell'uovo sodo dentro. Sai che odio l'uovo, sei sempre la solita incapace."* Gabriella si guardò il ventre, era macchiato di sugo. Sembrava sangue. Ma ad essere ferita era l'anima, non il corpo. Si alzò e la forchetta cadde sul pavimento, con un suono metallico che la scosse anche dentro. Si chinò per raccoglierla, ma appena fu nuovamente dritta un dolore sordo le riempì il viso. Incrociò lo sguardo di Cristiano. I suoi occhi erano iniettati di sangue, l'azzurro chiaro era quasi scomparso, cancellato dalla rabbia e dalla violenza. Senza nemmeno permettere un respiro, un pugno in pieno viso spaccò le labbra di Gabriella, facendo sgorgare sangue a fiotti, che scivolò prima sul mento e poi sul vestito azzurro.

Gabriella alzò lo sguardo e vide nuovamente il braccio alzato, pronto a colpire nuovamente. Un pensiero guizzante uscì dalle sue labbra e si trasformò in voce. *"Hai ragione Cristiano, sono una incapace. Ho dimenticato che l'uovo non ti piace, scusami. Come posso rimediare?"* Poi prese un tovagliolo, e tamponò il labbro, ancora spaccato, ancora sanguinante. Il tovagliolo assorbiva i pensieri che non poteva dire, che era meglio non dire. *"Preparo della purea su vuoi, ci metto un quarto d'ora al massimo. Nel frattempo puoi guardare la televisione."* Con il vestito sporco di sugo, sangue e sottomissione riprese a cucinare, trattenendo lacrime e pensieri.

Improvvisamente si sentì cingere i fianchi. Un brivido le percorse la schiena. Cristiano appoggiò il suo mento sopra le spalle della moglie. Le sue guance toccavano quelle di

Gabriella, pelle a pelle, ma pensieri lontanissimi. *"Scusami amore mio, scusami. Non lo farò più. Oggi ho avuto una giornata pesante e poi ti ci metti anche tu con l'uovo dentro il polpettone. Stai più attenta, devo dirtelo ogni volta."* "Sì Cristiano, hai ragione, come sempre. È colpa mia, come sempre, sono incapace." Non riuscì ad aggiungere altro.

Il paraspruzzi della cucina, in alluminio, rifletteva la sua immagine completamente distorta, deformata, opaca. Un fantasma incapace di pensare per ribellarsi, solo per difendersi. Poi Gabriella appoggiò le labbra sopra la guancia del marito. Il taglio faceva male, molto male... Cristiano l'abbracciò forte, stringendola, Gabriella non capiva se per affetto o possessione. Poi dopo si sedettero nuovamente a tavola. La purea calda appena toccava le labbra di Gabriella scottava ancor di più. Ma il dolore non doveva trasparire.

La notte fu insonne. Gabriella si alzò presto. Si guardò allo specchio. Il labbro era tumefatto, gonfio. Lo zigomo viola. Cristiano appena la vide scoppiò a piangere dicendo: *"Vedi cosa accade se mi contraddici? Mi dispiace Gabri, mi dispiace... E adesso come si fa?"* "Non so, vedo il da farsi. Adesso vai al lavoro." Detto questo Cristiano, come sgravato da una responsabilità, le diede un bacio e andò via. Gabriella doveva trovare una soluzione, non poteva andare al lavoro in quelle condizioni. Una caduta? Poteva anche starci, era scivolata mentre correva in bagno a causa di un conato. Lo stipite di una porta? Poteva starci anche quello. Una finestra incastrata aperta maldestramente? Quante cose ci possono stare dietro una mano... Poi l'occhio cadde sopra la pancia. *"Sono incinta, Alberto mi* darà una settimana di malattia, non farà discussioni nemmeno se telefono" pensò la donna, felice dell' idea. Così telefonò ad Alberto, il suo medico di base. Prima di chiamare provò ad alta voce, come in una recita, quello che doveva dire, doveva riuscire a non farlo venire a casa, non doveva vederla così. Doveva essere convincente, decisa, ma stanca. Impresa ardua, ma si doveva fare.

Titubante prese la cornetta, e chiamò. "Ciao Alberto, sono Gabriella." "Ah ciao, dimmi pure, cose c'è che non va?" rispose il medico, sempre attento. "Mi sento molto stanca, tutto qui. Non mi sento male, solo stanca. Sono sincera, non mi sento di andare a lavorare..." "Ma si stai tranquilla, una settimana di malattia non la si nega alle donne in stato interessante, va bene? Cosa faccio, ti porto il certificato a casa se vuoi..." Un brivido percorse la schiena di Gabriella, cosa poteva dire? "Non voglio disturbarti, lascia il certificato in farmacia, mando qualcuno a ritirarlo. Tanto non ho fretta, va bene?" "Va bene, tu non uscire, stai a casa e riposati. Ciao a presto! E se hai bisogno fammi sapere."

Rimaneva il problema di ritirare il certificato. Non poteva uscire, altrimenti si sarebbe visto il labbro rotto e lo zigomo tumefatto. Non restava che telefonare a sua madre e dirle che stava male e che doveva ritirare il certificato. Non aveva molto da fare a parte le pulizie di casa.

La chiamò immediatamente, dicendo che poteva andare anche l'indomani, se voleva. Fortunatamente non obiettò. Anche la telefonata al lavoro andò bene, rispose Valentina che poi riferì a Giuliana.

Dopo aver sistemato la situazione lavorativa, iniziò a sistemare la casa, anche se in realtà non vi era molto da sistemare. L'indomani però sarebbe arrivava sua madre, cosa fare per il livido e per il labbro? Prese uno specchio che ingrandiva molto e guardò bene lo zigomo. Non vi erano tagli e ferite, solo una contusione bluastra. Prese il suo cofanetto dei trucchi: dentro vi era poca roba, non era abituata ad usarli. Vi era qualche correttore, una matita, del fondotinta e un solo rossetto, quello usato per il matrimonio. Lentamente iniziò a passare il correttore, sfumando con il dito. Non era facile, se ne metteva troppo si creava uno spessore che evidenziava ancora di più il problema. Un solo strato, passato leggero. Poi passò al fondotinta, fortunatamente era più scuro, ambrato. Il pennello sapientemente spolverò lo zigomo, prima uno, poi l'altro.

L'effetto era buono, non ottimo ma buono, si vedeva solo una piccola zona ambrata, che però non creava sospetti.

La situazione più difficile era sul labbro, tagliato e ancora gonfio. Passò il rossetto fino al margine del taglio, non poteva andare oltre. Poi adottò lo stesso procedimento che riservò per il livido. Correttore e fondotinta. Il risultato fu meno brillante, il gonfiore non si può nascondere con il trucco. Vista da lontano però il risultato era buono.

Da vicino un po' meno, ma nel complesso era soddisfatta del suo lavoro. Incredibile, essere soddisfatta per aver coperto i segni delle percosse. Iniziò a preparare la cena con molto anticipo, perché voleva preparare qualcosa di buono e rigorosamente senza uovo. Cristiano telefonò per sapere come aveva risolto la situazione, e dopo le dovute delucidazione la congedò con un *"ti amo"* che sapeva di amaro.

Il giorno dopo Gabriella si alzò presto nonostante fosse a casa e preparò la colazione al marito. Fette biscottate con burro e marmellata, the caldo e caffè. Cristiano guardava la moglie con estrema tenerezza, poi disse: "*Guarda cosa ti ho fatto, guarda... Mi dispiace Gabriella, mi dispiace.*" "*Dai, è passata ormai, andiamo avanti.*" Poche parole, poche effusioni, tanto vuoto. Gabriella doveva risistemarsi il trucco, arrivava sua madre, non doveva vedere, non doveva capire, doveva solo portare il certificato. Nulla di più. Appena Cristiano andò via, Gabriella si sistemò davanti allo specchio e cercò di essere il più meticolosa possibile. L'attenzione nel coprire il livido fu massima. Verso le 10,30 arrivò Mariuccia con il suo solito sguardo privo di affetto e il solito vestito, pulito ma consumato. Entrò in punta di piedi e appena varcò la soglia disse: "*E le pattine?*" "*Mamma, il pavimento è di ceramica, non di marmo... Puoi entrare tranquilla. Vuoi un caffè?*" "*No grazie, devo andare subito a casa, ho le pulizie da fare.*" Poi estrasse dalla borsa il certificato medico e lo posò sopra il tavolo. Di scatto il suo sguardo si posò sul viso della figlia. Gabriella era in imbarazzo, ma una parola avrebbe potuto dare conferma a qualche pensiero. Quindi si girò e disse: "*Mi preparo un caffè, ne ho proprio voglia.*" Così facendo diede le spalle alla madre che poco dopo, sempre con la scusa delle pulizie, se ne andò.

Appena la porta si chiuse, Gabriella sospirò rumorosamente. Chissà se la madre aveva notato qualcosa! Il suo sguardo era stato strano. In ogni caso non aveva detto nulla, ma questo aveva poco significato. Pochissime volte esprimeva un pensiero, anche se l'evidenza era palese.

Il resto della mattina Gabriella lo passò a letto. Tutto era pronto e tutto era pulito. Non aveva nulla da fare, proprio nulla. Non poteva uscire, ma non poteva neppure telefonare alle amiche, Cristiano non avrebbe gradito. Prigioniera in casa.

Le rimaneva un ultimo problema. Qualcuno doveva portare il certificato di malattia in ufficio e l'unico che poteva fare questo era Cristiano. Propose la cosa la sera stessa, facendo molta attenzione a non irritarlo. Il marito quella sera sembrava di ottimo umore, quindi disse che il giorno dopo in pausa pranzo sarebbe uscito e avrebbe portato il certificato. La cosa suonò strana a Gabriella, ma evitò di pensarci troppo, per non appesantire troppo la situazione. Anche quella notte, come tutte le altre, trascorse senza un'effusione, senza una carezza. Da quando Cristiano aveva saputo che la moglie era incinta, il poco desiderio sparì del tutto. La cosa pesava a Gabriella, per la sensazione di non essere desiderata.

Il mattino dopo Cristiano si alzò presto, era incredibilmente allegro. Dopo aver mangiato la colazione preparata dalla moglie, partì salutandola con un bacio sulla guancia. All'una circa si recò alla casa editrice. L'odore di muffa che aleggiava sotto i portici era un odore che gli piaceva, non capiva il motivo ma era un profumo familiare, in cui stava bene. Entrò in ufficio, dove trovò Giuliana appena rientrata dal pranzo. *"Buongiorno, sono il marito di Gabriella, devo consegnare il certificato medico."* A Giuliana si illuminarono gli occhi, la lingua bagnava nervosamente le labbra.

Questa era un'occasione ghiotta, da non perdere. Si guardò intorno, ma purtroppo non c'erano brioche o pasticcini da condividere. Un pensiero balenò nella sua mente. *"Posso offrirle un caffè? Si sieda prego. Come sta la futura mamma?"* Cristiano si sedette, mantenendo una formalità degna di un presidente del consiglio. *"Abbastanza bene, ma è devastata dalle nausee, specialmente al mattino ... Veramente impressionante."* *"Mi spiace, mi spiace... Ma secondo lei riuscirà a rientrare?"* *"Non so a dire il vero... Ma sa, il mio stipendio basta. In realtà credo che potremmo prendere altre decisioni."* Giuliana era sempre più affamata, e visto che Cristiano aveva già consegnato il certificato ed era impaziente sulla sedia, cercò qualcosa che potesse trattenerlo ancora. Fortunatamente per lei il caffè uscì in quel momento, borbottando allegramente. *"Il caffè è uscito, la prego non si può prendere il caffè da soli... Zucchero o miele?"* *"Amaro grazie."* In quel preciso momento Roberta urlò. *"Valentina, stanno passando i vigili, dove hai la macchina? Stanno per fioccare le multe."* Cristiano, attaccato al denaro come un topo al formaggio, si alzò di scatto, si scusò frettolosamente e scappò via, lasciando Giuliana di stucco, con la bavetta attaccata agli angoli della bocca. Ma già molto era stato detto. Ovviamente non c'erano i vigili, il tutto era stato architettato da Roberta e Valentina, per impedirle di assaporare notizie.

Gabriella a casa, ignara del comportamento del marito, si annoiava. La sera Cristiano arrivò a casa e disse a Gabriella ciò che era successo alla casa editrice. Accennò anche al fatto che per lui, come già espresso in passato, un suo licenziamento sarebbe stato gradito, ma non disse che ne aveva già parlato a Giuliana. Gabriella non disse nulla, quindi Cristiano ribadì con un *"Chi tace acconsente"* che concluse la serata.

Gabriella si sentiva molto frustrata da questa imposizione, anche se pensava che il suo unico pensiero doveva essere la gravidanza e che in fondo, se Cristiano la voleva a casa, era solo per amore.

La settimana intera passò nella noia totale. L'unico passatempo era controllare spesso che i segni sul viso lentamente si attenuassero, fino a sparire quasi del tutto. Anche il sabato e la domenica passarono inerti. Gabriella guardava la sua pancia. Ancora non si vedeva nulla, anche se dentro pulsava nuova vita.

Il lunedì Gabriella era contenta, sarebbe tornata al lavoro. Almeno poteva uscire e prendere un po' d'aria. Dopo aver percorso il nuovo itinerario in auto e metro, arrivò in ufficio.

La accolse Giuliana. *"Gabriella, bentornata! Sai, ho conosciuto tuo marito, che uomo incantevole! Mi ha parlato dei vostri progetti." "Dei nostri progetti? Non sapevo ti avesse parlato di questo."*

"Ah, bene, vieni allora, parliamone, ti farà bene." "No grazie Giuliana. Ho molto da lavorare, devo sbrigare un sacco di arretrati, ne parleremo un'altra volta." Detto questo, liquidò la superiore che rimase basita di fronte a una tale sicurezza, mai vista in Gabriella. Perfino lei stessa si stupì della sua capacità di reagire, ma non aveva alcuna voglia di confrontarsi, anzi di parlare a senso unico.

Il suo umore non era buono, aveva voglia di isolarsi, di non parlare con nessuno. Iniziò a lavorare alacremente, solo per non pensare ad altro. L'altro era la casa, il marito, la gravidanza. Gli ultimi lividi erano scomparsi e con essi erano scomparse, almeno in superficie, le paure. Dava le spalle alla porta. La sua postura di chiusura impediva perfino a Giuliana qualunque tentativo di entrare in contatto. Valentina e Roberta, decisamente più discrete e meno assetate di notizie e pettegolezzi, lasciarono la collega tranquilla, assorta nel suo lavoro e nei suoi pensieri, intrisi di ormoni, tristezza e futuro.

Una telefonata al cellulare ruppe la mattinata, era Cristiano. *"Ciao amore, come stai? Ti stanca il tuo lavoro vero? Pensaci bene, hai la nostra creatura dentro, pensaci. Questa sera arriverò prima, voglio stare un po' con te. Adesso vado, ho una riunione fiume, ciao amore."* Un semplice ciao da parte della donna concluse il tutto. Non riusciva a capire se questa telefonata fosse affettuosa o violenta, così ad un certo punto ebbe un moto di rabbia e spezzò la matita. Fortunatamente nessuno la vide.

"Cosa mi sta succedendo? Cosa provo? No. Sono decisa. Amo Cristiano. È affettuoso, lo fa per me. Lo fa solo per me."

In pausa pranzo, per non dare troppo nell'occhio, si unì a Roberta e Giuliana, sapeva che non le avrebbero chiesto nulla. In loro compagnia l'umore salì un po', riuscivano a non farla pensare, o almeno riuscivano a farle pensare cose belle. Si sparlava di Giuliana, e questo era un modo per dire in modo simpatico che era meglio non cedere alle sue lusinghe, che confidarsi con lei poteva essere molto pericoloso. Ritornarono in ufficio. Dopo pranzo tutti si lasciavano andare a chiacchiere goliardiche, culinarie e altro ancora. Gabriella era completamente assente, scriveva al computer lasciando che quel brusio le passasse addosso, attraverso, senza lasciarle segni. Avrebbe preferito lavorare in silenzio, ma non poteva pretendere il silenzio altrui. Quindi entrò nel monitor per estraniarsi ancora di più. Il monitor sembrava una finestra aperta sul mondo, un mondo diverso da quello dove viveva. La fotografia era quella di una spiaggia, dove palme e cielo si confondevano con il mare. Poche impronte, nessuna nuvola ad imbiancare i pensieri. Solo calma e serenità. Batteva i tasti della tastiera senza avere nessun documento aperto. Scappava, scappava, ma ancora non aveva preso coscienza della sua situazione. Semplicemente perché non si era resa conto di essere in una situazione non sana.

Dopo un pomeriggio passato a guardare il monitor, finalmente arrivò l'orario di chiusura. Portici odorosi di muffa e urina di cane, poca voglia di arrivare a casa, rallentare il passo per allontanare l'orario di arrivo. Ma tanto si doveva arrivare, inutile prolungare la sofferenza. Metro e auto. Passaggio veloce in paese, quasi di nascosto per evitare di farsi vedere.

Meccanicamente preparò la cena, evitando uova e derivati. Un ottimo arrosto di lonza era pronto sul tavolo, fumante e profumato. Bagnato in un sugo scuro, denso, arricchito con patate novelle. Cristiano arrivò a casa, diede un bacio a Gabriella e chiese come era andata la giornata lavorativa. Dopo la risposta positiva, si rabbuiò un po': "*Ma per quanto tempo hai intenzione ancora di andare a lavorare? La pancia sta crescendo, i rischi aumentano. Io soffro nel vederti andare via, fra un po' non entrerai più in macchina! E poi in metro o in treno puoi prendere qualche colpo e magari rischi di abortire!*" "*Cristiano, non sono ancora così grossa, dai!*" rispose Gabriella con un moto di ribellione *"e poi esiste l'aspettativa, la maternità. Licenziarsi adesso mi sembra una cosa fuori luogo."* Un silenzio gelido piombò in casa. Cristiano andò alla finestra, la aprì, prese aria. Dava le spalle a sua moglie, che lo guardava intimorita, ma non aveva reagito. La rabbia del marito passava attraverso la camicia e la maglia, sembrava quasi una sfera che lentamente stava diventando sempre più grande e avvolgente. Poi Cristiano chiuse la finestra. Un rumore sordo. Passi pesanti sul pavimento. *"A tavola Cris, è pronto. Ho preparato dell'arrosto."* Nessuna risposta, solo il rumore della sedia che si muoveva per accoglierlo. Subito dopo si sedette anche Gabriella, erano uno l'uno di fronte all'altro. Cristiano non diceva una parola. Tagliava l'arrosto con il coltello, nonostante la sua morbidezza permettesse anche l'uso della sola forchetta. Lo torturava, lo sfaldava, tenendo lo sguardo sempre basso. Gabriella disse con tono sommesso:*" Tutto bene Cris?"* Dopo questa semplice domanda Cristiano scoppiò. *"Vedi che continui a fare di testa tua? Lo vedi?"* Poi prese il piatto con l'arrosto e lo gettò in terra, a due passi dalla moglie che venne colpita da qualche scheggia. Si alzò di scatto e urlò: *"Vai via, vai in camera o ti massacro! Te le cerchi proprio."* Dopo queste parole Gabriella, spaventata, si alzò di scatto e andò in camera da letto, chiuse tutte le tapparelle e accese la radiosveglia, per coprire eventuali rumori o urla.

Infatti poco dopo la porta si aprì di scatto, creando uno spostamento d'aria che fece volare le tende come fazzoletti usati. Gabriella era in piedi al bordo del letto. Cristiano le si avventò addosso e la spinse fino a farla cadere. Istintivamente la donna si mise le mani davanti al viso, per proteggersi. Il suo cuore era un tamburo africano. Batteva ad un ritmo impressionante, lo sentiva in gola, nel petto, nello stomaco, ovunque. Non riusciva ad urlare o a reagire, riusciva solo ad opporre una ridicola difesa. Un colpo alla spalla però la fece gemere dal dolore, un altro ancora, sempre nello stesso punto e poi un altro alla coscia. Poche parole da parte del marito, ma significative. *"Tu sei mia, mia mia! Hai capito, capito?"* Incredibilmente poi le si avventò ancora addosso. Riuscì in un attimo, ma la resistenza era davvero nulla, a strapparle i collant e sfilare gli slip, poi allargò le gambe e fu dentro di lei, cercando di baciala in bocca, senza incontrare nessuna resistenza. *"Vedi che ti amo? Lo vedi? E tu ti comporti così!"* Pochi secondi per consumare un rapporto unilaterale. Un gemito solo da parte del marito. Poi come se nulla fosse, si alzò e ritornò in camera e si sedette a tavola. Gabriella si sistemò. Tolse le calze, strappate e sporche, e tolse anche gli slip. Andò in bagno. Il viso era integro, almeno quello. Ritornò in sala da pranzo, come un automa cercò di sistemare il disordine dei piatti rotti. Si sentì afferrare da dietro, cristiano la abbracciò, la strinse, la baciava sul collo, cercando ancora le labbra. Gabriella era inerme. Un' anima con un corpo in prestito. Non sapeva nemmeno lei cosa stesse provando in quel momento. D'istinto si guardò la pancia, era bella, ma ancora piatta, apparentemente priva di nuova vita. Non un gesto di ribellione, non una parola. Andò nuovamente in bagno, ma evitò lo specchio... voleva solo lavarsi. Entrò in doccia, acqua calda, ma niente lacrime, forse cadevano all'interno. Ma bruciavano di più.

Niente sangue questa volta. Meglio, avrebbe evitato trucchi e correttori.

Come se nulla fosse Cristiano riprese a cenare, invitando
la moglie a tavola. Come sempre puntualizzò: "È *colpa tua,*
non fai quello che ti dico e poi sono costretto a dare di testa e chi
ci rimetti sei tu. Ti prego, fai come dico io." Si alzò e nuovamente abbracciò la moglie, che ricambiò i baci e le carezze.
Ma la sensazione era strana, le sembrava di abbracciare
una coperta di ortiche.

Abbozzò anche un tiepido sorriso, e questo causò un pianto interno ancora più grosso del precedente. Dopo aver
sistemato la cucina, tutti e due assieme come una coppia
affiatata, andarono a letto. Un letto di spine, irto di pensieri appuntiti, che le impedivano il sonno, la pungevano.
Cristiano dormiva normalmente, per lui dopo l'eccesso
d'ira tutto tornava normale.

La frequenza degli episodi violenti stavano aumentando
ed erano sempre più aggressivi.

36.

Marzo ormai era quasi alla fine, le temperature erano tiepide. Il sole dava energia e luce. Arrivò nuovamente il mattino. Gabriella aveva sempre meno voglia di alzarsi ad andare al lavoro. Aprì l'armadio, indossò un vestito scollato color beige, in ufficio la temperatura era sempre alta. Le stava un po' stretto, una piccola rotondità sull'addome la rendeva orgogliosa. Una giacchetta nera con le maniche lunghe copriva le sue spalle. Era elegante, come sempre del resto, i collant color carne e le scarpe nere con un poco di tacco completarono il tutto. Appena uscita da casa, l'aria del mattino la coccolò un po', abbracciandola su tutto il corpo. Anche se fresca, non faceva male, anzi la confortava. Giuseppe la salutò, quel giorno era a casa perché una delle bimbe era ammalata, ma era chiaro che per lui fosse un piacere.

In auto la musica non riusciva a coprire pensieri cupi. Ma la voglia e la capacità di ribellarsi non erano ancora presenti. Pensava fra sé: *"Passerà, ne sono certa, passerà. È solo un periodo, e poi è anche colpa mia. Ma se lo assecondo poi è bravo, mi ama tanto. Appena nascerà nostro figlio cambierà, anzi io lo cambierò."*

Arrivò in ufficio, dove ogni giorno si ricreavano le solite dinamiche. Valentina la guardò ben bene ed entusiasta le disse: *"Gabriella, si inizia a vedere un po' di pancetta! Non sei contenta?" "Dici? Si vede? Secondo me è la mia pancetta normale, ma tanto prima o poi si vedrà per forza."* Riprese a lavorare, aveva degli scaffali da svuotare per fare spazio a nuovi libri e nuovi faldoni di fatture. Si tolse la giacchetta e la posò sopra una sedia. Poco dopo entrò Giuliana, anche lei doveva lavorare in quella stanza. Gabriella si sentiva gli occhi addosso, se li sentiva appiccicati. Pessima sensazione. Poi Giuliana, con il suo solito sorriso di plastica, chiese: "*Gabriella, ma sei caduta? Hai dei lividi sulle spalle e sulla coscia... Sei caduta?*" Una stilettata in pieno cuore, da lasciare senza fiato. Aveva controllato solo il viso, il resto del corpo no, quindi non si aspettava una domanda del gente, non era preparata. Guardò verso la pancia e le venne un'idea illuminate. "*No Giuliana. Non sono caduta, ieri ci sono arrivati del mobili per la cameretta del futuro nascituro, tutto imballato ovvio. I facchini hanno lasciato il tutto appoggiato al muro dell'entrata, inavvertitamente ho urtato e alcuni pezzi mi sono caduti addosso. Vedessi Cristiano come era preoccupato! Voleva portarmi in Pronto Soccorso! Poi ha telefonato alla ditta che ha consegnato i mobili e ha litigato, non l'ho mai visto così arrabbiato, non sembrava lui.*" Giuliana con la bocca aperta, ascoltava e assaporava tutto. Il suo sguardo interrogativo chiedeva altro, ma Gabriella si girò e riprese a lavorare senza dare altre spiegazioni. Giuliana disse, "*Non hai altro da raccontare?*" "*No, nulla tutto qui.*" "*Ah... Pensavo avessi altro da dire...*" "*No, davvero.*" Gabriella ebbe un impeto di umanità, la voglia di confronto e di sfogo fece capolino dalla bocca, ma poi venne ricacciata in gola. Poco dopo Gabriella andò in bagno, si guardò allo specchio e vide i lividi. Non era abituata ancora a queste cose, non si era guardata. Il suo sguardo cadde anche sulla coscia, piena di evidenti segni blu. Ormai non poteva più coprire nulla, non avrebbe avuto nemmeno senso. Se non avesse tolto la giacchetta si sarebbe visto solo il livido della gamba, quando si sedeva. *"La prossima volta starò più attenta"* si ripromise. Incredibile come le botte fossero entrate nella normalità.

Il rientro a casa fu imbarazzante. In metro Gabriella cercava di mettere la borsa sopra la gamba, per coprire il brutto segno blu. Le sembrava di avere tutti gli occhi addosso, in realtà nessuno si curava di lei, la sua era solo una percezione errata della realtà. A casa fu una serata normale. Cena, poche chiacchiere e a letto.

Sabato mattina. Gabriella si alzò verso le 8,00, le pulizie di casa imponevano un discreto tempo. Come sempre preparò la colazione al marito, portandogliela a letto. Accompagnò il caffè e le fette biscottate con un bacio sulle labbra, coccola che Cristiano apprezzò ricambiando. *"Dai alzati, devo mettere le lenzuola in lavatrice. Cosa facciamo oggi, usciamo?"* *"Sì, ci stavo giusto pensando. Andiamo a Torino a pranzo? Conosco un ristorante niente male. Mi raccomando, vestiti bene."* *"Sì amore, perfetto, faccio un po' di pulizie e poi andiamo."*

L'atteggiamento di Cristiano era pacifico, la bufera sembrava passata e questo diede a Gabriella una ventata di ottimismo. Prese le lenzuola dal letto e l'occhio cadde su una macchia di sangue, il suo. Forse la realtà era un' altra, o forse era stato solo un brutto sogno. La lavatrice girava lentamente, una spirale infinita, da dove era impossibile uscire. Le lenzuola potevano essere paragonate a lei stessa: macchiate di sangue e costrette a girare prigioniere in un vortice. Ma la musica della radio e il sole scacciarono questi pensieri dalla mente. La scopa elettrica rumoreggiava in casa, puliva pavimenti, non coscienze.

Dopo prese le lenzuola e le stese al sole. Salutò Giada, anche lei stava stendendo, ma esibiva con tutta naturalezza un sorriso disarmante, più luminoso del sole stesso. Accanto a lei sua figlia giocava con le mollette, anche lei sorridente e serena.

Poi Gabriella rientrò e iniziò a prepararsi per uscire. Cristiano era sotto la doccia, poteva vestirsi in camera da letto. Abito scollato di colore bianco panna, rigorosamente sotto il ginocchio, collant color carne, scarpe nere, con 10 centimetri di tacco e giacchetta nera, con le maniche lunghe. Questo abbinamento copriva tutto, gambe, spalle e soprattutto lividi. Si sentiva bene, quasi serena. Poteva uscire, vedere gente, essere libera. Cristiano fu presto pronto, indossò l'immancabile forfora, compagna fissa dei suoi abiti.

La coppia uscì di casa ed entrò in auto. Avrebbe voluto dire a suo marito di togliere l'Arbre Magique, che le dava letteralmente il voltastomaco, ma non osò farne cenno. Poche parole dentro l'abitacolo. Arrivarono in Torino in poco tempo, poco traffico per strada. Via Roma, bella come sempre, lucida e sgombra da bancarelle, offriva il solito elegante spettacolo di vetrine immense con manichini vestiti di abiti primaverili e odore di caffè e profumi di dolci. Gabriella aveva voglia di un caffè, ma non si permetteva di chiedere. Si tenevano per mano. o forse era Cristiano che teneva per mano Gabriella. Giunti in piazza Carignano, Gabriella si mise a guardare intorno. Palazzo Carignano pareva volerla abbracciare, le sue mille finestre guardavano la coppia con stupore. Occhi aperti dentro l'anima. Le forme tonde accompagnavano pensieri dolci, quelli che Gabriella avrebbe voluto. Ma i mattoni rossi, quasi color del sangue, riportavano tutto alla realtà. Si sedettero al tavolo. Il tepore era bello, piacevole, rendeva possibile mangiare fuori. Grandi lampioni a cinque luci vegliavano dall'alto la coppia. Qui non succede nulla, quo controlliamo noi, sembravano dire. Il cameriere arrivò, elegante nell'abito scuro.

Porse il menù e attese le risposte. Optarono per un pasto frugale, spaghetti al ragù, senza aglio, bistecca di sottofiletto, tenero e privo di grasso. Acqua naturale. Insalata verde come contorno e mezzo litro di vino bianco. La tovaglia rossa richiamava ben altre cose. I calici trasparenti erano pieni di vuoto.

La coppia si guardava negli occhi, ma non si diceva nulla. Cristiano allungò la mano e prese quella di Gabriella. I colombi parevano gelosi di questa scena.

Amorevole, romantica, priva di violenza. Un quadretto dentro piazza Carignano. Il cameriere versò il vino bianco. Le bollicine correvano verso l'alto, incapaci di stare prigioniere dentro un calice trasparente che faceva vedere tutto, ma nulla faceva toccare e vivere. Cristiano mangiò velocemente: masticava poco, deglutiva soltanto. Gabriella era più lenta, assaporava di più, voleva vivere di più. Cielo azzurro e poche nuvole. Tutto sembrava perfetto.

Una passeggiata in piazza Castello, dove i portici riparavano la coppia. E poi il ritorno a casa. Cristiano fuori casa sembrava tranquillo, anonimo addirittura, timido e silenzioso. Il tragitto in macchina fu senza parole. Nemmeno 60 anni in due, ma 2000 di pesantezza emotiva.

La sera, prima di andare a dormire, Cristiano confessò il suo desiderio sessuale ma disse che la paura di fare male al feto lo frenava. Non aveva nominato Gabriella, solo il feto.

La domenica mattina arrivò. Era il giorno di riposo per Cristiano. Gabriella in passato si recava a Messa, ma non riusciva più ad andarci. La domenica mattina si stava a casa a prendersi cura di sé... Qualche volta si usciva assieme, ma lontano da Candiolo. Cristiano non voleva incontrare gente, specialmente amici o amiche di Gabriella. Potevano fare domande sulla loro vita privata e sul futuro. In verità anche Gabriella ormai preferiva uscire poco, aveva poco da raccontare e temeva che il suo aspetto lasciasse trasparire il suo malessere.

Quella mattina Gabriella iniziò a preparare due torte, una per loro e una per il marito, l'avrebbe portata al lavoro. Iniziò a lavorare di buona lena. Accese il forno per scaldarlo e prese la farina dallo stipite dalla cucina. Era allegra, canticchiava anche una canzoncina. Le parole sbattevano fra i denti però, incapaci di prendere il volo. Forse temeva di svegliare il marito.

Ma appena sentito un rumore in camera da letto, chiamò: *"Cris, sei sveglio?" "Sì amore mio, sono sveglio e affamato." "Non muoverti, arrivo fra cinque minuti."* Immediatamente smise di preparare la torta e con il batticuore imburrò delle fette biscottate, per poi ungerle abbondantemente di marmellata alle prugne, la preferita dal marito. Poi scaldò al microonde una bella tazza di latte e mise dentro due

cucchiaini di miele, ovviamente non poteva mancare il caffè. Mise tutto in un bel vassoio d'argento, con sopra un centrino fatto all'uncinetto. Entrò in camera e si sedette sopra il letto accanto al marito. "*Che trattamento da re.* Grazie Gabri." "Dai mangia, che dopo c'è un'altra sorpresa." "Un'altra? Che meraviglia, cosa ho fatto per meritarmi tutto questo?" "Dai riposati ancora un po', è presto, vado in cucina."
Detto questo, contenta, si rimise all'opera per proseguire la preparazione delle torte. Mise la farina nella terrina e prese le uova, ma si accorse che ne mancavano due per il giusto dosaggio. Si girò verso la camera da letto, la porta era chiusa, sicuramente il marito aveva ripreso a dormire, quindi prese coraggio e uscì, bussò alla porta di Giada e Giuseppe, sicuramente le avrebbero donato due uova. Gabriella stava tremando, non aveva chiesto il permesso a Cristiano, lui era geloso di Giuseppe. La porta si aprì e il sorriso di Giada la sorprese. "*Ciao Gabriella, dimmi, tutto bene?*" "*Sì Giada, tutto bene, il fatto è che sto preparando delle torte e mi sono accorta che mi mancano due uova.*"
"*Vieni dentro*" rispose Giada "*ti preparo un caffè?*" "*Volentieri, ma non vorrei che si svegliasse Cristiano…*" "*Dai ci metto un minuto.*" Gabriella entrò e appena oltrepassò l'ingresso vide Giuseppe, con la scopa elettrica, che spazzava il pavimento. Il suo viso era raggiante e i suoi denti irregolari la investirono con un ennesimo sorriso esplosivo. Aveva sopra le spalle una delle due bimbe, la più piccola, che si teneva al suo collo, come una cavallerizza professionista. I suoi capelli biondi, lunghi fino alle spalle, ondeggiavano, mentre il padre danzava usando l'aspirapolvere come una

spada che tagliava il terreno. L'altra figlia correva intorno ai due, battendo le mani a ritmo.

I tre presi dal loro gioco o dalle pulizie non si accorsero neppure dell'arrivo dell'ospite e continuarono a danzare divertendosi come bambini alle giostre. Gabriella era impietrita, allibita, emozionata... La casa profumava di felicità, di vita, di gioia, il divano era sommerso di giocattoli, di bambole. Perfino il cane, un mastino marrone malfermo sulle gambe, sembrava felice. La donna rimase ferma ad ammirare la scena, la fermò dentro la sua mente, finché Giada arrivò con la tazzina colma di caffè. A questo punto Giuseppe vide Gabriella e spense la scopa elettrica per salutare la donna. Anche le bimbe le andarono incontro con un gran vociare gioioso. Era questa la felicità? Era questa la vita che desiderava? Non c'era bisogno di risposte.

Il caffè aveva un gusto dolcissimo, nessuno tipo di zucchero dolcifica come la felicità. Le labbra non volevano staccarsi dalla tazzina, volevano assaporare ancora e poi ancora quella sensazione unica. Ma la porta accanto era vicina, il marito e anche tutto il resto erano vicino. Per un momento lungo un respiro si rese conto della sua prigionia. Ma doveva rientrare a casa, e magari tentare di mutare qualcosa. Prese le uova, prese un po' di felicità, salutò tutti e corse via, lasciandosi dietro una traccia di malinconia densa come la pece. Varcò la soglia di casa sua. Nessun odore di felicità. Forse con la nascita di un figlio tutto sarebbe cambiato. Riprese a preparare le torte.

Le uova caddero dentro la farina, amalgamandosi con lo zucchero, che dava però poca dolcezza. Mentre impastava, passavano davanti ai suoi occhi le immagini appena viste. Era investita da tanta felicità, stordita, sbalordita. Si preparò un altro caffè, ma nonostante tre cucchiaini di zucchero rimaneva ancora amaro. Mise le torte in forno, prima una, poi l'altra. Le vedeva lievitare e diventare dorate, da sola, in cucina.

Verso le undici Cristiano si alzò, Gabriella gli preparò un altro caffè. Il marito era nuovamente cupo, di poche parole. Si infilò in bagno e fece una doccia. Quando uscì dal bagno disse: *"Vado un attimo a prendere il giornale, torno subito."* *"Va bene, preparo pranzo intanto. Oggi pasta fatta in casa."* Nessuna risposta, solo la porta che sbatteva. Un bel ragù cuoceva sul fuoco, borbottava allegramente, riempiendo di profumo la casa. Le tagliatelle erano in attesa di essere gettate dentro la pentola piena d'acqua bollente e salata. Cristiano rientrò. Non salutò nemmeno, il suo silenzio riempiva Gabriella di terrore. Quindi per calmarlo o per non istigarlo, non chiese nulla. Rimase in attesa di reazioni e riprese a cucinare. Erano ormai le 12,30, si poteva pranzare. La tavola era preparata. Tagliatelle appena fatte condite col ragù, fumanti e saporite, arricchite con parmigiano, e polpette accompagnate da insalata fresca. *"Cris, vieni, è pronto in tavola."* Cristiano si sedette e con gli occhi bassi iniziò a mangiare, poi sempre con lo sguardo basso disse: *"Sei andata da Giuseppe? Dimmi la verità."* Gabriella piena di terrore deglutì la forchettata di pasta intrisa di sugo. Non poteva negare, forse Cristiano si era alzato mentre lei era nel pianerottolo e aveva visto. Cercando di mantenere la calma disse, abbozzando un sorriso: *"Sì, mi mancavano delle uova, non me ne ero accorta. C'erano anche Giada e le bimbe, sapessi che belle che sono.*" Cristiano continuò a mangiare, senza dare risposta. Sguardo basso, tensione più densa del ragù. Deglutì un boccone, poi un altro... Lentamente alzò il viso dal piatto. *"Perché non mi hai avvisato?"* *"Ma Cristiano, stavi dormendo, non volevo disturbarti, l'ho fatto per te no?"* *"Di' la verità, volevi vedere lui, le uova erano una scusa."* Gabriella non sapeva cosa rispondere, qualunque sua risposta sarebbe stata sbagliata. Rimase in silenzio, in attesa di una reazione. Silenzio lunghissimo. *"Perché non rispondi? Sai che chi tace acconsente, no?"* *"Dai Cristiano, non scherzare. Davvero, avevo bisogno delle uova!"* *"Smettila* "urlò il marito *"smettila, lo so che ti piace e che sei dispettosa, vedi? Mi stai facendo arrabbiare!"* *"No Cris, non ti arrabbiare, non serve"*implorò.

" Vedi, mi stai chiedendo di non arrabbiarmi, quindi ammetti la tua colpa." Gabriella era incastrata, non sapeva cosa dire e cosa fare. Rimase immobile. Poi riprese a mangiare, tenendo lo sguardo basso. Finito il primo, si passò al secondo. Le polpette erano veramente ottime. Morbide e succose, degne di un ristorante. *"Perché non dici niente?"* incalzò Cristiano. *"Non ho niente da dire, mi mancavano le uova e sono andata. Tutto qui. Dai che dopo c'è la tua torta preferita."* Esattamente dopo una frazione di secondo Gabriella si trovò addosso il piatto con le polpette, il piatto del marito, che gli arrivò in pieno petto. Il vestito sembrava insanguinato, ma era solo sugo. Però l'azione di Cristiano non era finita, una sberla in pieno viso fece scricchiolare i denti della donna, un altro colpo, un pugno, la colpì sull'occhio, e lei si dovette tenere al tavolo per non cadere. Non una parola fra i due.

Poi Cristiano si alzò di scatto, prese la giacca e uscì di casa. Gabriella, stordita, lasciò uscire il marito, rimase al tavolo attonita ancora per 10 minuti circa, cercando di capire dove avesse sbagliato. Ripercorse a ritroso tutto il discorso, ma non trovava nulla di sbagliato. Forse il fatto di non aver avvisato Cristiano quando era uscita per chiedere le uova.

Lentamente qualcosa stava mutando. Ancora si dava la colpa di ciò che era accaduto, ma qualcosa si era incrinato. Una piccola, piccolissima crepa che dava spazio alla speranza. Cominciava a farsi strada in lei l'idea che Cristiano fosse ingiusto. Che fossero ingiuste le botte che riceveva.

In ogni caso però doveva sistemare tutto, Cristiano poteva tornare da un momento all'altro. Andò in bagno, tolse il vestito, gettò tutto in lavatrice: tovaglia, tovaglioli, canottiera e slip. Il dolore no, quello non si lava in lavatrice. Non piangeva neppure, ormai era terribilmente parte di una routine. Indossò una tuta.

Il pavimento era pieno di sugo e pezzi di piatti rotti. Anche i mobili erano sporchi. Il campanello suonò. Gabriella si alzò, andò di corsa ad aprire, sicuramente era Cristiano, rientrato per chiedere scusa.

Ma appena aperta la porta si trovò davanti Giuseppe, con il volto scuro, lo sguardo cupo ma protettivo. "*Gabriella, tutto bene? Sono entrati dei ladri o altro?*" L'imbarazzo della donna era spesso come la porta blindata. Cosa poteva rispondere? Doveva pensare a qualche scusa in un attimo. Vedeva il torace di Giuseppe espandersi, era agitato, quasi pronto ad una colluttazione, ma non aveva paura. Un lampo nella mente. "*È stata male mia suocera, Cristiano è dovuto scappare via di corsa. Abbiamo ricevuto una telefonata ed è corso via." "Sarà come dici tu, comunque sappi che noi siamo qui accanto, chiaro? Ah, ancora una cosa... Ma Cristiano ha un fratello che si chiama Giacomo?" "Sì, ha un fratello che si chiama Giacomo... E tu come fai a saperlo?" "Se è lui abbiamo fatto il militare assieme, devo avere il suo numero di telefono. Ci siamo persi di vista dopo sposati, tutto qui. Comunque ti ripeto, se hai bisogno noi siamo qui."* Detto questo, diede un'occhiata al viso, strinse le labbra, salutò e rientrò in casa.

Gabriella chiuse la porta e corse in bagno. Questa volta era l'occhio che stava diventando livido, oltre allo zigomo. La donna capì che Sicuramente Giuseppe si era accorto di qualcosa. Ma poco importava. L' indomani avrebbe dovuto recarsi al lavoro, era necessario coprire tutto, nulla avrebbe dovuto vedersi.

Doveva organizzarsi, sicuramente l'occhio sarebbe diventato nero e gonfio e lo zigomo avrebbe avuto un bel colorito bluastro. Cosa fare? Chiamare nuovamente il medico e mettersi in malattia? La gravidanza lo avrebbe permesso, ma non osava. E poi quella settimana doveva andare a fare la spesa, non aveva più nulla in casa. Avrebbe escogitato qualche altra scusa. Per tamponare prese del ghiaccio e lo posizionò dove necessario. Il ghiaccio faceva male, bruciava; l'unico pensiero che le venne fu che era strano che il ghiaccio bruciasse. Forse il freddo arrivava direttamente dentro l'anima e là dentro reagiva con qualcosa, forse con la voglia di ribellione.

Poco dopo aveva riordinato tutto. Sola. In compagnia di una mano stampata sul viso.

Il pomeriggio passò in perfetta solitudine. Nessun segno da parte di Cristiano. Verso sera, si presentò a casa. Cupo, dimesso, si avvicinò alla moglie e l'abbracciò forte. *"Scusa amore mio, scusa. Non riesco a trattenermi. Perché ti comporti cosi?"* Gabriella era pietrificata, ghiacciata. Era sua la colpa? Situazione ambigua, ma le risposte che dava dovevano essere precise.

Così rispose: *"Avrei dovuto avvertirti, tutto qui. Ma non ho fatto nulla di male a parte questo."* *"Dovevi avvertirmi, almeno quello. Almeno quello! Abbracciami dai, non lasciarmi così..."* Detto questo Gabriella abbracciò Cristiano, che nel frattempo aveva iniziato a piangere e a scusarsi nuovamente. Poi vide il volto della moglie. *"Guarda cosa ti ho fatto... Sono un mostro, un mostro. Cosa farai domani?"* *"Vedrò di aggiustarmi in qualche modo, adesso non preoccuparti. Se permetti io vado a letto, sono stanca veramente."* *"Sì vai, vai, fra poco ti raggiungo."*

La donna si cambiò, dando un'ultima occhiata allo specchio. Occhio sinistro nero e zigomo anche. Labbra integre, almeno quelle. Notte insonne oltre che piena di dolori.

Al mattino Gabriella si alzò prima del solito, il trucco doveva essere accurato, meticoloso. L'occhio nero era troppo difficile da coprire, meglio lasciarlo così, indossare degli occhiali scuri ed eventualmente inventare una scusa. Lo zigomo sarebbe stato coperto con il classico correttore. Si truccò, coprì le occhiaie per nascondere anche la notte insonne. Uscì di casa guardinga, come una ladra, colpevole di nulla ma di tutto allo stesso tempo. Si infilò in auto, lì si sentiva meglio. Anche se era Marzo la nebbia era spessa, con gli occhiali scuri non si vedeva nulla. Quindi li tolse e iniziò a guidare.

Arrivò presto al Lingotto. Qui indossò gli occhiali scuri, stonavano un po' con tutto il contesto, ma pazienza. Nessuno badava a lei, in realtà nemmeno lei badava a se stessa. Il problema era l'ufficio e soprattutto Giuliana. Entrò, si fece forza e tolse immediatamente la copertura, lavorare con gli occhiali da sole avrebbe incuriosito anche la polvere. Giuliana era radiosa, aveva argomenti tangibili da commentare, argomenti che si vedevano. Fantastico, quasi più gustoso di un vassoio di cannoli. *""Gabriella, mamma mia che brutto occhio! Non dirmi che hai sbattuto contro la porta, non ci crederei nemmeno se vedessi il filmato!"* Prima scusa bruciata, Giuliana era astuta. *"No, altro che stipite. Ieri mattino ho avuto un conato così forte, che mentre ero in ginocchio davanti alla tazza del gabinetto ho sbattuto. Un dolore tremendo, Cristiano voleva portarmi al pronto soccorso, ma non ho voluto. Sai, tutte quelle domande... Magari avrebbero pensato che fosse stato lui a picchiarmi! Sai come sono sospettosi al pronto soccorso..."* *"Eh già..."* rispose Giuliana. Poi si avvicinò. Controllava la collega di sottecchi, da capo a piedi.

Gabriella lavorando si girava, per sottrarsi a quello sguardo invadente. La cosa che le dava più fastidio era il sorriso della collega. Quel sorriso giudicante, saccente, onnipotente. *"Vieni a pranzo con me oggi? Sai ieri sono andata ad una mostra di quadri, i fiamminghi, so che ti piacciono, così ti racconto"* disse Giuliana. *"No grazie! Sai, sono ancora in preda alle nausee, mi sono portata qualcosa da casa e non so nemmeno se riuscirò a mangiarlo, grazie comunque per il pensiero. Sei gentilissima."* Anche questa volta era riuscita a sfuggire, ma prima o poi sarebbe dovuta andare a pranzo con lei. Era la sua titolare, doveva essere cortese. E poi Giuliana era permalosa, in qualche modo avrebbe potuto fargliela pagare. Roberta, si avvicinò e sottovoce disse, "*Gabri, se vuoi ci sono, quando vuoi, anche di notte.*" Sembrava che tutti avessero capito tutto, tranne lei forse, ma che nessuno osava dire qualcosa. Situazione strana, omertà senza omertà, chiarezza senza chiarezza.

La giornata lavorativa fu nervosa, gli sguardi e le battute provocatorie di Giuliana erano pesanti da sopportare. Probabilmente la collega non si rendeva conto di quanto fosse invadente. "*Bisogna parlare, bisogna sfogarsi*" diceva ad alta voce, ma non direttamente a Gabriella "*parlare è importante, allevia la sofferenza, fa stare meglio! Perché tenersi tutto dentro, bisogna tirare fuori ogni cosa.*" Gabriella era esasperata, una pentola piena di fagioli che bolliva sarebbe stata più gradevole. Odiava quel tono provocatorio.

Ma non poteva fare nulla. Aveva altro a cui pensare.

Quel giorno doveva andare a fare la spesa, poteva indossare gli occhiali da sole di giorno, ma di sera? L'unica soluzione era chiedere un permesso a Giuliana e arrivare ancora con la luce al supermercato. Non sarebbe andata a Candiolo, lì avrebbe incontrato senz'altro qualcuno che la conosceva. Ma si doveva fermare nella farmacia del paese, aveva ordinato un farmaco per il marito, uno specifico per la psoriasi.

Prese coraggio e chiese a Giuliana il permesso per uscire prima, Giuliana lo concesse, tanto ormai gli argomenti di conversazione fioccavano. Di corsa Gabriella andò al supermercato, acquistò in gran fretta l'occorrente, non controllò nemmeno i prezzi. Gli occhiali scuri erano un gran fastidio, ma non poteva toglierli. Ovviamente non toccò le uova... Arrivò all'auto trafelata, doveva arrivare a Candiolo con la luce, così avrebbe potuto giustificare gli occhiali.

Di corsa si infilò nel traffico delle diciassette. Via Ventimiglia a Torino sembrava un formicaio, il centro del mondo. Auto in fila, auto in doppia fila, mamme con passeggini, uomini con cani al guinzaglio, ciclisti: tutti in quel momento? In realtà il tempo scorreva come sempre, ma per Gabriella tutto sembrava lento, quando si ha fretta e ansia un minuto equivale ad un'ora.

Dopo aver passato anche la rotonda di corso Maroncelli entrò in tangenziale, striscia grigia come la sua vita, ma in questo caso utile e scorrevole. Candiolo la stava aspettando. Il parcheggio della piazza era quasi pieno, troppo per i suoi gusti. Troppi gli occhi che potevano vederla. Indossò la sua difesa, gli occhiali da sole, ed entrò in farmacia.

Annamaria la accolse con un gran sorriso cordiale. *"Buongiorno Gabriella, il farmaco è arrivato. Come va? È da un po' che non la si vede in paese."* *"È vero, il lavoro mi prende molto e appena posso sto a casa, preferisco così."* *"Capisco, appena sposati si sta bene solo a casa."* Poi andò nel retro a prendere il farmaco che aveva ordinato Gabriella. Poi continuò a chiacchierare. *"Gabriella ma ha la congiuntivite? Le da fastidio la luce? Se vuole ho qualcosa di utile per quello."* Un gelo improvviso. L''imbarazzo avvolse Gabriella, cosa poteva dire? Se avesse detto di sì, avrebbe dovuto togliere gli occhiali per fare vedere l'occhio, in caso contrario, forse tutto si sarebbe messo a tacere. Ma qualcosa di strano accadde, forse in modo inconscio Gabriella stava chiedendo aiuto. Tolse gli occhiali e mostrò l'occhio pesto. In ogni caso una signora a lato aveva visto la tumefazione e continuava a guardarla. Nascondere la cosa l'avrebbe messa ancor più in evidenza..." *Guardi qui come mi sono ridotta, ho sbattuto forte mentre avevo un conato di vomito, ieri mattina. Non sono riuscita a trattenermi.*"

La farmacista rimase interdetta, certo erano cose che potevano capitare, ma il tutto sembrava perlomeno strano. "*Oh, mamma mia... Mi dispiace. In questi casi l'unica cosa da fare è aspettare, o eventualmente passare le pomate classiche come Lasonil o Reparil gel, che possano accelerare la guarigione. Ma non è il caso di truccare nulla, fosse una cicatrice o un angioma consiglierei il Camouflage, ma questa è un'altra cosa.*"

"*Prendo del Reparil, allora.*" Gabriella, memorizzò quella parola francese, Camouflage, avrebbe poi cercato bene cosa in realtà fosse, con calma a casa. Prese il tutto, pagò. Indossò nuovamente gli occhiali e andò a casa di tutta fretta, lasciando la farmacista un po' perplessa.

Appena giunta a casa, accese il computer e si connetté su internet. Tempo lunghissimo in attesa di una risposta, poi appena il motore di ricerca comparve, scrisse la parola "Camouflage". Gli si aprì un mondo: si trattava di un correttore in crema molto più spesso e denso degli altri e anche più resistente al tempo e al sudore. Si poteva acquistare in tutte le profumerie e vi erano anche varie tonalità di colore, si poteva poi sovrapporre del fondotinta ed il gioco era fatto. Con quel tipo di trucco si potevano coprire anche i lividi peggiori, certamente bisognava saperlo distribuire bene.

Gabriella era felice, aveva trovato una soluzione, anche se in realtà era una copertura, nulla di più. Sembrava conscia del fatto che le botte sarebbero continuate e non cessate. L'inconscio fa brutti scherzi, fa togliere gli occhiali da sole in farmacia e poi la razionalità, al momento più forte, trova soluzioni alternative.

Avrebbe comprato quei prodotti in Torino, non certamente a Candiolo. Prima di spegnere il portatile cancellò la cronologia e ogni traccia di una sua navigazione. Cristiano poteva irritarsi per tutto. Poi preparò cena e aspettò il marito, che arrivò verso le 21,30. Sembrava sereno. Appena vide l'occhio della moglie iniziò a piangere a dirotto.

"*Gabriella, cosa ho combinato? Cosa hai detto alla gente? Hai detto che sono stato io, vero?*" "*No Cristiano, no. Non lo direi mai, lo sai. Sono riuscita a trovare delle scuse, anche al lavoro.*" "*Ah, anche al lavoro? Ma hai ancora intenzione di andare a lavorare per molto? La pancia cresce.*"

Cristiano era passato da un argomento all'altro, aveva nuovamente messo il piano della discussione a suo favore, stava nuovamente chiudendo Gabriella in un vicolo cieco, dove ogni sua risposta portava ad una sola reazione.

Gabriella cercò di tergiversare. "*Oggi ha chiamato tua mamma, domenica ci vorrebbe a pranzo da loro. Che facciamo?*" "*Perché cambi discorso, amore mio? Stavamo parlando del tuo lavoro, non di mia madre.*" Incalzante come un martello pneumatico Cristiano riportò il discorso dove voleva lui. Gabriella aveva paura di una reazione violenta, quindi cercò di controllarlo. "*Fra qualche giorno ne parlerò con Giu-*

liana, adesso mi sembra brutto. Fra poco c'è la fiera del libro e c'è tanto lavoro da fare." Una manata sul tavolo la fece sussultare. Chiuse gli occhi, aspettandosi un pugno o un manrovescio ma nulla di tutto ciò accadde. Il marito si alzò di colpo, facendola nuovamente tremare di paura, poi disse: *"Vado a dormire"* e sparì dentro la camera da letto, portandosi dietro una scia di violenza e la solita forfora sulle spalle.

"Sono riuscita a controllarlo. Sono riuscita a controllarlo" pensò Gabriella, fiera di non essere stata colpita, almeno fisicamente. Aspettò un po' prima di andare a letto. Meglio far addormentare il marito. Dopo due ore circa, passate davanti al televisore con il volume bassissimo, andò a dormire. Piena di paura. Vuota di vita.

37.

Cristiano come sempre andò a lavorare prima di Gabriella, era già cupo dal primo mattino. Probabilmente l'aspettava qualche riunione con qualche capo. Come sempre. Per lei solita routine, bagno auto, metro, ufficio. Giornata magnifica di sole. Gabriella stava lavorando dietro ad una scrivania, la fiera del libro incombeva, stava sistemando inviti e sistemava scalette di intervento, inoltre correggeva commenti e recensioni. Un lavoro meticoloso. Davanti a lei Giuliana, anche lei intenta a lavorare.

Ad un certo punto una voce maschile attrasse la loro attenzione, una voce familiare per Gabriella. Davanti alla porta c'era Cristiano. Incredibile come nonostante fosse curvo e con le spalle cadenti mostrava tutta la sua altezza e violenza, almeno la sua percezione era questa. Giuliana lo guardava con la bocca aperta.

Era la prima volta che si presentava in ufficio. Senza salutare nessuno, con atteggiamento arrogante si avvicinò alla moglie e ad alta voce, con tono aggressivo disse: *"Gabriella, ma sei ancora qui? Il medico ti ha detto di non venire a lavorare, perché non lo ascolti? E poi mi hai anche preso in giro, mi avevi detto che stavi a casa oggi."* Gabriella non osava dire una parola, aveva paura di scatenare reazione ancora più violente da parte del marito, ma tutto fu inutile. Infatti con estrema forza scagliò un pugno sopra la scrivania, facendo cadere penne e altro ancora. Gabriella trattenne il monitor, che stava vacillando sotto altri colpi. Accorsero anche Roberta e Valentina, che basite rimasero immobili. Cristiano

riprese il suo sproloquio, urlando ancora più forte. *"Adesso vieni a casa, lascia perdere questo posto di merda."*
A questo punto Roberta intervenne, con tutta la sua schiettezza e decisione. *"Senti bell'uomo, qui stiamo lavorando chiaro? E poi non si tratta così una donna incinta, anzi non si tratta così nessuna donna chiaro? Adesso o esci o chiamo i carabinieri! Ma non ti vergogni? Ma guardati un po'!* "Cristiano era paonazzo, strinse le mani, formando due pugni, pronti a colpire. La violenza aleggiava nell'aria, si sentiva il suo odore, un odore dolciastro, come quello del sangue appena sgorgato, come quello del sangue che impregna i tessuti e li macchia in maniera indelebile. Puoi lavare, candeggiare, strofinare, ma il segno rimane per sempre.
Giuliana, in maniera meccanica, prese un pacco di biscotti e cominciò a rosicchiare, questo era il suo modo di placare l'ansia, non sapeva reagire in altro modo allo stress. A questo punto anche Valentina intervenne a supportare la collega. *"Hai sentito? Dobbiamo chiamare i carabinieri? Vattene immediatamente."*
Valentina si sentì perforare dal suo sguardo.
Ma ecco che vi fu la mossa a sorpresa, Gabriella si alzò e disse: *"Dai Cris, hai ragione. Ne parliamo questa sera a casa, adesso stai tranquillo, torna a lavorare. Ne parliamo, davvero non c'è nessun problema."* Aveva un atteggiamento remissivo, prono, di sconfitta.
Visti accanto i due formavano una figura che ricordava una scultura di arte moderna, dove una mano, formata dal corpo di Cristiano e dalle braccia lunghe, ghermiva uno stelo con sopra un fiore senza petali, Gabriella, esile e sen-

za la possibilità di esprimere tutta la sua bellezza, schiacciata dall'ombra della mano e dalla violenza.

Le altre donne erano stupite, quasi disgustate dall'atteggiamento di Gabriella. A questo punto Cristiano sempre con i pugni stretti si avviò verso la porta, accanto c'era la scrivania di Giuliana, con lei appoggiata intenta a mangiare biscotti. Quindi urlò: *"Ma non finisce qui, sia ben chiaro."* Giuliana cominciò a tossire, un pezzo di biscotto le era andato di traverso, ma non solo quello, anche l'orgoglio. Non era riuscita a fare nulla, se non a mangiare. Quando Cristiano fu andato via, Roberta delicatamente disse a Gabriella: *"Gabri stai serena, è solo un episodio, sarà stanco, adesso rilassati."* Poi fece l'occhiolino, come per dire *"guarda che ci sono, quando vuoi e dove vuoi."* Poi sorrise e andò in un' altra stanza, non voleva che le sue parole potessero aumentare l'imbarazzo della collega, e lo stesso fece Valentina. Gabriella fu loro grata, perché si aspettava una serie di domande a raffica da parte di tutte. E invece nulla, anche Giuliana tacque e incredibilmente riprese a lavorare continuando a mangiare i suoi biscotti, anzi ne aprì un altro pacco. Continuava a tenere gli occhi bassi, intimidita dal profumo di violenza era ancora nell'aria, ma non solo. Gabriella era un involucro di imbarazzo che camminava, faceva l'indifferente ma la sua voglia di piangere era immensa. Si alzò e aprì la finestra, l'aria fresca che entrò prese il posto dell'odore della violenza. Si sentivano i passerotti cinguettare, era periodo di amori. Gestire l'imbarazzo era difficilissimo, forse impossibile.

Quindi disse a Giuliana: "*Scusa, sono un po' scossa. È la prima volta che mio marito si comporta così, non so cosa sia capitato. Forse è meglio che vada a casa, cosa dici?*"
Giuliana, senza guardarla in viso e continuando a mangiare, rispose: "Sì *piccola, vai e riposati.*" Sentito questo, Gabriella salutò le colleghe e uscì dall'ufficio.

Avrebbe voluto telefonare a Cristiano, ma fu preceduta, infatti il suo telefono vibrò: era un semplice messaggio da parte del marito, con su scritto 'Perdonami, ti amo.'
I portici videro la donna in lacrime, lacrime contenute però. Non poteva dare sfogo a tutta la sua frustrazione e solitudine, passava gente, la guardavano. Non voleva dare spettacolo. Lo aveva già fatto Cristiano, ed era stato decisamente efficace.

Arrivò a Candiolo, non assaporò nemmeno il viaggio di ritorno ed il sole che splendeva. I prati erano puntinati di azzurro, i "fiori della Madonna" erano rigogliosi e folti. Un colpo d'occhio delicato. Decide di fermarsi in piazza. Voleva andare a salutare sua madre, magari si sarebbe anche fermata a mangiare da lei, magari anche con il padre, non lo vedeva da tempo. Parcheggiò e si diresse verso la casa dei genitori.

Il paese era quasi vuoto, a quell'ora si preparava pranzo e i ragazzi erano tutti a scuola. Era bella Candiolo, non la vedeva da tempo, nonostante ci abitasse da sempre. Ma ormai la sua prigionia era quasi perenne.

Suonò il campanello e la madre la invitò ad entrare: "*Ven su*". Il profumo di casa sua, o meglio dei suoi genitori, era il solito, ma familiare e forse, anzi sicuramente, meglio di quello di casa sua. Odore di cera, di alcool e prodotti per la pulizia dei mobili. Automaticamente salì sopra le pattine e tolse gli occhiali. La madre la guardò, ebbe un fremito di amore e forse di preoccupazione e chiese: *"Cosa ti è successo?"* Forse quella era l'occasione giusta per dire qualcosa o addirittura tutto; avrebbe voluto dire *"mamma, Cristiano mi picchia, l'ha fatto poche volte fin ora, ma l'ha fatto, credo sia colpa mia, lo provoco con il mio atteggiamento, almeno lui mi dice così. Cosa devo fare?"* Ma dalla sua bocca uscì tutt'altro suono... *" Ho sbattuto contro la porta mentre avevo un conato di vomito, e mi sono ridotta così..."*

La vetrinetta sembrava non riflettere la sua immagine...

La madre non rispose, si girò e iniziò a tagliare le cipolle per il soffritto. I suoi occhi erano pieni di lacrime ma si sa, le cipolle fanno lacrimare, irritano gli occhi.

Poi meccanicamente disse: *"Mangi con me? Sono sola. Tuo padre è al circolo, mangia lì, ha una gara di Pinnacola. Faccio solo una pastasciutta"* *"Va bene, mi fermo volentieri."* Mariuccia non chiese perché era fuori a quell'ora. Ferie? Permessi? Botte? Comunque la accolse.

Pranzarono senza scambiarsi una parola, in perfetto silenzio. I maccheroni con il ragù erano buoni, ottimi, la madre cucinava bene, avevano però uno strano retrogusto, di cui non capiva il significato. Incredibilmente la madre le sbucciò una mela. Ma non tolse nulla della sua corazza.

Finito il pranzo Gabriella andò via, baciò la madre sulle guance e lei ricambiò. Sentì una sensazione umida, forse c'era ancora l'effetto delle cipolle. Arrivò a casa e si gettò sul letto. Nessuna lacrima. Si alzò e si guardò allo specchio. Qualcosa spuntava sotto il vestito, la pancia stava mettendo un po' di volume.

L'attesa per l'arrivo di Cristiano fu snervante, la casa era pulita. La cena pronta. Tutto era pronto, tranne lei. Alle 21,00 in punto arrivò. L'aria di ufficio entrò con lui. Gettò la borsa sul divano e corse ad abbracciare la moglie. La strinse senza parlare, stringeva forte. Gabriella sentiva il suo cuore battere contro il petto del marito. Comprimeva troppo. *"Perdonami Gabri, perdonami. Non so cosa mi stia capitando in questo periodo, sono sempre nervoso. Lavoro troppo.* "Gabriella non disse nulla. Aveva paura di una reazione, Cristiano si allontanò e aprì la sua borsa. Estrasse una cartellina e da lì tirò fuori un altro documento. *"Ho prenotato una settimana al mare, io e te da soli. Lo so che non è periodo di bagni, ma ci rilassiamo. Prendi una settimana di ferie, domani telefona. Ho prenotato tutto ormai."*
Gabriella era combattuta, dentro di sé un barlume di ribellione covava sotto le lacrime, ma più grande era la voglia di ricominciare il rapporto o meglio di nascondere il tutto a tutti e provare a controllare la situazione, e magari cambiarla. Una settimana di vacanza, così all'improvviso, era sicuramente un gesto d'amore.

Quella sera Cristiano dopo cena lavò i piatti, aveva anche comprato un dolce, una fantastica meringata che mangiarono a letto. Fecero addirittura l'amore, con le solite modalità. Gabriella era felice, pensava veramente che gli episodi di violenza fossero nati non solo per colpa sua, ma anche per la situazione lavorativa stressante che il marito viveva, lavorando così tanto per il loro futuro. Forse avrebbe fatto bene a licenziarsi. Lo stipendio del marito bastava veramente.

La mattina dopo Gabriella si presentò in ufficio, nonostante l'occhio fosse ancora nero, tolse con tutta naturalezza gli occhiali da sole, poi molto candidamente ma senza provocazione alcuna disse a Giuliana e alle colleghe ciò che era accaduto la sera prima. *"Ha prenotato una vacanza, per farsi perdonare. Ha capito che ha sbagliato a fare quella scenata, è innamorato, ma è tanto stressato. Ecco il motivo del suo comportamento."*

Le colleghe la guardavano interdette, Roberta, la più schietta, disse: *"Gabri, sono contenta per te, però ricorda che il lupo perde il pelo ma non il vizio. Comunque se vuoi ne parliamo dopo, adesso abbiamo da lavorare."*

Detto questo tutte si misero a lavorare, stranamente Giuliana non intervenne in questa discussione, era rimasta molto colpita dal fatto. Osservava, guardava, sorrideva, ma non chiedeva nulla. Gironzolava attorno a Gabriella, faceva sentire la sua presenza, ingombrante come sempre, ma questa volta in silenzio.

La sensazione che faceva passare Gabriella e quella che aveva lei era di felicità e speranza. Un nuovo inizio, un nuovo matrimonio. Il vecchio era da cancellare con una gomma. Era stato scritto con una matita, schiacciando forte sopra un foglio bianco. La matita cancellava il colore, ma non la traccia, che rimaneva scolpita nell'anima e nei ricordi.

La vacanza sarebbe stata fatta. Le ferie erano state accordate senza discutere.

38.

Giunse il giorno della partenza. Una settimana in un albergo di Noli, in Liguria, lontani dal lavoro, dalla Fiat, da
Giuliana, da tutto.
Noli era veramente accogliente e colorata. La primavera
aveva riempito di fiori le aiuole del lungomare, le palme
avevano ripreso il loro colore verde brillante ed il mare
blu intenso invitava ad un tuffo. Gabbiani bianchi dalle ali
grigi punteggiavano l'orizzonte, dai bar uscivano profumi
invitanti di brioche e caffè.
I piccoli carugi erano pieni di anziani e bambini, che rallegravano anche i muri antichi, rossi, in paramano, sicuri,
solidi. L'albergo si affacciava direttamente sul mare. Una
piccola terrazzina al primo piano regalava una vista moz-
zafiato.
La coppia si mise a passeggiare sul lungomare, con la
spiaggia alla loro destra. Si tenevano a braccetto, camminavano lentamente e respiravano la brezza marina. Non
parlavano, Cristiano come sempre era di poche parole. Ma
almeno sembrava tranquillo e sereno. Di sera si approcciò
a Gabriella, e come sempre il rapporto fu frettoloso e in-
felice.
La settimana passò lenta e noiosa. La vita attorno alla coppia pulsava, tutto spumeggiava, tranne loro due. Ottua-
genari in attesa di riposo. Ma questa noia era sicuramente
meglio di altro. Nessun accenno al lavoro di Gabriella, lei
stessa non prese l'argomento. Non voleva rovinare il mo-

mento idilliaco, o meglio tranquillo. Durante la settimana nessuna telefonata a genitori o amici. Isolamento totale. Tornarono a casa. Gabriella era piena di vuoto. Provò un senso di costrizione al petto quando varcò l'uscio della loro dimora. L'odore di violenza era ormai intriso in quell'ambiente, anche le tende lo dicevano, ed erano nauseate. La situazione contrastava con il vociare allegro della porta accanto. Giada, Giuseppe, Marta e Greta riempivano di felicità la loro vita e il pianerottolo.

il solito tran tran piombò nuovamente sulla vita della donna. I lividi ormai erano quasi spariti, vi erano solo dei segni giallognoli. Ancora lavoro, ancora Giuliana, ancora vuoto. Era giunto il momento di un controllo ecografico. Ovviamente Cristiano era impegnato e non poteva presenziare, erano tornati da due settimane dalla vacanza. Fortunatamente non vi era più stato nessun episodio di violenza, né verbale né psicologico.

Si poteva persino fingere che non fosse mai successo.

Quel pomeriggio alle 17,30 Gabriella si presentò in studio. La sua solitudine pesava più di una settimana di insonnia. Come sempre la sala di attesa era piena di coppie, lei era l'unica da sola, come la volta precedente. Il suo imbarazzo traspariva, si nascose dietro ad un libro ma in realtà non leggeva, ascoltava i discorsi delle coppie. Ascoltava i progetti, ascoltava le parole sincere e percepiva l'amore che passava fra di loro. Gesti semplici, parole semplici, che andavano nella stessa direzione. La sala d'attesa era allegra, grandi poster di bambini sorridenti erano attaccati alle pareti azzurre e rosa. Riviste che raffiguravano coppie felici e che dispensavano consigli su alimentazione e vacanze. Quanti sogni infranti, quanta delusione. Ma forse tutto sarebbe cambiato dopo la nascita del bambino, una nuova vita avrebbe portato nuova energia, nuove idee, nuovi progetti.

Venne il suo turno, la ginecologa la riconobbe, non disse nulla riguardo il fatto che anche questa volta fosse sola. Procedette all'esame. Anche questa volta Gabriella si emozionò tantissimo nel sentire il rombo del cuore di suo figlio. Un ritmo velocissimo, il ritmo di un amore incondizionato, il ritmo di una vita da vivere, da proteggere.

La voce rassicurante della ginecologa disse: "*Signora Gabriella, va tutto bene, il sesso non si vede ancora, ma va tutto bene. Le proporzioni del femore e le circonferenze craniche sono normali. Le prescrivo solo qualche esame del sangue, ma senza fretta, il risultato lo porterà la prossima volta.*" "*Ah, bene, sono contenta. Comunque non voglio sapere il sesso, deve essere una sorpresa. Non vedo l'ora che nasca e di abbracciarlo o abbracciarla, ma ancora manca molto.*" "*Il tempo passa veloce, stia tranquilla e si goda la sua gravidanza. Eviti gli stress e cammini molto. Arrivederci alla prossima volta.*"

All'uscita Gabriella era ancora più melanconica, vedere tutte quelle coppie affiatate e vedere ed ascoltare il battito del cuore di suo figlio aveva accentuato la sensazione di tristezza. Rientrò a casa. Come di consueto aspettò il marito per preparare la cena e per raccontare della sua giornata. Cristiano ascoltava svogliatamente, era assorto in altri pensieri. Sembrava trasparente. Ma almeno non colpiva.

Per qualche settimana la vita trascorse piatta come l'orizzonte emiliano. Ma poco dopo qualcosa cambiò. Una sera come al solito Gabriella preparò cena. Un ottimo arrosto

di lonza di maiale, con contorno di patate. Anche il sugo era invitante. In forno c'era del pane croccante, da mettere nella zuppa di porri. Era contenta o almeno si sforzava di esserlo. Cristiano arrivò, il viso era già scuro. Gabriella fece finta di nulla e disse con tono allegro: *"Pronto in tavola per il marito più bravo del mondo."* Tentativo vano di modificare una situazione compromessa da sempre. Comunque Cristiano si sedette al tavolo, Gabriella sentiva il sudore scendere sulla schiena, le gocce erano copiose, quasi solide. La paura si fece strada nella sua mente, ma continuò con il suo atteggiamento di normalità. *"Guarda che arrosto ho preparato, il tuo preferito."* Silenzio, solo silenzio e rumore di paura. Cristiano iniziò a tagliare l'arrosto, ne mise in bocca un pezzo... Come un fulmine si alzò di scatto e sputò addosso alla moglie l'arrosto masticato, poi urlò: *"Stronza, è salato da morire! Lo sai che ho la pressione alta, mi vuoi far morire? Lo fai di proposito vero? Vuoi vedermi su una sedia a rotelle, mangialo tu questo schifo!"*
Gabriella non rispose, era terrorizzata, istintivamente si mise le mani sulla pancia, per proteggere la vita che cresceva dentro di sé. Era in piedi con la credenza sulle spalle. Cristiano andò in bagno e si lavò i denti, ulteriore umiliazione nei confronti della moglie, poi urlò: *"Preparami altro, la zuppa farà sicuramente schifo."* *"Sì Cristiano. Ho delle uova, preparo una frittata e condisco l'insalata."* A questo punto il marito, come preso da un demone, urlò nuovamente. *"Frittata, frittata, sempre e solo frittata! Non sai fare altro, sei un' incapace, una inetta! Come tua madre, come tua nonna, come tutte le donne della tua stupida famiglia! E sai perché metti troppo sale? Perché vai a lavorare, se tu stessi a casa*

avresti più tempo per cucinare meglio e per fare tutto! Questa casa è uno schifo, come te! Basta, devo proprio raddrizzarti io, le parole non bastano con te!" Appena finito di dire questo, si scagliò contro di lei.

Un calcio fortissimo la colpì sulla coscia, il colpo la fece chinare quindi lui la prese per i capelli e cominciò a tirare, fino a strappare delle ciocche. Poi le mani presero il piatto e lo scagliarono contro la donna, che fu colpita in pieno petto. Cristiano si riavvicinò, aveva una forchetta in mano e la spinse contro la spalla della moglie, trafiggendola come una cosa inutile. L'altra mano raggiunse la guancia, colpendola con forza, incredibile quanta potenza ci possa essere dietro una mano. Gabriella si coprì il viso con le mani, ma un altro pugno la raggiunse sul torace, facendola rimanere senza fiato. Non diceva una parola, cercava di difendersi semplicemente tenendo le mani sulla pancia, poi un pugno in pieno viso la colse impreparata. Le fece uscire un urlo strozzato. Cristiano non aveva intenzione di smettere, le sue mani adesso, chiuse in pugno, stavano colpendo le braccia, e poi ancora il viso. Solo a quel punto Gabriella disse: *"Basta, basta, ti prego... Ho capito, ho capito..." "Cosa hai capito, cosa? Dimmelo!" "Devo licenziarmi, non devo più andare a lavorare." "Vedi? Capisci solo le botte, non capisci altro."* Detto questo, Cristiano, si alzò, e andò in camera da letto, tirandosi dietro tutta la tovaglia e facendo cadere il resto dei piatti.

Gabriella si chiuse in bagno. Evitò il confronto con lo specchio. Questa cosa le faceva paura. Si accucciò in un angolo e pianse in silenzio. Le lacrime cadevano in terra, passando attraverso il viso e lacerando l'anima. Rimase in questa posizione per almeno due ore, le braccia cingevano le gambe, il viso era nascosto fra le ginocchia. Luce spenta, anima chiusa in un corpo martoriato.

Dopo si alzò e lentamente andò in cucina. La stanza era lo specchio di ciò che era accaduto. Schegge di piatti e di pensieri erano ovunque, perfino le tende parlavano chiaro. La vetrina piena di sugo d'arrosto sembrava piangere, lacrime che scendevano fino al pavimento. La coca cola, gettata in terra, rendeva appiccicosi i passi. Una colla, una trappola. Una mosca si dimenava nel vano tentativo di spiccare il volo. Che impressione. Per un momento Gabriella si immedesimò nella mosca, imprigionata in una piccola pozzanghera e incapace di volare. Poi il pensiero fortunatamente si trasformò. Lentamente sistemò tutta la casa, in estremo silenzio, mentre il marito russava in camera da letto.

Alle tre del mattino andò a dormire. Facendo attenzione a non fare alcun rumore. Provava un senso di disgusto a giacere accanto all'uomo che l'aveva picchiata. Ma era così stanca che non poteva fare nulla di diverso. Non chiuse occhio. Provò un terrore infinito quando la sveglia suonò e Cristiano si mosse e si alzò per andare a lavorare. Anche lei si alzò e con un sorriso imposto preparò la colazione al marito. Le solite fette biscottate imburrate e spalmate di marmellata, accompagnate con caffè nero.

Nessuna parola fra i due, nessuno sguardo. Cristiano uscì di casa, l'ufficio l'aspettava. Gabriella era stanchissima, non si sentiva di andare a lavorare quel giorno, non aveva voglia di truccarsi, non aveva voglia di mentire, non aveva voglia di affrontare Giuliana. Si rimise a letto. Non aveva più lacrime.

Il sonno non la colse. Aspettò l'orario di apertura della casa editrice, poi chiamò. *"Ciao Valentina, sono Gabriella. Oggi non mi sento bene, prenderei un giorno di ferie, così non vado dal medico. Domani torno. Avvisa tu Giuliana, non ho voglia di parlare con lei, capisci?"* *"Sì, tranquilla "*rispose Valentina, *"nessun problema, capisco. Stai serena. A domani allora e riposati."* *"Sì grazie, ciao a domani."* Ormai la stanchezza impediva il sonno. Inutile andare a dormire, inutile provare a riposare. Lentamente, con i dolori che lancinavano anima e corpo, si vestì. Nessun trucco pesante. Indossò gli occhiali scuri. Come una spia, una ricercata, uscì di casa, sempre elegante nelle movenze, nonostante le sue ferite. Attraversò la piazza più in fretta possibile. Da lontano vide Orietta, si nascose dietro la chiesa per non essere vista. Poi velocemente si recò a casa dei genitori. Il padre non c'era. Mariuccia aprì la porta, dopo che il campanello squillò. Gabriella entrò in casa. Il pavimento scuro dell'entrata rifletteva il suo umore. Le pattine posizionate al solito posto indirizzavano i passi. Odore di alcool, odore di vuoto. Odore di non affetto. Gabriella si appoggiò alla cucina. La madre con lo straccio in mano, pronta a togliere ogni impronta disse, con aria quasi di sfida: *"Cosa c'è, perché sei venuta? A quest'ora normalmente sei a lavorare..."* Gabriella non rispose, tolse solo gli occhiali e mostrò l'occhio tumefatto... Mariuccia si girò e disse: *"Alè to omu, tlas mariè... ormai aiè trop tard..."* Poi andò verso la porta, la aprì e con lo sguardo invitò la figlia ad andarsene.

Gabriella uscì da quella che era stata casa sua, la sua solitudine era l'unica compagnia. Un sorriso si formò sulle sue labbra. Gli occhiali coprirono il resto delle espressioni. Andò via, lasciandosi dietro una scia di amarezza spessa come la nebbia invernale. Rientrò a casa. Non riuscì nemmeno a piangere. Lo stesso odore di alcool aleggiava in casa sua. Accese la radio, aprì le finestre, voleva far entrare luce e profumi di fiori dentro casa. Iniziò anche a cantare. Dimenticò, o almeno cercò di non pensare alla reazione della madre, la cancellò. Come una gomma cancella un disegno fatto a matita. La sera fu identica a molte altre.

Il mattino dopo, come promesso, andò a lavorare. Ovviamente passò molto tempo a coprire i lividi con il trucco pesante. Il suo umore non era buono, aveva voglia di isolarsi, di non parlare con nessuno. Iniziò a lavorare alacremente, solo per non pensare ad altro. L'altro era la casa, il marito, la gravidanza. Negava anche a se stessa l'evidenza, forse la rimuoveva addirittura. Si chiese se nessuna delle colleghe si fosse accorta delle tumefazioni nascoste, in ogni caso non ne fecero parola. Dava le spalle alla porta. La sua postura di chiusura impediva perfino a Giuliana qualunque tentativo di entrare in contatto. Ma questo voleva Gabriella. Almeno in quel momento.

Una telefonata al cellulare ruppe la mattinata, era Cristiano. *"Ciao amore, come stai? Ti stanca il tuo lavoro vero? Pensaci bene, hai la nostra creatura dentro, pensaci. Questa sera arrivo un po' prima, voglio stare un po' con te, adesso vado ho una riunione fiume, ciao amore"* Un semplice ciao, da parte sua, concluse il tutto.

Non riusciva a capire se quella telefonata fosse affettuosa o violenta. Ad un certo punto ebbe un moto di rabbia e spezzò la matita. Fortunatamente nessuno la vide. *"Cosa mi sta succedendo? Cosa provo? No, lo so cosa provo... Sono decisa. Amo Cristiano. È affettuoso, lo fa per me. Lo fa solo per me."*
All'improvviso ebbe un moto di sconforto. Ad un tratto fu sopraffatta dalla stanchezza di tutto quel mentire, di tutta quella fatica di reggere una parvenza di sicurezza e normalità... Si rese conto di voler intensamente aprire la sua mente, il sacco della sofferenza e della solitudine. Doveva tirare fuori il suo magone, doveva svuotarsi delle botte ricevute, doveva, doveva. Il suo cuore traboccava di lividi e offese, il suo corpo parlava chiaro.
Giuliana aveva appetito, non era mai sazia, i suoi occhi luccicavano, aveva capito che quella era l'occasione giusta. Girava intorno a Gabriella, come uno condor intorno ad una carogna. Faceva cerchi sempre più stretti, sempre di più. Le labbra semiaperte sembravano assaporare le vicissitudini che sarebbero state raccontate. La bavetta agli angoli della bocca era copiosa, quasi un tentacolo pronto ad afferrare. Intuendo il momento di fragilità di Gabriella, scatenò l'attacco, con voce melliflua e occhi pietosi disse: *"Gabriella, l'unica che può aiutarti sono io, l'unica. Non puoi tenere dentro questa sofferenza, solo condividendo potrai stare meglio, e poi magari insieme a me trovare una soluzione. C'è sempre sofferenza, in tutto, nei libri che leggi, nel tuo modo di fare, anche nella scrittura: ho visto che scrivi spesso. Dai confidati, ne hai bisogno. Andiamo a pranzo insieme, solo io e te. Lascia stare Roberta e Valentina, loro non sono mature."*

La sventurata accettò... Troppo stanca anche per ribellarsi un una mano che le si tendeva, proprio in quel momento..."*Va bene Giuliana, va bene. Andiamo a pranzo assieme.*" Gabriella era stremata, stordita, confusa, aveva veramente bisogno di un confronto, aveva bisogno di risposte, di consigli, di vicinanza.

Roberta e Valentina erano assenti, fuori per controllare alcuni stand alla fiera, se fossero state presenti sicuramente avrebbero cercato di impedire il tutto. Ma ormai era tardi. L'anomala coppia entrò in un ristorante appena dietro l'ufficio. "*Entra Gabri, ho prenotato, qui si mangia benissimo e staremo tranquille.*" Il ristorante era veramente bello, di classe.

Pavimento in legno che scricchiolava al loro passaggio, un raffinato tavolino in un angolo nascosto le accolse. La tovaglia era linda, bianchissima, meno chiare erano le intenzioni di Giuliana, forse.

Dopo aver letto il menù, Giuliana ordinò: "*Tagliatelle burro e salvia per me, con abbondante burro mi raccomando, lo adoro. E tu cosa prendi, gioia?*" "*Non ho molta fame, salterei il primo e prenderei una bistecca, dopo.*" "*Ma no, non sai cosa ti perdi! Cameriere porti due tagliatelle burro e salvia, poi vediamo. Ah, vino rosso, mezzo litro grazie.*"

Giuliana era euforica, quasi volava. Il suo sorriso era così largo che schiacciava gli occhi, rendendoli due fessure, schiacciate anche dagli zigomi gonfi di adipe. "*Allora Gabri, cosa ti affligge?*"

Gabriella non riusciva a tenere alto lo sguardo, iniziò a parlare senza tenere conto del tempo e della cronologia, vedeva solo Giuliana che deglutiva tagliatelle e discorsi, si riempiva, si riempiva. I suoi occhi lasciavano cadere qualche lacrima, che scivolava via dagli zigomi, cadendo pesantemente sopra la tovaglia. *"Sì, Giuliana, come hai capito Cristiano qualche volta mi picchia. Ma non lo fa per estrema cattiveria, spesso lo provoco..."* *"Potete portare per secondo del petto d'anatra? Come contorno purea, grazie. Senti gioia, non hai toccato le tagliatelle! Le mangio io, è un vero peccato lasciarle, nessun problema davvero!"* Detto fatto, Giuliana prese il piatto di Gabriella e continuò ad ascoltare mentre masticava e deglutiva. La bavetta attorno alle labbra era assorbita dall'abbondante cibo e dalle abbondanti parole che scaturivano da Gabriella, come un fiume in piena. Divorò anche il secondo, mentre Gabriella piangeva dignitosamente. *"Panna cotta, grazie, con abbondante caramello."*

Gabriella aveva quasi finito il suo racconto, Giuliana, sazia di cibo e racconti, sembrava una mongolfiera arenata in terra. Gli occhi lucidi, pieni di lacrime. A quel punto era Gabriella a fare domande, una in particolare.

"Giuliana, cosa posso fare?" Giuliana, prese il tovagliolo, si pulì il muso e diede delle pacche sopra le spalle a Gabriella, qualche lacrima scivolò ancora sopra gli zigomi, ma probabilmente era dovuta alla digestione lunga e laboriosa. Un'altra pacca sopra le spalle e poi... *"Oh Gabriella, si è fatto tardi, andiamo, dobbiamo lavorare."*

Un enorme senso di vuoto riempì Gabriella. Solo vuoto e pacche sopra le spalle. Nessuna risposta, nessun aiuto. Solo appetito famelico di cibo e storie personali.

La coppia rientrò in ufficio. Giuliana al momento era sazia, gonfia e tronfia. Gabriella era amareggiata, delusa. Si sentiva presa in giro. Parlare non era servito a mitigare nulla,

anzi aveva fatto aumentare la sua rabbia e la sua frustrazione. Giuliana passò il resto della giornata a sorridere e a
versare qualche lacrimuccia, ma non una parola per lei. Il
senso di fastidio in Gabriella stava crescendo sempre più.
Fastidio, nausea, fallimento, disgusto.
Uscì dall'ufficio senza salutare, con una rabbia che traspi-
rava da tutti i pori. In auto si mise a piangere a dirotto,
anche quello che aveva subito era violenza: era stata bieca-
mente usata per soddisfare i bisogni di Giuliana.

39.

Quella settimana passò tranquilla. Nessun eccesso d'ira da parte del marito, solo indifferenza, che a volte umiliava ancora di più. La discussione con Giuliana aveva smosso però qualcosa di forte dentro Gabriella, la rabbia provata si stava tramutando in ribellione. In voglia di cambiare qualcosa o addirittura tutto.

Un sabato sera Gabriella si affacciò timidamente alla finestra. Un brivido percorse la sua schiena e passò attraverso la spina dorsale arrivando dritto al cuore. Vide Ornella, Giacomo, Arianna. Il brivido le fece ricordare che Giuseppe e Giacomo erano amici, ritrovati dopo qualche tempo. Sicuramente Giacomo e la sua famiglia quella sera erano ospiti di Giuseppe e Giada. Chiuse la finestra e cominciò a servire cena, era visibilmente tesa, sapere che nella casa accanto c'erano Giacomo, Ornella, Arianna e tutta la famiglia di Giuseppe le creava ansia.

Aveva capito forse che loro erano le uniche persone che potevano in qualche modo intervenire, se Cristiano usava violenza, o anche le uniche che forse avrebbero avuto il coraggio di aiutarla. Sentiva la tensione crescere. Inconsciamente voleva che Cristiano in qualche modo avesse un eccesso di violenza, per dare modo a Giacomo e Giuseppe di agire. Ma una parte di sé cercava ancora di nascondere tutto, e di vivere con la speranza che dopo la nascita del bambino tutto si sarebbe risolto...

Mentre tagliava il pane inavvertitamente versò il bicchiere colmo d'acqua sopra la tavola, inzuppando la tovaglia. Cristiano si mise a ridere, umiliandola come sempre. *"Nemmeno il pane sai tagliare, sei proprio incapace."* Gabriella provò una rabbia incredibile, una scossa le attraversò la schiena e l'energia uscì dalla sua bocca sotto forma di parole. *"Mi fai sentire sempre una incapace! Ho solo versato l'acqua, non ho fatto nulla di grave."* Cristiano si alzò e batté i pugni contro il tavolo, facendo tremare tutto, poi si avvicinò alla moglie, minaccioso. Ma Gabriella incredibilmente disse: *"Se mi tocchi urlo e faccio sapere tutto ai vicini."* Cristiano rimase immobile, i suoi occhi chiari trasmisero per un momento un forte sentimento di paura, poi si sedette e disse: *"Gabriella, sai che ti amo. E anche tu ami me. Purtroppo molte volte sei tu che provochi, ti rendi conto di come ti comporti? Le cose a volte sono diverse da come sembrano."* *"Si sono diverse, ma i segni addosso a me parlano chiaro, se non parlo io parlano loro."*

Cristiano si mise a piangere, le mani coprivano il viso e singhiozzava come un bambino, non riusciva a smettere. Si alzò, andò in bagno e continuò a piangere, accucciato in un angolo. Gabriella provò un gran senso di colpa per ciò che aveva detto, un sentimento di tenerezza e di maternità la invase. Si avvicinò al marito, si accucciò anche lei e lo abbracciò teneramente, asciugando le sue lacrime con i lembi della sua maglia. Poi lo baciò teneramente sulle labbra. La coppia rimase una buona mezz'ora stretta in un abbraccio quasi intimo. I due cuori sembravano battere all'unisono e in un'unica direzione. In gran silenzio consumarono la cena. Cristiano aveva gli occhi bassi, non aveva il coraggio di guardare la moglie negli occhi.

Era davvero mutato qualcosa? Gabriella aveva sfidato il marito per la prima volta e aveva avuto immediatamente una reazione favorevole. Incredibilmente serena, emozionata e speranzosa, si mise nel letto e dormì un buon numero di ore, come non accadeva da tempo. Anche i suoi sogni furono belli: bambini al parco che giocavano felici, sole, e grande serenità.

Il mattino dopo, domenica, Cristiano si alzò prima della moglie. Andò in cucina e preparò la colazione, fette biscottate imburrate prima e riempite di marmellata poi. Caffè nero, con abbondante zucchero e latte caldo. Mise tutto in un vassoio e con passo incerto entrò in camera da letto. Poi svegliò la moglie con un bacio... *"Ecco amore, oggi colazione a letto. E poi oggi pranzo fuori, noi due da soli."* Gabriella lasciò cadere qualche lacrima, che cadde sopra il letto, assorbendosi e sparendo quasi istantaneamente.

Le ferite subite però avevano lasciato cicatrici ancora visibili e ancora aperte. Il gusto delle fette biscottate copriva tutto... Ma copriva veramente tutto?

La domenica passò serena, un giro in centro con visita al Palazzo Reale riempì il pomeriggio. Le grandi stanze illuminate accolsero la coppia, che si teneva mano nella mano. Gabriella, nonostante i segni ancora evidenti sopra un occhio, tolse gli occhiali scuri.

Le mani intrecciate lasciavano intendere che si trattasse di una coppia unita, serena, in attesa di una creatura che avrebbe aumentato solo la loro felicità. La giornata era meravigliosa, tiepida, luminosa, il cielo azzurro intenso. La speranza era palpabile.

Il giorno dopo fu Gabriella a preparare la colazione.

Il mattino fu un tripudio di coccole ed emozioni. Cristiano dopo andò a lavorare, come sempre. Gabriella uscì, per l'occasione indossò un abito premaman, regalatole da Ornella precedentemente. Era smanicato, quindi per coprire i lividi infilò un cardigan abbinato. Tolse gli occhiali però, un gran gesto di libertà. Inventò una scusa per non andare al lavoro. Dire bugie era più facile, ormai. Scese le scale, il vento sventolava il velo del vestito, una carezza dolce come quelle che desiderava. Il parco alla sua sinistra era punteggiato di margherite, era così bello che le venne spontaneo pensare: *"Margherita, che bel nome per una femminuccia… Mi piace proprio, questa sera lo propongo a Cristiano. E per un maschietto? Mi piacerebbe Stefano."*

La torre campanaria, sempre lacrimante per via della muffa, questa volta sembrava sorridere, incredibile come l'umore influenzi i punti di vista. Entrò in panetteria e Marina, la commessa, la salutò calorosamente: *"Buongiorno Gabriella, come va? È da un po' che non la vediamo, tutto bene?"* *"Sì grazie, tutto bene. Ho avuto qualche problema all'inizio, una nausea terribile che mi impediva anche di uscire! Al mattino era una cosa incredibile… Ma adesso va meglio, molto meglio."* *"Ah, ecco perché non la si vedeva in giro! Sono contenta che adesso vada meglio."* Piccole bugie per nascondere grandi verità, ma si sentiva anche autorizzata a dirle, doveva rimediare alla sua assenza.

Appena uscita dalla panetteria incrociò Elena, la vigilessa, che la guardò con grande tenerezza. *"Cia cita, tzes propri bela!"* Grazie Elena, grazie. Adesso va tutto bene, prima ho avuto problemi con la gravidanza, ma adesso va bene, va tutto bene."* Elena la guardava, non diceva nulla, ascoltava quell'eccesso di giustificazioni pensierosa... Ma i suoi occhi sapevano guardare anche attraverso le parole. Poi gentilmente la salutò per tornare alle sue occupazioni.

Era il momento di andare da sua madre, doveva far vedere la sua felicità ritrovata. In pochi minuti fu da lei, attraversando la piazza. Questa volta il sagrato della chiesa, con il suo pavimento a mosaico, non le infastidì il passo, la sensazione fu addirittura piacevole, un massaggio che penetrò dappertutto. A casa solite pattine, solito odore di alcool.

"Ciao mamma, come va?" *"Entra, non rimanere sul pianerottolo. Come mai tutta allegra, che cosa ti è successo?"* Chiese la madre guardandola in pieno viso.

"Niente, non è successo niente. Sono sempre così..."

La madre abbassò lo sguardo, la loro ultima discussione aveva avuto contenuti diversi. Gabriella entrò, vide la sua stanza, vecchia prigione. Il pavimento scuro dell'entrata rifletteva la sua immagine. Ma la speranza faceva vedere tutto di un altro colore.

Dopo aver salutato la madre, fece un altro giro in paese, era orgogliosa della sua pancia. Non voleva fare tardi però. Voleva preparare una buona cena al marito ed essere in forma per il giorno dopo. Aveva voglia anche di affrontare Giuliana, per dirle quanto l'avesse delusa. A casa preparò una cena semplice, condita da amore e speranza. Cristiano in quel periodo era incredibilmente arrendevole, mite, chino, curvo... Sembrava tornato ai tempi del fidanzamento. Gabriella era dritta sulla schiena, orgogliosa, determinata. La notte passò senza passione, ma molti pensieri volteggiavano nella camera da letto.

La mattina arrivò presto. Gabriella si vesti prima del marito. Il delizioso abito premaman color panna le cadeva addosso morbidamente, mettendo sempre più in evidenza la gravidanza e la voglia di vivere.

Una elegante borsetta piena di buoni propositi, nera come la pece e lucida come i pensieri che adesso le passavano per la mente, completava l'abbigliamento. In auto fino in ufficio, con la radio a tutto volume e i finestrini abbassati per fare entrare l'aria e sentirla divertire fra i capelli. Quel giorno doveva affrontare Giuliana, doveva riuscire a dirle tutto quello che pensava. L'ufficio era fresco, la classica fragranza di brioche usciva dalla stanza della titolare. Era giunto il momento di affrontarla. Seguendo la scia di profumo di brioche, Gabriella in un attimo si trovò di fronte a lei. Giuliana sembrava aspettarla. Era seduta alla scrivania. Alla sua destra l'immancabile vassoio di paste. Il suo sguardo era perforante, gli occhi contratti, sempre indagatori e curiosi. Non mancava la bavetta ai margini della bocca. Giuliana senza dare modo a qualsiasi inizio di discorso, porse una lettera a Gabriella, dicendo: *"Legga prego."* *"Legga?"* si stupì Gabriella *"ma da quando mi da del lei?"* Poi senza dare peso a questo particolare, aprì la busta e iniziò a leggere.

Egregia Sig.ra Gabriella Audisio

Oggetto: Licenziamento per giusta causa

Con la presente Le comunico ufficialmente l'intenzione di risolvere il rapporto di lavoro, intercorrente con il sottoscritto, in termini immediati e per giusta causa ai sensi dell'articolo 2119 del Codice Civile.

Tale decisione in quanto a causa di *assenze ingiustificate e immotivate* si è interrotto il rapporto fiduciario in essere, in maniera tale da non consentire la prosecuzione del rapporto, neanche in termini provvisori.

Il licenziamento ha effetto immediato, La invitiamo pertanto a ritirare i Suoi effetti personali

Distinti saluti

Giuliana Pellegrino

Gabriella lesse tutto di un fiato, i suoi occhi scorrevano sopra le righe, lasciando poco spazio alla speranza che si era insinuata dentro sé. Poi Giuliana incalzò ancora, si alzò, si mise in piedi, tenendo a distanza l'ex dipendente con la scrivania e iniziò a urlare: "*Gabriella Audisio, non sono affatto pentita del mio gesto, lei non sa che paura mi sono presa quando suo marito si è presentato qui e ha cominciato ad urlare! Sono stata male per giorni interi, non ho dormito per una settimana e non mi andava giù niente! Non posso permettere questo, sa? Ha interrotto il lavoro e ha minacciato noi tutte. Non ho chiamato i carabinieri perché non volevo rovinare la sua reputa-*

zione, ma non si vergogna neanche un po'? Sapesse quello che ho passato... Non voglio più rischiare di ritrovarmelo in ufficio!" Gabriella vedeva solo le labbra di Giuliana che si muovevano, non sentiva nemmeno più le parole. Il volto era trasformato dalla rabbia, gli occhi iniettati di rabbia e odio, schiacciati dalle guance paffute, rendevano il tutto ancora più grottesco. Giuliana tirava fuori una inaudita violenza, la sua aggressività si stava manifestando in tutta la sua immensa potenza.

Urlava, urlava, urlava, inveiva senza tregua e sbatteva le mani sopra la scrivania. Poi con un fazzoletto di carta si asciugava i lati della bocca, colmi di bavetta rabbiosa. Le braccia si muovevano nell'aria in modo convulso, come pale di un mulino impazzito. Laceravano l'aria spostando quei pochi pensieri che Gabriella stava cercando di elaborare. Anche i capelli sembravano spilli di un istrice che pungevano l'anima.

Un pensiero riuscì a formarsi e a concretizzarsi fra le pieghe della mente. Il suo vero nemico, il carnefice, era sicuramente Cristiano. Ma sua madre? Giuliana? Roberta e Valentina? Immobili davanti a tanta aggressività? E lei stessa? Incapace di reagire? Il punteggio era di cinque a uno.

Gabriella si alzò senza dire una parola. Stringeva la lettera, indifesa e spersa. Lasciò Giuliana ancora urlante come una sirena spiaggiata. Notò gli occhi bassi delle altre due colleghe, impietrite. Non uno sguardo, non una parola...

L'odore di dolci e odio si appiccicava ai suoi vestiti, ai suoi capelli, era ovunque.

Entrò in auto, fece la strada di ritorno come un robot telecomandato. Probabilmente passò anche con il rosso a qualche semaforo. Ma poco importava. Entrò a casa e senza nemmeno cambiarsi d'abito si mise nel letto. Le lacrime non scendevano, rimanevano bloccate nell'anima. Sguardo vuoto, vitreo. Incredibile come la speranza si fosse trasformata in apatia assoluta.

Quando Cristiano arrivò, la casa era buia, la tavola non era apparecchiata e nulla era stato cucinato. Come una sentenza, sopra il tavolo vi era la lettera di licenziamento. Cristiano la lesse, una smorfia trasformò le sue labbra in sorriso, che poi si trasformò in soddisfazione quando vide Gabriella nel letto. *"Ciao Gabri, sei disperata per cosa? Tanto prima o poi ti saresti licenziata tu, quindi dove sta il problema?"* Gabriella non rispose. Impietrita come una statua di sale, pietrificata dallo sguardo di Medusa.

Incredibilmente Cristiano non urlò contro niente e nessuno. Diede un bacio alla moglie, un bacio acido come il succo di un limone, e poi preparò qualcosa da mangiare per sé. Lasciò che le briciole riempissero parte della tavola, poi le sparse sopra il pavimento, come pensieri disordinati. Gabriella cadde in un sonno profondo, dove le botte del marito si confondevano con il viso di Giuliana, le urla di Cristiano si mischiavano e confondevano con le urla della collega.

Ormai la violenza era quotidiana anche nei sogni.

Il mattino successivo Gabriella si svegliò prestissimo, rimase fino al risveglio del marito a guardare il buio. Attese il rumore della porta che si chiudeva, che annunciava l'assenza di Cristiano. Rimase nel letto fino a mezzogiorno circa. Poi si alzò, evitando ogni superficie che potesse restituire la sua immagine. Un grissino per tamponare l'acidità e poi nuovamente il letto come compagno. Buio dentro e buio nella stanza. Nessuna telefonata, nessun contatto con l'esterno.

Questo comportamento durò per una settimana circa. Cristiano all'inizio fu tollerante, poi iniziò nuovamente il suo atteggiamento provocatorio e strafottente. *"Gabriella, adesso che sei a casa non prepari nemmeno più la cena. Sei veramente pigra, ma cosa devo fare con te? Devo dire a tua madre che non sei capace nemmeno di fare un uovo fritto? Vedi? Avevo ragione quando lo dicevo a mio fratello e a mia cognata. Non ti smentisci mai."* Gabriella non reagì alle provocazioni ma scoppiò in un pianto dirotto.

Questo però non stimolò cure o coccole da parte del marito, che invece scoppiò in una risata fragorosa. La donna si rifugiò nel letto, lottando fra lacrime e voglia di rivincita. I singhiozzi erano soffocati dal cuscino. Non voleva far sentire a nessuno il suo disagio.

I giorni passavano. La prostrazione di Gabriella era sempre più grande. Le notti passavano insonni, la preoccupazione che il futuro nascituro patisse per questa situazione era molta. Il suo stato di gravidanza non permetteva di assumere nessun farmaco, ma nessuna diagnosi era stata formulata, nessun medico l'aveva visitata.

Dopo un paio di settimane, Gabriella, con i pensieri pesanti come un macigno, cominciò a sforzarsi di far tornare tutto alla normalità. Si alzava dal letto con enorme fatica, si trascinava in cucina e lentamente preparava qualcosa per la cena. Il pranzo lo saltava regolarmente. La doccia era un tormento: l'acqua, che scivolava lungo il corpo, una volta sollievo che faceva scivolare via la stanchezza e i cattivi pensieri, adesso era come uno sciame di vespe che pungevano ovunque, senza lasciare spazio al piacere.

Quella sera aveva preparato una cena semplice. Cristiano iniziò con il suo modo provocatorio a parlare: "*Certo che dovremmo impugnare il licenziamento. Non per farti riassumere, ma per prendere qualche soldo. Guarda come sei ridotta, sembri una larva! Ci vorrebbe una bella diagnosi pesante, ma di un medico del servizio pubblico. La mia assicurazione passa solo medici privati. Fatti fare una impegnativa dal tuo amico medico, Alberto. E poi vai a farti visitare.*" "*Non mi va, mi sento solo stanca, non ho nulla.*" Rispose lei quasi senza anima. Nessuna reazione da parte del marito. Ma la situazione era ormai insostenibile.

Qualche sera dopo, Cristiano reclamava la sua cena. Del resto Gabriella era a casa e aveva tutto il tempo per pulire casa e preparare cena. La donna con grande sforzo aveva preparato una trota al cartoccio, che aveva preso dal freezer: non era uscita per fare la spesa, per lei sarebbe stato uno sforzo immenso.

La tavola era apparecchiata per una persona. Cristiano iniziò a mangiare, subito non fece caso al fatto che Gabriella non fosse a tavola seduta. Ma poi disse: "*Ma non ti siedi nemmeno a tavola? Non mi fai compagnia?*" "*Non ho fame Cristiano, ho mangiato qualcosa prima, davvero, preferisco andare a letto.*" "*No, tu ti siedi qui e mangi qualcosa. Altrimenti la tua gravidanza procede male, cosa dicono poi? Che non ti do abbastanza da mangiare?*" Lo disse con tono deciso e risoluto, ormai la minaccia di Gabriella di urlare e farsi sentire dai vicini era lontana e lei era così prostrata che non avrebbe avuto nemmeno la forza di urlare.

Gabriella si avviò verso la camera da letto, ma immediatamente Cristiano si alzò e come un tifone le fu addosso. Senza nemmeno farla girare, la sua mano colpì la moglie in pieno viso, facendola sussultare. La forte vibrazione fece tremare la pancia. Gabriella istintivamente cercò di proteggerla e disse: "*Il bambino, il bambino!*" Ma un altro colpo, dall'altra parte del viso, la fece barcollare, facendola urtare contro lo stipite della porta. Poi Cristiano disse a bassa voce: "*Vai dallo psichiatra, così magari riusciamo a farci qualche soldo. E adesso vai a letto, non sei nemmeno capace di preparare cena anche se sei a casa dal lavoro! Vergognati, sei un fallimento di donna! Se non fosse stato per me chissà dove eri adesso. Va, va, va a letto.*"

Detto questo, uscì di casa e tornò dopo qualche ora. Gabriella fece finta di dormire. Ma dentro di sé un pensiero nuovo si faceva strada. Un colloquio in un servizio pubblico forse avrebbe potuto in qualche modo mettere a nudo la situazione che viveva senza che lei facesse nulla di particolare. Incredibile come Cristiano in questo caso fosse sicuro di sé, non temeva nulla e nessuno. Doveva trovare il modo di farsi fare l'impegnativa dal suo medico senza insospettirlo molto. Sicuramente lui, se gli avesse raccontato tutto, sarebbe intervenuto in modo deciso, ma non voleva metterlo di mezzo.

Al mattino Gabriella si alzò, facendo uno sforzo enorme. Preparò la colazione al marito, sfoderando un sorriso di plastica. Poi, con ostentata tranquillità, disse a Cristiano che quel giorno si sarebbe fatta fare l'impegnativa per la visita presso il servizio di psichiatra. La mattinata passò lenta e monotona, verso le dieci chiamò il medico e gli raccontò del licenziamento. Accentuando i suoi già gravi sintomi riuscì a convincere il medico a fare l'impegnativa richiesta: un colloquio presso il servizio di Neuropsichiatria dell'Asl. L'accordo era che la lasciasse dentro una busta chiusa in farmacia, sarebbe passata a prenderla appena possibile.

Vi si recò il giorno dopo, ovviamente usando un trucco molto pesante, per coprire gli ultimi lividi che il marito le aveva regalato. Telefonò al servizio per capire orari e procedure. Quella poteva essere la sua occasione, qualcosa poteva accadere... Gabriella si presentò in ambulatorio, grossi occhiali scuri coprivano gli occhi e le espressioni. La pancia era evidente ormai. Ma non cercava di nasconderla, tutt'altro. Presentò la sua impegnativa, che come causale aveva "sindrome depressiva reattiva", una diagnosi di comodo. Un'operatrice, che si presentò poi come infermiera, disse con gran gentilezza: "Si accomodi signora, adesso arriva la collega. Nel frattempo faccio la fotocopia dell'impegnativa."

L'infermiera era rassicurante, decisa nei modi di fare ma accogliente, donava fiducia al solo guardarla. Occhi chiari, quasi come quelli del marito, ma pieni di gioia. Capelli biondo cenere, lunghi fino alle spalle, abbigliamento scuro, aspetto molto materno.

Poi la porta si aprì e si presentò un'altra donna. Viso scavato, ben truccata, sguardo cupo. Occhi chiarissimi, azzurro ghiaccio, pieni di nulla. Capelli nero corvino, lisci, che cadevano acuti oltre le spalle. Spilli racchiusi. Aveva in mano un registro e una cartella. Li teneva stretti al torace,

dove un seno inesistente non veniva nemmeno sfiorato. Si accomodarono in una stanza, una scrivania larga e piena di oggetti rendeva ancora più distanti le due. Gabriella avrebbe voluto parlare di sé, magari di quello che accadeva, ma le difficoltà erano troppe, e non solo burocratiche. L'operatrice, che non definì il suo ruolo, iniziò a porre domande che leggeva dal registro, sembrando un' automa, un disco rotto. *"Codice fiscale? Indirizzo? Ha firmato il consenso informato? Senza questa firma non posso andare avanti, se continuo il colloquio rischio di andare in galera. Questa del colloquio è una bella responsabilità, sa?"* Gabriella rispondeva solo con dei sì o con dei no, anche perché le domande erano tutte e solo tecniche. Poi l'operatrice continuò.. *"Ha pagato il ticket? Ha delle esenzioni? Dica la verità, non posso dichiarare il falso. Abita nel nostro territorio di competenza? Comunque l'impegnativa ha un errore, questa è la psichiatria, non la neuropsichiatria."*
Gabriella era infastidita, irritata, voleva alzarsi e andare via. Guardò l'operatrice, ormai seduta: senza registro al torace, notò l'eccessiva magrezza, si vedeva la clavicola, la pelle si raggrinziva e si piegava, non aveva un filo di grasso. Era asciutta dentro e fuori.
Poi si alzò un attimo per prendere un timbro. I pantaloni erano vuoti, le gambe infantili parevano ossa rivestite di pelle, ma senza calore, solo tecnica e burocrazia. *"Ma questa sta peggio di me…"* pensò Gabriella.
Le domande continuarono a raffica, mai l'operatrice alzò lo sguardo verso la sua interlocutrice, nemmeno quando Gabriella si tolse gli occhiali e mise in evidenza un occhio pesto. La infastidì il continuo reiterare gli stessi concetti,

le stesse domande: *"Scusi, ma è fondamentale riportare tutti i dati corretti, sul registro, sulla cartella e sull'applicativo regionale. Se non lo faccio rischio di andare in galera. Mi ripete il suo codice fiscale per piacere?"* Labbra sottili, profumo nauseante, distanza abissale. Dopo mezz'ora non vi era ancora stata una domanda personale, profonda o uno sguardo. Mani ossute scrivevano solo dati sensibili, ma di sensibilità non se ne parlava affatto.

Gabriella stava sudando, un goccia di sudore iniziò a scivolare e si infranse contro la canottiera, si infranse come i suoi sogni e le sue speranze. Una lacrima scese dall'occhio pesto, una lacrima che parlava, che diceva…*"Aiutami, aiutami.."* Ma anche questa cadde e morì nel nulla.

Ad un certo punto, mentre l'infermiera stava ancora trascrivendo dati, Gabriella si alzò e disse: *"Forse è meglio che vada via, questo è il posto sbagliato."*

La risposta fu: *"Prima di andare via mi metta una firma, non mi assumo la responsabilità di lasciarla andare via senza il suo consenso. Non si sa mai, potrei andare in galera."* Gabriella firmò, indossò gli occhiali e uscì dall'ambulatorio, più delusa ed arrabbiata di prima. Aveva sperato nell'aiuto di qualcuno, che dal di fuori potesse comprenderla ed aiutarla…

Ma tutto sembrava destinato a cadere nel vuoto.

La visita che aveva fatto non aveva alcun valore legale e quindi non poteva presentare nessuna relazione al marito. Questa cosa sarebbe sicuramente stata soggetto di discussione e non solo. Mentre tornava a casa, dall'auto vedeva che la vita attorno a sé continuava, e che il mondo era bello, tutto era bello, tranne la sua condizione.

Quella sera a cena raccontò in tono mesto il colloquio al marito. Cristiano come sempre disse che la colpa era sua, che non era capace neppure di fare un colloquio. Ma perlomeno niente botte, solo umiliazioni.

40.

La settimane passavano lente e pigre. Gabriella passava gran parte del tempo a letto. Si alzava per cucinare ed accudire il marito, ma la fatica era immensa. Tutto fuori era ridente, la primavera ormai era quasi finita e l'estate era alle porte. Il profumo dei tigli non arrivava fino in via Roma, stazionava in piazza, nemmeno il vento riusciva a portarlo alla sua presenza.

L'isolamento ormai era totale. La forza per un qualunque tentativo di ribellione inesistente.

Una mattina verso le 10 il telefono squillò. Era Ornella che, ormai prossima al parto, voleva avere sue notizie: *"Ciao Gabriella, come va? Tutto bene?"* Un lungo silenzio passò, formulare la risposta non era semplice. *"Ciao. Sì, abbastanza bene. Non benissimo, ma si tira avanti, ecco..."* *"Non devi raccontarmi nulla di personale se non vuoi, chiaro? Io fra un mese circa dovrei partorire, ma potrebbe essere anche prima, non so se riuscirò a telefonare. Ma se vuoi chiama Giacomo."* Questa frase scosse Gabriella: perché avrebbe dovuto chiamare Giacomo? Cosa sapeva? *"No, va tutto bene, tutto. Non ho bisogno di nulla."* Sapeva di mentire alla cognata e a se stessa, ma non riusciva a togliersi dal giogo del marito e da quello che lei stessa si era stretta al collo.

La settimana passò anonima. Solo qualche insulto di poco conto. Venne la domenica. La giornata era meravigliosa.

Fin dal mattino il sole scaldava l'aria e i raggi penetravano attraverso le finestre, giocando con la polvere. Gabriella avrebbe voluto uscire un po'. Anche se il desiderio era flebile, la luce del sole sembrava una calamita. Spalancò le finestre che davano sulla strada privata. Il Monviso svettava pulito dalla neve, nessuna nuvola, solo un cielo azzurro intenso. Una spina nel cielo. Una spina nei suoi pensieri. Rientrò subito, non voleva parlare con nessuno, e soprattutto non voleva farsi vedere parlare con qualcuno dal marito. Preparò la solita colazione e la servì a Cristiano nel letto. La stanza era buia. Cristiano sorrideva, sembrava tranquillo e sereno. Poi disse: *"Oggi non voglio vedere nessuno, riposo assoluto. Domani avrò una giornata pesantissima, starò a letto tutto il giorno."*

"Va bene caro, nessun problema, tanto sono stanca anch'io." *"Sei stanca? Ma se non fai niente tutto il giorno!"* *"Sì vero, sarà la gravidanza."* *"Sarà perché non hai voglia di fare niente."* Gabriella sorrise e andò in un'altra stanza.

Gabriella passava il tempo in bagno a guardare la pancia, ormai bella evidente. L'unico passatempo che protendeva al futuro. Dopo un pranzo semplice ed un pomeriggio noiosissimo, attratta da un vociare in giardino, aprì un po' la finestra. Un delizioso profumo di carne alla brace riempiva l'aria. Si vedevano Giuseppe e Giada impegnati a cucinare braciole e salsicce, accompagnati da peperoni e melanzane. La comitiva era allegra, giocosa. Intravide anche Ornella e Giacomo, ospiti come la volta scorsa. La caratteristica che univa tutto il gruppo era il sorriso, stampato sul viso come marchio indelebile. I bambini giocavano allegri in tutta sicurezza. Un piccolo sorriso tagliò il viso della donna. Aprì un po' di più la finestra, voleva sentire il profumo della felicità e gustarlo prima di cena. Un raggio di sole baciò la sua guancia riscaldandola. Che sensazione meravigliosa!

Chiuse gli occhi per gustare meglio il momento, le voci dei bimbi accompagnavano i suoi sogni. Improvvisamente un dolore acuto alla testa la distolse dal sogno. Cristiano l'aveva afferrata per i capelli e la tirava verso sé. Con estrema rabbia ma senza gridare, tenendo l'urlo fra le labbra, disse: *"Sei sempre la solita, fai di tutto per farmi arrabbiare! Adesso lo guardi anche dalla finestra, Giuseppe! Cosa avrà poi più di me non lo so!"* *"No, stavo solo guardando dalla finestra! Non l'avevo nemmeno visto..."* Nessuna altra parola, solo un pugno in pieno viso che la fece sbattere contro la finestra. Un altro colpo alla schiena, forse una ginocchiata, le procurò un dolore acuto all'addome. Un altro colpo all'orecchio le procurò un boato dentro il cervello. Rimase senza fiato per un tempo lunghissimo... Cristiano vide la moglie a terra, condì la situazione con uno sputo che la umiliò nel profondo, e se ne tornò in camera da letto chiudendosi dentro, dicendo: *"Mi fai così schifo che preferisco chiudermi per non sentire nemmeno il tuo odore."*

Gabriella rimase a terra per un'ora almeno. Sarebbe bastato aprire la finestra e chiamare qualcuno. Ma nulla accadde, nulla. Troppa paura del giudizio altrui, troppa paura di altre botte. Quando decise di alzarsi, barcollando vide la porta della camera da letto ancora chiusa, questo la confortò almeno un po'.

Poi fece un gesto mai fatto prima. Voleva chiudere, almeno per quella sera, con la violenza e le umiliazioni. Aprì lo sportellino del bagno del marito e buttò giù una pastiglia per dormire, uno Stilnox, compresse che spesso usava lui per riprendersi dal jet lag, o mal di fuso. Non aveva neppure pensato che questo gesto avrebbe potuto danneggiare il futuro bambino. Doveva chiudere e basta. Almeno quella notte.

Si mise sul divano con il viso rivolto vero la finestra, verso la libertà, tanto vicina ma apparentemente irraggiungibile. Il conforto del farmaco fu parziale. Il sonno fu un continuo susseguirsi di incubi, dove sbarre e porte chiuse impedivano di muoversi ed uscire da una cella umida e sporca. La luce filtrava, toccava, ma rimaneva una speranza che svaniva nascosta dallo sbattere delle imposte.

A volte la luce abbagliava, spaventava, ma si può avere paura della libertà? Si svegliò il mattino dopo con un terribile mal di testa. Il marito era andato a lavorare, l'aveva lasciata dormire, forse colto da pietà o forse per umiliarla ancora di più. Si alzò barcollando, un senso di vertigine la avvolse come uno scialle di lana. Pesante, soffocante.

Preparò un caffè per svegliarsi dal torpore e combattere la vertigine. Il caffè era buono, nonostante il gusto amaro, niente può essere più amaro della prigionia. Il suo sguardo cadde sul cuscino su cui aveva appoggiato la testa durante il sonno. Era macchiato di rosso. Si avvicinò e vide che la macchia era di sangue. Rosso scuro, denso, ormai secco. Si toccò l'orecchio e vide che vi era del sangue secco al suo interno. Poche gocce, ma vere come le botte ricevute. Andò in bagno e l'acqua lavò via quel che rimaneva del sangue, ma non tolse il dolore e l'offesa. Accese la tv per compagnia, e prese una tachipirina per alleviare il dolore.

Poco dopo si accorse che il suo udito non era come quello della sera prima. I figuranti della tv muovevano le labbra, ma le parole sembravano lontane, confuse, ovattate. Alzò il volume e capì che da un orecchio sentiva meglio che dall'altro. Erano presenti anche vertigini e un leggero senso di nausea condiva tutta la situazione. La preoccupazione saliva, anche l'ansia. Doveva farsi vedere da un medico. Ma il problema era anche un altro: il referto avrebbe evidenziato che la lesione, se di lesione si trattava, era stata causata da uno schiaffo? O da un pugno? I sanitari avevano l'obbligo di denuncia? Tutti questi pensieri rimbombavano nella mente di Gabriella, che era tormentata anche dal dolore all'orecchio. Dopo mezz'ora circa la tachipirina non aveva sortito alcun effetto.

A questo punto decise di recarsi in pronto soccorso.

Dopo aver effettuato il solito trucco pesante per coprire altri lividi, si vestì e andò alla porta. Questa era chiusa dall'esterno, e non vi erano altre chiavi per aprirla. Guardò nella borsa, in tasca, in tutte le stanze, ma nulla di nulla, non vi era traccia delle chiavi.

Prese il cellulare e compose il numero del cellulare del marito. Dopo pochi squilli si attivò la segreteria telefonica. Inutile lasciare un messaggio. Compose il numero fisso dell'ufficio, ma la risposta fu ancora deludente. Cristiano ovviamente era in riunione e non poteva essere disturbato. Prese a pugni la porta, con il risultato di procurarsi anche altro dolore. Le lacrime scendevano copiose adesso, bagnavano anche il pavimento. Gocciolavano come sogni sconfitti. Un urlo si fermo sulle labbra. Silenzio anche questa volta. Cadde in ginocchio. La pancia si appoggiò sopra le gambe, accogliendo i sogni che cadevano dagli occhi. La giornata fuori era splendente, sole, luce, cielo azzurro, fiori e profumo di libertà. Guardare dalla finestra era ancora più triste. Toccare l'aria e non poter respirare, toccare la libertà e non poter vivere.

Inutile telefonare a qualcuno, inutile cercare aiuto. Avrebbe pagato caro qualunque gesto. Si gettò sopra il divano, gli occhi persi nel cielo.

Improvvisamente un battito di farfalla interno scosse l'inedia che si era impossessata di lei. La sua creatura, il sul bimbo o bimba, si stava muovendo dentro di lei. Incredibile sensazione di felicità. Adesso lo sguardo arrivava lontano, improvvisamente si sentiva custode di una vita, protettrice di una speranza: un battito di ali di farfalla può cambiare un modo di pensare? Adesso sentiva anche il profumo dei tigli.

Lasciò passare qualche ora, poi prese il cellulare e chiamò la cognata Ornella. *"Ciao Ornella, come va? Ho una bella notizia, oggi ho sentito la pancia muoversi."*

"Ciao! Grandioso! È una sensazione magnifica, ti fa sentire mamma! La prima volta che l'ho sentita stavo per svenire dalla felicità" rispose Ornella felicissima. Poi dopo un attimo di silenzio, disse: *"Volevi dirmi altro? Il mio termine sta per scadere, per un po' non potremo sentirci..."* Passò un minuto di silenzio, che rumoreggiava più di un concerto rock in uno stadio colmo. Poi... *"A presto Ornella, a presto. Adesso devo andare, ci sentiamo più avanti." "Va bene, come vuoi, a presto."*

Meglio non tenere il telefono occupato, Cristiano avrebbe potuto telefonare e sentendo la linea occupata al suo ritorno poteva tenere occupate le mani in un'altra maniera.

Lo sfarfallio continuava, quel movimento dava coraggio alla donna, che accarezzava la pancia con un infinito amore. *"Cecilia, ecco come la chiamerò se sarà femmina. Anzi, è una femmina! Lo sento e si chiamerà Cecilia come la nonna. Suona proprio bene, Cecilia... Lei era felice, e anche mia figlia lo sarà."* Questo pensiero la accompagnò per tutto il giorno, le fece compagnia fino alla sera, fino all'arrivo del marito.

Infatti verso le 21,00 la chiave entrò nella serratura, e con essa anche il terrore entrò in casa. L'odore di stantio, di cattiveria, di violenza penetra nella pelle immediatamente, come uno sciame di vespe impazzito. Cristiano era scuro in volto, anche quella sera. Come quasi sempre ormai. Non salutò nemmeno e si sedette al tavolo, dove la cena era posizionata con ordine meticoloso. La forfora era abbondante sopra le spalle, la camicia sembrava una cima innevata. Gabriella provò a inventarsi un sentimento di odio, ma non riuscì, provò solo un gran ribrezzo. Non disse nulla riguardo il sequestro a casa, per non dare al marito la sensazione di lamentarsi. Per evitare ogni tipo di provocazione, disse direttamente dalla camera da letto: *"Vado a dormire Cris, la pancia comincia a pesare. Lascia tutto sul tavolo, sistemo io domattina. Buonanotte".* Nessuna risposta, ma neppure nessun movimento brusco. Quindi il marito non si era irritato o altro.

Purtroppo il sonno tardava ad arrivare, anche perché l'alito del terrore aveva impestato ogni angolo della casa, e la camera da letto ne era zeppa e l'orecchio era ancora dolente. Poco dopo Cristiano entrò in camera. Si spogliò al buio e si addormentò nel giro di pochi minuti. Una sera senza botte era salute guadagnata e benzina che alimentava la speranza.

La notte passò quasi del tutto priva di sonno, ma ricca di sogni. Gabriella cercava di immaginare la piccola Cecilia, il colore dei suoi occhi, la forma del suo nasino e del suo viso, e soprattutto la sua felicità.

Il mattino dopo Gabriella si alzò presto, preparò come sempre la colazione al marito, lo svegliò delicatamente e lo invitò in cucina. Anche lei si sforzò di mangiare qualcosa, voleva dare un'immagine di normalità. Poi tentennando disse: *"Cris, devo fare la spesa, lasciami dei soldi. Cosa vuoi questa sera per cena? Preparo del coniglio se vuoi…" "Prepara quello che vuoi, tanto non sei capace a fare niente. Guarda che ti dico questo perché ti amo. Vorrei che tu migliorassi, vorrei essere fiero di te. Non invitiamo mai nessuno, ovvio… Faresti una pessima figura!" "Lo so, hai ragione. Farò il possibile per migliorare."*

In quel preciso momento un calcetto alla pancia la fece sussultare. Cristiano si accorse della strana espressione della moglie e disse con tono duro: *"Che succede. Mi prendi in giro?" "No amore, ho il singhiozzo. Lo sai che capita spesso alle donne gravide."* Non disse nulla del movimento, non voleva condividere nulla con lui, aveva già condiviso troppo, soprattutto dolori.

Cristiano lasciò 100 euro sopra il tavolo e andò via, non chiudendo la porta a chiave. Quindi la libertà quel giorno era almeno parzialmente assicurata. Appena il marito uscì iniziò a prepararsi. Doveva andare dal medico e farsi visitare l'orecchio e magari trovare una via d'uscita, almeno informarsi e provare. Non usò nessun tipo di trucco, tranne i soliti occhiali da sole. Aprì la porta e una incredibile zaffata di libertà l'abbracciò.

Doveva andare da Alberto, il suo medico di base e amico. Non prese l'auto, voleva assaporare tutta la libertà possibile e saziarsene. In pochi minuti fu davanti allo studio, incredibilmente non vi era nessuno. La sala d'attesa era vuota. Capì dopo il perché. Alberto era in ferie e c'era una sostituta. Fu chiamata ed entrò nello studio. La dottoressa dimostrava circa 55 anni, capelli mossi, quasi ricci, biondo cenere, che cadevano morbidi sulle spalle; viso tondo, gola grinzosa, piena di rughe; gli occhi di colore grigio ceruleo esprimevano una durezza tedesca, uno era storto e guardava verso destra. Una maglia nera, coperta da uno scialle marrone nonostante il caldo, copriva le sue spalle. Sopra la scrivania una grande borsa di paglia, con manici consunti ed unti, traboccava di sciarpe e pacchetti di caramelle. La maglia era costellata di macchie. Le mani, nervose, afferrarono un pacchetto di caramelle, ne estrassero una, che fu triturata in un attimo, come se triturasse il tempo. *"Buongiorno, mi dica. Sono la sostituta del suo medico, lo sarò per tutto il mese."* *"Buongiorno, ho un terribile male all'orecchio, è uscito anche un po' di sangue"* *"Ha urtato contro qualcosa?"* *"Sì, contro una mano"* avrebbe voluto dire Gabriella, ma purtroppo non ne ebbe il coraggio e disse invece: *"Contro la portiera dell'auto."*

La dottoressa si alzò, prese uno strumento adatto a guardare l'interno dell'orecchio e con estremo nervosismo visitò Gabriella. Immediatamente disse: *"Ha il timpano rotto, una settimana di antibiotici e passa tutto."* Poi con estrema fretta e noncuranza compilò la ricetta e la porse alla donna, senza guardare oltre, senza chiedersi e chiedere nulla. Impossibile che lo sbattere un orecchio contro la portiera dell'auto avesse potuto causare la rottura di un timpano. Ma non fece nessuna domanda. Nessuno sguardo nemmeno sul collo con evidenti segni scuri. Il riscatto doveva partire da lei. Nessuno avrebbe visto ciò che era evidente. Troppa paura?

Gabriella prese la ricetta, senza nessun gesto di rabbia o di stizza, solo rassegnazione. Uscì dallo studio guardando avanti, coperta solo dagli occhiali da sole. Andò in paese.

In piazza il profumo dei tigli copriva ogni cosa, quel profumo sapeva di libertà. Un profumo quasi indescrivibile.

In quel periodo imperversava la campagna elettorale per il rinnovo dell'amministrazione locale. Ogni angolo del paese era tappezzato da manifesti con i visi dei candidati, che guardavano con occhi amici ogni passante. Purtroppo in quel momento gli amici erano lontani, o meglio allontanati dalla spirale che Cristiano aveva costruito. La sua ragnatela aveva imprigionato ogni spiraglio di speranza e chiuso ogni spazio di libertà. Più Gabriella si muoveva, più rimaneva imbrigliata. La tela era invisibile agli occhi di tutti. Ma in realtà era spessa, forte, apparentemente impossibile da spezzare. Si sentiva invisibile, trasparente, non viva, camminava attraverso il profumo come una figura eterea. L'aria pesava di più.

Arrivò a casa dopo dieci minuti con la confezione di antibiotici, che lasciò sopra il tavolo. Istintivamente prese il telefono e senza pensarci telefonò alla cognata. *"Ciao Ornella come va? Sei ancora a casa?" "Ciao Gabri! Sì, sono ancora a casa, ma ormai siamo veramente agli sgoccioli. Questa notte ho avuto qualche contrazione, mi sa tanto che entro domani partorisco." "Ah, bene bene... Allora fammi sapere, chiama pure casa... Non so se riuscirò a passare in ospedale..." "Stai tranquilla, ti avviseremo, non ti preoccupare. Come va il resto?" "Bene grazie, bene... Un po' sola... Sai, non sto lavorando, ma va bene. Adesso vado, devo andare a fare la spesa. Ciao e fammi sapere." "A presto."*

La sua era una chiara richiesta d'aiuto incongrua, ma sempre di richiesta di aiuto si trattava. Un piccolo seme gettato sopra un terreno apparentemente fertile.

Il pomeriggio passò pieno di nulla. Venne la sera... Cristiano arrivò verso le 21,00. Quando aprì la porta una ventata di rabbia invase la cucina, raffreddando perfino la purea calda. Non un saluto, non una parola. Gettò la borsa sul divano, poi si infilò in bagno. Il rumore dell'acqua della doccia che scrosciava sembrava una risata ironica.

Gabriella non sapeva cosa fare, riscaldare la cena o aspettare? Come sempre ogni decisione poteva essere sbagliata e causa di botte. Appena l'acqua smise di scrosciare, Gabriella iniziò a scaldare la cena. Il microonde gemeva e la padella sfrigolava, rilasciando schizzi e profumi invitanti. Cristiano uscì dal bagno indossando il pigiama. Si sedette e attese un attimo.

Immediatamente Gabriella porse la bistecca e la purea, l'altro contorno era il suo sorriso di plastica. Non uno sguardo fra i due. Cristiano iniziò a tagliare la carne. Dopo un boccone, prese il piatto e lo scaraventò a terra, frantumandolo in mille pezzi. La bistecca volò come un gabbiano ferito, scivolando sotto il tavolo. Poi urlò: *"Raccoglila, raccoglila subito, adesso."*

Gabriella, terrorizzata, si chinò, anche se la pancia era ingombrante per un movimento del genere. Ma si chinò ugualmente senza battere ciglio. Il fiato mancava.

Il piccolo, infastidito dalla compressione, urtava le pareti dell'utero, scalciava ribellandosi alla costrizione. Appena fu sotto il tavolo, a quattro zampe, buttò fuori il fiato, liberandosi un po'. La mano raggiunse la bistecca, ma il piede del marito la schiacciò contro il pavimento. Gabriella colta alla sprovvista da quel gesto e dal dolore, urlò senza trattenersi. *"Stai zitta, non urlare, mi dai fastidio chiaro?"* Poi prese i capelli della moglie e iniziò a tirarli. Gabriella non poteva tentare di difendersi o limitare i danni, era a quattro zampe sotto il tavolo con la pancia che si muoveva.

Il dolore era insopportabile. Urlava senza fermarsi, con tutto il fiato che aveva. Un urlo uscì dalla finestra aperta e urtò conto il balcone di Giuseppe e Giada.

Dopo qualche minuto Giuseppe era dietro la porta che batteva i pugni. *"Gabriella, Gabriella cosa succede? Tutto bene?"* Gabriella non rispose, ma incredibilmente Cristiano disse: *"Che cosa vuoi Giuseppe, vai via. Nessuno ti ha cercato, vai via o chiamo i carabinieri."* Giuseppe, più deciso che mai, rispose: *"I carabinieri li chiamo io se non apri immediatamente questa porta!"* Cristiano si alzò e come una furia aprì la porta e si trovo faccia a faccia con Giuseppe.

Sguardo provocatorio, sorriso quasi ironico. Poi disse con voce quasi acuta: *"Dai, picchiami, dai cosa aspetti? Sono qui, spaccami la faccia, dai, dai, dai..."* Giuseppe strinse la mani che divennero pugni pronti a scaricarsi contro il viso di

Cristiano, ma Gabriella si mise fra i due e interruppe il quasi scontro. *"Fermi, non è successo niente, va tutto bene."* *"Bene? Ma guardati Gabriella..."* Giuseppe stava indicando con gli occhi la mano della donna evidentemente pestata e livida.

Incredibilmente Gabriella, presa da una folata di speranza o libertà, sicuramente rinforzata dalla presenza di Giuseppe, contraddicendo quello che aveva detto prima, esclamò: *"Aiutami, Giuseppe! Cristiano mi ha picchiata, questa notte non voglio stare a casa!"* Giuseppe chiamò la moglie e disse: "Giada, *questa sera abbiamo un' ospite, prepara il letto."* Gabriella si fiondò nella casa dei vicini, sorprendendosi di se stessa per quell'impeto di coraggio improvviso. Cristiano sbatté violentemente la porta di casa, sottolineando il proprio disappunto. Un'altra porta si chiuse alle sue spalle, proteggendola. E un mondo nuovo si aprì davanti a lei. Un profumo intenso di felicità lentamente l'abbracciò. La tavola era ancora apparecchiata, una tovaglia colorata con fiori rossi, blu, rosa, azzurri... Piatti con vivande consumate a metà e briciole ovunque... Tovaglioli stropicciati, pezzi di frutta in terra, predati dal cane... La televisione era accesa su un programma di cartoni animati e le due bimbe, Marta e Greta, erano sedute ad applaudire i protagonisti. Capelli ricci, tutine rosa, sorrisi e profumo di latte. Giada appena la vide la abbracciò. La accarezzò con lo sguardo. Non disse nulla e non chiese nulla. Portò semplicemente una tazza di latte caldo con abbondante miele, poi un timido sorriso più dolce del miele stesso la coprì come una coperta di lana in pieno inverno.

Gabriella si sedette accanto alle bimbe. Teneva la tazza con entrambe le mani. Sembrava tenesse in mano il suo destino... Marta appoggiò la sua testa sopra il grembo della donna. Una lacrima, una sola, scese lentamente sulla guancia, come un solco su un terreno appena arato, cadde e s'infranse sul tappeto, scomparendo fra le setole. Poi Giada le indicò la camera da letto. La prese per mano. Inutile parlare, in quel momento. Un letto morbido la accolse. Il buio totale della stanza per una volta non era angosciante ma confortante, avvolgente. Incredibilmente poco dopo si addormentò cullata dal profumo di felicità.

Fu una notte serena, sicura. Il mattino dopo, il risveglio fu dolcissimo. Silenzio in casa, profumo di caffè e latte caldo. Per un momento pensò di essere addirittura morta e che la stanza fosse il paradiso.

Poi i ricordi lentamente riaffiorarono alla mente e la realtà tornò colorata come un livido viola. Si alzò e andò in cucina.

Giada era con le piccole, la colazione assieme era un rituale quotidiano. Immediatamente i sorrisi la avvolsero. *"Ciao Gabri, dormito bene?"* *"Benissimo, da tempo non dormivo così profondamente.* *""Bene, adesso mangia qualcosa. Poi vediamo il da fare."* Gabriella gustò il caffè, amaro, scuro, spesso, con la schiuma densa. Poi addentò un croissant, dolcissimo, burroso, morbido. Gabriella adorava il contrasto dolce amaro. Prima l'amaro e poi il dolce. Così facendo il gusto in bocca rimaneva per ore, un gusto buono. Lentamente l'amaro scompariva, lasciando posto al dolce. Purtroppo la sua vita adesso era solo amara, niente di dolce, nemmeno la gravidanza poteva essere vissuta con dolcezza.

Finita la colazione venne la suocera di Giada, donna dagli occhi e dai modi gentili, ma decisa, capace. Nessun ciuffo a coprire lo sguardo, che cadeva diretto all'obiettivo. Venne a prendere le bimbe, Giada voleva stare sola con Gabriella. Insieme si doveva elaborare l'accaduto. Solo a quel punto, davanti ad un altro caffè, le due donne si trovarono viso a viso.

"Gabriella, cosa hai intenzione di fare? La soluzione è una sola." Gabriella rimase qualche secondo in silenzio, mordendosi le labbra, masticando un pensiero, poi rispose: *"Cioè?" "Gabriella, non rimane che andare dai carabinieri e denunciarlo. Ormai la storia va avanti da tempo. Io e Giuseppe possiamo testimoniare senza nessun problema." "No, non posso denunciare mio marito, non posso proprio! Sono convinta che adesso cambierà, si sarà ben spaventato del fatto che sono andata via di casa, no?"*

Giada rimase di sasso, non voleva sostituirsi a lei nella decisione, ma voleva provare a farla ragionare.

Quindi riprese a parlare: *"Sei sicura? Guarda che possiamo parlarne." "Sì, si, sono sicura. Quando mi ribello o prendo decisioni importanti poi cambia. Riesco a controllarlo." "Ascolta Gabriella..."* riprese Giada nell'ennesimo tentativo di far ragionare la donna. Ma Gabriella a questo punto si alzò e disse: *"Adesso rientro a casa. Cristiano è al lavoro, questa sera gli preparo una cena degna di tale nome e sicuramente faremo pace."* Giada non riuscì ad aggiungere parola, non riusciva a capire se il comportamento di Gabriella fosse dettato dalla paura o se invece ci fosse dell'altro. Gabriella salutò calorosamente, ringraziò altrettanto calorosamente e andò via, lasciando dietro di se una scia profumo dolciastro.

41.

Appena giunta nella sua dimora, sistemò il lavandino pieno di piatti sporchi. Poi prese il telefono e senza esitare chiamò il marito al lavoro. Dopo pochi squilli un collega rispose e lei domandò: *"Pronto? Buongiorno, cerco Cristiano, sono la moglie. È in riunione?"* Il collega rispose con calma, lasciandola un po' in attesa: *"No signora, è qui, la riunione inizierà fra mezz'ora circa."* Poi sentì un respiro dall'altra parte della cornetta. *"Cristiano? Sei lì?""Sì amore, sono qui, dimmi."* Gabriella lasciò passare qualche secondo, poi continuò: *"Questa sera cosa vuoi per cena? Anzi, che ne diresti di uscire? Magari andiamo a mangiare una pizza..." "Va bene amore... Andiamo al ristorante, va bene?" "Va bene! Ti aspetto." "Guarda, se riesco esco prima. Ciao, a stasera.*
La telefonata si concluse come se nulla fosse accaduto, nulla di nulla. Gabriella finì di riordinare la casa, cominciando dalla camera da letto. Tralasciò di pulire il bagno... non riusciva a guardarsi allo specchio. Aprì tutte le finestre, nel tentativo di far uscire tutti i ricordi cattivi, ma l'alito della violenza è pesante, rimane attaccato ovunque.
Nel primo pomeriggio il telefono squillò. Era sua cognata Ornella, che l'avvisava di essere in procinto di ricoverarsi. *"Ho contrazioni forti, non ancora regolari ma sono un chiaro inizio del travaglio. Senti, ho saputo della tua ultima avventura, ormai è inutile nascondere..." "Stai tranquilla, si sistema tutto. Abbiamo già fatto pace e questa sera ceneremo fuori."* Gabriella era evidentemente sbrigativa, non voleva affrontare l'argomento, in cuor suo dava ancora possibilità al marito di

redimersi, di cambiare, diventando un uomo non violento. Speranze, solo speranze. *"Allora Ornella fammi sapere, magari manda dei messaggi. Mi piacerebbe poter venire all'ospedale, potrebbe essere un modo per far riconciliare i fratelli..."* "- *Stai molto attenta. Sono molto preoccupata per te."* *"Sta tranquilla... È tutto sotto controllo. A presto e grazie."*

Il resto del pomeriggio passò fra una spolverata e l'altra, in attesa dell'arrivo di Cristiano. Alle 19,00 circa la sorpresa fu grande quando suonò il campanello e un enorme mazzo di rose rosse riempì la porta, coprendo il viso del marito. Le rose, stupende, a gambo lungo, fresche di negozio, non avevano alcun profumo. Ma il gesto e la coreografia erano stupende. *"Sono per te, amore mio* "disse Cristiano a voce alta, nel tentativo riuscito di farsi sentire da Giuseppe, Giada e altri ancora. *"Grazie"* bisbigliò Gabriella, come sempre timida e riservata.

Un tiepido bacio sulle labbra suggellò il momento.

Gabriella si preparò in fretta, indossò il vestito premaman color panna, che tanto le piaceva. Anche Cristiano si cambiò d'abito e indossò una camicia marrone a maniche lunghe e dei pantaloni neri, sobri, seri, ma nuovi. La coppia uscì di casa tenendosi per mano e Cristiano decise di passare prima in piazza a leggere gli annunci affissi in chiesa, per vedere se ci fosse stato qualcosa di interessante da fare nei giorni successivi. Quindi l'auto si fermò in piazza e la coppia scese. Sembrava quasi che Cristiano volesse ostentare felicità. Una passeggiata che fungeva da vetrina, una vetrina falsa, ipocrita, ma essenziale per lui, che temeva le voci che potevano circolare in paese.

Dopo aver letto i vari manifesti, la coppia risalì in auto e si diresse verso Torino, dove un ristorante di lusso li attendeva. Il cameriere, posto dietro di loro per versare vino o acqua, impedì di parlare e di scambiarsi opinioni. Poche parole, pochissime. Cristiano disse solo qualche volta 'ti amo', sciogliendo il cuore della moglie che, commossa, lasciò scivolare qualche lacrima sul viso pesantemente truccato.

Un cena ricca di classe e povera di parole, ma tanto erano i fatti che dovevano contare. Cristiano estrasse una scatolina dalle tasche e la porse alla moglie, che la aprì. Dentro vi era un anello arricchito con una pietra dura di color azzurro. *"Questo è per la tua gravidanza. Grazie amore mio."*

E con quelle parole, mormorate sottovoce, colpì la moglie dritta al cuore. Un anello che chiudeva ancor di più il suo dito, lo stringeva… Però era bellissimo.

Finita la cena la coppia tornò a casa. Le mani strette, unite, quasi inseparabili. Un bacio leggero sulle labbra prima di addormentarsi. Gabriella era serena. Anche questa volta pensava di aver controllato la situazione. Sicuramente cristiano si era spaventato all'idea di perderla e sarebbe cambiato. Ogni volta la speranza faceva ingresso trionfale nella sua mente e nella sua vita.

Per due giorni tutto andò bene. Solita vita monotona ma niente botte e nessuna violenza psicologica. Poi una sera un messaggio al cellulare turbò la serata. Gabriella non sentì il suono, era intenta a lavare i piatti. Generalmente lasciava il telefono spento, ma lo aveva dimenticato acceso. Cristiano prese il cellulare e lesse, era un messaggio di

Ornella che diceva così: "*Ho partorito ieri, tutto bene, una bambina di nome Francesca. A presto, Ornella.*"

Il suo viso si fece scuro, strinse in mano il telefono, come per strozzarlo. Poi lo scagliò con forza contro la vetrina infrangendola, e con essa infrangendo anche la tenue speranza della moglie. La donna per lo spavento sussultò urtando contro il lavandino. Come una furia Cristiano entrò in cucina e le urlò a pochi centimetri dalle orecchie: "*Ti senti con quella stronza di mia cognata! E magari anche con mio fratello! Lo sai che ha partorito? E cosa vorresti fare adesso? Andare a trovarla? E magari portare anche un regalo, vero?*"

Gabriella era impietrita. Le mani immerse dentro il lavandino colmo d'acqua, la voce del marito dritta nel cervello le trapanava l'orecchio già lesionato, e si ficcava fino al midollo. Il bimbo, come per difendersi, o per difendere la madre, scalciava con una forza incredibile. Una mano prese i capelli appena sopra la nuca e tirò indietro. Gabriella, inerme, si tenne al lavandino per non cadere indietro. La mano scuoteva forte la testa, facendo sfiorare spigoli e ante. Non un urlo da parte della vittima, solo fiatone e terrore. Poi la mano lasciò la presa. Solo silenzio e odore di terrore. Cristiano si gettò sul divano e disse quasi gemendo: "*È colpa tua, è colpa tua! Non dovevi tenere contatti con loro! Lo fai di proposito, e poi io reagisco così.*" Questa volta Gabriella non disse nulla, senza parlare andò in bagno. Trattenne le lacrime e si guardò allo specchio. Pochi secondi, poi abbassò lo sguardo. Non resse alla vergogna. Si vestì, e senza dire nulla uscì di casa.

Il marito non la trattenne. Erano le 21,00 circa, ma la serata era calda e profumata. Nel paese impazzava la campagna elettorale. Un comizio in piazza le fece cambiare strada. Il profumo dei tigli era invitante, anche la libertà lo era.

Passò sotto casa dei genitori.

Non suonò il campanello, non aveva voglia di giustificare nulla e di indossare le pattine. Sembrava invisibile. Sembrava quasi che i passanti la evitassero. Forse l'odore di violenza le si era appiccicato addosso. Camminò a casaccio, fra le vie di un paese che quasi non riconosceva.

Tornò a casa dopo due ore circa. Cristiano la stava aspettando. Appena entrò in casa l'abbracciò e scoppiò a piangere. Gabriella rispose solo con un "*no*" molto secco, molto deciso. Poi entrò in camera da letto e si chiuse dentro. Nessuna reazione da parte del marito. Passò la notte chiusa in camera. Rimase sveglia, terrorizzata da una sua eventuale reazione. Reazione che non vi fu. Il mattino dopo, quando sentì chiudersi la porta esterna, uscì dalla stanza.

Questa volta si sentiva decisa a fare qualcosa. Non sapeva cosa ma qualcosa avrebbe fatto. Cercò il cellulare fra i vetri frantumati, ma non c'era. Andò al fisso, ma si accorse che il filo era tagliato. Si avventò verso la porta, ma anche questa era chiusa dall'esterno e le chiavi erano sparite.

Gettò lo sguardo sul portatile, ma scoppiò in una risata fragorosa quando si accorse che il modem era sparito.

Anche le chiavi delle inferriate non erano sopra il comò. Certo avrebbe potuto aprire le tapparelle e chiedere aiuto, ma non avrebbe mai osato fare una cosa del genere, e questo Cristiano lo sapeva bene.

Non rimaneva che aspettare. La giornata passò inerte. Ma la rabbia di Gabriella, mista a panico, cominciava a salire. Venne la sera e il marito rientrò in casa.

La chiave girò dentro la toppa, riempiendo di terrore la donna. La sua rabbia si era trasformata in inutile immobilismo. Cristiano la guardò. L'unica cosa che disse fu: "*Questa notte dormo io in camera da letto, sul divano ci stai tu.*" Poi, tenendo le chiavi di casa ben strette, si infilò in camera da letto e si chiuse dentro.

Non vi era via d'uscita. Gabriella se voleva smuovere la situazione doveva fare qualche azione eclatante. O urlare dalla finestra o cercare di parlare con il marito. Nessuna delle due soluzioni erano fattibili per lei.

Adesso la disperazione prese il posto della rabbia. Ma con la disperazione non si ottiene nulla. Il divano era scomodo. La pancia era piena di vita e si muoveva. Adesso le lacrime scendevano copiose, salate, acide, pezzi di sogni mai realizzati cadevano in terra, frantumandosi in pezzi ancora più piccoli. Minuscoli.

Il giorno dopo rimase ancora prigioniera, del marito e di se stessa. La sera Gabriella non preparò la cena. Voleva parlare con il marito. Voleva affrontare la situazione. Il coraggio lo avrebbe trovato durante la discussione.

Adesso era inutile cercarlo. Tutto era spezzato. Chiamare la madre? E come? E anche se l'avesse chiamata cosa si sarebbe sentita dire? Ormai è tuo marito, adesso te lo tieni. Urlare alla finestra? Buttare giù la porta?

Venne la sera. Con lei il crepuscolo e la paura. Le finestre erano spalancate ma chiuse da inferriate. Vociare di bimbi. Profumo di carne alla brace. Profumo di vita. La chiave girò la serratura. La porta si aprì e con essa il terrore.

Il terrore aveva la forma curva del marito, il colore della camicia marrone innevata di forfora e la pelle diafana.

Immediatamente Gabriella, tremante e balbettando disse: *"Adesso basta Cristiano, vado via, vado via di casa."* Cristiano si mise a ridere, e senza guardarla rispose: *"Dove vuoi andare? Nemmeno tua madre ti vuole! Non hai un lavoro e sei incinta. Smettila di dire stupidate e prepara cena che ho fame."* *"Non preparo niente, vado via."* Cristiano chiuse la porta e mise le chiavi in tasca, poi lentamente chiuse tutte le finestre, chiudendo il terrore dentro casa. Gabriella si mise davanti alla porta, con i pugni batteva, ma questo non bastava ad aprire e il rumore era troppo flebile per attirare l'attenzione. Cristiano, tranquillamente, sapendo che tutte le vie di fuga erano chiuse, si sfilò la cintura dai pantaloni... Un movimento lento, sadico. I suoi occhi erano appiccicati alla preda, schiacciata contro la parete. Cristiano si avvicinava lentamente. La donna terrorizzata, per la prima volta, abbozzò una reazione. Si avvicinò alla cucina, prese un piatto e lo scagliò contro il marito urlando a tutta voce: *"Non mi toccare, non mi toccare!"* Poi prese dei bicchieri che fecero la stessa fine dei piatti. Uno colpì Cristiano in pieno petto. Adesso lo spazio fra i due era ridottissimo, la cintura schioccò in aria e colpì Gabriella su un avambraccio, causandole un dolore ustionante. Un secondo colpo fu fermato dal braccio, che riuscì a coprire il viso. Gabriella, in trappola, cercò di scappare in camera da letto, ma appena entrata si accorse che il marito aveva tolto la chiave, proprio per impedire di chiudersi. La disperazione la avvolse, ma non solo quella. Cristiano le fu addosso e sferrò un pesante colpo ai reni. Gabriella cercò invano di graffiarlo, ma la sua gravidanza avanzata impediva movimenti fluidi e veloci, e poi non era nella sua natura aggredire nemmeno per difendersi. Cristiano rideva di questo patetico tentativo.

La abat jour passò dal comodino al petto di Cristiano, frantumandosi in terra. Gabriella si mise ad urlare, non poteva più fare nulla ormai, chiusa in un angolo della camera. Cristiano per evitare che le urla attirassero l'attenzione, prese un cuscino e lo schiacciò contro il viso della moglie. Schiacciava e colpiva l'addome. Gabriella era stremata, l'aria non passava, i pugni sì. Sentiva la sua creatura dibattersi dentro di sé, questo la fece sussultare e iniziò a scalciare. Un calcio ben assestato colpì il marito ai genitali, un urlo di dolore lacerò l'aria. Gabriella uscì dalla camera da letto, si avventò verso la finestra per aprirla e chiedere aiuto, ma Cristiano le fu subito addosso e l'afferrò per i capelli, con una mano le tappò la bocca per impedire di urlare. Un altro calcio sferrato da dietro diede un attimo di libertà alla donna. Poi un altro calcio, sferrato dal marito però, la colpi alle gambe. La vittima si girò e un altro calcio la colpì in pieno addome.

Gabriella rimase senza fiato. La creatura dentro di sé, iniziò a muoversi all'impazzata, perfino il vestito si sollevava, istintivamente la donna mise le mani sopra la pancia per proteggere il nascituro. Alzò lo sguardo verso il marito, uno sguardo che lo pregava di smettere. Ma come risposta un pugno di una violenza inaudita la colpì all'altezza dell'ombelico, seguito da un altro poco più in basso.

Improvvisamente, dopo un sussulto più forte degli altri, tutti i movimenti del nascituro cessarono di colpo.

Per concludere un pugno in pieno viso fece sbattere la testa di Gabriella contro il muro. Un velo nero le comparve davanti agli occhi, un dolore fortissimo all'addome e una terribile sensazione di caldo in tutto il corpo la trascinò via via verso l'incoscienza. Sentì il suo corpo cadere in terra con tutto il suo peso. E poi il nero fu totale.

Quando Gabriella aprì gli occhi, non riconobbe il soffitto. Un colore verde chiaro, mai visto prima. Dolori ovunque le fecero realizzare che aveva ancora un corpo, che era viva.. Si accorse di essere su un letto supina. Il suo sguardo andò sull'addome.

Piatto. Completamente piatto. Un urlo lacerò l'aria della stanza ed uscì fuori, urtando contro tutte le pareti. Poi si alzò di scatto, strappandosi la cannula che era posizionata nel braccio, facendo scendere un rivolo di sangue che macchiò il copriletto.

Mise le mani sopra il viso. Nel tentativo di nascondere o non vedere quello che la realtà presentava. Le lacrime premevano contro le palpebre. Buio. Meglio il buio della realtà. Rassegnata, giacque sul letto senza più la forza di nessun movimento.

Poco dopo si sentì sfiorare il viso, come una carezza. Aprì gli occhi e con lo sguardo velato dalle lacrime vide Ornella, con in braccio un fagotto, sicuramente la sua bambina. Dietro di lei c'erano Giacomo, sorridente, Giuseppe e Giada, anch'essi sorridenti, come sempre. Lentamente si mise seduta, appoggiando la schiena contro la testiera del letto. La posizione evidenziava ancor di più la mancanza dell'amata pancia. Abbozzò un sorriso di cortesia. Poi Ornella porse a lei il fagottino. Era una creatura piccolissima, di carnagione chiarissima, rosa pallido, completamente senza capelli. Labbra rosse come ciliegie e profumo di felicità. Gabriella alzò lo sguardo pieno di lacrime verso Ornella, dicendo: *"Come l'avete chiamata?"* Un silenzio lungo una vita, poi... *"Devi decidere tu, è una femminuccia ed è la tua di bambina, non la nostra."*

42.

Circa un anno dopo, Gabriella era al parco di via Roma. La
piccola Margherita iniziava a camminare e il suo sorriso
era più luminoso del sole estivo. Seduta accanto a lei c'era
Orietta. Insieme guardavano la bimba giocare. Gabriella
tornò indietro nel tempo e i ricordi si impossessarono di
lei. Ricordò le immagini, le parole e gli eventi di un anno
prima. Ornella le aveva raccontato che le sue urla avevano nuovamente allarmato Giuseppe e Giada e Giacomo,
quella sera ospite a casa loro. Nei giorni precedenti avevano più volte provato a chiamare sia il cellulare che il
telefono fisso, che risultavano staccati. Avevano chiamato
i carabinieri che erano arrivati in breve tempo. Sfondarono
la porta e arrestarono Cristiano, che stava ancora infieren-
do sul corpo di Gabriella. Immediatamente era stata soc-
corsa e portata all'ospedale più vicino.
La bimba nacque prematura, ma sana, dopo qualche settimana di incubatrice si riprese. La sua voglia di vivere era
immensa, la sua gioia anche.
Gabriella non riusciva ancora a parlare di quel periodo.
La psicologa che l'aveva in cura stava lavorando bene. I
risultati erano notevoli. Adesso usciva, era ritornata a vedere i suoi amici. Il senso di colpa non la tormentava più
come prima. Aveva venduto la casa e aveva chiesto la se-
parazione. Viveva ancora a Candiolo, ma lontano da quel
luogo di tortura. Spesso andava a trovare il padrino e la
madrina di Margherita, Giuseppe e Giada, e le visite ai

cognati erano frequenti. Si gustava la libertà. Gustava il piacere di prendere decisioni, di dire no.

Non aveva ancora capito come era entrata in quel vortice di isolamento e di violenza. Ma vi era tempo per capirlo. Adesso voleva semplicemente vivere.

Dedicato a mia moglie Ornella,
alle mie figlie Arianna e Francesca.
Alla tenace Rosella Gandola
Alla professoressa Maria Teresa Cubisino
E al saggio amico Buonocore Vincenzo.
Graziano Di Benedetto
Copyright

www.ingramcontent.com/pod-product-compliance
Lightning Source LLC
Chambersburg PA
CBHW030544260626
47157CB00006B/2190